黑色辩护人

[美]马克·吉曼尼斯 / 著

薛慧仪 / 译

Copyright: © 2005 BY MARK GIMENEZ
This edition arranged with LITTLE, BROWN BOOK GROUP LIMITE through Big Apple Agency, Ine, Labuan, Malaysia.
Simplified Chinese edition copyright:
2015 Changsha Senxin Culture Dissemination Limited Company
All rights reserved.

版贸核渝字（2014）第 122 号

图书在版编目（CIP）数据

黑色辩护人 /（美）吉曼尼斯著；薛慧仪译 . —重庆：重庆出版社，2015.4

书名原文：The Color of Law

ISBN 978-7-229-08854-5

Ⅰ．①黑… Ⅱ．①吉… ②薛… Ⅲ．①长篇小说—美国—现代 Ⅳ．① I712.45

中国版本图书馆 CIP 数据核字（2014）第 246584 号

黑色辩护人
HEISE BIANHUREN
[美] 马克·吉曼尼斯 著　薛慧仪 译

出 版 人：罗小卫
责任编辑：钟丽娟
责任校对：刘小燕
装帧设计：张金花

重庆出版集团
重庆出版社　出版

重庆市南岸区南滨路 162 号 1 幢　邮政编码：400061　http://www.cqph.com
北京市玖仁伟业印刷有限公司
重庆出版集团图书发行有限公司发行
E-MAIL fxchu@cqph.com　邮购电话：023-61520646
全国新华书店经销

开本：880×1230　1/32　印张：12　字数：320 千
2015 年 4 月第 1 版　2015 年 4 月第 1 次印刷
ISBN 978-7-229-08854-5

定价：36.80 元

如有印装质量问题，请向本集团图书发行有限公司调换：023-61520678

版权所有　　侵权必究

谨以此书献给：

父亲法兰克林·吉曼尼斯（Frank Gimenez，一九二六——一九九〇）与母亲珍妮·吉曼尼斯（Janie Gimenez）。

岳父杰克·哈齐森（Jack Hutchison，一九三一——一九九八）。

爱妻布莉姬，为我读完所有的草稿，以及两个儿子克莱与科尔，让我知晓小孩子是多么聪明可爱。

律师比尔·道格拉斯（Wm.E."bill" Douglass，一九四二——一九九四）与雪尔顿·安尼斯曼（Sheldon Anisman），据我所知，他们两位的行态举止最像亚惕·芬奇（Atticus Finch），令人尊敬。

以及哈珀·李（Harper Lee），他伟大的小说激励我成为律师，并写出这个故事。

"思葛[1]，单从律师这行的本质来看，每位律师在一生中至少会遇上一件案子，影响他个人的一生。我想，这件案子对我而言亦是如此。"

——亚惕·芬奇，于哈珀·李所著之《杀死一只知更鸟》

---

[1] Scout，即为 Jean Louise "Scout" Finch，为《杀死一只知更鸟》主角律师之六岁小女儿。

媒体评价

相较于法律业界行话的滔滔不绝,美国律师写起法律悬疑小说显然擅长多了,最为人熟知的便是史考特·杜罗(Scott Turow)与约翰·葛里逊(John Grisham),当然还有许多其他个中高手。我诚心推荐马克·吉曼尼斯的《黑色辩护人》一书,他是近来我见过的最有前途的美国律师作家之一。这部小说具有强烈的葛里逊风格,描述了达拉斯城法律事务所内一位个性圆滑、充满野心的成功律师,当他必须为一位被控谋杀罪的黑人娼妓辩护时,他的人生是如何发生了重大改变的。

——马瑟尔·柏林斯(Marcel Berlins),英国卫报

马克·吉曼尼斯的《黑色辩护人》令人爱不释手,内容与精神和哈珀·李(Harper Lee)的《杀死一只知更鸟》遥相呼应。在这部节奏快速的初试啼声之作当中,吉曼尼斯狠狠揭开了达拉斯城那光鲜亮丽的外表,让读者见识到底下奢华腐败、充斥律师伎俩的上流社会真面目:高尔夫球俱乐部会员资格、豪宅、跑车、注重保养的妻子,以及不择手段全面追求冷硬权力。A·史考特·芬尼是达拉斯城最顶尖律师事务所里的一位年轻律师,专门服务企业法人,享受奢华生活,就事论事,能言善道,乐意为那些付他高薪的客户执行"不择手段的创新手法"。这个世界最终会得到一位英雄,还是临阵脱逃的懦夫?当一名患有毒瘾的穷苦黑人娼妓,被控杀害一名白人议员的儿子,只有这件案子的结果能告诉我们答案。警告:

黑色辩护人

您会花上一整个慵懒的星期天一口气读完。

——丹妮特·史黛芬斯，英国 London Time Out 杂志书评

吉曼尼斯初试啼声之作，一部以梦想之城达拉斯为背景的法律悬疑小说，读来让人全神贯注。《黑色辩护人》剧情充满转折，最后的法庭对决，更是直接呼应《杀死一只知更鸟》一书结尾。

——圣安东尼快讯报（San Antonio Express-News）

新人作家马克·吉曼尼斯曾任职律师，是地道的得州人，他所撰写的书披露法律的腐败面，让人目不转睛。吉曼尼斯笔下的悬疑故事道出了法律如何才能真正发挥正义的作用，其足以与约翰·葛里逊和史考特·杜罗等大师级作家相媲美。

——卡加利太阳报（Calgary Sun）

一年起码会有一本新的法律悬疑小说出现在书架上，被吹捧得天花乱坠，每一个作者都是"下一个约翰·葛里逊"。通常这样的夸耀吹捧都只是浪费时间的噱头，让读者失望，因为那并不是本好书。但马克·吉曼尼斯这部引人入胜的初试啼声之作《黑色辩护人》，却绝非如此。

——芝加哥太阳时报（Chicago Sun-Times）

《黑色辩护人》不单是一本值得推荐的法律悬疑小说，也猛烈攻击了达拉斯的法律专业从事人员与超级有钱的得州人。剧情引人入胜——数不清的钞票、政治游戏的阴谋策划、性感美艳的妻子与早熟的小女孩——但若是没有吉曼尼斯对这座城市与其中最具有权力的市民所做的尖刻描绘，这本小说将会丧失不少趣味性。

——华盛顿邮报（Washington Post）

THE COLOR OF LAW

《黑色辩护人》节奏利落、不拖泥带水,作者吉曼尼斯使出浑身解数,让读者深深关注书中每一个角色的转变历程……吉曼尼斯深谙如何塑造迷人角色,让枯燥的法律也能煽动人心,添加悬疑与紧张气氛。

——南佛罗里达太阳报(*South Florida Sun-Sentinel*)

新人作家吉曼尼斯的首部小说,情节铺陈井然有序,取材自身律师经验,内容与《杀死一只知更鸟》遥相呼应。在这部法律悬疑小说中,节奏紧凑、妙语如珠,两名律师间充满戏剧性张力的私下商讨,再加上法院判决大逆转,吉曼尼斯成功地将种族、阶级与正义融入故事中,描述一名律师如何重新发现当个好人与成为有钱人之间的不同。

——图书馆期刊(*Library Journal*)

首部小说便具有如此功力,令人不寒而栗。此部悬疑小说引人注目的绝大部分是其道德主轴。这是一出精心校准过的现代道德戏剧,背景设定在能快速发达致富的达拉斯城,作者带领读者逐一参观了对身份地位设限重重的乡村俱乐部与团体,并以丰富的法律知识介绍,让人得以一窥不择手段的法律伎俩。吉曼尼斯同时也塑造出一个令人痛恨的角色,随着他从高处不断坠落,同时却也得到越来越多的同情。这是一本节奏紧凑、发人省思的绝妙杰作。

——书单网站(*Booklist Online*)

这部法庭悬疑小说张力十足,背景设定在达拉斯城,以一位迷人的英雄为主角,讲述自命不凡、专为企业法人服务的史考特·芬尼律师是如何变成嫌犯的辩护律师的。吉曼尼斯精于策划情节,故事历经精彩转折后,呈现令人震惊的结局。随着故事进行,吉曼尼斯同时也对美国的富人、社

黑色辩护人

会责任与种族关系阐述了精辟的观点。

——澳洲堪培拉时报（*Canberra Times*）

剧情错综盘旋，令人流连不已，难以忘怀，颠覆传统道德的故事，足以和其他法律悬疑小说作家，如史考特·杜罗、莉萨·史考特莱恩或约翰·葛里逊等作家的最精彩杰作媲美。

——书页网站（Bookpage）

一点《杀死一只知更鸟》，再配点"法网游龙"，《黑色辩护人》让人读了欲罢不能，而由真实世界的律师转职为写作者的吉曼尼斯，似乎已经向读者保证了他绝对会是下一个约翰·葛里逊。

——休斯顿出版社（Houston Press）

作者初试啼声之作，继承了葛里逊、梅尔泽（Meltzer）等大师的精髓，作者个人独特的巧思，更使这部作品成为我近来读过的最好的法律悬疑小说之一。

——英国 Crimesquad.com 网站

吉曼尼斯令人赞叹的初试啼声之作，轻易成为近来最能挑动人心的法律悬疑小说作品。此书绝对推荐必读，激励人心而又妙趣横生。

——新悬疑读者杂志（*New Mystery Reader Magazine*）

做为初试啼声之作，写作手法充满自信，故事节奏稳健，令人折服，几乎让人舍不得放手。

——在线杂志（*Mystery lnk*）

THE COLOR OF LAW

吉曼尼斯的初试啼声之作充满转折，穿插幽默，是位前途看好、独具创意的新人作家。

——克科斯评论（*Kirkus Reviews*）

吉曼尼斯的剧情编排十分成功，众多转折之处与法庭对峙场面亦堪称杰作。

——加拿大环球邮报（*Global and Mail*）

吉曼尼斯的故事节奏让人一页一页地不断翻下去，舍不得上床睡觉。

——奥斯汀美国政治家报（*Austin American-Statesman*）

《黑色辩护人》在冷硬的法律中阐述情理，是一部无与伦比的杰作。

——得州月刊（*Texas Monthly*）

故事一开始即节奏快速，一路紧凑到最后，毫无冷场。

——休斯敦记事报（*Houston Chronicle*）

绝对是"您想在书架收藏的前十名小说之一"。

——圣保罗先锋报（*The St. Paul Herald*）

序 幕

三十岁的克拉克·麦肯尔是他父亲八亿美金资产的唯一继承人,同时也是一流的败家子,至少老头子是常这样念叨他的,而且经常都是因为像这样的夜晚——充满酒精、毒品和女人。老头子通常念完之后,便马上威胁要把克拉克的名字从遗嘱中剔除。

那是个周六晚上,克拉克灌饱了威士忌,吸足了可卡因,开着老头子的奔驰车一路寻找妓女的踪影。车子在哈瑞海因大道上往南开,几乎都要开到城里了,还是没找到。一路上是有很多卖春女郎,但他还没找到想要的。现在他停在一处红绿灯路口,眼光往上凝视着慢慢浮现的达拉斯城轮廓:在夜空下,四十英里外的灰暗建筑物群,在白色、蓝色和绿色的灯光下排列出一座城市的景象。这样抬头凝望让他觉得有些头晕不适,他摸索了一下找到开启车窗的按键,打开车窗。他把头伸出车窗外,一阵夏夜微风吹来,脸上感觉很温暖。他吸进夜晚的空气,里头充满着卖春的甜美气息。

他闭上双眼,说不定本来可以就那样当场沉沉睡去,但后头那辆小货车上的牛仔按了声喇叭,像是军队号角手宣布进攻,让克拉克回过神来。他猛地睁开双眼,已经是绿灯了。他用力踩下油门,突然做了一个急速回转,但油门加得太猛,他一下子又找不到该死的刹车踏板,于是奔驰车一下子冲过三条巷子,一个轮胎还爬上了路缘,差点撞上一面路牌。那路牌他妈的杵在这儿做什么?车子重重弹了一下,轮胎回到路面上。

黑色辩护人

克拉克驾驶着这辆德国轿车,几乎要开完一整条巷子后才见到了她——一名面貌姣好的女子,来自市中心南边的黑人区,在温暖的夜晚里与女伴出门闲逛。她正是克拉克喜欢的那种类型——身材纤细的黑人美女,戴着金色假发,穿着火辣的粉红色迷你裙,配着高跟鞋与白色露肩紧身上衣,她身上那小小的粉红色皮包前后摇晃着,和她那浑圆臀部左右浪荡摇摆的节奏配合得天衣无缝。她的身材秾纤合度,双腿修长,整个人散发出无比性感诱惑的气息,这让克拉克知道她就是自己要找的人选——一个来自南达拉斯的黑人妓女,专钓来自北达拉斯的白人。

她将是克拉克这个周六晚上的女伴。

克拉克并不是找不到其他女人陪他过夜,达拉斯城里一堆正在寻找丈夫人选的漂亮单身女郎任由他挑选。他长相英俊,而且有个多金的父亲。在达拉斯,财富是必要条件,长相英俊则可有可无。克拉克·麦肯尔既英俊又多金,最近才被提名为城里最抢手的黄金单身汉之一。但谈到和女性的交往关系,他却偏好娼妓。妓女们会乖乖听话,事后也不会去警察局投诉,而且重要的是,他知道一段男女关系要花上老头子多少钱才能解决。

克拉克将奔驰车开到路边,在初次见面的两位南达拉斯女郎身旁减慢车速。他打开乘客前座的车窗,大喊:"金发小妞!"

两名女郎停了下来,于是他也跟着停车。戴着金色假发的黑人女郎慢慢走向车子,那种随意轻佻的神态他特别喜欢在卖春女郎身上看到。她弯下身,半个身子塞进车窗内。她的皮肤平滑,肤色没那么黑,倒比较像晒黑后的棕褐色,脸蛋棱角分明,五官轮廓深刻,感觉上更像白人。她的嘴唇与指甲涂上闪亮的红色,高耸的胸脯撑得圆润饱满,看起来像是真的。还有她身上的气味,比他那晚喝的酒与吸食的毒品更令人兴奋无法自制。她既美且辣,他想要她。

"多少?"

"你想怎么来?"

THE COLOR OF LAW

"全套，宝贝。"

"两百美金。"

"一千美金，包你一晚。"

她微笑着说："把钱掏出来。"

克拉克掏出一整叠百元美金大钞，在她面前晃动，就像在小孩面前晃着糖果。她钻进车里，身子滑坐在光溜的皮椅座位上，粉红色的迷你皮裙被往上挤。克拉克浑身燥热，他踩下油门，把车子开回家。

但他的思绪转到了老头子身上，每次在这种时刻，他常常会忍不住想到自己的父亲。克拉克·麦肯尔是他父亲政治仕途上的绊脚石，而且一直以来都是如此——他酗酒、吸毒、四处玩弄女人。哈，要是这位得州资深议员此刻见到自己唯一的儿子正在做什么好事的话——这家伙喝醉又嗑了药，用"他的"钱找一个黑人妓女买春，还开着"他的"奔驰车，把这女人带回"他的"高地园区豪宅里！当然，父亲的第一个念头绝对是和政治前途有关，而不会是家长管教无方——要是媒体得知他儿子最近败坏门风的行径，则关心对他的选情会造成什么损失。

克拉克纵声笑了起来，那名妓女用仿佛疯了的眼神看着他。至少他是回到达拉斯的老家来败坏门风。当然，如果他的父亲发现他又偷溜回家，一定会更愤怒地威胁要将他从遗嘱上剔除；但在这位受人尊敬的参议员发现之前，克拉克早就回到华盛顿了。克拉克又狂笑了起来，却觉得内心隐隐有股怒意正在蠢动，每次一想到自己的父亲，那股怒意就会出现——因为那个人心里只有白宫，根本没有他这个儿子。

★★★

美国参议员麦克·麦肯尔上下打量自己的第二任妻子，想着他们两人是多么匹配的一对夫妻。

两人正坐在皮制的高背沙发椅里，在乔治城的屋子里享受宁静的周日下午。对面的沙发上坐着两个人，分别是他们的政治顾问以及民意调查

黑色辩护人

员，目的是要送这两人入主白宫。这两人正在仔细推敲投票结果以及研究焦点团体，并且规划出今日政治议题中，麦肯尔该采取什么样的立场——这些立场必须经过精心分析，以满足全美每一个可识别出的票源区，不论是基于人种、宗教、性别、种族地位、地理位置、年纪、社会经济地位或是性取向——只要他们能投麦克·麦肯尔参议员一票。这位得州资深参议员在初选已经取得了压倒性的胜利。

麦克·麦肯尔毕生的野心终于近在咫尺了。他低头看了看自己的双手，仍旧强壮有力，布满经年累月操作钻井塔的茧子。他仍拥有一双做粗工的手，以及大胆鲁莽开采油井的决心。如今他仍然决心十足，并一如往常地认为没有什么能够阻挡他，他将会在周一正式宣布参选。

接着他会花上一亿或两亿美金，总之不管要花上多少钱，都要赢得白宫主人的位置。他很早之前就知道，一个人只要钞票够多，就能买通一切，不管是选举或是比自己年轻的女人，而麦克·麦肯尔有足够的本钱买下这两者。他再次将眼光移到妻子身上，赞叹她的容貌，仿佛初次发现她如此美丽。他浑身充满了她只完全专属于自己的满足感，一如多年前，他走进油田里欣赏油井，知道自己拥有其他人所觊觎的一切。

麦肯尔六十岁，而琴四十岁。他已经当了二十年的参议员，而她十五年前从法学院毕业后，就一直是他的得力助手。对于他的政治事业而言，琴聪明贤惠，口齿清晰，善于表达，并且极为上相，是项相当有利的资产。他们已结婚十年，时间已经长到让之前那次棘手的离婚不会成为他选票里的反对声浪。

琴没有小孩，也不想要。他的第一次婚姻则带给他一个儿子，就是克拉克——一个三十岁的青年，不成才到无以复加境地的财富继承人。六个月前，他以为一份稳定的工作会让这孩子成熟点，顺便也能把他赶出达拉斯，便私底下做了一些安排，让克拉克被指派为联邦能源管制委员会主席。但这孩子老是偷溜回来，和那些来路不明的女人在他们那栋位于达拉斯的

豪宅里，胡搅些只有上帝才知道的鬼事。他的儿子并不是一项对他有利的政治资产。

"议员先生？"

管家布瑞佛出现在客厅的拱门外，手里拿着无线电话，表情茫然。

"是克拉克，先生。"

麦肯尔挥手要他离开，说："告诉他，我很忙。"

"不，先生，这是联邦调查局的电话，是从达拉斯打来的，要询问克拉克的事情。"

"联邦调查局？老天！这次他又做了什么好事？！"

"什么都没做，先生。他死了。"

1

"死在高速公路中间的响尾蛇和死在高速公路中间的律师，有什么不同？"他停顿了一会儿，又接着说，"那条蛇的前面会有刹车痕。"

律师公会的听众，以礼貌的笑声与圆滑的微笑在底下响应。

"为什么纽泽西拿到的都是有毒废弃物，加州却拿到一堆律师？"他再次停顿后，接着说，"因为纽泽西有优先选择权。"

笑声少了些，微笑也少了，不时还有几声不自在的咳嗽声——那么快就不想捧场了。

"律师和精子有什么共同点？"他这次没有停顿，直接往下说，"两者都只有百万分之一的机会变成人类。"

想要唤起在座共鸣的所有努力已经结束。他的听众陷入了一阵死寂，众人凝重的面容直视着他。坐在讲坛后的律师们原本正专注在午餐上，这

黑色辩护人

位客座演讲者试图制造幽默的鲁莽方式，让他们觉得很难堪。

他打量着坐满人的房间，仿佛十分震惊。

然后他摊手问："你们为什么不笑？这些笑话不好笑吗？但一般大众可是认为这些笑话很好笑，好笑极了。每次我只要一去鸡尾酒会或是乡村俱乐部，就一定会有人告诉我这些蠢律师笑话。朋友们，我们可是美国人最喜爱笑话里的笑点哪！"

他调整了一下麦克风，好让大家能听到自己沉重的叹息声，但依旧沉稳地与听众保持目光接触。

"我也不觉得这些笑话好笑，我去念法学院并不是要成为冷笑话的笑柄。我念法学院，是为了要成为另外一位亚惕·芬奇。《杀死一只知更鸟》[1]是家母最爱的一本书，也是我的床边故事。每天晚上，她都会念一章给我听，念完整本书后她会回到开头，重新再念一次。她说：'小史，要像艾堤克思。做一个律师，做好事。'

"而这，我亲爱的律师同仁们，正是我们得要问自己的一个基本问题：我们真的是在做好事，还是只是成为赚钱的好手？我们是美国法律的高贵守护者，为正义而奋斗，还是只是利用法律榨干社会里每一块钱的贪婪寄生虫，就像濒死之人身上的水蛭？我们在让这个世界变得更好，还是只是在让自己赚得满手脏钱？

"朋友们，我们一定要这么问自己，因为社会大众也正用同样的问题在问我们。他们质疑我们，用手指着我们，怪罪我们。当然，我也问过自己这些问题，也有了答案，不但是给我的答案，也是给你们，以及给社会大众的答案：是的，我们是在做好事！是的，我们是在为正义奋斗！是的，我们是在让这个世界变得更好！

"各位，如果你们选我为得州律师公会的下任主席，我就会如此告

---

[1] *To kill a Mockingbird*，作者为 Harper Lee，描述美国南方小镇的白人律师亚惕·芬奇（Atticus Finch）为黑人辩护的故事。

诉世人！我会提醒他们，是我们写了独立宣言以及权利法案，是我们曾争取民权，是我们保护穷人，捍卫无辜，解放受压迫者。自由与压迫、对与错、无辜与有罪、生与死，是我们站在中间！而且我会告诉人们，我很骄傲，该死的骄傲，自己是律师……因为律师——做好事！"

此刻，也许有些人会认为得州炽热的夏季高温让人热昏了头，但听众们，亦即在场所有的律师们——那些从没有保护过穷人或是捍卫无辜，或是解放过任何受压迫者的律师们，那些只为跨国公司利益挺身而出的律师们，相信了他的话，就像小孩长大后就算知道圣诞老人是假的，但还是打从心底希望那是真的。在达拉斯市中心贝罗大楼的主餐厅里，这些律师全体一致从座位上站起，满腔热血，为眼前这位三十六岁的演讲者鼓掌。他移去脸上的玳瑁框眼镜，将一头金发从晒成亮棕色的脸庞往后拨，展现出如同电影明星的微笑。他走回讲坛的位置，位置前的名牌上写着："福特·史蒂芬斯有限责任合伙法律事务所。A·史考特·芬尼律师。"

随着掌声越来越响亮，和史考特一同竞选下一任州律师协会主席的某位营业税律师倾过身子，在他耳边低语："你知道，小史，你刚讲的可真是一堆令人印象深刻的废话。现在我晓得为什么南美以美大学里一半的女学生都想爬上你的床。"

史考特挤了挤纯丝领带的领结，抚平身上那件两千美金的西装，露出雪白的牙齿，跟着低声回答："亨利，你不用上过女人或选上主席，也知道我说的都是真话。"

然后他转过头，再次对着所有起立为他鼓掌的律师同僚们，微笑点头致意。

★★★

只有一位律师没有站起来。一位老绅士独自坐在餐厅后方的老位置上，他厚重的白发落在额前，明亮有神的双眼依旧能看清远处的事物，但吃饭的时候他却戴着黑框老花眼镜。他个子并不高，微微驼背的身形甚至显得有些矮，但即便如此，他仍是一位令其他律师要么直接避开，要么心存警戒恐惧地接近的人物。如同家臣对待领主，这些律师只敢在一旁耐心等着领主大人从煎鸡排、马铃薯泥与核桃派前抬起头，望着他们，给他们一个颔首致意，或是幸运时还能短暂地握一下手。但他从未站起来过。不管发生什么事，美国地区法院法官山姆尔·布佛总是维持就座姿态，直到吃完一顿饭。不过，在今天，他一面回顾着那位年轻律师的演讲内容，同时一抹浅浅微笑浮现在脸上。

A·史考特·芬尼律师正好让一项棘手的司法决定变得更容易了。

2

福特·史蒂芬斯法律事务所位于达拉斯市中心戴柏瑞塔的五十五楼到六十二楼。事务所雄厚的财力收入，可从以下获得证明：雇用两百名律师，平均一个月收费两百个小时，每小时平均两百五十美金，一年营业额平均为一亿两千万美金，每位事务所合伙人累计平均可赚进一百五十万美金利润，这家位于达拉斯的法律事务所与华尔街那些大公司简直不相上下。史考特·芬尼成为事务所合伙人已经四年了，一年可赚得七十五万美金，到四十岁时年收入便可暴增到两百万美金。

身为五十位合伙人之一，他享有许多利益与特权：一位私人秘书、两位律师助理以及四位受雇律师[1]供他差遣；地下停车场的保留车位；高级餐厅、健身中心、乡村俱乐部的会员资格，以及位于六十二楼面北角落的一间宽敞办公室——这个方向是达拉斯市中心唯一值得看的地方。他特

---

[1] Associate，由法律事务所雇用的一般律师，工作若干年达到一定业绩后，可升为合伙人律师（Partner），享受分红。

THE COLOR OF LAW

别喜爱这间办公室,有着木头镶板的墙壁、桃花心木的书桌、皮制家具,而铺在硬木地板上的波斯地毯是从伊朗进口的真品;此外挂在墙上的,是一幅约一点五平方米的加框放大照片,里头是他在橄榄球场上的英姿——南美以美大学野马队,二十二号,在对抗得州长角队那天,史考特·芬尼跑出的一百九十三码(约176.5米)从此成为当地传奇。要保有所有这些令人欣羡的特权,史考特只需要用门徒们对耶稣基督那样的热忱与奉献,去服务事务所的企业客户即可。

律师公会的演讲已经是一个小时之前的事,而史考特此刻正站在波斯地毯上,欣赏着蜜思——二十七岁的前达拉斯牛仔队拉拉队队员,负责事务所的暑期实习规划。每年秋天,福特·史蒂芬斯事务所的律师们会四散到全国各地,面试来自全美精英法学院中成绩最优良的二年级学生。事务所会在来年的夏天雇用面试排行榜上最顶尖的前四十名候选人,把他们带到达拉斯当暑期实习生,一周支付两千五百美金的薪水,外加提供食宿、各种派对和酒精,有些事务所还会提供女人。大型法律事务所的合伙人,多数在大学时都曾是兄弟会成员,所以大部分暑期实习的规划也完全就是兄弟会那套,福特·史蒂芬斯事务所也不例外。

在六月的第一个周一,四十位暑期实习生大举入侵,然后便像眼前的这位鲍伯老弟,在这些掌握权势的合伙人面前,每个人都想得到他们的注意,而这些合伙人则会推断出,这批初出茅庐的精英律师适不适合福特·史蒂芬斯事务所的经营风格。像鲍伯就很适合。这位法学院学生此刻正站在蜜思身旁,从他脸上的表情看得出来,他正在幻想有一天也能拥有一间像这样的办公室,亦即他得一个月做到两百个收费小时,无怨无悔连做上八年,之后事务所才会为他敞开合伙人的大门——新的受雇律师要在福特·史蒂芬斯事务所成为合伙人,几率是二十分之一。但野心勃勃的学生们仍纷纷前仆后继地涌入,因为,就像史考特告诉他们的:"如果你想要用几率赚钱,去拉斯维加斯;如果你想要有机会在四十岁赚到满手大把

黑色辩护人

钞票,就要让福特·史蒂芬斯事务所雇用你。"

"芬尼先生?"

史考特的目光从蜜思身上移开,转向门口,望着他那位穿着过时的中年女秘书。

"苏,什么事?"

"有四个人在线等你——你太太、史坦·泰勒、乔治·帕克和汤姆·戴柏瑞。"

史考特转过身,看着蜜思和鲍伯,然后耸耸肩。

"职责所在。"他和那位相貌苍白平庸、在课堂上永远名列前茅的学生握了握手,又在他肩上拍了拍,说,"鲍伯——"

"我是罗伯。"

"哦,真抱歉。听着,罗伯,七月四日那天我会举办一场大型派对,每个人都不准缺席哦!"

"没问题。我已经听说了。"

接着他对蜜思说:"今年会带些女孩过来吧?"

"我会带十个。"

"十个?"史考特吹了声口哨,"十个前达拉斯牛仔队的拉拉队队员。"

事务所会付给每位女孩五百美金,让她们花上几小时,穿着比基尼并假装对那些法学院学生有兴趣。

"那,鲍伯——"

"我是罗伯。"

"哦,对。如果你想要吸引这些女孩,最好要努力晒黑一点。"

罗伯开心地笑了,即使他能和前达拉斯牛仔队拉拉队队员出去约会的几率,大概和独脚的人赢得踢人比赛的几率差不多。

"芬尼先生,"罗伯说,"您在律师公会午餐会上的演讲,实在太激励人心了。"

THE COLOR OF LAW

打从第一天上班开始,这家伙讨好奉承的技术就已经像是位经验丰富的受雇律师。他说的是真心话吗?

"谢谢,鲍伯。"

蜜思对他眨了眨眼。史考特不晓得她眨眼是因为她知道那场演讲根本是废话连篇,或是又在对他调情。就像所有达拉斯的美貌单身女郎,蜜思让调情成为一门艺术,总是能够吸引住他的目光,尤其是当她跷起那双修长的腿,或是在电梯里擦过他的身体,或是只要用那种仿佛两人已濒临出轨边缘的眼神望着他。当然,事务所里的每一位男性都对蜜思有这样的感觉,但史考特可是被事务所的女性员工票选为年度最英俊男性律师,虽然这也不是什么大不了的评比。史考特在大学时代就已经是明星橄榄球员,而大多数的律师则只精通西洋棋而已,就像这位鲍伯老弟。

"我是罗伯。"

"好、好。"

蜜思和罗伯各自离开,史考特也回到办公桌后,坐在高背皮椅上。他的眼神落在电话上,那儿有四通电话正在等着他回复。没怎么多想,他久经训练的心思立即为四个人列出优先级:汤姆、史坦、乔治和他太太。汤姆去年已经付给事务所三百万美金,史坦是十五万美金,乔治是五万美金。他太太则没有贡献过一毛钱。

史考特拿起电话,按下接通汤姆电话的按钮。

★★★

"芬尼先生!"

史考特正在六十六楼的大厅前,不耐烦地等着电梯,准备要去见在六十九楼的汤姆·戴柏瑞。他嘴上忍不住挂着微笑。他实在太幸运了,像汤姆这种有钱的大爷,正是每个律师梦寐以求的客户:汤姆·戴柏瑞是一个热爱炒地皮的不动产开发商,习惯借钱、买地、盖楼、出租、贩卖、起诉别人和被别人起诉。还有,最重要的是,拥有让自己老是卷入一个又一

黑色辩护人

个法律问题、陷于岌岌可危处境的本领,而要从这些麻烦里脱身,他总是需要花上大把钞票,请来 A·史考特·芬尼律师为他提供法律咨询服务。

苏走到他身边,因为刚刚跑着追赶他,脸上一片通红。

"芬尼先生,今天下午两点,你有一场合伙人会议。"

史考特看看自己的手表:一点四十五分。

"我赶不上。汤姆需要我。今天的议程是什么?"

苏递给他合伙人会议的议程表,上面只有一项需要他投票表决:是否终止约翰·沃克事务所合伙人的身份。不像史考特,约翰已经不再是一名幸运的律师。约翰的有钱客户才刚被一家纽约公司收购,这表示他的客户不会再支付福特·史蒂芬斯事务所任何法律费用,也表示现在约翰·沃克不会再被事务所雇用,因为他的八十万美金年薪已经变成事务所不必要的一项开支。约翰是个杰出的律师,他和史考特一周会玩上两次投篮,但这事攸关生意:即使是杰出的律师,如果手上没了有钱客户,对一家大型法律事务所来说,仍然毫无用处。

史考特伸手到西装外套里取笔的时候,电梯门正好开了,苏跟着他一起踏进电梯。附在议程表上的是一张合伙关系选票,写着:终止约翰·沃克的合伙人身份。事务所里唯一不知道约翰·沃克今天就要走路的合伙人,就是他本人。丹·福特深信开除一名合伙人时,出其不意是很重要的,不然那名合伙人很可能会带走事务所的一些客户。所以,十五分钟后,约翰·沃克会走进丹的办公室,在工作了十二年之后,他被毫无尊严地扫地出门,再由警卫陪同离开大楼。这家事务所从没有被离职的律师带走过一名客户。

苏转过身,把背部借给史考特使用。史考特把选票放在她背上,拿起笔在上头正要签下 A·史考特·芬尼——但他停了下来。他觉得有罪恶感,即使他这一票只是个形式而已,只是对福特·史蒂芬斯法律事务所内号称所有合伙人皆享有平等权利的假象,锦上添花罢了。但事实上,是丹·福

THE COLOR OF LAW

特拥有这家事务所,事务所内的每一位律师、每一间办公室、每一张桌子和每一本书,都是他的。而现在丹已经决定要开除约翰·沃克了。史考特要不就是想都没想便直接举手赞同丹的决定,要不就拒绝,然后……然后怎样?和约翰一起加入失业阵线吗?史考特叹了口气,在选票上的"赞成"格子里签下名字。

他把选票交回给苏,说:"把这给丹。"

苏直盯着那张选票,仿佛那是张死刑执行令,然后以几乎是低语的声音说:"他太太得了乳癌。"

"丹的太太?!"

"不是,是约翰·沃克的太太。他的秘书说是淋巴结肿瘤。"

"你不是在说笑吧?天啊!她还那么年轻。"

史考特的母亲也是很年轻时便因病去世,享年才四十三岁,同样是因为乳癌。她失去乳房、头发,直到最后失去性命时,史考特都只能在一旁无助地袖手旁观。史考特想着约翰和他太太,想着约翰很快就会站在这栋建筑物外的大街上,外套和未来生涯都捧在手上,然后诅咒他的合伙人抛弃了他,诅咒上帝放弃了他的太太,就像史考特也曾如此诅咒上帝,为何让癌症不断蚕食他母亲的身躯?等到史考特将她从床上抬离抱到浴室时,才发现她已经轻得如同羽毛枕头。

"可恶。"

对于约翰的太太,他无能为力,就像当年对他的母亲一样;而且他对约翰的遭遇也同样无能为力,就像他对其他那些被丹·福特无预警开除的律师们也一样无能为力……但,那又如何?史考特看着电梯内镜墙里自己的模样,直到电梯慢慢平稳停下,在六十九楼打开了门。电梯"叮"的一声,就像球员受伤暂停休息后的裁判哨声,他猛地回过神来。他走出电梯,身后的电梯门关了起来,他走进戴柏瑞不动产公司的领域里,这家公司不但是事务所的房东,也是他最重要的客户,因为他每年收取的法律咨询费用中，超过百分之九十是由这位大客户提供，史考特人生中所拥有的一切全靠这些费用，上至他睡的床，下至他脚上穿的鞋子都是。

算算，差不多就是在十一年前，那时候的史考特还是福特·史蒂芬斯事务所里的菜鸟受雇律师，当时也是在这栋大楼的电梯里。然后电梯门打开了，走进来的是托马斯·J·戴柏瑞，史考特马上就认出他来。在达拉斯，每一个人都认识汤姆·戴柏瑞：他是南美以美大学校友，狂热橄榄球球迷，曾被暗指涉入州长以不正当手段操纵球赛事件，这桩丑闻使得全国大专体育协会在一九八七年对南美以美大学处以禁赛决定。此外，20世纪80年代房地产业起飞时，他向纽约的退休基金组织借贷三亿美金建造了这座奢侈的戴柏瑞塔；接着他撑过了90年代的大破产时期，那时期的其他不动产开发商在那波得州房产市场泡沫化灾难中都难逃破产命运。事实上，在其他大型开发商公司的资产不断被法拍之际，汤姆·戴柏瑞是怎么想办法保住他的摩天大楼的，至今仍是达拉斯的第二个大秘密，排行紧接在"肯尼迪真的是奥斯华一个人杀的吗？"之后。

但那一天，就在史考特在电梯认出他的那一刻，戴柏瑞也认出了史考特。史考特亲眼见到他脸上的表情，就像许多成年人近距离接触一位橄榄球明星的模样：那是圣诞节早晨的孩子脸庞。两人互相介绍，史考特告诉戴柏瑞，他现在是福特·史蒂芬斯事务所的律师，接下来戴柏瑞邀请他上楼到市中心俱乐部共进午餐。吃完一顿牛排，戴柏瑞解释得州房地产正面临崩盘，他的公司很勉强才能撑住，而他的律师——那些见风转舵的混蛋，在经济起飞年代收了他数百万美金薪水的那些家伙，才刚刚抛下他，转投刚接手当地破产银行的外国银行，而那些当地银行又握有一堆他的违约票据。午餐过后，戴柏瑞咬下一大口雪茄，靠在椅背上，要史考特·芬尼，这位当地的橄榄球传奇明星，做他的新任律师。

于是A·史考特·芬尼律师有了第一位客户。

其余就是历史了。十一年后，达拉斯的房地产市场再度起飞，戴柏

THE COLOR OF LAW

瑞不动产公司再次爬到顶端，而汤姆·戴柏瑞也再度成为达拉斯律师们扼腕不已的对象，因为只要当他的律师宣布："我是史考特·芬尼，是汤姆·戴柏瑞的律师"时，便能立即得到来自汤姆·戴柏瑞挂保证的尊敬与社会地位。而史考特至今仍是他忠心耿耿的律师，一年收费达三百万美金。

史考特的鞋跟踩在酒红色大理石地板上，来到宽敞的公司入口前停住。在一座牛角吊灯的正下方，是张圆木桌，桌面上放置着一座约六十厘米高的青铜雕像：一只雄性象征小牛被两名牛仔制伏，压倒在地，四肢被捆绑住，第三名牛仔则在一旁用两手挥舞着一把像巨大指甲剪的武器，即将要阉割小牛。雕像底座镶银的名牌上刻着："春季围捕"。

每次史考特进入戴柏瑞不动产公司宽敞奢华的接待区，都觉得自己像是走进了美国西部博物馆。写字台上放着佛德里克·雷明顿[1]雕刻的雕像作品。墙上除了挂着G·哈维[2]绘制的牛仔骑马图画，其他还有诸如《穿上马靴的银行家》、《横渡格兰德河》以及《听天由命》等精美艺术画作。室内摆设和电影《巨人》的布景如出一辙——菱形格纹皮制长沙发，搭配钉着黄铜色方形饰钉的椅子，地板和天花板则镶满黑木条。接待处柜台后的墙上，挂一幅博物馆级的大作——汤姆·戴柏瑞跨骑在一匹黑色大种马上的巨大肖像图，看起来像是被父母逼着坐上可爱动物园小马的小孩。事实上，那还是汤姆唯一的一次骑马经验。但汤姆就是喜欢这些牛仔风味的东西，即使不是在达拉斯、休斯敦或整个得州，现在会喜欢这种风格的人，自己都不是真的牛仔。但，假装一下也很有趣。

史考特的眼神从洛伊·罗杰斯[3]的照片上移开，落到一位也许是他见

---

[1] Frederic Remington（一八六一—一九〇九）美国著名画家、雕刻家与作家，擅长描述美国过往西部牛仔、印第安人等题材。

[2] G.Harvey，美国著名艺术家，擅长绘画与雕刻，以描绘美国西部生活题材闻名。

[3] Roy Rogers（一九一一—一九九八），美国知名西部牛仔影星。

黑色辩护人

过的最美的女人身上,至少他上次站在同样的地方时,并没有见过她。一位金发碧眼的美女,正坐在接待柜台后,一面看着早报一面涂抹指甲油。汤姆·戴柏瑞总是说,他深信不疑的一件事,就是若要找呆板的会计师,就从哈佛商学院找人;而要找柜台小姐,则要从 Hooters[1] 挖角。问题是,这些柜台小姐的职业生涯道路总是从柜台一路延伸到汤姆办公室里的长沙发上,导致最后得付出大笔金额和解,避免对簿公堂。

"老天,他可真英俊!"她说。

她并不是指汤姆。她的一双碧蓝眼眸专注盯着早报上那张年轻人的黑白照片,上头的标题写着:"克拉克·麦肯尔被谋杀"……"妓女被起诉"……"麦肯尔参议员崩溃"……"总统竞选之路延后"。

"那是警局的档案照片,"史考特说,"是他非法持有迷幻药被逮捕时照的。他老是惹麻烦。"

她耸耸肩,说:"他有钱。"

"是他老爸有钱。"

"对我而言已经够了。"

"是吗?那么,那个周六晚上他真应该选你,而不是选那个妓女。"

"哦,我的收费可是比那个妓女高很多的。不过至少我没带枪。"

"美女,从我站的地方,已经可以感受到你散发出的魅力了。"

她腼腆地对史考特笑笑,又将眼神收回到报纸上,一面缓慢摇头,仿佛在沉思一宗十分难解的秘密。

"英俊又多金,他为什么要找黑人妓女?他明明可以轻易获得城里任何一个白人女孩的青睐。"

"比较便宜。就像你说的。"

史考特总是很享受和戴柏瑞的女郎们调情,但他已经对这场对话感到厌烦。参议员的儿子被谋杀,并不是他今天下午所关心的议题。他来这

---

[1] 美式餐厅,标榜以穿着火辣拉拉队制服的巨乳女侍服务顾客。

THE COLOR OF LAW

儿是为了要赚钱。所以他说:"我是史考特·芬尼,来这里见汤姆的。"

柜台小姐放下指甲油,吹了吹指甲,这才拿起电话。她小心地用手心握住话筒,免得弄坏刚涂好的指甲,然后用铅笔末端的橡皮擦按下一个按键,说:"芬尼先生到了。"她挂上电话,在椅子上调整了一下姿势,好显示出傲人的丰满上围,问史考特:"那么,你结婚了吗?"

史考特抬起左手,让她看见上头的结婚戒指。

"十一年了。"

"真可惜。"她又吹了吹指甲,说,"芬尼先生,事情忙完就回来。如果你的已婚事实改变了,打电话给我,或没改变也成。"

即使有文法错误[1],她仍是得州男人最想要的典型:一个美艳的得州女郎。关于得州的传说很多,但其中有一个却是事实:这世界上大部分最美艳的女郎,皆产自得州,尤其是得州的达拉斯城。像这样的女孩,从高中或是专科毕业后,便从得州各处乡镇往达拉斯而来,就像飞蛾扑火。她们来寻求工作与夜生活,并寻找赚大钱的单身汉,这种男人会买豪宅名车、时尚衣物和闪亮亮的珠宝,绝对会让任何一个得州女郎的脸上出现微笑。想要嫁给石油提炼厂工人,住在普通平房的女孩,她会到休斯敦去;想要嫁给钞票并住在华厦的女孩,则会搬到达拉斯来。

史考特走过接待区,穿过一条摆满各式牛仔艺术品的走廊,然后想起要戴上眼镜。他有轻微老花,只有在灯光不足下阅读时才需要戴上眼镜,但他在客户面前习惯戴上眼镜,因为客户们喜欢律师看起来很睿智。他来到汤姆的超大办公区域,里头有秘书专用区、私人浴室、一间有着假壁炉的书房以及一间汤姆的私人房。

玛莲琳,汤姆的中年女秘书,从报纸上那则关于麦肯尔的新闻上抬起头,笑了笑,然后摆动手臂示意他进去。史考特发现汤姆坐在辽阔办公

---

[1] 原文柜台小姐对史考特说:"And call me if that changes…or even if it don't." 正确文法应为:"or even if it doesn't."

黑色辩护人

室的另外一头,他人坐在厚重的大桌子后,头埋在双手里,在挑高三尺的天花板下显得很渺小。史考特走向他的有钱客户,一路上绕过更多皮制家具,一座放置在架子上的花哨镶银墨西哥马鞍,一堆汤姆与州长、参议员与总统的合照,以及一张咖啡桌;桌上摆着前面印有"戴柏瑞"字样的工程帽,以及他在工程破土典礼上用来当道具的蓝图滚动条,虽然汤姆·戴柏瑞一辈子都没做过任何建筑工作。

"我们正在楼下开会讨论那宗土地案件,"史考特在汤姆的头顶上说,"应该很快就可以结案。"

汤姆的头开始前后缓慢摇晃。

"我找你来不是为了那件事。"

汤姆今年五十五岁,头顶上几乎无毛,所以最近会把旁边的头发梳过头顶遮掩。穿上他的注册商标马靴的话,他将近有一百七十厘米(一米七)高。其实不过就是个矮胖的混蛋,但为了一年三百万美金的报酬,史考特会用粗壮结实来形容他。他结过四次婚,老婆一任比一任年轻;现任的戴柏瑞太太今年二十九岁。

汤姆抬起头,史考特马上就知道这次又是和女人有关。他叹了口气。他最好的客户就是无法停止惹上麻烦,需要别人解救。

"汤姆,这次又是谁?"

"娜婷。"

史考特摇了摇头,他不记得这个叫做娜婷的女人。

"金发,很高,身材很结实的那个。老天,史考特,她的臀部简直就像个男生!"汤姆停了停,眼神有些呆滞地往上飘,仿佛在缓和眼前的气氛。然后接着说,"她威胁要提告,说是性骚扰。"汤姆拿出一封信,"她还找了个他妈的律师!"

史考特抢过那封信,直接看向信头:法兰克林·透纳律师,著名的

提告律师。史考特深呼吸一口,骂了句"该死"。达拉斯有两万名律师,她偏偏找上法兰克林·透纳。

史考特迅速扫过信件内容。法兰克林·透纳代表他的客户,要求除非十天内达成金钱赔偿和解,否则便威胁要对戴柏瑞不动产公司以及托马斯·J·戴柏瑞个人提告。

汤姆说:"这个透纳真像传闻那么棘手吗?"

"没错,他很难搞。"

史考特用沉重的语气这么说,就如同医生对病人说:是的,你得了癌症。让客户有些坐立不安一直是最佳良策,因为担忧的客户会付得更多,少点牢骚。所以他皱起眉,走向汤姆特地为这座办公室设计的外推窗,以便能欣赏达拉斯全景。这样他才能站在那儿,对外凝视着这座城市,将景象尽收眼底,心想:老天!多么令人沮丧的景象!昏暗沉闷,就像在看一台老旧的黑白电视。一眼望去满是水泥钢筋,一直延伸到远处,工厂排放的暗棕色废气在这座城市的顶端终年盘旋不去,贫瘠的土地上一棵树都没有。这座城市的主要建设计划一目了然——要把这该死的城市里每一寸绿地都铺上道路。也许这能解释为何达拉斯名列全美最丑的主要城市。除了女人,达拉斯一点自然美都没有。没有海洋,没有湖泊,也没有任何大片水域,除了流过市中心西边的三一河。这条河数十年来作为自然污水排放系统,如今成了一条巨大的排水沟。没有中央公园,没有落基山脉,也没有迈阿密海滩,更别提舒适的气候,其他大城市有的,这儿都没有。达拉斯所有的,只是在榆树街上的一个白色叉叉,表示这儿便是一位美国总统被杀的地方。但,话说回来,你住在达拉斯,为的又不是这些。你住在达拉斯,为的是要快速赚上大把钞票。

"史考特?"

汤姆的声音听起来像是小孩在求情。史考特转过身,面对他满怀担

黑色辩护人

忧的客户。

"汤姆，和法兰克林·透纳杠上，能把赔偿金额压到上次那个的两倍，我就算幸运了。"

汤姆摇了摇头，说："史考特，我不在意钱。如果需要的话，就付个两百万美金，只要把事情处理掉就行。还有，不要声张，我不希望因为这件事失去芭贝思。我真的很喜欢她。"

芭贝思是他的第四任太太。

"我会处理好的，汤姆，就像我之前处理其他人一样。"

汤姆看起来要哭了。

"我永远不会忘记这件事，史考特。永远都不会。"

史考特一面往门口方向走去，一面转头说："我送账单给你的时候，别忘记就行了。"

经过玛莲琳，回到那座牛仔博物馆的这一路上，史考特一直维持着严肃的表情——但他倒是对着那位柜台小姐眨了一下眼睛——然后进入等待电梯的大厅。一旦安全踏入电梯内，而且里头只有他一个人时，他脸上便绽开一朵灿烂笑容，并对着镜墙中的自己说："怎么有人能搞出那么多法律麻烦？那家伙还真他妈的不可思议。"

独自一人待在电梯里，史考特沉浸在自己的思绪中。就像所有律师看待资助自己生活的有钱客户，史考特同样认为这些人是一群智能较低的生物，受到上帝的恩宠，借着继承、偷盗、拐骗、共谋、诈取或是光靠好运便得到巨额财富。所以，为了要维持自然界常态的平衡，在索取法律服务费用这方面，律师便有责任尽可能同时减轻客户的担忧与口袋的重量。

A·史考特·芬尼律师，总是带着对汤姆·戴柏瑞的敬意，完成自己应尽的职责。

THE COLOR OF LAW

3

史考特搭电梯回到楼下的福特·史蒂芬斯事务所办公室。他走过位于六十二楼通往会议室的走廊时，经过了约翰·沃克的办公室。他看见约翰的秘书正在打包他的私人物品，而下一位律师已经进驻这间办公室了。史考特的脚步轻快，打了个响指，胸中充满了让男人最难以自拔的陶醉滋味：成功的滋味。

他推开会议室的双面大门走了进去，宽广的空间里有一张约十二米长的樱桃实木桌，三十张套着深棕色皮椅套的座椅，以及一打如狮子争肉似的正在争夺他人钱财的律师。今天，这些饿坏了的年轻律师，嘴里正咬着的是一宗土地案件：戴柏瑞不动产公司欲以两千五百万美金购买邻接三一河的五十亩土地，打算在上头盖工厂仓库。三位福特·史蒂芬斯法律事务所的律师正在争吵不休，以每小时八百五十美金的联合时数，为史考特的客户争取权益。

史考特走到那张会议长桌的桌首，喊了声："各位！"

房间里安静下来，大家的双眼、领带和西装吊带全转过来面对他。

"你们还没有结束这个案件？搞什么这么久？"

待在事务所第五年的受雇律师，也是史考特指派担任这件戴柏瑞土地案的负责人，西德·格林堡说："史考特，我们还在争论环保引起的暂交托管[1]问题。"

"那还没解决？已经过了……我看看，两周了？"

---

[1] 合约中因有某项未完成条件（此文中即为未解决之铅污染事件）而必须将合约暂交由第三者保管；条件完成后合约即交予受让人。

黑色辩护人

西德说："史考特，我想这没办法解决了。"

"西德，每一个法律问题都会有解决方法。是什么问题？"

"史考特，问题是这样的，我们知道——但政府方面并不知情——那片土地上有污染，是多年前这片地上头一家电池工厂漏出的铅污染。每次只要一下雨，就会有铅流入河里——那些数量可不少。所以我们必须针对部分购买金额托管，以免戴柏瑞公司在开发这片土地之前，铅污染事件就被发现。可问题是，托管要花多少钱？"

"管他的，西德，去雇一个环保顾问，告诉我们要花多少钱托管。"

"史考特，我们本来可以这么做的，只是法院命令我们要把所有环境评估报告呈交给那些可恶的环保怪胎，他们威胁要提告停止这笔土地买卖。"

"三一河诉讼联盟？"

"没错，就是他们。他们要把这片土地当作某种自然公园使用，让孩子们可以近距离看到河流生物栖息地。但他们只会看到一堆死鱼和没处理过的污水。要命，你只要把一根脚趾头伸到那水里就会得病。总之，我们告诉法院，两方都还没有拿到环境评估报告。如果我们做了评估，就得交给那什么鬼诉讼联盟，然后他们就会发现铅污染的事情，并且用来阻止这场土地交易——接着第二天那片地上就会到处都是环保局的人！但没有环境评估报告，我们又不知道要托管多少钱。我们要购买金额的百分之五十被托管，卖方则要百分之五。"

西德无奈地摊了摊手。

"我们可能要告诉戴柏瑞先生得取消这笔交易。"

史考特叹了口气。许多年以前，他也曾经犯下这个错误，因为一些法律细节而要汤姆取消交易。汤姆耐心地听他新聘用的律师说完话，然后说："史考特，我付你钱不是要你告诉我，我不能做什么。我付你钱是要你告诉我，要用什么方法完成我想做的事情。如果你办不到，我会去找一

THE COLOR OF LAW

个比较聪明的律师来帮我。"

史考特从此得到了教训,没有再犯过同样的错误。他不会让汤姆·戴柏瑞取消这笔两千五百万美金的交易,让事务所损失五十万美金的法律咨询费用,而且绝对不是因为有铅流入那条叫做三一河的垃圾坑。

"听好,我们接下来该这么做。事务所会雇用一名环保顾问,他会把评估报告只交给我。卖方的法律顾问可以到我办公室来读取这份报告,但绝对不会有任何副本流出。这份报告是属于福特·史蒂芬斯事务所的,不属于戴柏瑞或卖方。这样,这份报告会受律师与当事人之间的特权[1]保护,而我也可以对法院发誓,两方都没有这份环境评估报告,那什么鬼诉讼联盟也就无法借此发出传票,也就不会有人知道有铅流入河里这件事了。"

"这招成吗?"西德问。

"西德,以前香烟公司就成功过。他们把所有尼古丁会上瘾的证据藏了四十年,因为是他们的律师雇用了做这些研究的科学家。所以这些证据靠着律师或当事人特权,才没有让香烟公司收到法院传票。没有人知道证据就在那儿,因为他们的律师靠着这项特权把证据藏了起来,就像我们要做的一样。"

西德的眼睛发亮了。

"那真是太棒了!那我们可以用合适的环境评估托管价钱,把这笔交易结案了。"

"没错,"史考特说,"叫那些环境保护专家去抱树抱个痛快吧!"

★★★

"法兰克林,你这家伙他妈的最近如何啊?"

史考特接通了法兰克林·透纳这位著名的提告律师电话,先探探口风。法兰克林一定已经指示秘书,如果汤姆·戴柏瑞的律师打电话来,立即接

---

[1] Attorney-client privilege,确保律师与当事人之间沟通内容的隐秘性,亦即不得强迫律师作证其沟通内容,亦不得违反被告的意图而取得该沟通内容。

黑色辩护人

给他,因为他非常明白一通电话就能带给自己可观的大笔入账。

"史考特,两百万美金。"

史考特关上了办公室的门,使用免提听筒接听法兰克林的电话,这样他便可以一面练习挥杆,一面谈判要如何赔偿那位宣称遭受戴柏瑞滥用职权、强迫她与其发生性关系的年轻女人——以史考特自己对这位有钱客户的了解,这件事有可能是事实。史考特挥了挥他摆在办公室里的九号铁杆。他以前习惯用六号铁杆,但有次一记送杆在天花板上打出了一个洞,之后他便改用九号铁杆。从办公室的另一头,史考特说:"老天,法兰克林,至少可以等几分钟之后再这么单刀直入吧?至少也顾及一下职业上的礼貌。"

"史考特,戴柏瑞可是五十五岁了,还有五个孩子——"

"六个。"史考特一面说,一面从窗户的倒影中检查自己的挥杆姿势。

"有六个孩子,又结了婚——"

"结了四次婚。"史考特检查自己的拉杆。

"已婚,又是达拉斯那些大到不像话的不动产公司执行长,他还是商务委员会、总商会,还有城里每一个其他重要公民机构的会员,却强逼一个纯洁的二十二岁年轻女人就范……"

"强逼?法兰克林,拜托。我了解汤姆雇用的那些女孩,她跪在汤姆裤子拉链前的速度,说不定比莫妮卡·莱温斯基[1]还要快。"

史考特忍不住笑出声,然后检查自己举到一半的上挥杆姿势。

"史考特,这可不是开玩笑!娜婷受到的伤害是无法挽救的!"

"但两百万美金可以让她的伤害消失,对吧?"

"不能,但可以让她消失。"

有人轻轻敲了敲门。史考特从窗户前转过身,看见苏正探头进来。她悄声说:"芬尼先生,你的女儿在线,她说很紧急。"

---

[1] Monica Lewinsky,曾与美国前总统克林顿发生绯闻的白宫实习生。

THE COLOR OF LAW

很紧急？史考特浑身一震，身为人父的恐惧与担忧让他的中央神经系统突然紧绷起来，如同启动了警报系统。他跨出四个大步，走到办公桌前，对着免提话筒说："法兰克林，先别挂断好吗？"

史考特没等对方响应，他把九号铁杆靠着办公桌放下，拿起话筒，按下电话上那枚闪亮的灯键，让法兰克林·透纳先等在一旁，改接他九岁女儿的来电。

"嘿，宝贝，发生什么事情了？"

电话那头响起小小的声音，说："母亲不见了，康苏拉在哭。"

"为什么？"

"他们把艾斯塔班抓走了。"

"谁？移民局吗？"

"他说是'移民局的人'[1]。"

"你和他说过话了？"

"康苏拉先前和他谈过，但她后来一直哭，所以就换我和他说了。艾斯塔班说他是在盖房子的时候，被那些人抓走的，还说他们要把他送回墨西哥。你可以帮帮他吗？"

"亲爱的，我无能为力。艾斯塔班是个坚强的孩子，他会没事的。他们会用巴士把他载到马塔莫罗斯[2]，第二天他就可以越境回到美国了，然后几周内，他又会回到这里，就像上次一样。"

"对啊，他也是这样说。"

"那康苏拉为什么这么难过？"

"她怕那些人也会来抓她，把她也送回墨西哥。她说她在墨西哥老家一个亲人也没有，这里就是她唯一的家。"

康苏拉是和这栋房子一起来的。之前的屋主宣告破产之后，无法再

---

[1] 单引号表示为西班牙文。
[2] Matamoros，位于美国与墨西哥边境交界处附近。

负担这栋豪宅的房贷以及墨西哥女佣,于是芬尼一家便得到了康苏拉·罗莎,如同这栋屋子的从属物。

"A·史考特,我告诉她,你会处理好,让她永远和我们住在一起……你在处理这件事,对吧?"

"呃……有啊!我正在处理呢!"他以前就一直想雇用一位移民律师,替康苏拉弄张绿卡,"听着,告诉她别担心了。移民局的人绝对不会到高地园区突袭检查的,不然铁定会人头落地。"

"啊?"

"如果他们把高地园区里的女佣带走,会被开除。"

"哦,但她真的吓坏了。她拉上了屋子里的窗帘,也不肯到后院去,而且不停念着玫瑰经。这里只有我们两个人……好吧,我也有点被吓到了。不会有人突然冲进我们家里吧?就像电视上演的那样?"

"不会,宝贝,不会有人闯入我们家的。"

"真的?"

"真的,让我和她说几句话。"

康苏拉是个很情绪化的女孩,从她因为怕被抓走而突然号啕大哭这一点就可以看得出来——不管是真有其事或只是她自己想象力太丰富。为了要赶走恐惧,她现在身上戴着三个十字架,嘴里念念有词地复诵着不同圣人的每日祷告词,还在厨房水槽的窗台上点满了一堆蜡烛,足够照亮一整间便利商店。但被送回墨西哥的恐惧一直盘踞在她心头。艾斯塔班是她的男朋友,两人在达拉斯小墨西哥区的天主教教会里认识的。史考特每周日早上会开车载她到那儿,当天下午再接她回来,那些墨西哥人每周都在这儿聚会。艾斯塔班在达拉斯其他地区的工地工作,所以会遇到移民局的突击检查,但康苏拉却被所有人都心照不宣的规矩保护得好好的,因为移民局官员不会进入高地园区的属地,这儿属于得州最有钱、在政治上最有影响力的人,以及他们所聘用的非法墨西哥女佣。史考特的非法墨西哥女

THE COLOR OF LAW

佣个性甜美，身材圆润，在照顾芬尼一家大小事务三年后，她已经变成了这个家的一分子，尽管她一慌起来就会说起母语。

康苏拉啜泣的声音从电话那一头传来。

"芬尼先生，我怕管移民的那些人。"

"别怕，康苏拉。没事的，'不会有事的'。没有人会把你带走。你会一直和我们住在一起的。"史考特从他的墨西哥女佣身上重拾了一些西班牙文的语文技巧。

康苏拉吸了吸鼻子，说："你保证？"

"我保证，永远不会有人来抓你的。"

"芬尼先生，你对康苏拉做了一个……'承诺'？"

"是的，康苏拉，我保证。"

她又吸了吸鼻子，然后说："好吧！'谢谢你，先生'。"

他的女儿又回到了在线，"她不哭了。"

"很好。"

"A·史考特，你不会让他们抓走康苏拉吧？"

"不会，宝贝。我不会让这件事发生的。"

"那好。"

"听着，亲爱的，我现在有点忙，如果一切都没问题的话，我得回去工作了。"

"我们没事了。晚点见，小鳄鱼[1]。"

"待会儿见，大鳄鱼。"

史考特挂上电话，在心里提醒自己，要打个电话给几年前认识的移民律师鲁迪·古堤瑞兹。他半年前就想这么做了，或说不定是一年前？仔

---

[1] 原文为Alligator，体型较小的短吻鳄，与男主角全名"A·史考特·芬尼"同以A字母开头，应为父女间拿谐音开的小玩笑。Crocodile（大鳄鱼）体型则约为短吻鳄的两倍大。

黑色辩护人

细想想,好像已经快两年前了,但总是有事情冒出来,所以……电话上闪烁的灯光吸引住史考特的目光,于是他想起来法兰克林·透纳还在线——史考特可不会心疼提告律师收取他处理突发事件的费用。他女儿和墨西哥女佣在位于高地园区的豪宅里,躲在窗帘后缩成一团的画面,此刻从脑海里退去,而被法兰克林·透纳这位著名提告律师自以为是的丑脸给取代。那家伙正靠在豪华办公室里的椅背上,以为自己就要赢得这场比赛,用两百万美金打赢史考特,收买甜美的娜婷。但不会是今天,法兰克林。史考特抓起九号铁杆,按下法兰克林那通电话的按键,将电话转为免提听筒状态,立刻就接上刚才的话题。

"两百万?法兰克林,她未免也太值钱了。怎么,她还是处女吗?"

"她过去的情史,和这件事无关。"

"是啊,就像科比[1]一样。"史考特将九号铁杆对准免提听筒,"法兰克林,但很有可能,她从十四岁起就开始乱搞,所以你最好他妈的建议你的客户,如果她要上法庭,我们就会去追查她过往每一个上过床的对象,然后要他们出来作证,告诉全世界娜婷有多守身如玉,等到我们介绍完她那辉煌的过往记录,那些哈瑞海因大道上的卖春女郎,比起她来可个个都像圣洁的修女!"

"哦?是吗?好吧,那你也最好建议汤姆·戴柏瑞,等我修理过他之后,他绝对会对上帝祈祷,他应该要对第一任太太忠实!"

史考特狂笑起来,仿佛听到了世界上最好笑的事情。

"如果你见过她本人,就不会这样说了。"史考特再次面对窗户,上挥杆举到底,然后检查自己的姿势,"看看我们,法兰克林,我们可

---

[1] Kobe Bryant,NBA明星球员,外号小飞侠,于二〇〇三年七月被一名十九岁少女控告性侵,案件诉讼两年后达成和解,原因为此少女遇见科比前即有多名性伴侣,而她所宣称"在此事件中受到的伤害"很有可能是在与科比发生关系后,另外寻找其他性伴侣所造成。

THE COLOR OF LAW

都是南美以美大学毕业的,却像农夫和长角牛[1]一样斗个不停。听好,重点是,我们两人的客户都有问题,所以为了要同时解决双方的问题,汤姆愿意支付五十万美金给可爱的小娜婷,这可比她在 Hooters 赚的要多得多了。"

"那里小费可不差,史考特。一百五十万。"

"也没你说的那么好,法兰克林。一百万。"

"成交。"

史考特一面检查自己的下挥杆,一面说:"明天一早我就把保密及弃权合约给你送过去。你收到之后,签个名还给我,我就会拿着支票等你。"

"现金支票,抬头同时写我和娜婷·强森。"

"法兰克林,你要他妈的确保让娜婷明白,要是泄露了她和汤姆这场荒唐情事给任何一个人——即使是该死的心理医生也不行——合约上会要她吐回每一毛钱,你也要归还你的律师费用,而且汤姆也很可能会掐死她。"

法兰克林笑了,说:"要是她敢说,我自己就会先掐死这婊子——她害我损失三十三万美金。"

"你拿多少,三分之一?"

"一般收费。"

"三十三万美金,一天就赚这么多,挺不赖的,法兰克林。"

"史考特,这工作不怎么讨喜,但总得有人来做。"

史考特摇了摇头。这些提告律师!

史考特算算自己从事这份职业一辈子大概能赚上五千万美金,但这些混蛋提告律师,靠着抽取客户案件胜诉后的酬金,一年就可以赚足这数

---

[1] 原文为 like an Aggie and a Longhorn,Aggie 意为得州农工大学农夫队(Texas A&M Aggies),Longhorn 则为得州大学长角牛队(University of Texas Longhorns),皆为得州著名大学橄榄球队。

目。他们通常抽三分之一或四成酬金,有时候高达五成,几乎都是这样的私下金钱和解,因为没有一家公司能负担和得州陪审团杠上,尤其是不知道陪审员会不会又扯出另一桩宾州石油胜诉德士古[1]案件,再来一次赔偿高达一百一十亿两千零九十七万六千一百一十又八十三分美金的判决。这件案子让得州成为提告律师得以为所欲为的天堂。到今天为止,法兰克林·透纳律师已经从裁决与私下协议和解中敛财超过十亿美金,真是混蛋加三级。

"嘿,史考特,你觉得我们从休斯敦找来的那位黑人中卫怎么样?有机会破你的纪录吗?"

法兰克林曾经是南美以美大学野马军乐队的一员,吹奏低音号。

"他们想破纪录已经试了十四年,法兰克林,目前为止还差得远呢!"

"总有一天会的,史考特,总有一天。"

"是是是……很高兴和你谈这笔生意,法兰克林。"

史考特用九号铁杆按下免提听筒的挂断键。这场成功的十分钟谈判,让他觉得有义务去向自己最好的客户收取五万美金的费用。他是这样想的,汤姆·戴柏瑞已经准备好要付两百万美金来解决娜婷,但自己却技巧高明地将协议金额降到只有一百万美金,所以,即使多收取了五万美金的法律处理费用,他事实上还替戴柏瑞"省下"了九十五万美金。史考特仔细端详自己在窗户上的倒影,一杆挥出到底,姿势就像职业高尔夫球手。史考特·芬尼已经发现自己拥有了必要的技巧,能在人生的三种比赛中胜出:橄榄球、高尔夫球和律师这一行。

---

[1] 一九八四年,德士古石油公司(Texaco,又译为大硅谷)与宾州石油(Pennzoil)争夺格帝石油公司(Getty Oil),德士古公司最后以高价并购成功后,旋即被宾州石油以"恶意并购"名义提告并获胜诉,德士古公司须赔偿宾州石油一百多亿美金,因无力负担,宣告破产。

030

THE COLOR OF LAW

4

下午五点钟,充满危机、冲突与争辩的一天又结束了。这就是律师生活,但并不是每个人,或甚至每个律师都能过的日子。律师这门行业要不是你的天赋,就是和你完全搭不上边。如果你早上醒来没有急着想来场战斗,如果人性之间的冲突会让你退却,如果你没有强烈的竞争意识,如果你没有胆量和出名的提告律师肉搏几回合,在他设定的游戏机制里将他击退,那么律师这种充满男子气概的运动,并不适合你。那么,还是去做社工吧!

律师这门行业很像橄榄球运动。事实上,史考特一直认为自己过去的橄榄球队员生涯,是学校提供的最好律师职前预备课程,让他轻而易举转换跑道,理所当然地成为一名律师。橄榄球是合法的暴力,当律师则是暴力的合法,因为律师用法律条文当作武器,将彼此的客户打到投降为止。就像橄榄球教练要的是快、狠、准的球员,有钱客户要的也是快、狠、准的律师。而且他们要的都是胜利,不计任何代价。说谎、作弊或偷盗,只要他妈的官司胜诉就行!在橄榄球和法律的世界里,获胜并不是一切,而是唯一。胜者享受成功的甜美果实,失败者就是输家。A·史考特·芬尼律师往后靠在椅背上,双手交握撑在脑后,浏览着他在福特·史蒂芬斯法律事务所的世界:他是个赢家。而他的回报是一个完美的人生,绝对完美的人生。

他听见苏的桌上响起电话声,几秒钟后,苏便站在门口,手里拿着皮包。

"芬尼先生,是联邦法院打来的。"

史考特摇摇头,说:"我明天会回她电话。"

黑色辩护人

"不是书记官,是法官打来的。是布佛法官。"

史考特马上在椅子上坐直身子,问:"布佛法官打电话来?"

苏点点头。

"他到底要我怎么样?"

苏耸耸肩,史考特的眼光落到电话上唯一闪烁着的灯光。在这通电话的另外一头,是山姆尔·布佛法官,得州北区法院的资深联邦法官,由卡特总统亲自任命,过去三十年来在达拉斯掌管每一件民权案件。即使他是开放的民主党员,但在保守的达拉斯已经算是头号代表人物。身为联邦法官,他赚的钱还比不上在福特·史蒂芬斯法律事务所里工作两年的受雇律师,但那些一年赚上一百万美金的律师,见到他时仍要尊称一声"法官大人",即使是在他的法庭外也一样——而史考特从未在他的法庭外和他说过一句话。史考特深呼吸一口,拿起电话,按下那枚闪烁不停的按键。

"布佛法官,您好,真是意外呢!"

"史考特,年轻人,最近怎么样?"

"这个……还可以,法官大人。还过得去。那……您最近如何呢?"

"唉,我可不怎么好,史考特,所以我才会打电话给你。我有个大问题,需要顶尖的律师来解决。我想你是汤姆·戴柏瑞的律师,而且——"

"这件事和汤姆有关吗?"

"哦,史考特,和他没有关系。只是你身为戴柏瑞的律师,应该已经习惯处理引人注目的案件,而且你在我的法庭里表现一直很杰出。但,最重要的是,你有正确的态度。今天午餐时我听了你在律师公会的演讲,便知道你正是我手上这件案子需要的律师。史考特,知道还有人了解身为律师的意义到底是什么,我无法形容当时的感动。现在有这么多年轻律师,但他们在意的只有如何致富。"

"是啊,法官大人,这实在令人羞愧得想哭。"

"你知道,史考特,看见你站在那儿,每个人都为你鼓掌,让我忆

THE COLOR OF LAW

起你和得州橄榄球队的那场比赛——棒呆了,年轻人,那可是我见过最厉害的带球进攻。那天你跑了多少?一百五十码(约137米)?"

"是一百九十三码(约176.5米),法官大人。三次持球触地得分,但我们还是输了。"

"真是他妈的一场精彩比赛。"

"法官大人,我不知道您也这么迷橄榄球。"

"史考特,我是个土生土长的得州人,当然是橄榄球迷。你知道我也是南美以美大学毕业的吗?"

史考特笑出声来,说:"法官大人,我当然知道。每一个法学院的学生都知道山姆尔·布佛——法学院有史以来学业成绩平均最高纪录保持人、法学评论杂志编辑、最高法院道格拉斯法官[1]的书记官、林登·贝恩斯·约翰逊[2]手下的助理检察总长……"

"哇,年轻人,你让我觉得自己老了。"

"哦,抱歉,法官大人。"

"你也不赖,史考特,班上成绩第一名呢!"

"谢谢您,法官大人。"

"所以,史考特,要不要来帮一位老法官的忙呢?"

"乐意之至,法官大人。"

就在此时,他脑海里的周边视角闪过某种动静,就像有个敌方后卫朝他移动,想要趁他防备不及时将他扑倒。

"这工作不简单,史考特,所以需要一位不简单的律师,一个不会放弃、能处理压力、受到严重打击之后仍能重新站起来的律师——而你在橄榄球

---

[1] William O. Douglas,美国最高法院史上任职期间最长的法官,共任职三十六年又两百零九天。

[2] Lyndon Baines Johnson,简称LBJ,得州人,曾任国会众议员及参议员,一九六〇年接受肯尼迪提名为副总统候选人,一九六三年肯尼迪在得州达拉斯遇刺后,他旋即宣誓成为美国第三十六届总统。

黑色辩护人

场上完全证明了这几项特质。你知道,史考特,不管看过多少其他场比赛,我一直认为你是我见过最厉害的球员,大概只有梅瑞迪思比得上你。"

唐·梅瑞迪思在成为达拉斯牛仔队的明星四分卫之前,在一九五七到一九五九年间曾是南美以美大学的明星四分卫。他来自维农山区的乡间,是得州有史以来培养的最伟大运动员之一,大家一致认为在球场那个位置上,他是最勇猛的四分卫球员。梅瑞迪思现在仍是达拉斯的活生生传奇人物,尽管他现在住在圣菲[1]。

"但,史考特,这份工作同时也需要一位有着像你这样信念的律师,认为律师应该要保护穷人,为无辜者辩护,并且为正义而奋斗。"

"当然,法官大人。"

在过去他身为橄榄球员的日子里,每当比赛僵持不下时,史考特·芬尼,背号二十二号,总是全力以赴,抱着胜利凯旋而归。即使他并不确定今天他所要接手的任务是什么——也许布佛只是要指派他去做独立检察官,调查一件高知名度的政治丑闻,这可会让史考特·芬尼一夕成名——他想要获胜的欲望本能凌驾了一切,他将全力以赴。

"保护穷人,为无辜者辩护,为正义而奋斗——这不只是我们的职责所在,法官大人,也是我们神圣的荣耀。"

妈的,刚刚这句话听起来真够帅!绝对赢定了!史考特在心里注记,下次竞选演讲时可以加上这一句。

"很高兴听到你这么说,史考特。你看过麦肯尔这件案子的新闻了吗?周六晚上,这位参议员的儿子被谋杀了。"

"看过了,法官大人,犯人是一名妓女。"

"是啊,一名黑人女性,二十四岁,一堆卖淫、非法持有毒品前科……她说自己是无辜的。"

史考特又笑出声,说:"哪个犯人不是这么说?"

---

[1] 美国新墨西哥州首府。

THE COLOR OF LAW

"这一案件会成为媒体追逐的焦点——被控告谋杀参议员儿子的凶手是一名黑人娼妓,而且这位参议员不是别人,我得提醒你,他很可能就是下任美国总统。"

"是啊,我可不会想当她的律师。"

"这个嘛,史考特,这就是我打电话来的目的。"

这位法官大人对史考特的所求,就像敌方后卫用尽全力闪电急袭般重重击中史考特!居然被一个联邦法官出其不意击倒了!汗珠从他额头上的毛孔涌出,他的脉搏"突突"跳个不停,史考特伸出手松了松自己的纯丝领带。

"她需要一位好律师,史考特,她需要你。"

这就是他刚刚赢得的吗?这就是他凯旋而归的胜利果实?史考特处在恐慌边缘,他敏锐的心智开始计划能用什么方法从胜利的嘴下把失败抢到手。

"但,法官大人,不是有公设辩护律师吗?"

"史考特,我不能把一项判死刑的案子交给毛都还没长齐的公设辩护律师,那些人勉勉强强才能从法学院毕业。这女孩需要一位真正的律师。"

"但我是负责企业的商务律师。为什么不指派刑事辩护律师?"

"我本来想的……直到我听见你的演讲为止。辩护律师,不过是雇来的枪手罢了,他们根本不在乎为无辜者辩护或是为正义奋斗这种事。他们只想拿到该得到的费用。史考特,他们不像你。而且他们大部分只在州立法院出庭过,而你有在联邦法庭开庭的经验。"

"为什么谋杀案件会由联邦法院处理?"

"克拉克·麦肯尔是联邦能源管制委员会主席,这职位是参议员提供的。联邦官员被谋杀,便是联邦法庭要负责。"

"但是,法官大人——"

"再说,史考特,你也能让令堂以你为荣。"

黑色辩护人

"啊？"

"你可以是另外一位亚惕·芬奇。"

"但是——"

"她有权获得律师协助，那就是你了，史考特。你在此被指派为美利坚合众国政府起诉莎汪达·琼斯谋杀联邦官员一案中的被告辩护律师。明早就去见你的当事人，出席周三早上九点的羁押听证会。"

★★★

史考特走得很快——该死，他几乎要跑起来了——他一路走过六十二楼铺着地毯的走道，来到通往六十三楼的酒红色大理石阶梯。他三步并作两步爬上阶梯，匆忙经过一排小小的办公室，里头正坐着聪明的年轻律师，大量生产每月规定的收费时数，就像工厂在线每天打卡上班的蓝领工人。今晚，就像每天晚上一样，这些工人正在两班轮值，对事务所合伙人的荷包而言可以说是好处多多。但这个想法却不像以往那样让史考特满心雀跃；今晚他在冲往资深合伙人办公室的路上，心头可是充满了恐惧。

丹·福特今年六十岁，他和金·史蒂芬斯三十五年前刚从南美以美大学法学院毕业后便成立了这家事务所。史考特十一年前自南美以美大学毕业后，丹·福特便雇用了他，把他收纳在自己麾下，并教导他如何利用律师一职来谋利，让他被选为合伙人之一，还替他处理房屋贷款，带他踏入高级餐厅、健身中心以及乡村俱乐部的大门，更替他弄来一辆物超所值的法拉利跑车。他是史考特的人生导师，同时也像是位慈父，而他每天都会坐在那张代表身份地位的办公桌后，周一到周五从早上七点坐到晚上七点，周六则从早上七点坐到中午十二点，一年五十二周皆是如此。整整三十五年来，丹·福特每年都收费三千个小时，比得上迪马乔[1]连续

---

[1] Joe DiMaggio（一九一四——一九九九）洋基队中外野手，连续五十六场击出安打纪录，至今无人能及，又有"摇摆乔"（Joltin' Joe）与"洋基快艇"（The Yankee Clipper）之称。

THE COLOR OF LAW

五十六场安打、人人称赞的英勇事迹。这家事务所就是他的人生。

丹那颗闪闪发亮的光头出现了，接着一抹欢迎的微笑绽开在他的脸上。

"小史！我的好孩子！"

史考特坐倒在沙发上。

"小子，你看起来不怎么好。出问题了？"

丹·福特在过去十一年里已经解决过史考特大部分的问题，史考特希望这次他也能帮自己一把。

"布佛法官刚刚指派我，代表杀了麦肯尔参议员儿子的那名妓女出庭辩护。"

这消息让丹倒抽一口冷气。他跌回椅子上，说："你在开玩笑吧？"

"我也希望是在开玩笑。"

"为什么是你？"

史考特举起手摊了摊，说："因为我在律师公会的那场午餐演讲，该死的提到了亚惕·芬奇！法官当时就在现场。"

"他相信了？"

"显然如此。"

丹的双手抚过光滑的头颅。

"不妙，大事不妙。我们可惹不起下任美国总统，而且我们也实在惹不起布佛法官。该死的谋杀案！为什么这不是由州立法院处理？那样就好解决了！"

得州州立法院的法官们，总是很通情达理，只要大型法律事务所合伙人的一通电话，一切都好商量。因为州立法院法官的竞选经费都是靠大型法律事务所提供。事务所如果威胁要在下次法官竞选时，将竞选献金转移给法官的敌手，便总是能让法官们只好答应合作。州立法院的法官选举，在得州是一项宪法传统，可追溯至一八五〇年，功能在于让得州的法律系统在执法不公时，依然能按部就班，照老规矩办事。所以大型法律事务所

黑色辩护人

的律师并不怕州立法院法官,就像一个人不会怕自家养的宠物。

但联邦法官可就完全不是这么回事。联邦法官不是经由选举产生,而是根据美国宪法第三条,直接由总统任命——并且是终身制。他们不会经由投票机制被踢出法官职位,不需要大型法律事务所提供的竞选经费,也不怕手握权力的律师。惹毛了联邦法官,就要在接下来的三十或四十年承担后果——而且只要是在他的法庭上,你就别想赢得另一场官司。像福特·史蒂芬斯这样规模庞大的法律事务所,常常会遇到联邦法院开庭的案件,因此绝对无法承担惹毛山姆尔·布佛法官的后果。

"我们有一堆待解决的案子在他手上等着备审,都是钱堆起来的大案子。要是我们在布佛的法庭变成不受欢迎的对象,直到那混蛋死掉为止,我们都无法在联邦法庭打赢官司了。"

"或直到他退休为止。"

"布佛会死在法官位置上,就像金那样。"

这家法律事务所的共同创始人金·史蒂芬斯,去年便是死在办公桌的位置上,手里还握着笔,头倒在每日工作时间表上,正记录着上一个收费时数。二十四小时内,他的办公室便被清理干净,而史考特搬了进去。

"布佛说这会成为媒体焦点。"史考特说。

"没错,事务所一定会上不少镜头——但却不是我们想要的那一种。"丹苍白的脸庞红润起来,像是个新生儿,"该死!事务所不能去为一个妓女辩护啊!"

丹闭上眼,一只手遮住自己的脸,手指揉着太阳穴,这是他思考的模式。而丹·福特一陷入深思,总能得出非常正确的答案。史考特的资深合伙人所拥有的心思,便如同他那台奔驰轿车的设计:强大、有效、可靠,而且完全不具备道德成分。所以丹在深思时,史考特便安静地坐在一旁。他抬起眼,检视着墙上新添的战利品。丹是一个狩猎玩家,玩得很大,墙上挂满的全是过去这些年来他猎获的野生动物头部标本,每一颗动物的头

部在往下看着史考特，实在令人有点毛骨悚然。

过了一会儿之后，丹把手放了下来，脸上挂着微笑。

"要她认罪。"

"她说她是无辜的，要求审判。"

"又怎样？听着，小史，你去看她，向她解释这件案子很有可能会打输，然后她就会被判死刑，或是最好的情况，下半辈子都在监狱里度过。如果她认罪的话，到她五十岁的时候，就会被放出来，这样她还算有人生可以度过……你知道的，去使出你人尽皆知的魅力，假装你真的在乎她的遭遇。"

"如果她不配合的话呢？"

"她最好乖乖听话！我可不要这家事务所的收入因为某个无关紧要的娼妓而受到折损。"

丹的脸庞现在已经是通红一片，他直指着史考特，很明确地告知史考特该离去了。史考特站起身，小心翼翼地走向门口。

"你告诉她，要她认罪，不管她愿不愿意！"

小史点点头，然后溜了出去。才在走廊走到第十步，他又听见丹的声音："小史，要她认罪！"

5

史考特将红色法拉利从停车库里驶出，习惯性地对着车库管理员奥斯华多抬手行了个礼，然后将车子转往北方。市中心大部分的工人都要靠着北达拉斯的收费公路或中北高速公路通勤，回到位于遥远郊区的家，无计可施地塞在车水马龙的道路上数小时，压抑着怒气，免得发生每年在达拉斯高速公路上造成不少驾驶死亡的交通意外。但史考特却游刃有余地将车开上苹酒泉路与龟溪大道,转往湖边道,再经过李将军[1]公园,这条通往回家的路,百年来一向是达拉斯重要人物回家的必经之路。十分钟后,他开过一条铺着沥青的两线道后,就像他的神仙教母挥动了魔杖,眼前的世界全然改观:比起外头的那个世界,这儿的地价多了五倍、房屋价值多了四倍、每人年收入多了三倍、学生的考试成绩多了两倍,以及触目所及皆是白种人。

他已经进入了高地园区。

高地园区一九○六年建于达拉斯市中心高地处的三百亩土地上,今日它是高雅住宅区的圣殿,处处可见美化设计过的草坪,以及高耸橡树遮盖住天空的宽阔大道。在宽敞的人行道上,可以看见来自欧洲的保姆与墨西哥女佣正推着婴儿车,里头躺着得州庞大财富的继承人,这些孩子的父亲——那些亿万富翁、百万富翁或是服侍这些富翁的律师——在市中心的摩天大楼工作,而他们的母亲则在乡村俱乐部打网球,并且在高地园区的购物中心逛着安妮芳婷[2]、鲁卡·鲁卡[3]和葆蝶家[4]专门店。园区中充满西班牙式地中海风情的建筑,以及古雅石灰泥砌成的屋宇,屋顶上铺着赤陶瓦以及装饰用的铁制花纹,让人遥想在久远的过去时空,只有某些阶层的人物才能享有巨额财富,而不是靠灌篮就能跻身有钱人阶级。来自加州的观光客说,这个地方让他们想起比佛利山庄,而且也有个好理由:设计高地园区的建筑师也正是比佛利山庄的设计者。唯一的不同在于,比佛利山庄的创始人并没有提出让渡房地产的限制条例,以法律限定此处只能由白人进住,但高地园区的创始人却有着这么一条规定。

差不多一百年后,高地园区如今已经是一座五千多平方米的岛屿,完

---

[1] Robert E. Lee,美国南北战争时引领南军的关键人物。
[2] Anne Fontaine,法国时尚女装品牌,以黑白简约风格闻名。
[3] Luca Luca,意大利名牌时装。
[4] Bottega Veneta,意大利名牌包,精品时装品牌。

THE COLOR OF LAW

全被近十万平方米的达拉斯所包围。它是一座位于多样种族颜色海洋中的白色岛屿：达拉斯有一百二十万居民，现在白人比率只占百分之三十九；而在高地园区里，目前有八千八百五十位居民，仍有百分之九十八为白人，没有一栋房子属于黑人。它同时是也是座富裕之岛——不管在什么时候，高地园区超过一百栋的住户，每一栋开出的销售价格都超过一百万美金。这座岛对于折磨着达拉斯的犯罪和社会病征也完全免疫——高地园区的孩子们称自己的家园为"安全之地"，对于自己的"与世隔绝"，他们一点都不以为意，无视在园区边界外对他们招手的那个世界——尽管这座岛并没有河流或溪水，甚至是护城河将外面的世界完全隔离，只有得州最高价的房屋、武装齐备的警力以及远播的声名：如果你是黑人或棕色皮肤人种，却不住在这儿，最好识相地快速经过然后离开。

高地园区的警察没有阻止那辆红色法拉利开入：因为史考特·芬尼是个白人，而且住在这儿。就像其他手头多金的白种人，史考特在达拉斯赚钱，下班后却回到位于高地园区的家，他在这儿供养家人，把孩子送到高地园区的学校就读。他右转进入比佛利道，将车开进他那栋高两层半、两百多平米，拥有六间卧室、六间卫浴，价值三百五十万美金的住家前车道。三年前，前任屋主宣告破产，房子被法院法拍时，他以两百八十万美金买下了这栋屋子。丹·福特用银行之前欠他的人情，说服银行以全额外加百分之五的贷款将房子卖给史考特。这栋房子坐落于高地园区的中心地带，占地一亩，以这个价钱买到手，可说是物超所值。史考特毫不犹豫跳了进来，瞬间的巨额负债几乎将他整个人淹没。在得州其他许多城镇，手上有大笔金钱的人总是会被投以怀疑的眼光；但在达拉斯，这种人会被投以敬畏的眼神。

史考特将车开上铺砖车道，驶进后方的停车处。他关掉车引擎，却没有立刻下车。每天下午回到家，再次欣赏着自己的住所时，他通常会涌出一股骄傲，因为这是他努力用脑袋和辛苦当律师所换来的回报，一个在他完美人生里的完美之家。

但今天下午却不一样。

这是他一生中第二次,模模糊糊觉得有一种大难临头的预感袭上心头,就像他十岁那年,有天母亲提早到学校接他放学,告诉他父亲伤得很重时,那时他就知道父亲死了。

布奇·芬尼一直都是建筑工人。那天工地的缆绳突然断裂,一堆木材掉落,压在他身上。史考特的母亲尽全力要维持生活,但最后他们还是得卖掉位于东达拉斯的小房子。她替一位整形外科医师工作,那位医师住在高地园区,并且在南美以美大学附近拥有一片待拆建区的土地,上头有栋屋龄六十年、小得不能再小的屋子,用力一推大概就会垮掉。那栋房子毫无价值,但那近三千平方米的土地则至少价值二十五万美金。医师打算一直保有这片土地,直到退休后才会拆掉房子,然后把那片土地卖掉赚上一笔。这位好心的医师于是便将那栋破旧的小屋租给了芬尼母子。

因此史考特·芬尼上的是高地园区学校,和那些州长、参议员、亿万富翁或名门贵族后裔,比如杭兹家族、佩洛兹家族以及克罗斯家族的孩子,一同上学。他是在街上游荡的穷小子,身上没有知名设计师的牛仔裤或者一双一百美金的耐克球鞋,没有在春假时去欧洲旅游的机会,也没有在十六岁生日时得到一辆价值五万美金的 BMW 轿车。但史考特·芬尼拥有的某些东西,是那些财大气粗的男孩们即使用老爸的钱也买不到的,那就是他的运动天赋。他那令人惊叹的体格天赋在球赛中冲刺进攻时展露无遗,让这个地区的人们永远都忘不了他。高中橄榄球比赛,周五夜晚的狂欢,合法的暴力游戏,由男人策划,交由男孩用肉体去承受痛苦,然后受到所有人的欢呼——这是得州最能振奋人心且屡试不爽的好方法。史考特作风强悍、速度够快,很快就反过头来成为高地园区自多克·沃克[1]以

---

[1] Doak Walker,著名美国橄榄球球员,出生于美国得州达拉斯,就读高地园区高中,毕业后进入南美以美大学,也是高地园区橄榄球队的一员。

THE COLOR OF LAW

来最引以为傲的明星。

高中毕业后,他到南美以美大学就读。高地园区大部分的孩子怕离开这座岛屿的安全保障就会有生命危险,所以对他们而言,去大学念书只是意味着要搬出位于高地园区的父母家。他们开着宝马轿车经过几个街区,然后搬进兄弟会或姐妹会位于高地园区的南美以美大学校区宿舍。史考特·芬尼选择南美以美大学的理由,是因为学校提供橄榄球奖学金。他当了整整四年大学对抗赛的主角,他对抗得州队那场跑出的一百九十三码,让他化身为传奇人物。他受欢迎的程度,也让他被推选为班长,他也够聪明,能以班上第一名的优异成绩毕业。史考特身高一米八七,体重八十四公斤,在对方开球后便带着满是伤疤的双膝跑动进攻,当职业橄榄球队选中他这位白人球员时,他却进入了南美以美法学院就读。

其实,如果你盘算要找一份律师工作,在纽约、华盛顿或洛杉矶,甚至是休斯敦就业,你不会为此而去念南美以美大学法学院:它并不完全是美国西南部的哈佛。事实上,要进南美以美大学的法学院,远比进入南美以美大学姐妹或兄弟会容易得多。你选择去念这所大学的法学院,只是因为你要在得州的达拉斯就业。因为这么多年来,达拉斯一直只招揽同样出身南美以美大学的律师,肥水绝对不落外人田。

史考特在法学院以班级第一名成绩毕业后,赢得达拉斯每一家大型企业的工作邀请。他选择福特·史蒂芬斯法律事务所是因为,这家事务所多给了他五千美金的薪水。十一年后,史考特·芬尼已不再是个游荡街头的穷小子了。

★★★

史考特由通往寄存室[1]的后门进入屋子后,来到了空间宽敞的厨房,他看见康苏拉正在煮饭,那台小电视正在播放墨西哥的游戏节目。

"'小姐,晚安。'今天晚上吃什么?"

---

[1] Mud room,暂时置放沾上泥污或潮湿衣物的小房间。

那张棕色脸庞从不锈钢炉前抬起,然后微笑着说:"芬尼先生,是辣椒肉馅玉米卷饼。可是特别为你做的哦!"

他走过去,伸出一只手臂揽住她:"康苏拉,不要担心,艾斯塔班很快就会回来的。"

她忍住眼泪,说:"没错,他会回来的。"

康苏拉·罗莎二十八岁,娇小丰满。她住在后院泳池旁的一座简易小屋里,就像高地园区内其他数不清的非法墨西哥女佣,这样能有效提供她们政治庇护,不被移民局的人抓走。这些非法女佣的存在早就不是秘密。现在人们见到这些女佣在工作日推着推车经过高地园区美食杂货店的走廊,采买一家所需,可以将其当成不过是一堂西班牙会话课。芬尼家女仆所受到的真正威胁,不是来自移民局,而是来自艾斯塔班的荷尔蒙。要是她的墨西哥汉子弄大了她的肚子,根据居民们心照不宣的协议,康苏拉就得离开这里,因为在杂货店里听见西班牙文可以接受,但在学校里可就不是这么一回事了。

"芬尼太太回来了吗?"

"还没,先生,她出门一整天了,去打高尔夫球。"

"上了那么多高尔夫球课,现在她应该已经作为女子职业球员参加巡回比赛了。"

史考特依照日常惯例,从后方阶梯上楼,一次跨越两阶,接着他穿过走廊,再爬上另外一组楼梯,来到顶楼他九岁女儿的领域。她的房间并不像一般小孩子的房间,墙上没有小甜甜布兰妮或欧森双胞胎姐妹[1]的海报。她只有书,摆在书架、桌上、床边小桌,还有地上。虽然才九岁,但她已经是个非常正经的孩子,思考周到,远超过她所受的教养。史考特在斜顶立窗下的书桌前找到她,小女孩光着脚,穿着吊带短裤与一件写着"达拉斯小牛队"的绿色上衣,尽管她的母亲一直威胁她,如果不

---

[1] Olsen Twins,美国知名双胞胎姊妹明星,自童星起家,为当红青少年偶像。

开始像其他高地园区那些和她同龄的女孩那样，穿上从内曼·马克思百货[1]买来的设计师名牌衣饰，就要弃养她。但她一直坚定不移地拒绝，说自己有自己的身份认同，她母亲则会呛回去："什么身份？男生吗？"

"嘿，小布。"

芭芭拉·布·芬尼，是以史考特母亲的名字命名，她在小布出生前便过世了，没能来得及见到她儿子的豪宅与孙女。小布在转椅上转过身，及肩的红发跟着飞转起来，然后给了他一个深入人心的微笑。史考特爱他的妻子，但小布却是他一生所爱。

"嘿！A·史考特。"

他捧起她的小脸，弯下腰，吻了吻她的额头。

"宝贝，今天过得好吗？"

"哦，我看了书，玩了计算机游戏，看了电视，还和康苏拉一起煮饭。你知道，就像平常那样……直到艾斯塔班打电话来。谢谢你让康苏拉平静下来，不然她会一直哭到现在。"

史考特点点头，问："你妈妈一整天不在家？"

她看了史考特一眼，说："是啊！"

"现在是暑假，她应该多花点时间陪你。"

"谁叫我不是牛仔大亨晚会[2]的筹备委员呢？"她微笑，又问，"你今天过得怎么样？"

"还好。"

"有什么重要的律师工作吗？"

"哦，当然有。"

"像什么？"

---

[1] Neiman Marcus，美国专门贩卖高贵奢侈品的零售百货。
[2] Cattle Baron's Ball，美国癌症协会负责筹办的一年一度的盛大募款社交晚会，在得州各大城市定期举行。

黑色辩护人

史考特开始回想今天到底做了什么——将坐在办公室的九小时登记为十二个收费小时；在律师公会午餐会上那篇关于亚瑒·芬奇的演讲；一面和蜜思调情，一面收拢一位如上钩鱼儿般的法学院学生；投下开除约翰·沃克的一票；和戴柏瑞的柜台接待小姐调情；用律师与当事人之间的特权来掩饰铅污染的事实；用在审判庭上揭露一个年轻女人的过往情史来威胁她，毁掉她的一生，好让和解金额降得更低——他很快就决定，就像他一贯做出的决定，律师的生活最好都留在事务所的办公室里。

于是他说："哦，就是律师会做的一些事情而已。"

"这样不行，"她又淡然地看了他一眼，说，"你只是告诉我，你想让我知道的事情，对不对？"

他对着她微笑，说："没错。"

小布皱起眉，说："不公平。"

"什么不公平？"

"我被关在这里一整天，妈妈却可以去和她那些名媛朋友吃午餐，又去打高尔夫球，而你可以去上班，做律师工作。妈妈回到家之后会告诉我，这一整天她做了什么，但我想知道你过得怎么样，你却不说。不公平嘛！"

史考特坐在小布的床边，看着自己的女儿那张可爱的小脸蛋皱成了苦瓜。他知道小布不是真的在生气，但这仍然让他困扰。所以他再次回想一天的经过，然后决定可以告诉她一件事。

"好吧，我告诉你一件今天发生的事情。我被指派去当一位罪犯的辩护律师，就是谋杀麦肯尔参议员儿子的那个女人。"

她的脸蛋亮了起来，刚刚的不满一下子烟消云散。

"你又不是罪犯律师。"

"有人说，所有的律师都是罪犯。"

小布微笑了起来，说："你知道我的意思。"

"好吧,我希望不会有审判,她最好能认罪。"

"什么是认罪?"

"就是说她有罪。"

"那她有罪吗?"

"有可能。"

"你会去问她吗?"

"也许……我是说,当然会。"

"为什么你要她认罪?我以为案子送去审判的话,你会赚更多钱。"

"这次审判不会。我是免费去当她的辩护律师。"

"为什么?"

"布佛法官逼我的。"

"他可以那样做?"

"是啊,我会在联邦法庭出庭,所以他可以那样做,这是规定。"

"下次法官竞选时支持他的敌手!"

他把自己的女儿教得真好。

"布佛法官是联邦法官,是终身职位。"

"该死。"

"小布,不要骂人。"

"母亲就会这样。"

"好吧,她不应该这样,而且你也不该。那样会让你听起来很没教养。"

"但是电影里面也在骂人啊,连辅导级的电影也是,而且其他的小孩也都会骂人。"

"这样不对,不要去学他们,小布。不要因为每个人都这样做,就去做不对的事情。你要做正确的事情。"

"我没有骂'三字经'。"

史考特微笑着说:"这倒是很好。"

"我甚至不知道那是什么意思。"

"我希望你最好不要知道。"

"住在街尾的莎莉,说她爸爸只要以为她不在身边,就会一直用脏话骂人。有时候就算她在,他还是照骂。我不在你身边的时候,你没有用'三字经'吧?"

"没有,当然没有。"

他撒了一个小小的谎。

"所以,她没有付钱给你吗?"

"谁?被告吗?没有。"

"她有工作吗?"

"她是……嗯……"

"娼妓,我在电视上听到的,而且还有毒瘾。什么是娼妓?"

每当小布问起像这样的问题,史考特总是不确定该怎么回答才好。只要他没有完全说实话,她似乎总是知道,但即使她一出生就已经二十五岁,他仍然不愿意总是说实话。所以他以律师的方式来回答:敷衍事实。

"那是种私人伴游。"

"那是什么?"

"她取悦男人。"

"就像你取悦客户吗?"

比她所知的还要类似。

"嗯,可以这么说。"

"你有像她那样的客户吗?"

"没有,小布,我不会代表娼妓或有毒瘾的人出庭。"

"我是说,黑人客户?"

"哦,没有。我从来没有黑人客户。"

"为什么没有?"

THE COLOR OF LAW

"这个嘛，因为我只代表企业出庭，不是人。"

"那些一直打电话给你的人呢？"

"我的客户是大企业，但联络我的人是这些企业的行政人员。"

小布噘起小嘴。她在想事情。

"为什么？"

"什么为什么？"

"为什么你代表的是企业，而不是人？"

"因为个人是请不起我的。说真的，小布，以一小时三点五的价码，连我都请不起我自己了。"

她瞪大了眼睛问："你一个小时就收费三点五美金？"

史考特呵呵笑了起来，说："不是，是一小时三百五十美金。"

"真的？所以你才工作这么慢吗？"

这小女孩才九岁，就已经够格成为全国最大法律事务所的首席合伙人。

她说："所以我们很有钱，是因为那些企业可以一小时付你三百五十美金？"

"是的……也不算是，我们并不算有钱，小布。"

"我们住在大房子里，你还开法拉利跑车。"

"是没错，但我要工作才能保有这一切。有钱人就不用。"

"辛迪的爸爸被开除了，所以他们得卖掉房子。"

"宝贝，别担心，这种事不会发生在我们身上。"

★★★

他的妻子躺在豪华按摩浴缸里说："史考特，你得和她好好谈谈，她会听你的！我女儿打扮得像个男生，我要怎么选上牛仔大亨晚会的主办人？"

蕾贝卡·芬尼三十三岁，身材秾纤合度，外表艳丽动人，仍然是高

黑色辩护人

地园区最亮眼的女人,正是他完美人生中的完美女人。而她极度渴望成为下一届牛仔大亨晚会的主办人,那是达拉斯一年一度最盛大的社交晚宴,在那一天晚上,高地园区所有精通世故的优雅男女会穿得像牛仔一样,彻底扮演得州人。人们比着谁最有南方土音腔、谁的香烟最长、谁的裙子最短,还有谁的钻石最大;每个人也企图把彼此比下去,看看谁最不像穷酸的得州人——悍马加长版豪华礼车、劳斯莱斯,甚至直升机将这些人载到南叉牧场,亦即电影集《朱门恩怨》中男主角小杰[1]的家,或是其他适合举办晚会的场地。他们喝着香槟与威士忌,吃着炸鳄鱼肉与墨西哥法士达[2],骑着电动车,用犰狳[3]赛跑下注,然后随着橡树岭男孩或是杜威·约肯[4]或威利·尼尔森[5]那样的乡村音乐起舞。

男人用钱竞赛,在赌桌旁玩骰子,或是在拍卖钻石与保时捷的会场上竞相喊价。女人则用衣服竞赛。她们穿着黑色、蓝色、红色、粉红色和白色的牛仔靴,靴子皮则来自蜥蜴、鸵鸟、大象、袋鼠和麂;她们穿着低胸缎制马甲、系颈羊皮上衣、皮背心以及晚宴长袍;她们戴着和自己衣装相称的牛仔帽。去年蕾贝卡穿着一件粉蓝色流苏的麂皮迷你短裙,搭配相称的牛仔靴、粉红色流苏的低胸系颈上衣,以及一顶粉红色的麂皮牛仔帽——那晚她却非常生气,因为没有人注意到她。史考特总是对这点感到好笑,但牛仔大亨晚会对高地园区的女人来说,可是再正式也不过的竞艳场合,每一个女人都抢着要当晚会之花。有幸得以主办这场晚会的女人,会永远被供在高地园区精英社群中膜拜——也许只有一位

---

[1]《朱门恩怨》原名为 Dallas,20 世纪 80 年代著名美国影集,描述得州石油大亨 Ewing 一家生活,其中 J. R. Ewing(小杰)为反派人物,个性鲜明,相当有心机,为求掌权不择手段。

[2] Fajita,即墨西哥烤肉。

[3] 一种生活在美国南部及中南美洲的有壳哺乳动物,身覆骨质鳞片,俗称铠鼠。

[4] Dwinght Yoakam,20 世纪 80 年代著名乡村歌手,同时也是演员。

[5] Willie Nelson,传奇乡村歌手,又有乡村教父之称。

女主办人例外，因为她被逮到在内曼·迈克思百货顺手牵羊。蕾贝卡可没有犯罪前科，所以是下届晚会最热门的主办人选。

史考特和蕾贝卡在二楼的主浴室里；她全身赤裸地躺在按摩浴缸里，他感觉到浴袍下的身体被撩拨了起来。史考特曾试着想要和自己的妻子谈谈今天发生了什么事，但她却丝毫不感兴趣。麦肯尔那件案子也不断撩拨着他的心绪；他的妻子则把他的烦躁心情逼到最高点。她只想谈论牛仔大亨晚会，还有高地园区最新的丑闻——那桩对史考特而言并不非常意外的婚外情。

蕾贝卡说："玛妃，你记得她吧？上次在俱乐部的派对里见过。"

史考特不记得玛妃是谁，也不是特别想记起这个人，于是他摇摇头。

"金白色的头发，隆胸，老是不知道天高地厚，很无礼的那一个……"

"好吧，你这样讲，把范围缩小到高地园区百分之九十五的女人身上。"

"她嫁给一个比尔什么鬼的，又胖又老，还秃头。"

"这样讲我就想起来了。她穿着一套两件式的紧身衣，肌肤挺漂亮。比尔看起来大概比她大上二十岁。所以是她出轨了？"

"他逮到她和邻居一起睡在床上。"

"蕾贝卡，我得再说一次，我不觉得这很意外。"

她狡猾地对他笑了一下，以史考特之前的经验判定，她就要说出重点了。

"他不是发现她和隔壁的男邻居搞在一起，他发现她和隔壁的女邻居睡在一起。"

"她和另外一个女人在床上？"

"对！我还打了电话要告诉你，但是苏说你在忙。"

"蕾贝卡，我在工作的时候不要拿这些八卦来烦我。"

"如果那是事实，就不是八卦，这可是你自己说的。"

"蕾贝卡,那是中伤诽谤。所谓事实是对言辞或书面诽谤不容置疑的辩护,八卦可没有办法辩护。"

"即使是蕾丝边(女同性恋)搞外遇?"

"他们不是有个小女儿,和小布年纪差不多?"

"是没错。玛妃和她的女朋友私奔到加州去了。"

"没带走孩子?为什么?"

蕾贝卡耸耸肩,说:"大家都知道为什么,她再也没有脸出现在这里了。而且,她是个蕾丝边,小孩没有她还比较好。"

"蕾贝卡,这就是你在午餐时间做的事吗?光聊八卦?"

"没有……只有在吃点心的时候聊聊而已。我们把这叫做丑闻舒芙蕾[1]。"

她看起来似乎很自得其乐,完全变成了那群人的一分子。一想到自己的妻子在午餐时光聊八卦,小布却一个人坐在家里,史考特原本躁动的情绪又被撩拨到最高点。他正打算说几句保证会让她觉得难受的话,但一见到她从浴缸爬出来时那具光滑湿润的胴体,生理的欲望便凌驾麦肯尔案件、牛仔大亨晚会、丑闻舒芙蕾和所有其他在他脑海徘徊不去的纷扰念头。他向她走去,从后头拥抱住她,将自己的身体抵在她身上,双手在她身上游移。

"今晚不要,史考特,我累了。"

过去六个月以来,她一直都是这么累。他放开了她,走进卧室,来到窗户边坐下。他坐在那儿,听着金甲虫在外头的窗玻璃上敲出"哒、哒、哒"的声音,像洗心革面的罪人寻求光亮。

以前不是这样的。他们两人相遇在史考特念法学院三年级的时候,在他从前住过的兄弟会宿舍里,在一场橄榄球比赛后的派对上。她是高年级的拉拉队队员,也是全校注目的南美以美大学小姐。史考特·芬尼是橄

---

[1] Souffle,一种甜点,类似蛋奶酥。

榄球队传奇人物,也是校园名人,所以要接近南美以美大学里最美丽的女学生,并不是难事。他们当晚就在楼上洗手间发生了关系。

他们曾经打得如此火热,无论怎么索取需求对方都嫌不够。

但这一路走来,在某段时期后——是什么时候发生的,他并不是很确定——他们之间的热情已经减退。现在他们躺上床时,总是背对背,中间隔着六十厘米左右的特大号床垫,像是某种缓冲区。他们并没有对彼此生气埋怨(他们已经很少交谈),但已很少做爱了。她就这样疏远了他。

他颓然无力地坐在那儿,所有之前让他纷扰不安的思绪迅速又回到脑海——麦肯尔的案子、妻子对自己的生活缺乏关注、求欢再次被拒、丑闻舒芙蕾以及小女儿整天孤单一人在家。他对着在浴室的妻子大喊:"为什么你不花点时间和小布在一起?说不定她就会比较听你的话了。"

蕾贝卡出现在浴室门口,依然全身赤裸,双手放在臀后。

"她从来就不听我的话。我身上这些讨厌的妊娠纹都是因为她!但她可是你的小孩。我在她这个年纪的时候,就已经赢过两届选美比赛。她现在穿的可是吊带裤!况且,我这个夏天很忙!你就为什么不能多花点时间陪她?"

"我在工作。"

"哦,我懂了,反正我做的事情没那么重要就是了。"

"那些事情听起来只是在聊八卦而已。"

"只有在吃点心的时候聊!午餐的时候,我们在筹备晚会!"

"真是了不起的社交大活动。"

"可以为慈善团体募款。"

"你又根本不在乎,这不过是另外一座能帮助你攀上高地园区社交圈的阶梯而已。你在社交圈子不断往上爬,结果是康苏拉在养小布。"

她瞪了他一眼,转过身,消失在浴室里。史考特正想对着她的背影大喊:你需要花在女儿身上的时间,应该要和你与那些臭女人八卦的时间一样久！但接下来她就会说：是吗？你花在我身上的宝贵收费时数，要和你花在客户身上的一样多！接下来他又会说：是客户付钱买下这栋房子、车子、你的衣服，还有……

"麦肯尔……"

记者的声音唤回史考特的思绪，他将注意力转到电视上。

"儿子被谋杀这件事，"记者正在报道，"让这位参议员的同情票大增，更加巩固了他成为竞选白宫热门人选的局面。"

6

一九六三年十一月二十二日，达拉斯早报上刊登了一则全版面的粗体字广告，标题为："欢迎肯尼迪先生莅临达拉斯。"但这其实并不是表示欢迎，而是对肯尼迪总统的控诉，指责他被几位自称"拥有美国民主思维之公民"的达拉斯石油商给收买了。在前往达拉斯的空军一号上，一名幕僚将这则广告递给总统，肯尼迪看了之后说："我们今天要前往一个疯狂的国度。"这则广告将达拉斯市长归为肯尼迪的支持者。

厄尔·克贝尔便是当时的达拉斯市长。那天早上，他在拉菲尔德机场会见肯尼迪总统后，便随着三辆总统随行车队，跟在总统那辆蓝色加长型礼车后头。克贝尔的车刚要转入榆树街，就听见三声枪响从得州学校书店的方向传出。他到达帕克兰纪念医院时，刚巧总统也正从礼车中被抬出。克贝尔市长一直待在医院，直到总统的遗体被带走为止。他曾希望能在总统面前展示达拉斯不再是"美国西南联邦方令人头痛的首府"，可是他失败了。但至今人们仍将市中心那栋联邦大楼以他的名字命名——以克贝尔之名，而不是以总统之名。

THE COLOR OF LAW

当然,A·史考特·芬尼在隔天早上九点后没多久到达位于商业街上的厄尔·克贝尔联邦大楼时,根本不知道此号人物,也不知道为什么他们要用此人为这栋灰突突的二十一层大楼命名。他只知道,那一天他并不想待在这栋大楼里,而他只关心一件事:让他的当事人认罪,然后尽快离开这个鬼地方。他走出五楼电梯,来到联邦拘留所。经过金属探测器搜查随身公文包后,一名黑人警卫来见他。

"史考特·芬尼要来见莎汪达·琼斯。"

"你是她的律师?"

史考特简直想尖叫回答:该死的,不是!我不是她的律师!但他只是点了点头。警卫带着他走过一条窄廊,来到一间小房间,里头除了一张金属桌子和两张金属椅子外,什么都没有。史考特走进去,盯着空无一物的墙壁,直到房门打开。一名黑人女子走了进来,随即带进一股恶臭体味,像阵浓烟一样充斥整个房间。她上上下下打量史考特,用双手捂住自己的嘴,用力打了几下喷嚏,才说:"你是律师啊?"

"是的。"

莎汪达·琼斯才二十四岁,但看起来比实际年龄苍老许多。她身材娇小,身高只到史考特的肩膀。她的头发并没有全部编成细辫子,也没有烫得平滑顺亮。她的头发是棕色的,高度在耳际上方,似乎很柔软,尽管看起来已经有几天没有好好梳理。她有着凝脂般的椭圆形眼白以及棕色的大眼珠,但却凹陷了下去,眼神空洞。她的脸庞肌肤平滑,是漂亮的深棕色,但眼窝附近的颜色却比脸上其他地方深,脸上一层薄薄的汗在微微发亮。她看起来十分苗条,但在那身宽大的白色囚服下仍显得凹凸有致。她的脸蛋棱角分明,颧骨高耸,鼻挺唇薄,姿色不错,但她在人生某段时间,一定曾经更漂亮过。她让史考特想起刚度过很糟糕一天的哈莉·贝瑞[1],非常糟糕的一天。

---

[1] Halle Berry,美国著名美艳黑人女星。

黑色辩护人

这天早上史考特并没有戴上眼镜,他并不在乎这位当事人是否认为他看起来够聪明。而且他也没有向她伸出手,即使他每次都会与新客户握手:丹·福特在史考特刚进入律师这门行业时,解释过律师只有一个机会能在新客户面前留下完美的第一印象,所以他应该总是直视对方眼睛,并且握手要有力,丹说这样能给客户一种坦白正直的感觉,让他们事后不会那么质疑自己的律师费。但史考特并没有对她这么做,生怕她的手——刚刚她打喷嚏,仿佛得了肺炎的时候,那只手可是遮着她的嘴——可能会带给他什么传染疾病。史考特作势要他的新当事人坐下,但她没有坐下,而是开始来回踱步。

她走向房间另外一头,又走回来,不断来来回回,还一面搓着手臂,仿佛房间一点都不热,而是冷得要死。她手指交缠在一起,就像康苏拉念玫瑰经的模样。她的眼神在房间里四处乱扫视,双腿似乎无法配合,不断不受控制地抽搐着。走回这头的半途中,她突然整个人弯下身子,呻吟起来。

"你还好吗?"

"生理痛。"她咕哝。

就像大多数的男人听到女人谈及月经,史考特不知道该怎么响应。他只好说:"我太太每个月生理期也痛得很厉害。"

她咬着牙说:"她可不会痛成这样。"

过了一会儿,生理痛明显消退了些,于是她又开始来回踱步。史考特坐在那儿,从口袋里拿出名片,推到桌子另外一边给她。她再次踱回桌子旁时,猛地拉开椅子坐了下来,将手臂"啪"的一声甩到桌上。史考特注意到她两只前臂内侧的暗点,就像有人要玩连连看却一直没办法把这些点全部连起。接着他想起来了:她对海洛因上瘾。她用拇指和食指拾起那张名片,拿到眼前。

"A代表什么意思?"她问。

"没什么。"

"你名字的第一个字是一个英文字母?"

史考特不想讨论自己的名字,他只想赶快结束这一切,然后回到他位于戴柏瑞塔六十二楼的办公室里,那才是他应该待着的地方。

"琼斯小姐,我是史考特·芬尼。法院指派我代表你出庭。你被控谋杀罪,触犯联邦法律,因为受害者是联邦公务员。如果被判有罪,你很可能会被处以死刑或终身监禁。这也是为什么我要和你谈谈认罪问题,让罪刑较轻,这样三十年内就能出狱了。"

她突然猛地伸长双手捉住史考特的手腕,他本能地想把手从瞪大双眼的女人手中抽回,但以她的身材而言,她的力气十分大,握得非常牢。

她说:"给我来一点,拜托,我已经两天没睡了!"

"来一点?"

"拉 K 也行啊!我很需要!"

"你是说毒品?不行,我做不到!"

"你不是我的律师吗?"

"有律师给过你毒品?"

"可以让你爽一下。来嘛。"

"不要!"

她跳了起来,又重新开始来回踱步。史考特得花上整整一分钟整理自己的情绪。史考特曾遇到过有企业客户想贿赂他(也称之为法律费用),要他销毁与罪证牵连的相关文件、买通证人作伪证、隐藏欺瞒行为,以及向证券交易委员会要求篡改诉讼记录。但那些人总是穿戴整齐,是受过良好教育的白人!

镇定下来之后,史考特说:"好了,就像我说的,你可以认罪,然后——"

"说那是我干的?"

"没错,但并非蓄意谋杀。"

她停了下来,双手放在臀后,用不可置信的表情瞪着他。

"你要我说,是我杀了他?如果我真杀了他,你不想知道为什么吗?"

"这个……当然想。"他靠在椅背上,说,"告诉我,到底发生了什么事?"

她在空荡荡的桌子上摆着手问:"你不写下来?"

史考特把手伸到随身公文包里,拿出一本黄色横条记事本以及一支黑色钢笔。

"请继续。"

莎汪达·琼斯,这名妓女,又开始一面在房间里来回踱步,一面告诉她的律师,六月五日那个周六晚上的真相(根据她的说法)。

"我们那时候在哈瑞海因大道上班——"

哈瑞海因大道是以一位达拉斯石油商名字命名,正好从市中心北边一路延伸到环状商业区,一条由北到南的多元文化走廊,大家都是这么说的。沿着一侧的人行道走过去,你至少可以在四家医院里,得到全国最好的医疗照顾。你可以靠努力得到得州大学医学院学位,在市场中心[1]购买当季流行衣饰与高级家具,或需要更经济实惠些的话,也可以去逛逛慈善二手商店。你也可以在专打高尔夫球的小溪谷乡村俱乐部打打球,吃着五花八门的各地美食,买到便宜的二手车、违法毒品、假身份证明以及仿冒的名牌包包,还可以在上空俱乐部与裸体沙龙找乐子,在救世军的游民收容之家寄宿一晚,或是挑一个妓女。

"'我们'是谁?"

"我和琪琪。"

"琪琪姓什么?"

"我怎么会知道?那根本不是她的真名!"

---

[1] Market Center,大型商品批发市场。

"什么时间？"

"十点吧！好像。"

"晚上？"

"老娘早上才不上工！"

"你——"

"你到底要不要听我把故事说完啊？"

史考特举起双手投降，于是莎汪达·琼斯继续说下去，她极度烦躁不安，动作也很大，双臂不断飞舞着。

"总之就是，我们感觉很愉快，看起来也很漂亮。我戴着金色假发，琪琪戴红色的。我们在路上闲逛着，男人开车经过，又是吹口哨又是乱叫。都是黑人、墨西哥家伙，他们只看不买，付不起我们这种高级女郎的价码。他们喜欢我们，因为我们不是纯黑人，而且身材很好——我和琪琪几乎每天都看健身录像带运动，这两天才拿了卷新的，叫什么'紧翘佳人'吧？是教人举哑铃的，你看看。"

她将囚衣的短袖往上推，弯起右手臂挤出二头肌，展示出在女孩身上难得见到的一团肌肉。棒极了，这嗑海洛因上瘾的家伙还懂得健身。

"于是，大概十点半的时候，白人帅哥开着奔驰车出现了，就是那种黑色的车，车窗也涂得黑黑的。他在我们身旁停下，打开车窗打量我们，我知道我俩有一个铁定会被挑中。他说：'金发的，上车。'嘿，老娘才不会被这种把戏给骗了，说上车就上车啊？所以我慢慢晃过去，靠在车窗上，车子里闻起来简直就像威士忌工厂。他说会付我一千美金，买我整晚。我说：'先把钱亮出来。'我从电影里学会的。他拿出一卷钞票，多到能压死一匹马！所以我就上车了，差点就直接滑到车底，我穿皮裙，座位也是皮的。他靠过来抓住我的胸部，说：'这对是真货？'我说：'宝贝，老娘全身上下如假包换。'"

她突然又呻吟起来，抱住自己的上腹部，再次弯下身子。

黑色辩护人

"妈的！"

她维持了那个姿势很久。

史考特以前比完球赛时，腿常常受抽筋之苦，的确痛得要命。所以他对莎汪达是有些同情。但他还是检查了一下自己的手表，一面想着浪费了多少可收费时数，一面希望她能赶快说完。终于，她的生理痛好些了，于是她直起身子，又开始说个不停。

"总之就是，我们开车走了。我以为是要去汽车旅馆，结果是去高地园区，路牌上写的。我可从没去过高地园区——黑人女孩都知道，最好不要去那里。很快车子就开到他妈的我这辈子见过的最大的房子里。下车后，我跟着他进屋，地方挺不错。他问我要不要喝什么，我说好啊。我在想，一个有钱又有这么漂亮大房子的白人，长相又那么俊，铁定加分不少，要老娘做什么？

"我们上楼，爬上床，我就知道了他为什么要我。他爬到我身上，说：'你喜欢这样吗？'我当然说：'哦，好棒，宝贝，你够猛。'惯用小伎俩，男人都喜欢听这种废话。然后他说：'再说一次，黑鬼！'这下我可不喜欢别人叫我黑鬼了，但为了一千美金，我没说别的，只说："哦！是啊，宝贝你真行！"然后他赏我巴掌，很用力！说他喜欢对女人粗暴。嘿，还没人打过老娘呢！我一拳揍向白人帅哥的嘴，又把他一脚踢下床，跳起来说：'别想对老娘动粗，白鬼！'

"他又扑向我，整个人气坏了，所以我抓了他的脸，猛地再赏他一拳！砰！"她的左手用力挥了一圈。"一拳正中眼睛！我们滚倒在床上，他又开始打我，这次用上了拳头，就打在这里。"她指着自己的左脸，上头的瘀青很明显。"但我的膝盖正中他的鸟蛋，他倒了下来然后开始咒骂：'你这黑鬼娼妓！'我抓起衣服，还有我那一千美金与他的车钥匙，开车回到琪琪那儿，把车子扔在那里。"

"那是你最后一次见到克拉克·麦肯尔？"

THE COLOR OF LAW

"他叫这名字?"

"对,他是麦克·麦肯尔参议员的儿子。"

她脸上一片茫然,她分不清麦克·麦肯尔和米老鼠[1]有什么不同。

"芬尼先生,我最后见到他的时候,他倒在地板上滚动,抱住他的胯下,用很难听的话骂我。"

"他那天晚上被杀害了。警察在周日发现他全裸倒在卧室地板上,头部中弹,近距离直射,身旁有一支口径点22的手枪,上头有你的指纹。"

"一定是从我皮包掉出来的。"

"所以那是你的枪?"

"在达拉斯街上工作的女人,一定得带。"

"但你没有开枪射他?"

"律师先生,我没有。"

"你是无辜的?"

"是的,律师先生。而且我不要认罪。"

"但,琼斯小姐——"

"琼斯小姐是我妈,你叫我莎汪达就好,我不要认罪。还有,我可以保释吗?我什么时候能离开这里?我特别想——"

"毒品?"

"芬尼先生,你看着我的表情,好像我不过是个人渣,但你绝对没法想象过去我有多惨。"

史考特叹了口气,这一切都不在他的盘算中。

"我会问问保释听证会什么时候开始,但你是被控谋杀,要保释出去不容易。即使法庭准许你假释,代价也很高。你有任何资产吗?"

她一拍自己的臀部,说:"这就是老娘唯一的资产。"

"漂亮的臀部没办法让你出狱。"

---

[1] Mack McCall(麦克·麦肯尔)和 Mickey Mouse(米老鼠)皆为 M 开头。

"在某些地方行得通。"史考特以为她在开玩笑,但她脸上却没有笑容。

她又说:"所以我要被关在这里,直到开庭?芬尼先生,我要见我的宝贝孩子啊!"

"你有孩子?"

"她叫帕修美,九岁。"

史考特把钢笔放在记事本上,问:"怎么拼写?"

"P—a—j—a—m—a—e。帕——修——美,是法文。"

"她现在在哪儿?"

"在国民住宅区的家里。以前这种事情就发生过,但我只被关了几天。我告诉她:'小女生,千万别开门。'"

"琪琪会照顾她吗?"

"不会。琪琪和男人同居,我才不会让任何男人到我家,可能会伤害帕修美。是路易斯在看着她,替她带杂货,确定她没事。路易斯就像她叔叔,但他不是。"

史考特把记事本和笔推到桌子另一边。

"把你家住址写下来……还有路易斯的电话号码。"

莎汪达停下踱步,坐下来用左手拿过笔,开始写了起来,但她的手抖得像个老人,史考特这才意识到此刻的气氛有多尴尬。

"我女儿也是左撇子。"

她停下来,瞪着自己的手瞧。过了一会儿后,她停下笔,将笔放下来,然后抬起头,用湿润的眼睛回望着史考特。

"芬尼先生,我毒瘾实在撑不住了。"

然后她弯下身子,吐了出来。

★★★

史考特来到丹·福特的办公室,当他像团水泥一样一屁股重重地坐

在沙发上时,这位资深合伙人正在打电话。

丹对着电话说:"州长,我们当然支持您再次出马竞选,您卓越的领导给予商业界一切法律所需——不增加新税赋、不改革侵权法……好的、好的……没问题,明天见。"

丹挂上电话,不可置信地摇着头。

"那小子在加油站找不到油,"叹了长长一口气,"但他可是州长!"然后他终于把注意力放在史考特身上,"她要认罪吗?"

"她不会认罪。"

丹一脸了然点了点头,说:"我猜她也不会。"

史考特早就准备好接受丹·福特随时会破口漫骂的激烈演说,但这位资深合伙人却似乎并没有那样愤怒。

"我该怎么办?"

"把她交给别人处理。"丹说。

"交给别人?"

"没错,去雇一个刑事辩护律师来取代你。小史,这只是个简单的数学计算问题。"

"丹,你到底在说些什么?"

丹站起身,走过他身边,来到墙壁前挂在那头美洲赤鹿标本头下方的留言板,打开木门板,拿出一支麦克笔,边说边写:"以最糟的情况来看,假设律师需要花上一千个小时处理这件案子。但我们只需要付一名辩护律师——我说的可不是那些最优秀的法学院毕业生,只要他有执照就行——一小时五十美金——"

"一小时五十块?我们的暑期实习生一小时收费一百美金耶!"

"他们都是顶尖人才,我现在说的是那种成绩倒数的律师。史考特,这个人一小时只需要五十美金,所以一千小时乘以五十美金,等于事务所要花上五万美金。"

黑色辩护人

史考特知道这位资深合伙人之前早就把一切想好了,因为即使是五毛钱,丹·福特也像看待五十块大钞一样,不会轻易浪费。他是个会去计算事务所内每台复印机产值的律师——每张四十分美金——并且一定要确保这些机器没日没夜运作个不停,不断吐出纸张,至少要为事务所每年进账将近一百万美金。福特·史蒂芬斯法律事务所详细记录办公室内的一切花费,不管会动还是不会动的,都要从每一位受雇律师、律师助理、秘书、打字员、快递员,还有从影印、传真与电话上榨出油水。而丹·福特则紧紧盯着每一个人和每一件东西。

他现在正在说着:"但这样做可以让你从那一千小时中脱身,这样你就能以每小时三百五十美金的收费继续为我们其他付费的客户工作。那可是三十五万美金的事务所收入!减去我们付给那位辩护律师的五万美金,事务所仍可以净得三十万美金。不然,如果你必须被这件案子绑住的话,我们就要损失整整三十五万美金。"

史考特的心情愉悦起来,说:"布佛法官会买账吗?"

"当然。在联邦法庭没有公设辩护律师之前,他们老是指派我们上阵。另外雇用律师来处理这种案件,是大型法律事务所的标准程序。"丹耸耸肩,又说,"况且,这也是双赢局面。她得到一个比你还懂刑事辩护的律师,而你可以摆脱她。"

丹关上留言板的门板,说:"你认识收费便宜的刑事辩护律师吗?"

★★★

挂在屋前的招牌这么显示:"罗白(伯)特·亨木(林)个人律师事矛(务)所",这是因为房东太小气,不愿去换掉在枪战中被射下的那些字边。反正也没差,这招牌是这附近唯一的英文招牌,大部分的居民也看不懂。这间律师办公室位于东达拉斯破烂的购物中心,它并不是城里最好的地段。他是个帮街头混混处理麻烦的律师,因此他的办公室等级也不相上下。他常常来到办公室,发现有人就睡在门廊上。他从来没有像购物中心的其他店

THE COLOR OF LAW

家那样把这些人踢醒——拜托,这家伙搞不好就是他的下一个金主。他也从没叫过警察,那实在是白费一通电话;警察只会在几处重要地方维护安全。所以他只是抬脚踏过这些人,然后走进罗伯特·亨林律师的办公室里。

他的办公室只有十七平方米大小,一间房外加一间厕所,这是一间在墨西哥酒吧和韩式炸面饼[1]店间的租屋。他拿韩式炸面饼当早餐,拿啤酒当晚餐。漏水的屋顶,走色的天花板瓷砖,整个地方充斥着挥之不去的霉味。地板上的油毡都裂了开来,在角落里蜷曲着,像是精灵穿的鞋子。他的桌子是金属制品,椅子也是,但椅子可以旋转,而且上头还有舒服柔软的坐垫。幸运的是,他是个相当不错的打字员,因为他请不起秘书。这里就是罗伯特·亨林律师过去十一年来勉强靠着当律师过日子的地方,代表此处的小区居民出庭,因为他们连市中心法律事务所的安全警卫那关都过不了。

他是位于东达拉斯这所小区里的固定广告牌人物——他是这儿唯一的律师——就像酒吧和那家炸面饼店也是这小区的固定配备。办公室内那薄薄的墙壁,让他得以学会好几种外国语言,尽管他的西班牙语技巧远胜于他的韩语,说不定这是因为他不在办公室的时候,通常就在隔壁的酒吧里打台球。按照常规,白种人在墨西哥小酒馆都不会受欢迎,但是亨林先生这位律师却永远都受欢迎,因为酒馆老板、酒保、女侍们,以及几乎所有小酒馆里的顾客,都是他的客户。这也让他的厚玻璃窗户得以免除子弹穿孔之灾。每当有配偶、子女以及朋友被逮捕时,他总是大家第一个想到的律师,不论是因为他总是尊重待人,或是他提供大家方便的还款计划。他常常一打开门(在他踏过上述提及的酒鬼后——这些人酒精效力一过便会自动醒来),便会发现地板上一堆五块、十块,或偶尔会有张二十块的钞票,每张钞票上头会夹着一张便条纸,好让他搞清楚这是谁付的账。

---

[1] 在面团内塞入马铃薯、红萝卜或高丽菜等蔬菜,下锅油炸的一种韩国小吃料理。

这可不是他在法学院念书时所向往的生活。

电话响了。若根据过往的经验来推断，巴比[1]·亨林很快就会开车去郡监狱，将他的常客之一保释出来。他伸手接起电话。

7

罗伯特·亨林觉得自己像是个在外地法庭的律师，无法融入。

他正站在位于戴柏瑞塔顶端的市中心俱乐部大厅，可想而知这儿也是市中心最时兴的用餐地点，他看着达拉斯最有钱的人们来到这儿吃午餐，后头跟着一堆律师，就像跟在饶舌歌手后头的跟班。这些律师在城里拥有最大的法律事务所，一小时就收费三百块、四百块，说不定还会达到五百美金——而他一周只赚五百美金，那还是业绩好的时候——这些律师都穿着羊毛料西装、浆烫过的上衣、丝质领带，还有被楼下那位黑人擦鞋老兄擦得发亮的皮鞋。巴比身上穿的，则都是好几年前从大甩卖的衣架上买来的，全是合成聚酯纤维，除了皮鞋，但鞋子也已经有好几个月没擦了。他将右边鞋子在左裤管后方擦了擦，接着换左边鞋子重复同样动作，试图让鞋子至少亮一点。

"巴比！"

他转过身，迎面而来的是一枚最闪亮灿烂的笑容，出现在一张英俊无比的脸上，那张老友的脸庞，他曾像个仰慕摇滚明星的青少年那样，一见到便高兴无比，充满崇拜与羡慕，并且想要去追随——同时他也如兄弟般友爱着史考特。

史考特·芬尼。

---

[1] Bobby，为 Robert 的昵称。

THE COLOR OF LAW

巴比已经十一年都没有见过小史了，而现在他得压抑住，想要上前拥抱这位前任最佳好友的冲动。两个人握了握手。

"真高兴你能过来，"小史说，"老兄，你没有等很久吧？"

巴比摇摇头。但事实上，他是等了很久。他十五分钟前就到了，把车停在地下停车场后，他搭乘直达电梯便直接来到了塔顶。这让他想起了一件事，他从衬衫口袋里拿出停车卡。

"在餐厅用餐可以打折吗？"

如果没有的话，十美金的停车费几乎会让巴比在这天就破产。但小史没有回答，他只是上上下下打量着巴比，仿佛试图从他这身衣装上找出几句赞美。最后他总算放弃，在巴比的肩膀上拍了一下。

"走吧！去吃饭。"

小史领着他穿过一条短廊，来到餐厅领班柜台。一面墙上挂满了各式镶框人物肖像，展示着从古到今这家俱乐部的创始人、董事会成员以及常见的达拉斯名人录。

"啊，芬尼先生，今天很荣幸能见到您。"一名西班牙中年男子奉上训练有素的笑容，仿佛见到史考特是他今天最值得高兴的一件事。领班外貌整洁，头发抹油往后梳，棕色的脸蛋平滑干净，只在嘴唇上方留着尾端削尖的八字胡，整个人散发着刮胡水的气味。他穿着白色衬衫以及黑色西装、打着黑色领带，简直能去做本地专做拉丁美洲裔生意的殡葬业者。他拿起两份放在皮革里的菜单塞在腋下，说："先生，两位用午餐？"

"没错，罗伯多。"

巴比跟着罗伯多与小史走进餐厅，里头绚烂的水晶灯与大片落地窗照亮了整个餐厅，深色木质镶板、深色木质柱子与木桌处处可见，桌上铺着纯白桌布。穿着白色背心与黑色蝴蝶结领带的棕色皮肤年轻人，服务着年老的白种人。罗伯多对他的下属打了个响指，示意哪些杯子该填满、哪些盘子该移走。诱人的烤牛排、新鲜炸虾与炭烤鲜鱼的香气，与银制餐具在水晶与瓷器上合奏的交响曲，都提醒了巴比，如果他多多少少做了不同的选择，是不是也能拥有像这样的生活？他的午餐通常是在街区上的烤肉小馆打发，坐在野餐桌上，用的是塑料盘和塑料餐具。

正当巴比觉得，自己像是在商会中开会的瑞夫·奈达[1]，小史已大步走过餐厅时，就像橄榄球场上的明星中卫，和每个经过他身边的人握手打招呼——熟悉的史考特·芬尼式入场。巴比过去早就见识过许多次，而且总是在同样的有利位置上看见这一切：史考特·芬尼的背后。巴比认出来那些和小史打招呼的人，都是在报纸商业版面出现过的。这些人坐拥达拉斯——土地、建筑物、商业，以及其他所有这座城市里值得拥有的一切。小史的注意力突然被餐厅的另外一头吸引住。他对巴比说："我马上就回来。"然后走向一张坐着四个人的餐桌。

巴比跟着罗伯多来到一张靠窗的桌子，在那儿他可以鸟瞰整座城市，他住了一辈子的地方。他出生在东达拉斯，家境贫困，要升上初三的那年暑假，他和父母搬到了南美以美大学附近一栋租来的双层公寓。他的父母希望儿子能过更好的生活，但以他父亲身为卡车司机的薪水，却无法负担让他去上私立学校。所以他们的替代方案，是让儿子去高地园区的公立学校接受系统教育，就像其他达拉斯最有钱人家的那些儿子们一样。

巴比进入学校的第一年就认识了小史·芬尼，两个都是住在出租屋的年轻人，寻求处境相同的伙伴——他们都借着出租屋在高地园区占有一席社会地位，家境却只比领取救济金的墨西哥家庭好一点。巴比变成小史最忠实的支持者，就像蝙蝠侠身边的罗宾；小史的地位随着每一场橄榄球比赛而水涨船高，巴比也随之不由自主地被他活跃的影响力一路拖着走，在高地园区处处受到欢迎——只要他是和小史·芬尼在一起。

高中毕业后，巴比跟随史考特的脚步就读南美以美大学。小史得到

---

[1] Ralph Nader，美国消费者运动之父，同时也是位行事公正的律师，以揭穿商务律师的恶劣行为而闻名。

THE COLOR OF LAW

橄榄球奖学金，巴比得到的则是学生贷款。四年后，他跟随史考特进入法学院。但法学院学位并没有带给他优裕的生活。钱都被大型法律事务所给赚走了，而那些大事务所只录用精英中的精英，班级成绩前百分之十的顶尖学生——就像小史·芬尼这样的人，而不是巴比·亨林这种货色。在就读法学院期间，他们一直讨论着将来要一起就业，但大型事务所一召唤，小史便应声而去。就像得州的夏日暴风，猛地下了五厘米雨量后便突然消失，小史就这样消失了。从他十四岁以来，这是第一次，巴比没有了小史·芬尼让他跟随。

从那之后过了十一年，巴比在人生之路上不断闯荡，就像在西奈沙漠里的摩西，试着寻找没有小史存在的人生道路。他曾在报纸社会版面上瞥见老友的消息——A·史考特·芬尼夫妇参加了这样那样的社交晚宴——有时候则是在商业版面——A·史考特·芬尼先生如何一手策划，再次赢得法庭胜诉或成交一笔大生意。每次读到和老友有关的新闻，回忆便再次席卷而来，他又觉得自己被完完全全抛下了。

但并非在刻意安排之下，巴比自己也打造了一份算是多彩多姿的生活。虽然也称不上什么生活——那天早上他来到办公室，悬空踏过门前醉汉时，脑袋里想的正是这念头——又要去监狱保释吸毒犯，到治安法庭打强制驱逐官司、吃韩式炸面饼、喝墨西哥啤酒，以及在隔壁酒馆打台球。但那通电话响了起来，来电者说自己是史考特·芬尼的秘书。秘书小姐邀请他在市中心俱乐部与小史共进午餐时，巴比想自己得要打通九一一，要急救员用去颤器给自己的心脏来两下电击。他接受了午餐邀约，挂上电话，看了一眼着装，马上就对自己的决定感到懊悔。他在办公室来回踱步了一小时，不知道第几次决定了要回电取消，然后又决定不要这么做。当他终于将那台老旧的雪佛兰车子停进戴柏瑞塔底下的停车场，停车场管理员看了他的车一眼，然后窃笑，他便知道自己来这儿真是疯了。

巴比·亨林和市中心俱乐部的格调根本格格不入。

黑色辩护人

他发现自己的手指正敲着桌面,像是在发送一则紧急摩斯电码。他好想来根烟,但达拉斯市议会已经明令禁止在公共场合吸烟。他迫切地想站起身走出去,回到东达拉斯,那才是属于他的地方。该死的,为什么他要接受这场午餐邀约?只是因为小史的秘书出其不意地打电话给他,巴比这么告诉自己。但他知道事实是,他想要再见到史考特。

他简直比想念他那两任前妻还想念史考特。

巴比的目光寻找着史考特,他看见他正在几张桌子外的地方,弯腰在一个男人耳边低语,巴比认得那张脸。不知道小史说了什么,让那男人显得高兴异常。男人站了起来,握了握小史的手,又在他背上拍了拍,几乎要等于一个拥抱。

小史走向巴比,脸上带着大大的微笑,然后在他对面坐下。

"你认识汤姆·戴柏瑞?"巴比问。

"我是他的律师。昨天才把他从棘手的危机里给拯救出来,我说的可一点都不假。"小史凑过身了低语道,"汤姆就是没办法让他胯下的东西离职员名单远一点。"

"小史,他就是收买南美以美队球员,害橄榄球队遭到禁赛的家伙!你现在为他工作?为什么?"

小史微笑着说:"一年三百万美金的法律咨询费用,巴比,这就是理由。"

这个数字让巴比倒抽一口冷气:三百万美金。他收入最好的那一年,也不过是两万七千五百美金。在十一年的分离之后,不过相聚几分钟,他已经再次羡慕起小史的人生。当然,巴比也有对自己忠实的客户——一个每周都会带给他墨西哥家常菜,另外一个用他的名字为自己的私生子命名——而他的钱在炸面饼店或酒吧也派不上用场——免费的炸面饼和啤酒是他特殊职位所享有的唯一额外补贴——但他最好的客户,去年只不过付了他五百美金;小史最好的客户,付的则是三百万美金。在达拉斯英语区

THE COLOR OF LAW

里,金钱是用来认证一名律师成功与否的唯一方法,只有在东达拉斯的西班牙人口区里,罗伯特·亨林律师才不会被认为是个一事无成的输家。

罗伯多带着两杯冰茶出现,将冰茶放在桌上,然后在两人的大腿上展开餐巾,这时他的心再次沉入谷底,就像每一天他走到隔壁酒吧,灌下几瓶墨西哥啤酒时那般沮丧,而且侍者的这个动作让巴比缩了一下——在他吃饭的地方,如果有人这样靠近你,那就是准备要抢你的皮夹。罗伯多离开后,巴比在茶里加了两包糖精,喝了半杯,然后说:"小史,今天早上接到你电话的时候,我真有点惊讶。虽然是你秘书打来的。但你了解我的个性,永远都不会让一顿免费午餐溜走。"

"那么,巴比,你最近怎么样?"

巴比端详着坐在那儿的小史,他穿着昂贵西装、浆烫过的笔挺衬衫与设计师名牌领带,看起来就像达拉斯的王子。然后他开始疑惑老友是否真他妈的关心巴比·亨林这个人这些年的境遇。巴比已经习惯了,每次他遇到成就比自己好的法学院老同学——也就是说,任何一个法学院同学——彼此都会意识到这种相遇场面的尴尬,然后尽快制造逃开的借口。但在这儿他却无处可逃。

于是巴比说:"小史,你早上醒来时,想过会有好事在这天发生吗?"

小史皱起眉头,好一阵子才耸耸肩,说:"我想有吧!"

"为什么?"

小史再次耸耸肩,说:"好事总是发生在我身上。"

"最佳橄榄球员、成绩最优良的学生、拥有最俊帅的面孔,还娶了最美丽的拉拉队队员,变成最有钱的律师,从此过着幸福快乐的生活?"

小史再次展现那闪亮的微笑,说:"就是这样。"

"没错。"

"就是如此。"

"好吧,小史,听着,但不是每个人都这样。我醒来的时候,不会去想今天会有好事发生。我醒来之后只会想，下一件发生在我身上的坏事会是什么。"

小史正瞪着装着清水的高脚杯，脸上的表情就像巴比过去这些年来撞见的其他同学一样，神色难堪，但他已经难以收口。

"小史，你是我们班上第一名毕业的，而我也毕业了。还记得那个老掉牙的法学院笑话吗？大家是怎么看待医学院里班上最后一名毕业生的？还是称他医生？那大家是怎么看待法学院最后一名毕业生的？非常罕见！"巴比垂下眼，看着自己手上胡乱把玩着的叉子，又说："好吧，那并不是笑话。"

小史并没有立即做出反应，于是巴比抬起眼，以为会见到一抹傲慢嘲笑，但他却见到老友脸上浮现少许真心的关怀。小史和巴比在大学时代与就读法学院时形影不离：他们一起住、一起念书、一起喝醉、一起追女生（巴比接手小史的女人），还一起打篮球与高尔夫球。他们就像兄弟，直到小史被福特·史蒂芬斯法律事务所以十万美金起薪雇用那天为止。从那之后，他们再没交谈过。

"事业不顺利吗？"小史问。

"从电视指南广告里找上门的客户，出手可不大方。"巴比耸耸肩，试图挤出一个微笑，"嘿，我的人生就是比较失败嘛！"

小史在椅子上坐直身子，说："那，巴比，让我们一面吃午餐一面谈谈吧！"

小史往上伸出一根手指，一名侍者立即出现。巴比正扫过菜单上那些比他这身西装还贵的主菜，便听见一道浓浓的西班牙腔英语问他："你是亨林先生？"

他抬起头看着侍者，那是一位西班牙年轻人，站得笔直，打扮得干净整齐，脸庞依稀有些眼熟。

"亨林先生，我是卡洛斯。卡洛斯·赫南达兹啊，记得我吗？那是

去年的事，你是我的律师啊，意图散布而持有毒品？"

巴比有太多客户长得都很像——都是年轻男性，拉丁美洲人或黑人——被控以同样的罪名——持有管制物品、意图散布而持有毒品、预谋持有；他们只是取缔毒品战火中倒霉被捉的小角色。有时候他可以靠着刺青记住一名特别的客户——他清楚记得一位叫做海克特的客户（罪名是预谋持有），因为整个人上半身就是一幅巨大的刺青，一整幅纪念圣母玛利亚的壁画刺青——但既然卡洛斯在这儿从头到脚都穿着衣服，巴比根本分不出来谁是卡洛斯、乔治、里卡多或路培。但他仍然说："哦，对，卡洛斯。老兄，你最近怎么样？没有再惹麻烦吧？"

卡洛斯脸上出现一抹大大的笑容，然后说了一个更大的谎："亨林先生，当然没有。"

他们从来不会远离麻烦。

"那就好。"

小史点了鲑鱼，巴比则是点了带骨牛排。卡洛斯一走，巴比就在他身后比着手势说："这是我最好的客户。"

"你接了很多刑事辩护的案子？"

巴比点点头，说："我代表下等罪犯阶级出庭，像卡洛斯这种家伙，根本不需要遗产规划。"

"在联邦法院出庭？"

"是啊，反正他们把使用毒品罪通通归给联邦管辖。"

卡洛斯很快就带着两人的餐点回来，两人边吃边聊边笑，怀念往日时光、老友、快乐的时刻，以及家人。小史甚至不知道巴比已经结婚又离婚两次；巴比也不知道小史的母亲已经去世，而且还有个女儿。有那么一瞬间，他们又回到了十一年前，两人仍是最好的朋友。但巴比知道自己不过是在晚宴中遇见达拉斯王子的灰姑娘，这顿在高级俱乐部的昂贵午餐很快就会结束，他又要回到在东达拉斯的破烂办公室，继续过着悲惨的日子，为像卡洛斯这样的客户出庭。

所以吃完牛排后，巴比将盘子推到一旁，说："小史，这顿午餐真让我感激，太美味了。彼此交换近况也很开心。但我知道你邀我来这里不单单只是为了叙旧而已，不然不会等这么多年。说吧，有何贵干？"

小史先看了看四周，才将身子凑过来低声说："布佛法官指派我代表那位谋杀克拉克·麦肯尔的妓女出庭。"

巴比差点把嘴里的冰茶喷出来，他说："你不是在开玩笑吧？"

"不是。"

巴比·亨林虽然不是什么聪明绝顶的人物，但他用不了多久就明白了这场游戏的内容：小史·芬尼再次要自己接手他不要的东西。

"你要另外替她雇用律师？"

小史点点头，说："事情是这样的，今天早上我去见了这位被告，莎汪达·琼斯，是名黑人女性，同时也是妓女与毒品上瘾者——老天，她差点就吐在我的西装上！她说她没杀人，但那都是一派胡言——她的枪就是杀人工具。她说克拉克·麦肯尔在哈瑞海因大道上挑中她，给她一千美金要她陪他一晚，然后克拉克带她回家，开始赏她巴掌、咒骂她，还有……"他的声音现在近乎低语，"还用了种族歧视的咒骂字眼。"声音又恢复到正常，"总之，他们打了起来，她踢中他的要害，拿了钱和车钥匙就闪人，把车开到哈瑞海因大道上后，她留下车子便走了。警方在枪上找到她的指纹——她之前就因为卖淫而被捕，留下了案底——然后隔天便逮捕了她。她拒绝认罪，要求开庭审判。巴比，福特·史蒂芬斯法律事务所无法代表一个妓女出庭啊！"

巴比点点头，说："好吧。"

"什么好吧？"

"我接受她的案子。价码多少？"

"一小时五十美金如何？"

THE COLOR OF LAW

"外加其他开支。"

"像是哪些?"

"调查员、辩论专家、DNA 检测等等……"

"没问题,但别搞得太过头。"

"是啊,管他的,不过就是个黑鬼。"

"巴比,我可没这么说。"

"抱歉,很无聊的恶意中伤。有羁押听证会吗?"

"明天早上,九点。"

"我会到场。"

两人站了起来。巴比拿出那张停车券。

"在这用餐可以折抵吗?"

★★★

健身俱乐部位于戴柏瑞塔邻接大楼的顶楼,两栋建筑物之间以一道配有空调的空中走廊连接,所以史考特·芬尼在去例行健身的路上不用流得满头大汗。达拉斯大部分的建筑物之间都以空中走廊、地下走道或装置空调的通道连接,如此一来,律师、银行家以及商人便不用冒险走到户外毒辣的太阳下,或是身处一群以市中心为家的无业游民或乞丐间;这是很周到的措施,尤其是在几年前发生一件意外后:一个无家可归的流浪汉猛地扑向警察,夺走他的枪后直接对着他的脸开枪,事情就发生在市中心那间麦当劳的对街上。

史考特才刚穿过这样一条空中走廊。现在已经五点半了,他一面往下望着达拉斯,一面在商用跑步机上以时速十二公里、倾斜十度地跑着,他感觉自己真是他妈的天之骄子。这感觉对他而言并不新鲜,史考特·芬尼这一辈子都是天之骄子。他的父亲——布奇,在他只有八岁的时候便这么告诉过他,那时候他第一次穿上护膝,在一场小型的橄榄球比赛中发现自己的天分。"小史,你很有天分。"布奇曾这么说过。之后他的母亲也说过同样的话："你是有天分，但我指的不是橄榄球。"他一直不明白那是什么意思，之后她便过世了。

但这个念头却一直扎根在他心里，并且随着八年的高中与大学橄榄球比赛中的英雄事迹而越加强烈；那些球迷、学生、拉拉队员、赞助者、教练们以及记者，每天不断对他保证，史考特·芬尼的确与众不同。于是这个认知变成了他血肉的一部分，从来没离开过他，就像他那双与生俱来的蓝色眼眸。在经过了三年南美以美大学法学院的学习，在福特·史蒂芬斯法律事务所就业十一年后，这个认知只会变得更加牢固。但现在，尽管拥有杰出的运动能力，却是金钱让史考特·芬尼变得与众不同——他有充裕的金钱买下一间豪宅、一辆法拉利跑车、一份完美的生活，甚至是一个好友。

从接到法官打来的电话那一刻起，二十四小时之内，这是史考特第一次觉得自己头脑清楚，心情愉悦，他将视线锁定在他前头那台跑步机上的女郎，她那令人赞叹的臀部即使像活塞那样上下用力摆动也看起来几乎不会晃动。史考特将目光从她的臀部那儿收回来，瞄了瞄右边的镜子，他看见身后那台跑步机上的女郎正在打量着他坚挺的臀部。两人目光相接，然后她眨了眨眼，于是那令人难以自拔的男性雄风良好感觉在他脑海里成形，像迷幻药一样流过他的神经和血管，振奋他的肌肉。他把速度加快到时速十六公里，他爱死了与众不同的滋味。

★★★

那天晚上，史考特走进小布的房间时，她已经穿好睡衣躺在床上，靠在床头板上的枕头堆上，双手叠交叠放在大腿上，头发梳得平顺，刚洗过的脸蛋粉嫩嫩的，闻起来就像新鲜的草莓。她已经在床边放了一张椅子，就像每晚上床睡觉前做的，椅子上放着史考特最近正念给她听的一本书。史考特拿起书坐下，揉了揉眼睛，然后戴上眼镜。

"我们念到哪了？"他问。

THE COLOR OF LAW

"第六条。"小布说。

史考特打开书,翻到宪法修正案第六条。小布的老师有天提到了人权法案,于是小布很自然便想要知道这些她从不晓得自己拥有的特殊权利。

史考特开始念:"'所有刑事诉讼中,被告有权得到迅速和公开的审判。'"他抬起头,问,"你觉得这是什么意思?"

"警察不能把你关起来,然后把钥匙丢掉。"

"没错。而且你的审判不能私下进行。"

"所以如果你那位妓女没有认罪,任何人都可以去观看她的审判庭。"

"没错。而且她也不会这么做。"

"不会做什么?"

"认罪。"

小布凑过来,双眼睁得好大,问:"你和她说过话了?"

"今天早上,在监狱里。"

"她是什么样的人?"

史考特耸耸肩,说:"很年轻,教育程度不高,因为长期吸毒所以身体很差,她说自己是无辜的。"

"你认为她是吗?"

史考特摇摇头,说:"不是。她的枪就是杀人凶器,而且枪上还有她的指纹。"

"她有枪?"

"没错。"

"真该死……我是说,哇喔!"

她一面往后靠回去一面思考着,史考特继续念下去:"'由公正之陪审团审判。'你知道'公正'是什么意思吗?"

她摇摇头,说:"不知道。"

"表示陪审员很公平、诚实,不会对被告存有偏见。'偏见'表示讨厌某些人，只因为他们和自己不一样。"

小布点了点头，说："去年在宽札节[1]的时候，我们在学校里讨论过这个问题。所以如果有个人讨厌黑人，他就不能当你那位妓女的陪审员了。"

"没错。"

"你怎么能确定呢？"

"你得在这些可能的人选成为陪审员之前，先问一些问题。"

"像什么？"

"嗯，拿这件妓女的案子来说，你会问他们是否对黑人，或是妓女，或是毒品上瘾者有偏见。"

"但他们会说没有啊。"

"嗯，你不会这么直接地问；你会不着痕迹地问，像是，例如他们有没有去过黑人的家里？而且你要看着他们的肢体语言，像是如果有个白人家伙坐在黑人旁边的话，看看那个白人是不是刻意倾向另外一边。"

"你有吗？"

"有什么？"

"去过黑人的家里？"

"呃，没有。"

"但你没有任何偏见，是吧？"

"小布，当然没有。我曾有过黑人朋友，就是我念大学时一起踢足球的队友。"

"像谁？"

"这个嘛，像是瑞希德和李洛伊，还有大块头查理——"

她微笑着问："谁是大块头查理？"

史考特也微笑了，说："是查理·杰克森。他是我的右内锋，替我

---

[1] Kwanzaa，非裔美国人庆祝非洲传统与文化的节庆，共有七天，每年十二月二十六日至一月一日举行。

THE COLOR OF LAW

挡住敌人的攻击,在球场上救了我好多次……还有几次是在球场外。"

"你们大家都是好朋友吗?"

史考特点点头,说:"是啊,他是个很棒的家伙。"

"他死了吗?"

"没有……他还活着。"

"那为什么你们大家不再是朋友了?"

史考特耸耸肩,说:"他后来去打职业橄榄球,我进入法学院,就失去了联系。"

她点点头,说:"所以你没有黑人客户的唯一理由,是因为你不代表个人出庭,只代表企业。"

"完全正确。"

她指指书,说:"接下来呢?"

史考特再次念了起来:"'被告知控告罪名之本质与成因',也就是说要告诉你,你被控告的罪名是什么。"

"谋杀,这是你那位妓女被指控的罪名。"

"没错。"然后他继续念下去,"'同原告证人对质。'这表示原告以及其律师必须让证人上法院的证人席,针对被告罪行作证。'得以享有寻求有利证人的必要程序。'这表示你可以传唤证人来帮你。"

"你那位妓女可以找人来帮她,说她并没有杀人。"

"没错,如果她可以找到人的话。并且'得以获得辩护人的协助,帮助其辩护'。"

"什么是辩护人?"

"就是律师。"

"你那位妓女有权利找律师?"

"是的,她可以。"

"即使她没办法付钱给你?"

"是的。"

"为什么?"

"什么为什么?"

"为什么她可以免费得到你的服务,可是其他所有人却必须一小时付你三百五十美金?"

"这个嘛,是因为乔治·华盛顿和其他开国元老们……你知道这些人吧?"

小布点点头。

"因为他们认为政府如果以罪名控告一个人,却不请一名律师为他辩护,很不公平。"

"因为他可能是无辜的,但如果他没有律师来证明自己的无辜,他还是有可能要去坐牢。"

"完全没错……不过嘛,这位律师并不一定需要证明他是无辜的,但政府必须要证明他有罪。小布,这就是这位律师的工作,让政府证明这位被告罪证确凿。"

"所以政府已经证明了你那位妓女是有罪的?"

"还没有。而且她不是我的妓女。小布,她是我的当事人。"

"但你要她认罪,说她有罪。"

"是的,去承认她杀了人。"

"所以政府就不用证明她有罪了。"

"没错。"

"那她为什么需要你?"

史考特呵呵笑了起来,说:"这个嘛,我应该要,呃……我是说,法院会为她指派一名律师,所以……嗯,总之,人权法案上说她有权利找律师,即使她有罪并且决定承认。只是要确保法律规定被遵守。"

"所以法官指派你去确定那些规定,就为了她而被遵守?"

"是的,但她不要认罪,她要开庭审判,所以我雇用别的律师来处理这件案子。"

她皱起眉,说:"解释一下。"

"我雇用一位法学院的老同学,接手她的案子。"

"为什么?"

"因为我太忙了。"

"你忙到不能让政府去证明她有罪?"

"没错,所以我付钱找一位朋友去帮我做这件事。"

"就像我雇用一个朋友来写作业吗?"

"就是这样……呃,不是,我是说……小布,这很复杂。"

她指指书,问:"那修正案第六条上有那个……你是怎么说的……但……但什么的……"

"但书?"

"对,就是但书。"

"什么意思?"

"有没有但书说,如果律师真的很忙,你就没有权利去找律师了?"

"没有。但你没有指定特定律师的权利,就只是找一个律师而已。"

"任何律师都可以?"

"是啊。"

"即使是个坏律师?"

史考特耸耸肩,说:"是啊。"

"你朋友是好律师,还是坏律师?"

"这个嘛……我真的不知道。"

"他像你一样好吗?"

史考特微笑起来,说:"没有。"

"所以法官指派你当她的律师,而且你是个很棒的律师,可是现在她却得和你的朋友绑在一起,而且你的朋友还没有你这么棒?"

"这个……是没错,不是每个人都能让我当他们的律师。"

"只有能一小时付你三百五十美金的企业可以。"

"完全没错。"

她叹了口气,说:"那听起来真是不怎么样。"

"什么不怎么样?"

"只让你得到差劲律师的权利。"

8

隔天早上八点四十五分,史考特就已经再次回到那栋联邦机构大楼,急着要将莎汪达·琼斯踢给巴比·亨林,然后回到他完美的生活。在大楼外头,他被摄影机镜头团团围住,记者们还不断将麦克风凑到他脸上,扯着嗓门提出一堆问题。他一面推开人群,一面说了好几次"不予置评",然后进入法院大楼。他搭乘电梯来到十五楼,看见巴比正站在布佛法官的法庭外,还是穿着那身糟糕的西装,闻起来满是烟味。两人走入高耸的双面大门,在教堂常见的靠背长椅子上挑了个位子坐下,和其他的律师一起等着他们当事人的听证会、传讯以及判决。

过去这三十年来,山姆尔·布佛法官一直主持着这间法庭。而且看看这些等待宣判的被告:被联邦政府起诉的毒贩,都是神情紧张的黑人与拉丁美裔人;还有白领阶层的刑事犯,他们身为白种人,打扮得干净整齐却一脸愤慨,认为自己缴的税金,居然为了安全与逃税的理由,被用来浪费在起诉自己和这些人上头。所有的人都在想自己是否能获得缓刑而回家,或者得去联邦监狱蹲个五到十年——史考特忍不住去想,这

THE COLOR OF LAW

一位法官在这间法庭里,曾改变了多少人的命运?单就权力而言,要与法律对抗,是难上加难。

法警传换了备审案件表上的第一件案子:"美利坚合众国政府起诉莎汪达·琼斯。"

史考特戴上眼镜——每次来法庭的时候,他总会戴上眼镜——然后他和巴比站了起来,走过法庭围栏来到被告辩护席。一名三十几岁、外貌举止纨绔不羁的律师走向他们。

"巴比,怎么,你开始搞起大案子了?"那名律师说。他嘴角上的嘲讽笑容暗示着那不过是个自作聪明的评语,并不是赞美,"我不知道是你在处理这件案子。"

"只是想帮一名被过度热心的政府胡乱起诉的无辜市民罢了,雷伊。"巴比用死板的声音回答。

雷伊呵呵笑了起来,说:"是啊是啊,"然后对史考特伸出手,"我是雷伊·伯恩斯,美国助理检察官。"

史考特和伯恩斯握了握手,说:"我是史考特·芬尼,在福特·史蒂芬斯法律事务所工作。"

"我听说布佛这次指定一名私人律师负责这件案子,"伯恩斯说。他双掌向上摊了开来,眼神从史考特身上移到巴比,然后再移回来,说,"怎么,所以你是来更换律师,好摆脱被告?"

"不,我不是要摆脱她。我在尝试做正确的事,把她交给一位真正的刑事辩护律师。"

"正确的事?"伯恩斯嘴角仍是那抹同样的嘲讽,显然那是他的注册商标,"在我看来,应该是去保她出来吧?"

雷伊·伯恩斯这混蛋助理检察官回到检方起诉席,那副他带着到处兜转、自命不凡的挑衅态度,沉重得让他肩膀都垮到了一边。政府律师与像史考特这样的大型事务所律师打交道时,总是态度恶劣,一副挑衅模样,因为大型事务所并不会到法学院去招募他们:如果你有本事,就能被大型事务所看上;如果没本事,就去教书;如果连教书都不行,就等着给政府老兄雇用。

巴比凑过来低声说:"伯恩斯是个混球,想要靠不断制造定罪纪录让自己升迁到政府中央单位。这混球把我好几位客户判处终身监禁,只因为持有非法物品,当然,他称那是'意图散布'罪名。"

一道侧门打开了,一名陌生的黑人女子穿着白色囚服出现了。史考特盯着那女人看了好几秒钟,才发现她就是莎汪达。昨天的她看起来糟透了,今天的她看起来则奄奄一息。之前那位黑人警卫护送她进入法庭,他的手臂放在她的臂下,几乎是把她扛过来走到史考特面前。她来到史考特面前时,整张棕色的脸蛋皱成了一团。

"早安,莎汪达。"

她整个人在不时剧烈颤抖、抽搐着。史考特差点就想伸手去拥抱她、给她温暖,就像小布离开泳池后全身冷得哆嗦时,他会忍不住想伸手拥抱自己女儿,但在最后一秒钟,他的当事人可能会吐在他昂贵西装上的这念头,让他打消了这个冲动。他小心地移开一步,离她远一点。

"芬尼先生,这人是谁啊?"她一面虚弱地问,一面打手势指指巴比。

"巴比·亨林,你的律师。"

"我以为你才是我的律师?"

"莎汪达,我只代表企业出庭,不是罪犯……我是说,刑事犯。我帮你另外雇了一个真正的刑事辩护律师。"

"起立!"

法警的声音突然响起,法庭内的所有人都站了起来,山姆尔·布佛法官正从长凳后的一扇门走了进来。他的模样就是一个标准的联邦法官样子:一头白发、气度高贵的脸庞、黑色老花眼镜以及黑袍。他坐在长凳后的加高位置,仿佛是要强调法律至高无上的权力。史考特的头得抬起约

THE COLOR OF LAW

二十度，才能直视法官的眼睛。

"就座。"法官说。他翻弄着桌上的文件，然后从老花眼镜后抬起眼，先是望了望雷伊·伯恩斯，然后是史考特、莎汪达和巴比。最后他终于说了："美利坚合众国政府起诉莎汪达·琼斯，本案羁押听证会开始。"

他又望了一眼莎汪达。

"琼斯女士，你还好吗？"

他就像一名父亲，问着刚从脚踏车上摔下来的小女儿有没有受伤。莎汪达点点头，法官这才转向律师们。

"各位，请出庭。"

伯恩斯说："雷伊·伯恩斯，助理检察官，代表政府出庭。"

接着史考特说："A·史考特·芬尼，福特·史蒂芬斯法律事务所律师，代表被告出庭。请容我冒昧，法官大人，我的公司已经聘用罗伯特·亨林律师接任，代表被告出庭。亨林先生在达拉斯是位受人景仰的刑事辩护律师，在刑事案件方面要比我有经验得多，将更能胜任为被告提供有力辩护。如果庭上许可，我要求撤回本人为被告辩护出庭之责任，改由亨林先生取代。"

法官透过老花眼镜打量着史考特，脸上带着一抹讽刺笑容。

"芬尼先生，你终究不是真的很想成为另外一位亚惕·芬奇是吧？"

史考特知道这时最好不要有什么响应。法官的笑容消失了，变成一副失望表情，不知道为什么，那表情让史考特很是坐立不安。法官叹了口气，然后垂下眼，开始在史考特所知是案件日程表的东西上写着，正式让罗伯特·亨林律师替代A·史考特·芬尼成为被告的律师。史考特觉得自己就像一个即将要离开少年临时拘留所的小毛头。

法官说："好吧，既然琼斯女士也同意的话……"

★★★

莎汪达·琼斯揉了揉脸，但皮肤却没什么感觉。她已经四十八小时

黑色辩护人

没合眼了。毒瘾发作让她根本睡不着觉,自从对海洛因上瘾后,她从没有断过这么久,简直要折磨死她。她的脑袋一片模糊,根本没办法好好思考。她一直头痛欲裂,痛得眼冒金星,全身又酸又痛,每一块肌肉和骨头都痛得抽搐,皮肤上也因为不断规律打冷战而布满鸡皮疙瘩。

她抬起眼,看着站在自己右边的白人男子,这位罗伯特·亨林律师,这时她只觉得自己的双眼又干涩又刺痛。这人很矮,还有个鲔鱼肚,而且青少年时期青春痘一定长得很严重,因为他的脸都是痘疤凹洞。那天早上他一定还没洗过那头棕色头发。他身上穿的西装,是她见过所有白人律师里最廉价的一套——那该死的布料在荧光灯下闪得好刺眼!他的白衬衫已经发黄变暗,领子翻折处的扣子还掉了一颗,至于领带,连路人都一看就知道是在平价百货大甩卖时买的!不用说,她当妓女赚的钱都比这家伙当律师赚的多。

她转过头看看站在自己左边的这位白人:芬尼先生。他身材高大、金发、英俊,穿着一身暗色细条纹西装,那身西装像丝料衣服般平贴在他宽阔的肩膀上,干净利落的白衬衫与法式反折袖、葡萄紫的丝质领带,整个人看起来就像贫民住宅区里最佳皮条客的白人帅哥版,脸上的表情仿佛在说:"老子最厉害!"

要够厉害的男人还是没用的家伙?

莎汪达已经二十四岁了,她十五岁时因为怀孕而辍学,只受过九年正规教育,但她并不是笨蛋。而根据她以往和美国司法体系交手的经验,她学会重要的一课,永远都不会忘记:有钱的律师就是好律师;没钱的律师就是坏律师。她抬起头看着法官,然后说:"我可不同意!"

★★★

史考特身边这位黑人女子所说的话,如同当头一棒打在他脑袋上,让他整颗心沉入谷底。法官的头猛地抬了起来,双眼锁住莎汪达·琼斯。史考特转过身,低头瞪着她,压抑住想要掐死这位不肯爽快离开他的当

事人。

"你说什么?"法官问。

"我不同意。"莎汪达说。她伸出一根颤抖的黑色手指,指着史考特说:"法官大人,我是无辜的,而且我要芬尼先生做我的律师。"

法官突然从脸上扯下老花眼镜,转头看向史考特。

"芬尼先生,你在要求庭上撤换律师之前,没有事先和你的当事人讨论过吗?"

史考特清了清喉咙,说:"这个,没有,法官大人。"

"好吧,也许你应该事先问一下。"法官转回头,看着莎汪达问:"为什么?"

"什么为什么?"

"为什么你要芬尼先生担任你的律师?"

"法官,我相信他,我对他有信心,我知道他可以证明我是无辜的。"

法官再次转头望着史考特。

"芬尼先生,被告有权指定律师,所以这是她的决定。"

"法官大人,我可以和琼斯女士私下谈一谈吗?"

法官对他简短挥了下手。

史考特走到莎汪达和法官中间,凑到她跟前,咬牙切齿地低声问:"听着,该死的,我的公司雇用了一名律师给你,我有比带你去审判更重要的事要做!我不会是你的律师。现在告诉法官,你同意让巴比代表你出庭。"

莎汪达直起身子,面对法官。法官摊了摊手,问:

"琼斯女士,怎么样?"

莎汪达再次转过头看了看罗伯特·亨林——没用!——然后又转头看向A·史考特·芬尼——够牛!她指着芬尼先生,然后说:"我要他。"

★★★

"拜托!老天啊!真是他妈的老天啊!"丹·福特现在很生气,"一个该死的妓女绑架了我们公司！"

史考特从法院带着这则坏消息回来了。他问："我们可以对这次指定任用上诉吗？"

"妈的，不行！即使可以，我们也不会去做，那绝对会惹毛布佛！之后我们就再也无法踏入他的法庭一步。"

"那我该怎么办？"

丹瞪着他的门徒，这是三十五年来他所遇见过的最优秀的年轻律师。这个年轻人天生就是吃这行饭的：精明、机灵、口才又好，而且拥有一副坚硬心肠，要客户付款付到投降为止。他把史考特视如己出。

"继续让亨林负责这件案子，让他去做繁重工作，写所有的诉书和法院申请，审判前的出庭也都叫他去——这样能让公司的名字不要出现在那些文件和电视上。还有绝对不要接受该死的访问，要让亨林知道这一点！而你——"他一只手指指着史考特，"你要替付我们钱的客户工作。"

丹看了看手表，然后往衣帽架走过去，说："随时让我知道最新进度，史考特，我不要任何意外发生。"

史考特离开了，丹则匆忙穿上外套。他今天穿的是黑色西装，因为他得去参加一场葬礼。

9

高地园区里认识克拉克·麦肯尔的居民，绝大多数都认为他会英年早逝。他放荡不羁的程度，只有家财万贯的子弟才过得起这样的生活。中产阶级的孩子根本无法如此挥霍就读顶尖大学、顶尖法学院或医学院

THE COLOR OF LAW

的机会。但对克拉克·麦肯尔而言，这些连考虑都用不着担心，因为他父亲拥有的资产净值超过八亿美金。

坐落于南美以美大学校园南端的高地园区联合卫理公会爱邻堂里，丹·福特正坐在里头，等着克拉克·麦肯尔的葬礼仪式开始。他从克拉克还小的时候便认识了这孩子，因为他和克拉克的父亲已经相交四十二年。丹在南美以美大学的第一年就遇见了麦克·麦肯尔，当时两人一起立誓加入了兄弟会。

随着美国前往越南参战，政府不断征召更多年轻人去送死，丹·福特决定留在私立学院里，然后继续留在私立法学院，为自己的战争奋斗。他走上律师一职并不是出于对法律的异常热爱，只是出于异常的恐惧——生怕自己会死在千里之外的某处水稻田里。他并不是唯一有这种恐惧的人：事实上，越战时申请进入美国法学院的人数增长了两倍。

但一旦他的未来职业已经确定，丹·福特便开始计划要如何功成名遂。他知道律师要有钱，得靠代表有钱的客户出庭。因此，当大部分的一年级新生因为第一次脱离爹地、妈咪的掌控，忙着四处饮酒作乐、大搞男女关系时，年轻的丹·福特已经开始培养未来的客户。

而他客户名单上的第一人选，便是麦克·麦肯尔。一见到麦克这个人，你便会知道他将来绝对大有作为，从他脸上的神态就能看得出来。麦克出生在敖德萨[1]，和他的父亲一样都是不好惹的硬汉，就读高中时就和石油公司副总的独生女订婚，未来的老丈人资助了麦克念南美以美大学的学费。

放暑假时，丹在达拉斯的法律事务所工作，学习律师之道；麦克则在得州西部的钻油井工作。在那个年代，一桶石油不过两美金，麦克曾预测过一桶石油价格可以达到十美金，但他连做梦都没有想到，石油价格会飙涨到一桶五十美金。

---

[1] Odessa，美国得州城市。

089

黑色辩护人

大学毕业典礼那一天，麦克已经知道如何钻油井，更重要的是，他还知道在哪里钻。就读大学这四年来，他已经勘测过二叠叠纪盆地[1]里的每一个油井，不论是活井还是枯井。毕业后的那一年夏天，他靠着鲁莽胆大开采到第一处油井。等到丹从法学院毕业，麦克·麦肯尔的身价已经高达两千万美金。就像他之前的石油大王亨特[2]和其他莽撞开采石油的得州佬，麦克·麦肯尔很快就对能在一处产油小镇上所能买得到的一切感到无趣，于是他搬到了达拉斯。而丹·福特律师有了第一位有钱客户。

丹现在望着这位对着教堂里群众演说的得州资深参议员，仿佛他儿子的葬礼不过是另外一处选举场合，尽管脸上带着他招牌的哀伤肃穆神情。他是个英俊的男人，满头灰白发丝以发油梳理得僵硬整齐，衣装打扮如同往常一样完美无瑕，完全就是年轻人一看就受不了的过度正经模样，但美国退休人士协会里的女人却会觉得这是难以抗拒的魅力。

管乐声轻柔地飘荡，人们压低声音交谈。丹就坐在教堂中间的一道长凳上，这是一处观察出席者的好地点。马莎·麦肯尔很早就到了，和其他家族成员坐在前头的长凳上，她是麦克的第一任妻子，同时也是克拉克的母亲。她坐在琴·麦肯尔身边显得如此苍老，但谁不是这样？马莎就像停在时髦跑车旁的家用厢型车。

丹的厢型车则停在他身旁；她年纪和他相仿，外貌看来也是如此。他们两人一从法学院毕业就结了婚，也马上有了孩子，更加保障丹·福特不会被好心的美国政府送去印度尼西亚"旅游观光"[3]。这些年来，他有过三次短暂外遇——如果在事务所的圣诞舞会后，在自己办公室和喝醉酒的女秘书搞了一次也算是的话。但他从没考虑过为了另外一个女人和妻子

---

[1] Permian Basin，又称西得州盆地（West Texas Basin），为得州西部与新墨西哥州东南部之大型沉积盆地，以富含石油矿产而出名。

[2] H.L.Hunt（一八八九—一九七四），曾名列美国八大首富。

[3] 尽管美国曾参与越战，但彼时许多美国人并不知越南位于何处，即使看地图也无法明确指出位置，仅知位于亚洲某处，甚至会将中国误认为越南。

离婚。首先，一直没有女人对成为他下一任妻子表现出任何兴趣；再者，他的真爱从以前到现在，一直都是他的法律事务所。

克拉克的葬礼上不断出现各方政界重量级人物，但他们前来并不是出于对死者的哀悼，而是出于业务上的利益：有各界企业执行长们，他们需要麦肯尔投下一票，以延长特殊税款免税期限或是免除繁重环境保护税额；也有国会议员，因为不敢惹毛参议院里最有权势的人；连副总统也出席了，因为有线电视的摄影机镜头也在场。此外还有想要成为麦肯尔政府幕僚的现任阁员，以及法官——想要成为上诉法院法官的地区法院法官，与想要成为最高法院法官的上诉法院法官，因为升迁需要参议院的批准。克拉克·麦肯尔的葬礼将全国政商界各重要角色或知名度不相上下的名流集中起来，成为达拉斯难得一见的景象。只要你是下任总统的主要人选，人们就会来参加你儿子的葬礼。

而热衷于参加葬礼的高地园区老妇们也来了，忆起克拉克年轻时是多么俊俏。参加葬礼的客人是家族的朋友，并不是克拉克的朋友。只有几位和克拉克差不多岁数的年轻人前来，他们自己也是巨额财富的继承人，永远都是父母的负担。但没有年轻女人前来参加葬礼。看起来似乎并没有任何女性朋友哀悼克拉克的去世。

就像丹的儿子，在葬礼上也不会有任何女性朋友出现，因为他最近才坦白了自己是同志。天晓得是怎么回事，不过克拉克是个异性恋这件事，从没有人怀疑过。克拉克的老爸不知道多少次在三更半夜打电话给丹，要丹去高地园区监狱把他儿子保出来。克拉克还在南美以美念大学的时候，差不多是一个月一次，毕业后他又去保了克拉克十几次。酗酒、吸毒、滥交——克拉克未免也太懂得如何享受人生了！幸运的是，这小子还有点脑袋，知道要让自己被捉去高地园区监狱，因为在那儿，钱就能解决问题。

牧师走上讲台，人们坐了下来，背景音乐开始淡去。牧师讲起上帝、天堂与和平，说克拉克已经到了更好的地方；台上这位尽职的牧师正在传达永生的概念,但丹·福特却不信这一套,此地此刻就是他们所拥有的一切,别去等待死后才会发生的事。就在这里、就在此刻,去争取你想拥有的一切。

牧师讲道讲了十分钟后,麦克·麦肯尔参议员站起身走到圣坛旁的棺木,将手放在儿子棺木上,闭上眼,仿佛在祈祷。但丹也不信这一套,他太了解麦克了。

麦克走上讲台,面容肃穆地凝望台下群众。他缓缓开口,带着丰富感情谈起自己的独子,说到白发人送黑发人是多么违背常理,说到这六十年来他不是没尝过痛苦,但唯独这次让他最痛苦。克拉克一直是个令人头痛的孩子,而他将此归咎于自己教养不当,但丹知道这根本是一派胡言。麦克一直责怪马莎,在克拉克十岁时没有把他送去寄宿军校。但麦克·麦肯尔非常擅长这类事,当他说完悼词,几乎所有参加葬礼的来宾都哭了,不然就是红了眼眶。

★★★

他的独生子死了,被埋葬了。

麦克·麦肯尔和他的儿子,关系从来就没有亲密过。克拉克只和他的母亲关系亲密,而麦克则和钞票很要好。他把手伸进西装上衣内的口袋,拿出并打开皮夹,里头一张他儿子或是妻子的照片都没有,只有一整叠本杰明·富兰克林[1]与尤里西斯·格兰特[2]的脸。长伴在麦克·麦肯尔身边的,一直都是权势和金钱,而不是妻儿。现在,他将用自己的钱,买下美国总统的位置。

他已经花了两千五百万美金买下参议院的一席,却发现参议员能行使的唯一权力只能自肥自己的州郡,和送上社会安全救济金支票的邮差没什么两样。只有权力,才能确保参议员的任期继续下去。

---

[1] 百元美钞上的图像。
[2] 五十元美钞上的图像,格兰特为美国第十八任总统。

但麦克·麦肯尔想要在这个世界上留下自己的足迹,他想要留名青史。和马莎离婚之前,她曾建议他成立私人基金会,用他的财富去帮助世界上贫苦的人们,像是非洲的艾滋病患者。但要解决全世界的社会问题,即使是八亿美金,也只不过是杯水车薪。况且,他从来就没关心过那些穷困民众的处境,那不是他喜欢做的事。所以他和马莎离了婚,娶了琴,然后现在为了要取得他梦寐以求的权势——能派遣美国军队的巨大权力——必要时他愿意散尽家产。扫荡几个中东独裁者,历史便绝对会记上你一笔。

麦克现在正站在自己位于高地园区的豪宅卧室,他儿子被谋杀的现场,心里开始重现根据警方调查报告中所描述的克拉克人生中的最后场景:充满着酒精、可卡因、肉欲、愤怒、恐惧以及一个妓女——一个黑人妓女!老天!他儿子上了那个女人,打了她,然后就死在地板上那张被联邦调查局探员割去一角并带走的地毯上。他看见克拉克的尸体倒在那儿,觉得内心一阵激动,然后想着,如同他以往每次想到克拉克时的评价:

他儿子真是无可救药的败家子。

如果是其他人的儿子,麦克会说那小子是咎由自取,谁叫他过着这种荒唐生活,还把妓女带回高地园区的家里。但这是自己的儿子,于是一切都变得不同:高地园区里没有其他人要竞选总统。过去二十年来,麦克·麦肯尔的一举一动、一言一行、在公众场合的表现,以及在参议院的投票——甚至是每一口呼吸——都只为一个优先目标考虑:这样做会如何影响他竞选总统的大业?所以他现在的良心不需要做太大挣扎,便能判断儿子的死亡,以及那名妓女的审判所带来的公众注目,对同样的考虑有什么影响。

麦克心里想到的结论,并没有让自己感到高兴。

他不止一次曾威胁要将克拉克踢出自己的遗嘱,试图用威胁儿子未来的方法来约束儿子放荡的生活。但现在却是儿子威胁着父亲的未来:克拉克的死法,还有他过去许多不检点的行为,都即将对麦克的白宫之梦造成威胁。而麦克·麦肯尔可不是坐以待毙,让威胁得逞的人。

黑色辩护人

★★★

两小时后，麦克站在教堂敞开的双面大门口，对前来致意的人们道别。丹·福特是最后一个离开的人。麦克看着丹走过长长的走道，来到门口前的环形车道，泊车员已经将他的奔驰车开了过来，打开车门在那儿等着。丹·福特会合作，只要价格合理，总是能买到律师的忠诚服务。

"那个芬尼小子，"麦克说，"在南美以美大学打过橄榄球，我记得他打得很好。"

麦克关上前门，转过身面对德洛伊·劳德。德洛伊块头很大、皮肤厚实，秃头、脖子粗短，他并不是全国最聪明伶俐的前缉毒组探员，而且做事非常鲁莽——细腻可不是他的强项——但他却证明了自己绝对是个忠心的保镖，并且是个很称职的私人调查员，对挖出某些参议员的肮脏小秘密非常在行，那些参议员各自在麦克为了取悦选民，而要求政府拨出地方经费的各种法案上持反对态度，还在麦克与前妻进行离婚协商时，表示不赞同。

"把芬尼的底细调查清楚，每个细节都不能放过。我要他的成绩单、银行记录、债务还有退税情况。我要知道他有哪些客户、朋友、敌人，还有他有没有背着他老婆乱搞，或是他老婆有没有背着他乱搞。"他伸出手指指着自己最信任的男仆，又说："德洛伊，我连他每天早上拉多少屎都要知道，听懂了没？"

德洛伊点点头。

"还有，德洛伊，这次别动手动脚，我只是要掌控他而已。"

德洛伊耸耸肩，说："您说了算。"

★★★

"把每一篇麦肯尔参议员儿子谋杀案的新闻报道拿给我。"史考特对苏吩咐。他摆手要巴比坐在沙发上，又说："苏，这位是巴比·亨林，现在和我一起合作处理这件案子。巴比，把你的名片给她，这样她就有你

的电话号码了。"

巴比在口袋里翻了翻,拿出一张皱巴巴的名片递给苏,她则拿出一叠粉红色的便条纸给史考特。

"都是记者和电视台制作人,他们要你上晨间新闻,新闻在线[1]、20/20[2]、还有——"

"全丢掉。还有告诉警卫,要他们把那些记者赶到街上去。"

"法兰克林·透纳还在等着。"

"带他进来。"然后他又对巴比说:"我总是让那些提告律师等久一点。"

史考特一屁股坐在桃花心木桌后的椅子上。上次他有这种感觉,是在他大一球季里膝盖受伤之后。

"就在你以为能用橄榄球得到一切的时候,却发现自己被反将一军。"史考特说。

"欢迎来到我的世界。"巴比说。

苏陪着法兰克林·透纳进到史考特的办公室。法兰克林的外貌十足是个富有的提告律师模样,昂贵的衣饰、完美的发型,最近又乘着私人里尔喷射机[3]出国短期旅游,从坎昆[4]刚度假回来,带着一身晒成褐色的皮肤,这混蛋。法兰克林不过是在十年前靠着运气接到一宗重大毒物侵权裁定,从此便再也不用靠法院里的陪审团来解决他接手的案子。他的声名逼得每一位法人被告以庞大数字达成和解,而其中三分之一则落入了法兰克林的口袋里。所以史考特·芬尼不过拥有法拉利,而法兰克林·透纳却有架喷射机。

---

[1] Dateline,美国 NBC 电视台所制播的电视新闻杂志节目。
[2] 美国 ABC 电视台所制播的电视新闻杂志节目。
[3] Learjet,广泛用于军用与民用的商务喷射机系列。
[4] Cancun,位于墨西哥南部偏东的小城,邻近加勒比海,是有名的度假胜地。

史考特没有站起身来，而是直接说："法兰克林，我没料到你会亲自过来。"

法兰克林笑了笑，说："我总是亲自来取款。"

"是你的个人风格吗？"史考特摆了摆手，介绍坐在沙发上的巴比，说："法兰克林，这是巴比·亨林。巴比，这位是法兰克林·透纳，有名的提告律师。"

两人握了握手，接着法兰克林便指指挂在沙发后边墙壁上的一幅放大照片，里头的史考特·芬尼穿着二十二号球衣。

"那天对得州的比赛，你跑出一百九十三码？"

"没错，就是那一天。"

法兰克林的眼神在那张放大照片上流连着，史考特在法兰克林的眼里，见到了低音号吹奏员的嫉妒。但法兰克林·透纳现在是位提告律师，他来这儿的目的是钱，所以他终于还是转过头来，望着史考特，说："支票准备好了没有？"

"你把保密合约带来了吗？"

法兰克林拿出一份文件，史考特拿过来快速浏览一遍，确定这混蛋家伙没有动什么手脚。直到满意了，他才翻到签名那一页，见到可爱的娜婷和讨厌的法兰克林都已经在一式三份的文件上签了名，他才把银行本票递给法兰克林·透纳。

"法兰克林，一百万美金。"

法兰克林盯着那张支票看了好一会儿，然后脸上绽开一朵如同寿星男孩般的无比灿烂的笑容。

史考特说："法兰克林，这就是你每天在做的事情吗？穿梭在办公室与办公室之间，拿走巨额的和解金支票？"

法兰克林显出沉思模样，然后微笑，说："是啊，史考特，既然你提起了，这的确差不多就是我在做的事情。"

THE COLOR OF LAW

法兰克林脸上依旧带着微笑，手上拿着一百万美金的支票走向门口，他突然又停住脚步转身走回来，把那张支票递到史考特面前。

"史考特，只是要让你知道，娜婷其实只要五十万美金就能搞定了。"

法兰克林正要转身，史考特就说了："好吧，法兰克林，既然我们决定对彼此坦诚，那你也该知道，汤姆本来愿意付两百万美金的。"

法兰克林的笑容一下子就蒸发了，仿佛落在人行道上的一滴雨，他的肩膀也垮了下来——唯一能让提告律师失眠的事，就是把钱留在桌上没办法带走。他转身快速溜走，没去想自己才刚刚赚了三十三万三千三百三十三美金，只想着自己才刚刚失去了同样的金额。这让史考特觉得自己至少在心理上狠狠教训了他一番。

"真是混蛋。"史考特说。

"谁？我吗？"

西德·格林堡的头在门外，史考特示意要他进来。

"西德，这位是巴比·亨林。"

西德走过来与巴比握手，然后说："今天早上处理得如何？你把那个妓女交给别人了吗？"

"不算是。"史考特说。

"法官不让你换人？"

"没错。看来我摆脱不掉她了。巴比会执行大部分的工作，写诉书和法院请求，审判前的出庭全由他包办——"

西德对巴比笑了笑，说："工作都是你在扛，就像我替史考特跑戴柏瑞这件案子。"

当西德转过身，见到史考特脸上毫无笑意时，他脸上的笑容消失了。

"西德，你说得没错，唯一的不同在于：我需要巴比，而你是可以被取代的。"

西德不安地扭动了一下，挤出一抹心虚的笑容。史考特在说这种话的时候,从来不让这些受雇律师知道,他到底是认真的还是在开玩笑?这让他们随时保持警觉,寻求最佳的赚钱状态,以便创造更多的收费时数。

"西德,你为什么跑来站在我的波斯地毯上?"

"哦,我们签下了一位环保咨询顾问来处理戴柏瑞那宗土地买卖案子。他现在专为福特·史蒂芬斯事务所工作。史考特,你之前提的那个主意棒透了。"

西德正在努力挽回之前造成的失误。

"就这样?"

"史考特,其实还有一件事。"他看了一眼巴比,又转头看回史考特,说,"这件事是机密。"

史考特说:"巴比,关上耳朵别听。"

他点点头,要西德继续说下去。

"针对戴柏瑞那宗案子的文件调查已经完成了,调查文件里不是提到,戴柏瑞公司所建造的公寓小区,住在里头的居民宣称被公寓里的霉菌毒害,但戴柏瑞却袖手旁观吗?"

"没错,然后呢?"

"所以在检阅戴柏瑞公司过去的记录时,我们发现一封可能比较棘手的信件,信上提到一些霉菌毒害的病征。但我们的立场是,戴柏瑞公司对霉菌的危险性完全不知情。"

史考特对巴比说:"为了霉菌而兴起的一宗该死案子。一个陪审团在奥斯汀[1]做出赔偿三千两百万美元裁定的消息传了回来,接下来你就发现每个人都因为霉菌毒害而快病死了。"

他又转回头对西德说:"我们提供给提告律师的调查文件有几页?"

"两万七千页。"

"好,你接下来这么做。把所有数据全部拷贝两份,给他们五万四千

---

[1] Austin,得州首府。

THE COLOR OF LAW

页,然后把数据都打乱,再把那封信故意影印得很糟糕,就像我们的秘书不小心印坏的,让人很难看清楚上头写什么。然后把这封信塞进那五万四千页文件里,看看他们找不找得到。"

西德笑了开来,说:"这主意太棒了!"

"西德,这叫不择手段的创新执业手法。"

采用取巧的诉讼手段,像是把一张对己方不利的文件藏在五万四千页调查文件中——更别提直接把那该死文件销毁——在律师间被称为"不择手段的创新执业手法",且此种手法在律师业界被高度推崇。不择手段的创新执业手法是成功律师之所以成功而不被逮到的好方法。而史考特学到,占据成功因素的一大部分,就是不要让别人发现自己使用小手段。

西德匆忙离开,史考特在他身后比了比手势,说:"哈佛大学班上第一名,有天可能变成一个不错的律师。"

巴比正看着他。

史考特举起双手,说:"看什么?"

"这就是你们这种收费昂贵的律师专做的事?把最重要的东西藏起来?"

"巴比,这就像玩橄榄球——如果你非法阻挡没被抓到,那就不算犯规。和法兰克林·透纳那种卑劣提告律师玩游戏,就得采用他们的规则。你不择手段想赢得官司。巴比,因为有钱客户不需要打输官司的律师,即使这些律师很有道德;他们要的是能打赢官司的律师。"

巴比似乎没怎么被他说服,于是史考特指指敞开的办公室大门,说:"巴比,法兰克林那个混蛋有一架喷射机耶!"

史考特的思绪转到了莎汪达·琼斯身上,就像一个人想到不断重复的梦魇。

"对了,巴比,不要接受采访,我们不要事务所的名字出现在媒体上。"

巴比点点头,说:"我会去拿警方的报告,看看伯恩斯有什么证据,然后雇用一个私家侦探，要他去访谈那些目击证人、追查线索，并对克拉克还有任何与他有关系的人做身家背景调查。那个私家侦探叫做卡尔，之前当过警察。"

"付钱找私家侦探？丹一定会抓狂的。"

"小史，我们一定要有个私家侦探来帮忙，这可是死刑案。"

史考特叹了口气，说："好吧！但把他的费用找个名目掩饰，再放进你给事务所的收费明细里。这样丹才不会发现。"

"好，没问题。还有，小史，这案子会花去我很多时间，我也得花不少钱，所以……这个……我可以先预支费用吗？"

"当然可以。"史考特对秘书说，"苏！"她很快就出现了，"苏，给巴比一张两千五百美金的事务所支票。"

苏离开后，巴比说："谢谢。"

史考特对他摇了摇手，两千五百美金只不过是他在福特·史蒂芬斯事务所的零用金而已。

"史考特，还真有些好笑不是吗？"

"什么事？"

"以前念书时，我们就常谈到以后要一起工作。过了这么久的时间，我们终于一起合作了。"他耸了耸肩，又说，"我只是觉得有点好笑。"

史考特瞧着他之前最好的朋友。

"没错，巴比，这真是他妈的让人想捧腹大笑。"

★★★

小布欣喜地大叫："Ａ·史考特，你上电视了！"

她的双亲走到厨房里的电视前，看见她刚刚见到的画面：在晚间新闻里，Ａ·史考特像个一脸不情愿的电影明星，在记者不断喊叫提问之下，正在推开成群的电视摄影镜头与麦克风。

"你的当事人是否谋杀了克拉克·麦肯尔？"

"她会采取什么样的辩护？"

"你要如何替她辩护？"

"是今天早上拍的，"小布的父亲说，"法庭外一群唯恐天下不乱的记者。"

"你没办法从这件案子脱身？"小布问。

"没办法。"

"你要代表她出席审判法庭？"

"没错。"

"什么时候？"

"八月。"

"好吧，这下去不了维尔[1]度假了。"她的母亲恼怒不耐地叹了口气，说，"今年八月我们只能留在高地园区，只有我们这一家哪里都去不了，这实在太丢脸了。"

"我可以去吗？"小布问。

"当然，你和你妈妈还是可以去维尔。"她的父亲说。

"不是，我是说去审判法庭。"

"你要去看审判法庭？"

"那时候我还不用上学。"

"小女生，这可不行。"她母亲说，"谋杀罪犯的审判法庭可不是一个九岁女生该去的地方。"

"但那就像是，创造历史的时刻。"

她母亲对她恼怒地又叹了口气，说："每天都有谋杀审判法庭啊。"

"不是，我的意思是，A·史考特第一次为一个人类代表出庭。"

她的父亲看着她，而她也回望着父亲，然后两个人同时笑出声来，

---

[1] Vail，位于美国科罗拉多州，冬季为知名滑雪区，夏季时也是著名的避暑胜地。

但蕾贝卡却没有跟着笑。

"这不会影响你在事务所的地位吧？"

回到主卧室后，这是蕾贝卡问的第一个、也是唯一的一个问题。她其实想问的是：这件事情会影响你的收入吗？

"不会，当然不会，我仍是汤姆·戴柏瑞的律师。"

她脸上的神情显示她根本不买账。

"蕾贝卡，听着，我已经找了巴比来替我处理这件案子，他会帮我处理完整件案子，然后她也会被判有罪，一切都会回复原来的样子，你不用担心。"

但其实史考特很担心，那种大祸临头的感觉已经越来越强烈。他瘫坐在主卧室起居区的椅子上，用遥控器打开电视，屏幕上正播放着晚间新闻。一则关于今天下午克拉克·麦肯尔葬礼的新闻，一群穿着黑色西装与套装的男女，在影片中进入高地园区的联合卫理公会爱邻堂，他们是有钱人、白种人与各界重要人士，还有副总统、国会议员们、州长、市长，以及史考特的资深合伙人。

10

六月的剩余时光很快就过去了，随着夏季的脚步正式到来，气温也不断稳定攀升，到六月底的时候，温度计上的水银已经升高到三十八摄氏度。雨水不再常见，太阳毒辣地照着这片景色。原生橡树将树根更埋入泥土里，从干渴的得州土地里吸取最后一滴水汽，所有的生物都有气无力地准备度过另一个残酷的夏季，除了那些富有的达拉斯人家，还有生活富足的人都逃到了凉爽的科罗拉多州或是加州。而没那么幸运的人则仍留在原

地，靠着空调和后院泳池来度过这难熬的炎夏。

蕾贝卡·芬尼继续孜孜不倦地沿着高地园区上流社会的阶梯往上攀爬，小布·芬尼则在家用计算机与书填满自己的生活；康苏拉·罗莎和刚从边境回来的艾斯塔班·嘉西亚重逢；史考特·芬尼为福特·史蒂芬斯法律事务所的付费客户，以每小时三百五十美金的酬劳工作了两百个小时；巴比·亨林则以一小时五十美金的酬劳，为事务所唯一没有付费的客户工作了一百个小时；而联邦大陪审团正式以谋杀克拉克·麦肯尔的罪名，将莎汪达·琼斯起诉。联邦法官判她以一百万美金交保，这无异表示她得继续收押直到审判宣读，那时她不是重获自由，就是被送到联邦监狱服刑或等待处决。她每天都打电话给她的律师，有时候甚至一天好几次，总是出于对女儿以及海洛因的双重渴望而歇斯底里地哭喊着。她的律师不知道要如何帮她弄到海洛因，只好做了一件他唯一能做的事，好让她闭上该死的嘴巴：同意把她女儿带到拘留所来见她，或者至少要巴比把她女儿带来。

但巴比自己招认：他怕得不敢去。"拜托，小史，我可不敢去南达拉斯。"他说："像我这样的白种人城市里的胖子，到了南达拉斯绝对活不过五分钟。很抱歉，老兄，但我完全不想为了一小时五十美金，拿自己生命开玩笑。"

所以在七月的第二天，夏季第一个温度超过三十八摄氏度的日子，A·史考特·芬尼律师，也是年收入七十五万美金的福特·史蒂芬斯法律事务所合伙人，正开着那台闪亮的红色法拉利360Modena跑车，缓缓驶进达拉斯南边一处灰暗的国民住宅区。途中车子经过一段震耳欲聋的饶舌音乐，一群神色强悍的年轻黑人纷纷怒视着他，史考特感觉自己仿佛开着的是一个不断闪烁的霓虹灯招牌，上头大大的字眼写着：快来抢劫我的车！十四年前，史考特和黑人队员在南美以美大学一起打过橄榄球，但他并不认为这件事对这些家伙来说会有什么太大的意义。在没有察觉到之前，史考特已经整个人滑下皮制座椅，直到他几乎看不见方向盘后的景象。

黑色辩护人

史考特·芬尼在达拉斯已经住了三十六年，却从来没有开车进入达拉斯南边一次。白人每年只会开车从市中心经过市区南边三次，只为了在有栅门的费尔公园内参加活动——得州集市、俄克拉荷马州对得州的橄榄球比赛以及棉花杯赛事。白人们都会很小心地待在州际公路上，以费尔公园为出口，并直接驶进公园栅门，不会绕道也不会停留。白人从来不会把车开进达拉斯南边，进入达拉斯南边的邻近地区以及陋巷街道，这里充斥着犯罪以及海洛因毒品、娼妓与贫穷，成群流氓在街上晃荡，不时有人驾车经过并开枪杀人。这里是属于黑人的达拉斯，一个从高地园区来的白人帅哥，开着价值二十万美金的意大利跑车，在这儿不但不受欢迎，而且是个不智之举。

但史考特还是来了，他把车停在一栋被住屋管理委员会委婉地命名为"花园公寓"的水泥大楼前，尽管从史考特眼里看来，这里连能称之为花园的几根草都没有。他关掉引擎，正准备鼓起勇气走出车外——这台法拉利已经吸引了一堆人——阳光突然被一个穿着"达拉斯牛仔队"运动套衫的大个子挡住了，史考特从来没有见过个子这么高大的黑人，不管是在橄榄球场或者球场外。黑色的指关节敲了敲贴上遮阳纸的车窗，史考特将车窗打开了几厘米。

运动套衫往下移，直到史考特见到一副宽阔的肩膀，然后是粗厚的脖子，最后是一张宽脸。这人拿下太阳眼镜往车子里头瞧。

"你是律师？"

"什么？"

"你是莎汪达的律师？"

"没错。"

"你来带帕修美？"

"没错，但是你怎么知——"

"莎汪达打电话给我，她想也许你会需要……有人护送，如果你知

道我在说什么的话。"

史考特知道他在说什么。他看着两边那些往车内直瞧的众人，黑人女子——其实都是些女孩——背上背着婴儿，才刚学会走路的孩子抓着她们的粗腿，还有浑身肌肉的黑人男子，接着他想到了"战斗之夜"，那是上一次他如此近距离与强壮的年轻黑人男子面对面接触。这活动始于得州房地产最兴盛的时期，当时达拉斯房地产商急切需要娱乐消遣，至今"战斗之夜"已经成为年度正式盛会：在时髦华丽的安纳多尔酒店里设立拳击比赛场地，黑人拳击手被带到这儿，像沙袋一样被痛扁到不省人事，只为了取悦有钱的白人。这些白人抽着雪茄、吃着厚块牛排、喝着烈酒，还与为了晚间盛事而雇来的美丽年轻女模特儿一起，玩一面唱儿歌一面拍手的游戏。史考特记得当时自己还曾想过，台上那些黑人拳击手是职业比赛淘汰下的过气选手，但他们一样可以一拳就击倒每一个在场的白人家伙——而且他们可能也很想这样做。

史考特戴上眼镜，不是为了让自己看起来精明利落，而是希望这些黑人家伙不会痛打一个戴着眼镜的白人。他深呼吸一口气，打开车门走下车，靠着法拉利站好。他觉得自己的脸发烫，然后听见那大个子的声音轰隆响起：

"你们都给我滚开，给这人一点空间！他是律师！"

群众小心往后退了几步。史考特松了口气，然后又吸进一口气，他觉得这里的空气变得更热了，一点风都没有。眼前也没有任何树能遮挡阳光，毒辣的阳光似乎火力全开，直往他身上而来。他额头上的汗珠像爆米花似的不断冒出，浆烫平整的衬衫黏在肌肤上。他望望附近灰色煤舱似的建筑物、灰色的泥地院子、灰色的水泥景色以及黑色的居民，在市中心摩天大楼的阴影下组成一个奇异的世界。如果史考特的办公室面向南方，那么他所能见到的就是这些国民住宅，因此比较好的景观是向北，面对白人居住的高地园区。将这些国民住宅与高地园区隔离的人行

黑色辩护人

道不过八尺长，但对这些把脸贴满法拉利车窗，只为了看一眼车里奢侈皮制摆设的黑人孩子而言，生活贫富的差距之遥远，如同他们一直住在穷乡僻壤的国家。

"先生，这车开起来一定很棒。"一个黑人男孩咧开嘴笑着说。

大个子黑人说："我是路易斯。"他又指指那群人，说，"别管他们，我们这里不常看到律师。"

路易斯将近两米高，体重绝对超过一百三十公斤。和他的大手比起来，史考特的手一下子小了很多。所以史考特没有伸出手和他握手，而是说："我是史考特·芬尼。"然后把名片递给路易斯。

路易斯很专心地读着那张名片。

"那个 A 是什么意思？"

"没什么。"史考特的拇指指着法拉利，说，"也许我应该在车子里等？"

路易斯口气严厉地对那些男孩说："敢碰那辆车，就是和我过不去。"接着他笑着对史考特说："芬尼先生，车子不会有事的。"路易斯一转身，群众便让了一条路，史考特跟着路易斯走了几步，来到人行道上，但路易斯突然停下转过身，说："不过你最好还是把车锁好。"

"哦，对。"

史考特从口袋里掏出车钥匙，"哔哔"两声便将法拉利锁上，其中一名男孩说："哇！真酷！"史考特转身跟着路易斯穿过一群又一群打着赤膊的年轻黑人，他们用力将篮球击在水泥地上，力气之大听起来仿佛马力强大的武器在不断发射——砰！砰！砰！他们的躯体满是肌肉并闪着汗水光泽，肌肉发达的手臂上刻着铁丝状刺青，个个表情乖戾。运动短裤松垮地挂在他们的臀上，脚上穿的那些一百美金的耐克球鞋是史考特在这个年纪时负担不起的奢侈品，他们每个人都把史考特·芬尼看成有钱的猎物，要不是路易斯在这里，史考特一定早就被洗劫一空了。史考特避免和他们眼神直接接触，就像有人说过，和野生动物接触时也要如此，以免激怒他

们。他很想转身就跑回车里,然后全速驶离这个鬼地方,但他绝对不可能跑回法拉利车里:他的脑海里闪过一群狼,猛地往一只肥美小兔子身上扑去的景象。所以他拉近和路易斯的距离,紧紧在这大块头黑人的影子笼罩下跟着。他不得不承认,在橄榄球场上从没尝过害怕滋味的他,现在尝到这种滋味了。史考特·芬尼吓坏了。等他们到达一一〇号公寓时,史考特已经满身大汗,心跳如擂鼓。路易斯敲了敲门。

"帕修美,我是路易斯。"

没有响应,路易斯再敲了一次门,仍然没有响应。屋里厚重的窗帘以及屋外黑色的防盗铁条遮住了前窗。从公寓里见不到任何光线。

"也许她不在家。"史考特说。

路易斯笑了笑,全身都震动了一下,说:"她一定在家,只是怕出来,里面没空调也还是不敢开窗。莎汪达被逮捕之后,她就没再出来过。"他倾下身子,压低声音又说:"芬尼先生,你真是好人,愿意带帕修美去看她妈妈。"

史考特满脑子都在想着:自己能活着穿过那群凶狠年轻人的几率有多大,以至于想都没想就脱口说道:"为什么你没这么做?"但路易斯并无任何愤怒反应,他圆宽的脸庞露出微笑,现出嘴里的金牙。

"这个……芬尼先生,那些调查员和我……我们有些,呃……没解决的大问题,如果你知道我在说什么的话。"

史考特知道路易斯在说什么。他注意到门上的窥孔暗了下来,接着听到一道细小的声音问:"是那个律师吗?"

"是啊。"路易斯说。

窥孔又亮了,接着史考特听见重物从门后被推开的声音,然后是解开五道门闩的声响。门打开了一条缝,一张棕色的小脸蛋出现在门后,小女孩抬起棕色的大眼睛凝视着史考特。

"你会救我妈妈吗?"她问。

黑色辩护人

★★★

"帕修美,这名字听起来……真是特别。"

小小的黑人女孩整张脸贴在法拉利空调排气孔前,说:"妈妈说这是法文名字,但其实就只是黑人名字。在这里我们不会取苏西、派蒂或蔓蒂这种名字。我们会取香泰儿、碧昂丝或帕修美这些名字。"

"我女儿叫做小布。"

她微笑着说:"这名字很特别。"

史考特也回她一个微笑,说:"她是很特别,你会喜欢她的。"

车子一离开国民住宅区,驶上穿越达拉斯南边的主要干道马丁路德金大道之后,史考特终于稍微松了口气。他的心跳已接近正常,身体也不再像洒水器那样不断出汗。他甚至没有再缩在座椅上了,他坐得笔直,环顾四周陌生的环境,像个在马术大会上的日本观光客。街道的一边是高大的黑色铁围栏,将费尔公园与外界隔离开来;公园里头有棉花杯体育场,牛仔们曾在这里比赛,直到他们往郊区开辟新场地;还有历史上著名的装饰艺术建筑群,可以追溯到一九三六年的得州百年纪念博览会,但如今却被弃置在这里,像老旧电影场景般腐朽。街道的另外一边则是杂草蔓延的成片空地,很明显地被用来当作附近邻居的非正式垃圾场,还有一堆用木板搭成的建筑物配上破掉的玻璃窗,黑人在这些建筑物外头游荡。

"那里是卖可卡因的地方。"帕修美说。

破败的单排商业街道上有当铺以及卖酒的商店。摇摇欲坠的屋子以二十度角倾斜着,屋子墙面上的油漆就像晒伤严重的身体上剥落的皮肤。毫无生气的门廊上摆着沙发,千斤顶在院子水泥地上顶起老旧汽车,垃圾堆满大街,每一栋屋子与店面的每一道门窗都装上黑色的防盗铁条,仿佛这里的每栋建筑物都是屋主的私人监狱。整片景色无趣又黯淡,除了每面墙壁与篱笆上的图画与文字,以及身材粗壮的黑人女子,她们穿着色彩鲜艳的裙子、短裤与高跟鞋在街上来回走着。

THE COLOR OF LAW

"她们是上班女郎,"帕修美说,"妈妈说她们因为太胖,在哈瑞海因大道钓不到白人,才会在这里工作。"

史考特正在想象住在这里,和小布走在如此街道上的景况;或是更糟糕,小布一个人走在街上的话会怎么样?这时候他从眼角余光发现道路的另外一边有些骚动,于是把车速放慢下来……但只有慢一点点。

"发生什么事情了?"

在人行道上,几栋破损严重的公寓前正堆着一大堆个人物品,从微波炉到衣服,从一颗篮球到洋娃娃,应有尽有,仿佛有人开了辆卡车倒车过来,把这些东西一股脑倒在那里。两个黑人小孩坐在路边,手肘放在膝盖上,手掌捧着下巴,看起来像是才刚刚遇到世界末日。一个过胖的黑人女子,穿着红色绑带休闲短裤以及白色上衣,正对着一个骨瘦如柴、穿着短袖衬衫与打着领带的黑人男子比着手势狂喊。帕修美伸长了脖子看看,然后又缩回座椅上。

"驱逐日。"她平淡地说。

"他们从公寓里被赶出来?"

"是啊。每个月的第一天都会发生这种事。"

身为一名年轻律师,史考特曾多次代表房东在治安法庭上驱逐身无分文的房客。但他从未直接见证过执法现场——一家里的个人所有物品从公寓里移出,被扔在公寓前的人行道上,正如驱逐法令所要求的强制执行。他往后看了一眼,然后加速开走。法拉利昂贵的赛车轮胎开上了去往达拉斯市中心的北向州际公路后,他才松了一口大气。

"我爸爸,是个白人。"帕修美说。

他望了一眼坐在乘客座位上的女孩。她是个可爱的孩子,五官轮廓比较像白人,没那么像黑人。她的头发编成了一条条整齐的细辫子,紧贴着头皮,垂在瘦小的肩膀两侧;她穿着粉红色的上衣、牛仔短裤、往下折的粉红色袜子以及白色的耐克球鞋。要不是她身上的淡棕色皮肤,她和史

黑色辩护人

考特在高地园区见过的所有小女生没什么不同——除了那一头辫子。

"你爸爸人在哪？"

"死了。"

"哦，我很遗憾。"

"我不会，因为他伤害妈妈。"

"他怎么死的？"

"警察开枪射他。他在卖毒品。"

帕修美的手指轻轻在仪表板上滑过，像是在检查有没有灰尘，然后她转过头看着史考特，问："芬尼先生，我妈妈有没有杀那个白人？"

★★★

"宝贝，我才没有杀人哪！"莎汪达对着玻璃隔板这么说，她的右手手掌与玻璃另外一面的帕修美左手手掌相贴，母女两人都在哭泣，巴不得能抱住彼此。莎汪达说自己有小孩的时候，史考特很自然假设她是个非常差劲的母亲——老天，她可是个妓女！但现在看见这两人相聚在一起，他这才知道这个女人很爱她的女儿，就像他爱自己的女儿一样。

他转头对黑人警卫说："她们不能在一起吗？"

警卫的眼神垂了下来，然后搔了搔自己的下巴。他的眼神再往上抬的时候，说："你们来这里是讨论如何为她辩护？"

史考特很快就明白了，马上说："没错。"

警卫指指帕修美，说："她是关键目击证人？"

"是的。"

"那没问题。"

警卫领着他们来到每次史考特与莎汪达会面的小房间。他拍了拍史考特，示意要他坐下，但他对帕修美却只拍了拍她的头顶。警卫把莎汪达带进来的时候，她跪了下来，抱住帕修美好长一段时间。警卫说他会在外头等。莎汪达最后终于放开帕修美，然后捧起女儿的脸蛋直盯着瞧，仿佛

在检视女儿每一寸平滑的肌肤。然后她稍稍退开,上上下下打量着女儿。

"你把自己打扮得真漂亮。"莎汪达说,"路易斯有没有带日常用的东西给你,照顾你的生活?"

帕修美点点头,说:"有,妈妈。"

莎汪达的健康状况比史考特上次来看她时好太多了,她现在比较有精神,让史考特比较不那么担心她又会吐在他的西装上。

"你现在能睡了吗?"史考特问。

"可以了,芬尼先生。我已经熬过最糟的部分,现在只剩下头痛。"

"妈妈,我带药来给你了。"帕修美说。

"乖女孩。"

"我都是吃泰诺[1]治头痛。"史考特说。

"我需要药效强一点的。"

"布洛芬[2]吗?"

"对,布什么的……就是这个。"

"妈妈,你什么时候能出来?"

"我没办法,要等到审判结束才行,如果芬尼先生可以证明我是无辜的话。"

史考特说:"不对,莎汪达,我不用证明你是无辜的,是政府得证明你有罪。"

莎汪达看着他的眼神,像大人在看着天真的孩子。

"芬尼先生,你要学的还很多。"

"审判是什么时候?"帕修美问。

"八月底。"史考特说。

帕修美皱起脸蛋,说:"那是两个月以后!这么长的时间我该怎么办?

---

[1]　Tulenil。
[2]　Ibuprofen。

妈妈，我好害怕一个人留在国民住宅区里！"

史考特·芬尼不到一小时之前经历过的恐惧再次猛烈袭来，汗水再度从他前额大量涌出，心跳也再次加速。他心里再次开始盘算自己能存活的机会——一只肥胖的兔子被一群野狼追赶，能活命的几率有多大？他不想再回到南达拉斯把这黑人小女孩带回国民住宅区里的公寓，从法拉利走出来，陪着她走入那群对他虎视眈眈的年轻壮硕的黑人群里。如果路易斯没有在那里护送他们呢？但他绝对不可能把一个小女孩独自放在公交车或出租车上。他到底该拿她怎么办？母女两人拥抱在一起哭个不停的时候，史考特一向敏捷的脑袋思考着各种可能的选项，直到得到答案：康苏拉·罗莎。

他想，既然康苏拉今年夏天已经要带一个小孩，带上两个又何妨？而且这是完美的解决方法：小布可以有个玩伴，这个小女生也不用一个人躲在国民住宅区怕得要死，他也不用再把车开回南达拉斯。所以冲动之下，史考特·芬尼说出了令他妻子很快就后悔的话："帕修美，你可以留在我家，直到审判结束，如何？"

★★★

"我该拿她怎么办？"

蕾贝卡的脸蛋和她的头发一样红，她握成拳头的双手叉在苗条的腰侧下方，正狠狠地瞪着他，仿佛他是内曼·马克思百货的销售员，拿了尺寸不合的女装给她试穿。

史考特离开法院大楼后，直接把车开回家。但碰巧他挑了妻子没有在外忙着经营上流社交生活的这一天，把这黑人小女孩带回高地园区的家。小布说："我喜欢你的头发。"然后就把帕修美带上楼去。康苏拉已经回到了厨房，于是史考特发现自己面对狂怒的蕾贝卡，孤军奋战。当然，史考特不会告诉妻子全部的实情，说他把这黑人小女孩带回家的最大原因，是因为他怕死了再把她带回去。所以他像个律师那样反应，只告诉她部分事实——支持他这么做的那一部分事实。

THE COLOR OF LAW

"她一个人住在国民住宅区里,她才九岁,又没有其他人陪着——她住的地方甚至连空调都没有!老天,蕾贝卡,你跑去青少年联盟,和其他高地园区的淑女小姐们闲坐着无所事事,梦想着帮助不幸的人们。这应该会为你赢得一座该死的大奖!"

"史考特,我们帮助这些人,但不会邀请他们到家里来。你自己说过她母亲会被定罪,到时候你要拿她怎么办?领养她吗?当成你自己的女儿来养?送她去高地园区学校上课?史考特,小布的学校里可是没有黑人小孩的!"

偶尔,就像现在这时候,妻子如此强烈的愤怒会让史考特觉得异常气馁,就像他的大学教练会在比赛搞砸时抓掉他的护具,把他扯过来劈头就是一阵怒斥。那时候史考特·芬尼只能静静站在教练面前,而现在他也只能闭上嘴巴,静静站在这位愤怒的美女面前。唯一不同的是,她不会生气地每说一个字就从嘴里喷出烟渣黏在史考特脸上。但他会很乐意用沾满口水的烟渣,瞬间交换眼前这位愤怒的女人。

"而且,这儿才不会有什么莫名其妙的女孩,会叫做帕修美的!"

11

"小史,有了这项证据,我们很有可能救她一命。"

史考特已经从盛怒的妻子那儿逃出来,在戴柏瑞塔这亲切的领域里找到庇护;他和巴比正在市中心俱乐部的楼上享用迟来的午餐。他已经将自己前往国民住宅区的经过、家里的新住客以及蕾贝卡的反应,全一股脑告诉了巴比。现在巴比则对史考特交代莎汪达案件的最新进度。

"我雇的帮手,就是那个私家侦探卡尔,他找到了那个琪琪,她的说辞和莎汪达的一样,没什么新发现。但之后他和几位之前关系不错的高地园区警察聊过……"巴比身子从桌子对面靠过来,近得足以让史考特闻到他呼吸中带着的烟味;巴比的声音压低到如同呢喃:"听清楚了:结果是克拉克·麦肯尔一年前曾被控施暴与强奸,对方是南美以美大学姐妹会的女孩。她曾提出控诉,但老爹一付钱,也就是麦克·麦肯尔参议员,她就消失了。卡尔和那天晚上值勤的内勤警官聊过,就是接到控诉的那位警察,他说那女孩浑身上下都被揍得很惨。"

"既然她撤销控诉了,我们要怎么找到她?"

"那名内勤警官并不笨,他猜到议员知道这一切,所以他也猜到有一天这数据会派上用场:他将控诉内容拷贝了一份。"

"他给了卡尔吗?"

"怎么可能,他说资料锁在防火保险箱里。要是他给了卡尔,他们就会知道是他泄露出去的,那他铁定会被炒鱿鱼,他只剩两年就能领到退休金了。他说如果我们传唤他作证,他会否认自己拥有那份资料。但他给了卡尔那个女人的名字,叫做汉娜·史堤勒,现在住在加尔维斯顿[1]。"

"她会来作证吗?"

"卡尔今天正要坐飞机过去问清楚。"

史考特翻起手掌,说:"所以……?"

"所以我们的辩护可以从两方面进行:第一,她没有开枪,但这很难证明,因为她的指纹留在那把手枪上,还有颗子弹在他脑袋里。而且如果她没有开枪,那又是谁?是克拉克自己吗?他突然觉得自己罪孽深重,所以决定让这个世界变得更美好,于是自我了断?我可不这么想。我们可以解释这是自卫行为,他用歧视种族的语言侮辱她,又攻击她,所以她开枪自卫。但她是黑人,又是妓女,还使用毒品——谁会相信她,对不对?这时候就该让汉娜·史堤勒进场,加强巩固证词。善良的白人女孩作证克

---

[1] Galveston,位于得州东南方的城市。

THE COLOR OF LAW

拉克一年前对她施暴并强奸她,陪审团便会想:说不定莎汪达说的是实话,陪审团里一定要找些黑人。我们要告诉陪审团,克拉克·麦肯尔不但有种族歧视,而且是个强奸犯,这样很有可能救莎汪达一命。"

"可以无罪开释?"

巴比看了他一眼,说:"小史,不是无罪开释,是终身监禁。如果她表现良好,说不定三十年后就能假释出狱。如果你的手枪是杀人凶器,你的指纹又在枪上,而且受害者倒在地上时,你的手枪还直接对着他的脑袋开枪,你不可能无罪开释的。有这些证据,终身监禁已经算她赚到了。"

★★★

"该死的!丹!你叫他别管了!现在就放手!"

电话里传来议员的声音,大到丹·福特不得不把电话拿开几厘米。丹刚刚从史考特手上拿到莎汪达案件的状况报告,按照他和议员达成的协议,他马上就打了通电话到华盛顿。得州资深议员麦克·麦肯尔对于听到的消息,非常不高兴。

"丹,一个妓女站上台说克拉克揍她还叫她黑鬼,已经够糟了,现在你手下的小律师居然开始要白人女孩排队上台说,克拉克也痛揍并强奸她们,我铁定完蛋了!我以为那个女孩已经处理好了!万一他们从大学里挖出更多克拉克和兄弟会搞出来的丑事该怎么办?"

克拉克·麦肯尔曾在兄弟会举办过"少数民族之夜"派对,克拉克扮成黑人皮条客。麦克花钱买通报纸才没有把这则新闻发布出去,当时负责处理买通报社的就是丹·福特。

"大众会认为他是在家里学会那些鬼东西的!从我身上学到的!一旦媒体知道这件事,我就会被认为是另外一个他妈的史壮·瑟蒙[1]!我永

---

[1] Strom Thurmond(一九〇二—二〇〇三)美国政治家,曾任南卡罗莱纳州州长以及美国参议员,于一九八四年竞选美国总统未果,后连任参议员共八届,任期四十八年,高龄一百岁时仍在参议院服务。他死后曾被揭发与黑人女佣生有一名私生女,但他从未公开承认。

远也别想踏入白宫的大门了！"他停顿一下，又说，"而且，丹，你也永远当不了总统的律师了！"

★★★

"小布什？"

"没错。"史考特说。

西德·格林堡看起来十分震惊。

"总统运用国家征用权占用人民土地，作为棒球场地？"

"西德，他那时候还不是总统，甚至也还不是州长。你还在哈佛听那些左翼派教授上课的时候，小布什正在为得州游骑兵队出赛。那时的比赛场地是个破烂的体育场，所以他要求市政府征收土地，用来盖一座新的体育场。"

"那怎么会是公众用途？"

"的确不是。"

"那市政府怎么能征收土地？"

"因为法律允许这么做……或至少法院没有阻止市政府这么做。他们为了盖游骑兵队的体育场才这么做过，为了全国运动汽车竞赛协会的赛车场这样做过，现在为了新的牛仔队体育场，他们也正在这么做……管他的，西德，反正全国到处都在这样做，不是只有道路和公园，还有体育场、购物中心和大型商场……"

"现在我们要为戴柏瑞的旅馆这样做？"

史考特耸耸肩，说："那是汤姆和市政府做的交易。"

"我们要拿走穷人的家，好让有钱人能住在奢侈的五星级旅馆？"西德一脸愤慨，又说，"为什么他们不征收有钱人的家？"

"因为有钱人负担得起雇用律师在法庭打官司，穷人没办法。"

"所以市政府用戴柏瑞的钱以贱价买下穷人房子，再铲平那些屋子，把土地交给戴柏瑞去盖旅馆？这样市政府能得到什么好处？"

THE COLOR OF LAW

"数百万美金以上的房地产税金,旅馆至少价值一亿美金,那些小房子最多不过值一百万美金。"

"戴柏瑞盖了旅馆,市政府拿到更多税金,穷人却无家可归,而这一切完全合法。"

"西德……法律允许的事情我们才做……而法律不允许的事情,我们偶尔也会做。"

"史考特,你知道,去修理政府和提告律师是很有趣,反正只是游戏。但对穷人为什么也这么搞?我父母就出身贫困,我从小长大的屋子就像这些人的家一样。"

"西德,听好,我也不喜欢这样,但这是我们的工作。至少我们只征收三十户人家而已,在贺斯特[1]他们征收了一百二十户来盖那座购物中心,现在他们正在征收九十户人家来盖牛仔队体育场。"

"这可真是让我感觉好多了。"西德摇摇头,说,"我去念哈佛法学院为的就是这个?"

史考特摊了摊手,说:"西德,不然你要我怎么做?告诉戴柏瑞我们不会这么做?如果我拒绝戴柏瑞,他还是会去找一个愿意这样做的律师。这桩交易一定会完成,那些屋子也一定会被征收,而那家旅馆也一定会盖起来。唯一的问题在于是哪些律师会因为这样做而得到五十万美金。西德,如果戴柏瑞要其他事务所接这桩案子,那就表示我得开除手下其中一个受雇律师。你愿意放弃工作——还有你的二十万美金年薪——好让你不用去征收那些人的房屋吗?这样才不会弄脏你的手?"

西德盯着自己的鞋子瞧了很久,最后才缓缓摇摇头,说:"不愿意。"

"西德,我还是年轻律师的时候,丹·福特曾告诉过我:'小史,每天早上都要把你的良心寄放在门边,不然你在律师这一行待不久的。'"

西德抬起头来,说:"法律真差劲。"

---

[1] Hurst,位于得州东北部的城市。

"西德,这不过是金钱交易。"

"在法学院的时候,他们不会这么告诉你不是吗?法律只是金钱交易,只是一场游戏,用的却是别人的生命和金钱。他们根本没说这些,他们要的是能付学费的人,一点都不明白律师到底是什么样行业的小子,认为法律是……"

史考特静静坐在那儿,像名心理咨询师边听着病人连连抱怨边点头。每一个律师都会经过西德现在正经历的变形期,就像毛毛虫变成蝴蝶一样,只是相反:从一个怀有美好理想的人类变成令人憎恶的律师。史考特回想起当年一名叫做史考特·芬尼的年轻病患不断在抱怨的时候,丹·福特也曾这样不断点头。

西德还在说:"上次我回家的时候,我父母把住在附近老旧邻区的朋友们都叫来,好炫耀一下,他们的儿子现在是了不起的律师了。史考特,我要怎么去告诉他们,我们真正在做的是什么?"

"你不用。你也不能。你更不会。西德,每天晚上你走出那道门,你就把你的律师生活留在这里,不要把它带回家。西德,听着,你才进这行五年,你要花点时间去学习只能和其他律师讨论这种事情。一般人不会了解我们在做什么。"

"史考特,这就是问题,我想他们都知道。"

"西德,等到你结婚有了孩子,你就会明白。你回到家之后,妻子和孩子会问:'爸爸,你今天做了什么?'到时候你要怎么说?实话吗?当然不会!你会说谎。我们都说谎。"

西德花了点时间思考史考特的话,然后慢慢站起身走到门边,但又转过身,说:"对了,史考特,戴柏瑞的那宗土地买卖案子结案了。我们拿到环境评估报告,托管一千万美金作为购买价格,我们很快就会在铅污染的土地上铺路面,三一河诉讼联盟永远都不会知道有这份报告,环保局也永远不会知道有铅污染这件事。"

THE COLOR OF LAW

"西德,这就是不择手段的创新执业手法。"

西德点了点头,转身离开,但史考特可以听见他说:"我真该去念医学院的。"

★★★

西德离开后,史考特回到计算机前,为刚刚与西德交谈的三十分钟"办公室会议"在戴柏瑞公司的账号内填上一个小时的收费时段。他突然感到有人在场,于是转过头,见到丹·福特正站在门口,那场景差不多就像周日早上去弥撒,赫然发现是教宗本人站在祭坛上。

"丹,请进。"

丹走了进来,因为忧心而皱起了脸。他开始缓缓摇头,然后沉重地叹口气,仿佛整个世界的重量都压在他的肩头上。

"我就知道这个案件不会有好处。"

"什么意思?"

"我刚刚才和麦肯尔讲完电话。"

"那位议员?你之前提过他,但我不晓得你和他认识。"

丹点点头,说:"我和麦克在南美以美大学时是兄弟会的好伙伴,我也是他遗嘱的执行律师,偶尔会替他解决一些私人事务。自从二十年前他卖掉石油公司前往华盛顿之后,就再没替他做什么事情了。但如果他选上了总统,而福特·史蒂芬斯事务所被认为是总统私人专用法律事务所的话……小史,这简直是捞不完好处的金矿哪!"

"太棒了。"

"小史,的确很棒。我们可以增加五十名律师,也许更多,然后接到更多生意,那些大公司会争相来到我的门前,只要我开价就会付钱,因为我能拿起电话,打给总统。你知不知道这对一名律师的意义有多大?小史,我在达拉斯这里实在是大材小用了,但身为总统的律师,我就能尽情发挥。我拥有的是全国性的舞台……我们也可以在华盛顿开分公司。想想

黑色辩护人

这能对我带来什么好处？还有为公司带来什么好处？甚至是为你，小史，他上任总统之后的第一年，你就能赚进一百万美金，再过一年便能赚上两百万美金，等到你四十岁的时候，年收入就是三百万美金。你会在钱堆里打滚，就像你对那些暑期实习生说的一样。"

丹停顿了一下，让自己缓过气来，又说："但麦克说得很清楚，如果他儿子的好名声在这次审判后被弄脏了，福特·史蒂芬斯事务所就不会是他的个人法律事务所。"

史考特往后靠在椅背上，说："他要我隐瞒克拉克的过去。"

"没错，就是这样。"

"丹，但是克拉克·麦肯尔是个强奸犯，也是种族歧视者。而现在有了汉娜·史堤勒的证词，我们很可能救得了莎汪达。"

"没错，你是有可能做到。但你同时也会摧毁麦克成为总统的机会。小史，如果媒体把'强奸犯'、'种族歧视者'和'麦肯尔'全放在同一行里——即使那只是形容他的儿子——他赢得总统提名的机会，就像我想和美国小姐上床的机会一样大。"

"丹，你之前为什么不告诉我，你曾为麦肯尔做事？我大可以告诉布佛，我们因为有利益上的冲突，所以不能接这件案子。"

丹点了点头，说："我和麦克提过这个选择，但他说直接去……影响妓女这方的辩护律师，会是比较好的处理方式。"

"要是她的律师知道了克拉克的过去的话。"

丹耸耸肩，说："麦克·麦肯尔不是简简单单就能赚上八亿美金，他全想好了。"

"丹，克拉克·麦肯尔是个败家子，喜欢殴打女孩的有钱帅哥最后因为打错女人而死。我们又何必去在意他的名声？"

"我们是不用去在意。小史，但这不只是和克拉克·麦肯尔有关而已，这件案子事关的是麦克·麦肯尔。所以我们必须要在意他的名声，因为让

THE COLOR OF LAW

他成为下一任总统，才能让这家事务所得到最佳利益。小史，他能不能成为总统就全靠我们了！想想看，到时候他可会欠我们一个大人情！"

丹的双眼望向远方，嘴巴弯成半个微笑，表示丹·福特正在心里狂翻筋斗。过了好一阵子，他才回过神来，然后说："所以，小史，我的好孩子，你怎么说？"

史考特无言。两名律师只是互相看着对方，两人之间隔着约八米[1]的硬木地板以及大约相差二十五年的律师执业经验，仿佛两个孩子在比赛看谁会先眨眼。史考特知道他的资深合伙人想要自己说什么，说他会遵从麦肯尔的指示，因为对麦肯尔有好处的，就是对福特·史蒂芬斯事务所有好处。但连史考特自己都无法想透，为什么他就是说不出这些话。不论是因为承袭自布奇·芬尼固执的牛脾气，或是对克拉克·麦肯尔这种纨绔子弟存在已久的普遍鄙弃，又或许是某种在他内心深处的东西不允许他说出这些话。最后，丹移开了视线，大声叹了口气，转向门口走去。丹一面走出去一面说："史考特，我需要有个答案给麦肯尔，尽快。"

★★★

在后院的泳池旁，小布从躺椅上坐起身，她穿着白色泳装、戴着墨镜，喝着康苏拉做的粉红色果汁饮料。帕修美脸朝下地趴在她身旁的躺椅上，穿着小布许多件泳装中的一件。两人轮流将防晒乳液涂在对方背上，现在轮到小布了。她举起帕修美长长的辫子，在她的背上喷出一条防晒乳液的痕迹。

平常的夏季午后时分，小布都是一个人在家，看看书。A·史考特在市中心上班，母亲在乡村俱乐部，和她同年纪的孩子大多数都去了避暑别墅或到欧洲参加夏令营。芭芭拉·小布·芬尼在这"安全之地"的朋友并不多。大部分和她同年纪的女孩只想吹嘘自己所拥有的东西，但小布不会。她与众不同，她的想法、她穿的衣服和她想要的东西，都和别人不同。其

---

[1] 原文为二十五英尺，与两人实际相差的执业经验年数前后呼应。

他女孩说她是个怪胎，还叫她女同性恋，因为她的穿着不像女生。所以她通常都自己一个人找乐子，或是在康苏拉的眼皮底下游泳。但今天她有了新朋友，这位朋友也很与众不同。

"我好爱你的头发。"小布说。她开始把白色的乳液抹在帕修美的棕色皮肤上，"黑人需要涂防晒乳吗？"

过了一会儿，帕修美才说："我不知道，不过妈妈总是要我擦防晒乳。"

"她什么时候会出狱？"

"夏天结束的时候，如果芬尼先生能让她出来的话。"

"如果她没有杀人，就会出狱的。"

"对我们而言，事情没那么容易。"

"谁是'我们'？"

"黑人。"

"A·史考特是很棒的律师，他会让你妈妈出狱的。"

"我希望如此。因为我妈妈在监狱里会过得很苦。"

小布将防晒乳全揉进帕修美的皮肤后才停手，然后说："为什么你讲话就像我们一样？"

"什么意思？"

"这个，有鉴于——"

"剑什么？"

"鉴于。"

"剑鱼？"

"不是，是'鉴别'的'鉴'，'于是'的'于'。A·史考特常说有鉴于这，有鉴于那……律师都这样说话。律师这一行有很多像这样的字眼。"

帕修美露出牙齿笑了，说："鉴于，我喜欢这个。鉴——于！"

"你讲话不像电视上那些黑人，就像……"

"黑人英语。妈妈都这样说话的，国民住宅区里的大家也都这样讲话。

但她说不准我那样说话,她说我得使用正确的英语。"

小布举起帕修美的一条辫子,再让辫子从指尖滑过。

她突然坐起身,说:"快来!我有个很棒的主意!"

★★★

开车回家的路上,史考特纳闷为什么麦克·麦肯尔狂妄地假设自己能轻易指使A·史考特·芬尼律师,操纵他如何为他的当事人辩护,并没有让他觉得受到太多羞辱。所有律师皆发誓遵守的道德法律规范(至少得遵守到拿到执照执业为止)明确指出(理论上)一个律师不应被任何外在利益影响他代表客户争取权益的热忱。当然,绝大多数的律师对于执行道德规范的看法,就像职业罪犯看待刑法的态度:在主宰一个人的专业行为上,建议成分多于实际执行成分。

但另一方面,史考特也不禁纳闷,为何之前自己没有马上同意麦肯尔的要求,一如他的资深合伙人所要求的。史考特从未反抗过丹·福特希望他做的事情——那就像反对自己的父亲。他总是不假思索就同意丹为这家事务所做的任何决定,不管是开除合伙人或是放弃客户,或是提供竞选献金给对事务所友善的法官,作为下任法官选举之用。因为丹总是为福特·史蒂芬斯事务所做最好的打算,因此也等于是为史考特做最好的打算。那为什么这次他却迟疑了?而且是第一次?

回到第一个问题:美国参议员麦克·麦肯尔居然假设只要自己要求,史考特·芬尼就会在一桩谋杀起诉案件中放弃对被告最有利的辩护资料,而这件事早该让史考特气得冒烟才对。这家伙自以为他是谁?在大学时代,如果有人胆敢建议史考特·芬尼这位明星中卫在比赛中放水,他一定会当场气炸,然后直接一拳塞进那混蛋的大嘴巴里!想想这家伙的人格在哪里?居然想要他在橄榄球比赛中放水!那么,为什么他们要史考特·芬尼律师在一场审判辩护中放水,他却没有同样气炸?为什么他自己甚至也有这个念头?是因为他玩弄太久不择手段的创新执业手法,以至于他再也

黑色辩护人

分不清做交易与放弃自尊有什么不同吗？是否因为他已经成为如此成功的律师，以至于他的正直已经所剩无几，只好妥协？

这些念头在他脑海里盘旋不去，车子开过一直向前延伸到龟溪的普瑞斯顿路，路旁全是高墙围起的房产建筑，雄伟富丽，住着房地产大亨崔梅尔·克洛[1]（约有一千三百三十万美金身价）、达拉斯牛仔队老板杰瑞·琼斯（身价一千四百一十万美金）、汤姆·戴柏瑞（身价一千八百万美金），以及麦克·麦肯尔（身价两千五百万美金）——他这时才发现自己以前从没意识到麦克·麦肯尔和他最好的客户，两人的住屋居然离得这么近。他开过麦肯尔房宅的入口处时，将车子放慢速度，回想着谋杀案发生的那天晚上，克拉克与莎汪达正是开车经过这些闸门，没多久克拉克·麦肯尔便死了。这时他的手机正好响了起来，他接起。

"我是史考特·芬尼。"

"芬尼先生，我是路易斯。"

"路易斯……"

"国民住宅区里的。"

"哦，我想起来了。路易斯，是你。"

"是这样的，芬尼先生，帕修美还没有回来，我开始担心了……她仍和你在一起吗？"

"哦，路易斯，很抱歉，我应该要叫秘书打电话通知你的。直到审判结束前，帕修美都会和我们待在一起。"

"谁是'我们'？"

"我，还有我的家人。"

"你让帕修美住进你家？"

"是啊，就住到这一切结束为止。今天上午我带她到市中心的法院大楼去见莎汪达，之后我不想再开车——"史考特决定不要提到自己并不

---

[1] Trammel Crow.

THE COLOR OF LAW

想回去路易斯所在的那个地方——"总之，我有个和她同年纪的女儿，也有四间一直空着的卧房，我只是想这样也许比较好，莎汪达也这么认为。"

"那她的东西、衣服和其他用品呢？"

"哦，她可以穿我女儿的衣服，她们两人身材差不多，而且反正我太太买了太多衣服给我女儿，她根本连一半都穿不了。"

"如果需要的话，我可以把她的东西带给你。"

"带到高地园区来？"

电话那头沉默了。史考特再次以为自己可能惹毛了路易斯，但这次他又猜错了。

"路易斯？"

"芬尼先生，国民住宅区不适合一个小女孩独自生活。告诉她，我打过电话问候。如果你需要我帮忙，尽管说就是。"

"好的，谢谢你，路易斯。"

"哦，还有，芬尼先生……"

"什么事？"

"我没想到白人会做出这样的事情。芬尼先生，你真是好人。"

史考特挂断电话，纳闷着路易斯到底有没有说对。

★★★

小布一路跳下通往厨房的楼梯，然后跑到桌前，帕修美就跟在她后头。她的母亲看了一眼小布，双手叉腰地问："小女生，你的头发怎么了？"

小布长长的红发从头皮处被编成了一条条的辫子，直垂到肩膀。

"这是黑人辫子，帕修美弄的，很酷吧？"

她的母亲转过身对A·史考特说："史考特，你看看！"

他耸耸肩，说："她看起来像宝黛丽[1]。"

"宝黛丽？！"

---

[1] Bo Derek，美国七〇年代性感女星与模特儿。

"演电影的那个。"

她的母亲绝望地说:"芭芭拉·小布·芬尼!在高地园区社交圈里的女生是不会绑黑人辫子的!"

"妈妈,没关系,我不会参加那些社交活动的。"

她的母亲重重叹了口气,压抑住自己的怒气,说:"帕修美,我希望你身上没有刺青。"

帕修美笑出声来,但她并不知道小布的母亲不是在说笑。康苏拉人在炉子那儿,拿起盐罐和胡椒罐说:"双胞胎,就像这两个。"她指指小布,说:"她是盐罐。"然后指指帕修美,说:"这是胡椒罐。"康苏拉咯咯笑了起来,身体晃得像果冻。"她们是盐罐和胡椒罐。"

小布的母亲摇着头,双唇抿成了一条直线,这通常不是什么好兆头。

"康苏拉,把辣椒肉馅卷饼做完!"

"你们有客人会来吗?"帕修美问。

小布转过头,看着站在桌前的帕修美,问:"你说什么?"

"这么多食物,是要开派对吗?"

桌上堆满了玉米卷饼、辣椒肉馅卷饼、酪梨色拉酱、热炒豆子、面粉薄饼以及辣椒酱。今晚是墨西哥食物之夜。

"我们没有客人。"

"这全都是只给我们吃的?"

小布耸耸肩,说:"是啊。"

帕修美微笑了,说:"真是鉴——于!"

★★★

布奇·芬尼与芭芭拉·芬尼不会避讳年轻的儿子在场,总会在晚餐桌上讨论家事务:不管是好事还是坏事、成功与失败以及任何可能性与问题。他们认为通过倾听,儿子能从中学到东西。史考特忆起他父亲临死前不久,有天晚上的对话:布奇说有个承包商要他偷工减料,好降低工事成

THE COLOR OF LAW

本以增加承包商的利益，而屋主永远都不会知道这件事。布奇要不就是遵从承包商的要求，要不就是失业。他向妻子寻求建议，而史考特的母亲不假思索立刻回答：拒绝承包商的要求。

所以回到主卧室后，当蕾贝卡裸着身子站在浴室镜子前卸妆，并检查身体有无任何老化迹象时，史考特告诉了她，丹今天去了他的办公室，以及麦克·麦肯尔的要求，并向妻子寻求建议。她也是不假思索立刻回答："当然！如果丹要你不要管，你当然最好就不要管。你真的要放弃我们现在所拥有的一切，只为了个该死的——"

"什么？蕾贝卡，你想说什么？一个该死的什么？"

她转过身，全身一丝不挂，说："一个该死的黑人妓女！那就是我要说的！"

A·史考特·芬尼曾以无比热忱为有钱客户辩护，与各方对手展开抗辩——商业上的竞争对手、政府、著名提告律师以及宣称受到性骚扰的年轻女性。但他从来不和妻子抗辩。当然，他也从没接过黑人妓女的案子。但律师的天性还是让他不由自主地为自己的当事人辩护。因此，也许是因为麦肯尔的要求仍使他苦恼不已，或是因为他从未以自己的人生做赌注，或是因为像克拉克·麦肯尔这种有钱公子哥儿总是让他反感，或是因为他知道路易斯对史考特·芬尼的看法并不正确，或是因为那天早上莎汪达对帕修美流露出来的母爱，或者是因为楼上那两个绑着黑人辫子的小女孩……抑或单纯只是因为站在他眼前这位美丽的裸体女人已经拒绝与他发生亲密关系达数月之久——所以史考特·芬尼对他的妻子猛烈反击，以通常只保留给最有钱客户的热情为莎汪达·琼斯辩护："怎么了？只因为她是黑人，又是娼妓，就该死吗？蕾贝卡，如果你一出生就是黑人呢？你还会是南美以美大学小姐和牛仔大亨晚会的主办人吗？还是你也会变成在哈瑞海因大道上的妓女？"他指着楼上，又说，"蕾贝卡，幸好老天眷顾，不然小布可能就是那个黑人小女孩！"

他裸着身体的妻子干笑了几声,脸上却没有笑容。

"史考特·芬尼,别在我面前假装你是正人君子。你想要钱,还有一切能用钱买到的东西,就像我一样——这间屋子,那辆法拉利……你身上这件西装又花了多少钱?我嫁给你是因为你有抱负,你要成为有钱的律师。你没有去法律援助机构帮助那些生活在达拉斯南边的可怜黑人,你去的是大型法律事务所,这样你才能为住在高地园区的有钱客户服务,赚上大把钞票。现在你的良心却突然回来了?我可不这么认为。"

她指着史考特,又说:"你要不听丹的话,就会为了一个妓女毁掉我的生活——这家伙你也他妈的清楚知道绝对有罪——而且我对天发誓,到时候我们就完了!"她又指着上头说道,"而那个小女孩没有了这种妈妈,反而会过得更好!"

★★★

在三楼的房间里,小布和帕修美已经准备就寝了。A·史考特已经念过床边故事,帕修美也很喜欢。能有一个朋友是很有趣的事,小布坚持两人一起睡在她的卧房,这样才能聊天,帕修美同意了。当小布此刻正跪在床边祈祷时,却纳闷着帕修美到底在搞什么鬼,她把被子铺在地上,还把枕头也放上去。

"你到底搞什么鬼啊?"

"搞鬼?"

"只是一种说法而已。"

"哦,我在整理床铺。"

"你要睡在地上?"

帕修美看着在地上铺好的床,又看了看睡在高床上的小布,问:"你在床上睡觉?"

小布笑出声来,说:"当然,不然你都睡在哪里?"

"我睡地上。"

THE COLOR OF LAW

"你没有床吗?"

"不是,我有床。"

"你会背痛吗?有时候 A·史考特背痛发作,他就会睡在地上,那是他以前打橄榄球受的伤。"

"不是,我也没有背痛。"

"那为什么要睡在地上?"

"因为比较安全。"

"你在怕什么?"

"枪战。"

两人讨论了一会儿之后,小布说服帕修美,在高地园区的床上睡觉是很安全的,两人这才一起睡在床上。一小时后,史考特爬上楼梯,他每晚上床前都会去看看女儿,并且亲吻她的额头。两个小女孩睡得这么近,他倾下身子亲完小布,只要再往内靠一点就能亲到帕修美的额头。他亲完之后,小女孩动了一下,在睡梦里呢喃:"爸爸?"

12

达拉斯其他法律事务所每年争取法律学院顶尖毕业生的竞争十分激烈。福特·史蒂芬斯事务所提供的起薪和其他公司一样,要求同样的收费时数,也年复一年地承诺合伙人与受雇律师间感情会十分良好。时间与金钱很好谈,但提到良好的感情则需要所有合伙人的执业技巧,他们要假装在乎这些学生的生活,但其实他们更在乎自己的鞋子。但话说回来,对这些法学院学生说谎,不过是游戏的一部分。

而今天在比佛利大道 4000 号,这场游戏玩得最投入。史考特·芬

黑色辩护人

尼在自己高地园区的家里，正主办福特·史蒂芬斯事务所每年七月为夏季实习生举办的派对。他站在阳台的凉篷下，摇头看着底下的景观：四十个身材变形的法学院学生，穿着泳裤，惨白的身躯在他华美的泳池以及经过专业景观设计的后院中进进出出，这实在不是什么赏心悦目的景象。感谢老天，他们还有自知之明，没穿着三角运动泳裤过来。要不是有蜜思和其他拉拉队队员穿着比基尼，从阳台上看下去的景观一定惨不忍睹。

"小史，我有好消息。"

他没注意到巴比来了。

他问："什么消息？"

"已经和汉娜·史堤勒谈过了，她愿意作证。她还告诉我所有关于克拉克的事情，说他是全世界最好的男人，但一碰酒精就变成禽兽，他对前戏的定义就是赏她巴掌。"巴比灌了一大口啤酒，又说，"莎汪达把他脑袋给轰了，这可帮了这个世界一个大忙。"

"所以我们唯一能用来辩护的证据，就只有她了？"

"没错。但她不要让自己的名字外泄，直到审判那天为止，她怕害死了麦肯尔参议员。"

"我们不用把她放到证人名单上吗？"

巴比耸耸肩，说："是应该这么做。但布佛既然那么痛恨死刑，多少会给我们一些方便，而且伯恩斯也不会认输。你看过我的诉书内容了没有？上面说到为什么依照现下法令，死刑并不适用于这件案子。"

史考特摇摇头。

"你有没有读过任何我写的诉书和请求书？"

"我一直没有时间。"

巴比咕哝几声，离开去寻找烤肉，留下史考特一人沉思着丹·福特说过的话：史考特，我需要有个答案给麦肯尔，尽快。

"哟，这可不是柯克兰[1]大律师吗？"

伯尼·可亨手里拿着啤酒走了过来。

"史考特，你那件妓女的案子如何了？"接下来他以自己改编过的饶舌押韵口气说，"要是保险套尺寸不对，你就得宣告她无罪？"

伯尼认为自己的笑话幽默极了，他是福特·史蒂芬斯事务所证券部的合伙人，尽管才比史考特大一岁，看起来却像五十岁的老头，身上一点能称为肌肉的地方都没有。伯尼·可亨就是在初中被人称为笨肥仔的那种人。伯尼用啤酒罐指指坐在泳池远处一端角落的小布和帕修美。

"那是她女儿？"

"是啊。"

"那小女生现在和你住在一起？"

"是啊。"

"我在报纸上见过那个女人的照片，真是个漂亮的黑人宝贝。"伯尼用手肘轻轻推了推史考特，咧嘴笑着问："她用身体来报答你？"

"闭嘴，伯尼。"

伯尼缩了回去，哼了一声便走开了，独留下史考特一人纳闷着，为什么有段时间他还算喜欢这肥胖的混蛋家伙。而且为什么他不像去年那样享受这场派对？去年他志得意满地向那些可塑性极强的学生们炫耀着自己的豪宅：在高地园区中心占地一公亩的房产，可停四辆车的车库里正停放着那台法拉利、蕾贝卡的奔驰双门小轿车以及用来全家出游用的休旅车；此外还有能俯瞰泳池以及池边小屋的宽广阳台，泳池再过去是一大片广大草地，借由地底的洒水系统保持翠绿丰茂。史考特在草地上架了一座排球网，有几个学生正在那儿玩着。他摇了摇头，那些人没有一个有运动细胞。

---

[1] Johnnie Cochran，美国著名黑人律师，曾是辛普森杀妻案的被告辩护，后成功让辛普森无罪开释。

黑色辩护人

今天他就是无法融入这欢乐的气氛。学生们很快乐,拉拉队队员很友善,啤酒倒个不停,烤肉一直没停下……但史考特的思绪一直在莎汪达·琼斯以及坐在泳池那一端的黑人小女孩身上,他也不断想着妻子的威胁以及丹·福特的要求。史考特,我需要有个答案给麦肯尔,尽快。审判只剩下七周,而史考特得做出一个重大的决定:一个他不想做的决定,一个让他心头感觉到前途黯淡的决定。那种大难临头的感觉已经如影随形了。

★★★

帕修美坐在泳池边缘,说:"自从去年妈妈带我去州市集之后,我就没有被这么多白人包围过了。那是我们唯一能见到白人的时候。"

"反正也没什么值得看的。"小布说。

帕修美挥了挥手指着那些人问:"他们是谁?"

"想成为律师的人。"

"想成为什么?"

"A·史考特的事务所想要雇用的学生。"

"这些只不过是普通白人男生,但那些女生就真的很漂亮。她们是这些学生的女朋友吗?"

"拉拉队队员吗?"

"她们是拉拉队队员?"

"以前是。A·史考特付钱要她们来参加派对,假装对那些学生有兴趣,这样他们才会受雇。他说这叫放长线钓大鱼。"

"用什么钓大鱼?"

"放长线钓大鱼,就像报纸上的广告说某家溜冰鞋在特卖,但你去了店里之后,他们才告诉你已经卖完了,所以你应该买其他牌子,但要花更多钱。"

"哦,就像妈妈上车之后,嫖客要她降价。"

THE COLOR OF LAW

"有人想骗你妈妈上他的车?"

"不是,我说的是嫖客,想上她的男人。"

"想上厕所的男人?"

"不是,是想买我妈妈的男人。"

"你妈妈可以用钱来买的?"

帕修美点点头,说:"按照时数计算。"

"A·史考特也是照时数出卖他自己,他说那叫收费时数,他一小时收费三百五十美金。"

"我妈妈也差不多赚那么多,而且她没念过书。"

"棒呆了。反正,这些学生认为只要接受A·史考特的法律事务所雇用,就能和这样美丽的女生约会,但其实根本不可能。"

"如果他们钱付得够多的话,她们就会愿意。妈妈说这只是出价问题而已。"

★★★

在今天这样炎热难熬的日子里,巴比通常会抓一罐啤酒,走出他在东达拉斯的两房一卫搭建而成的单檐小屋,来到屋子后方,坐在十厘米左右深的吹气式小泳池里——这便是属于他的泳池派对。眼前这里的泳池派对等级可高级多了。首先,泳池比较大;其次,他的眼睛没闭上,自己不是在做梦,梦见后院满是穿着比基尼的漂亮女生。他的眼睛张得大大的,这些女生也都是真的。他真的很高兴史考特邀请了他。

巴比一个人站在泳池的一角,一手拿着啤酒,另外一手拿着猪肋排,上头的烤肉酱不断滴在他光裸的肚子上,他对着那些女生挤眉弄眼,却又不想装得太明显。他身上只穿着泳装短裤,身躯惨白,不像小史那样肌肉精实,皮肤还被阳光晒成健康的棕褐色。但和那些法学院学生比较起来,他觉得自己就像个翩翩美男子。这时一个身穿白色比基尼的辣妹娇滴滴地走到他身边,距离近到他能感觉到她肌肤散发出来的温度。想都没想,巴比马上缩起他的肚子——只缩了一点。

"我注意到你没戴婚戒。"她说。

"那是因为我没结婚。"

"真巧,"她抬起那双大眼望着他,说,"我也没结婚。"

巴比已经灌了好几罐啤酒,所以他现在可是勇气十足。

"一个像你这样美艳不可方物的单身女郎,在这样的派对里做什么?"

"寻找像你这样的有钱律师。"

诚实可没有错,巴比这么想。这时女孩靠了过来,胸脯挤在一块儿呼之欲出,他想那对胸脯大概就要从白色比基尼上衣里跳出来了。

"正好让你知道,我可没有像这样的豪宅,我也不是有钱律师,而且我大概这辈子都不会变成多金的律师。但别在意,我们还是可以溜进屋里,找个安静的地方,亲热到昏天暗地。"

她猛地往后退,仿佛突然发现他身上缠满了毒藤。她勉强对巴比笑笑,说:"我不这么想。"

然后她就离开了。巴比闭上眼睛,最后一次吸进她身上的气息。但那气息也很快就消失了,他游泳短裤底下的反应也是。他走到两个小女孩身边,她们是唯一没有在这天寻找有钱律师的女孩。小布和帕修美正坐在泳池角落,脚放在水里摆荡着。

"嗨,巴比。"小布说。

"女孩们,你们好。"

帕修美说:"鉴于,亨林先生。"

稍早小史就已经向两个小女生介绍过巴比。巴比也加入她们,把脚垂进冰凉的池水里。

"你妈妈呢?"他问小布,"我来这里之后,就再也没有见到她一面。"

"在屋里,她讨厌这种派对。"小布说。

"那你自己呢?"

THE COLOR OF LAW

"哦,我很喜欢这样的派对,我会试着去猜测这些人没有巴结A·史考特来找工作的时候,过的是什么样的生活。"

巴比笑了出来,说:"小史说你今年虽然才九岁,但一下子就要二十九岁了。"他用猪肋排指着一个男学生,问:"好,告诉我,他过着什么样的生活?就是那个戴着黑框眼镜的瘦排骨。"

小布端详了那名学生一会儿,说:"他聪明得不得了。他念法学院只因为他爸爸是律师,但他想搞计算机那些玩意。他会是全班第一名毕业,被A·史考特的事务所雇用,一年之后就会离职。他从来没有约会过,很害羞,现在他正希望自己能在家里坐在计算机前,只有在那里他才最快乐。他会一直是孤单单的一个人。"

巴比诧异地低头瞧着这孩子。

"说得真好。好,帕修美,现在该你了。那个女生怎么样?就是站在那里的金发女生,有着……这个……"

"店里买来的大胸脯?"

"呃,对,就是那个。她又有什么故事?"

"她笨得要死,但自己却不知道。她会嫁给有钱律师,从此过着幸福快乐的生活。"

巴比发现自己正点头表示同意。

"你们这两个小女生真厉害。好吧,那这个家伙又如何?"

小布环顾四周,看着泳池旁的人群。

"哪一个家伙?"

巴比正用猪肋排指着自己。

"我。"

小布凝神看了他一会儿,然后垂下眼看着水面,摇了摇头。

"嘿,别这样,告诉我嘛!"

小布重新抬起头,她的眼神似乎很悲伤。

黑色辩护人

"最好不要,巴比。"

巴比笑了出来,说:"怎么了?我是个大男生,我可以接受的。"他想这小女孩会说他是个可悲的失败家伙,而且永远都翻不了身。该死,这根本就是事实不是吗?他每天早上都在镜子前这么告诉自己。

但小布一直没说话。然后,她眼光没有看他,开口说:"你偷偷爱着我母亲,但她嫁给了A·史考特。你一直没办法忘怀这件事,老是想着如果她嫁的是你,你的人生会是什么样子。"

巴比没想到她会这么说。他得先深呼吸一口,才双手一撑从池边站了起来,但眼神仍往下望着她。

"你怎么知道的?"

"你来这里时看着她的样子。你的眼神扫过这些人,像是很急切在找什么,直到你看见她。然后你就只是看着她,看了好久,仿佛永远舍不得离开视线。"

巴比直接走向了啤酒冷藏箱。

★★★

芬尼·蕾贝卡站在二楼主卧室的窗户前,往下看着后院的景观,看着方才那三个男人中深爱她的那两位:史考特和巴比。史考特被法学院学生以及拉拉队队员围绕着,一个体态丰满的金发女郎,穿着黑色的绑带比基尼,正对他抛媚眼;巴比则一人孤单地站在啤酒冷藏箱旁。可怜的巴比。他和史考特还在法学院的时候,她就知道巴比爱着自己,但他从未对人说出这个秘密,也从不去试图争取史考特所拥有的任何东西。并不是说巴比有机会能赢得她的心;大家都知道巴比·亨林不会有什么大成就,就像大家都知道史考特·芬尼会是个大人物。所以当时的蕾贝卡·盖瑞特选择投入史考特·芬尼的怀抱,和他一同展开人生旅程。这趟旅程的确让人满意:十一年前她住的是大学姐妹会宿舍,开的是二手丰田汽车,领着拉拉队队员为南美以美大学野马队加油呐喊;今日她住在豪宅里,开着奔驰汽车,

争取成为牛仔大亨晚会的主办人。但她现在却发现自己焦虑害怕起来，想着：和史考特·芬尼的这趟旅程是否要结束了？

蕾贝卡·盖瑞特出身于达拉斯郊区的蓝领阶级。她痛恨自己拥有的不够多，她一心想要得到更多。所以选择大学就读时，她除了南美以美大学，其他都不考虑，因为对穷苦的达拉斯孩子来说，南美以美大学是改善穷困生活的跳板，是通往高地园区的快捷方式。

不论在课堂内或课堂外，蕾贝卡都是个很聪明的学生。事实上，当她开着老旧汽车在高地园区里上上下下来回，并且想象着自己是其中一栋豪宅的女主人时，她就已经足够聪明到可以意识到一件事实：她永远都不可能靠自己拥有一栋高地园区的房子，不论靠脑袋或是靠事业，没有一个女人能办得到。

她的未来掌握在她的外表上，一直以来都是如此。她十岁时，其他孩子的母亲们都会停下来说："老天，这小女生真是美得惊人。"她十六岁时，身材已经变得像女人，这时朋友的父亲们会直盯着她瞧；她二十一岁时，已经是全南美以美大学最美丽的女孩，每当她去参加工作面试，男人见到她的美貌，眼神都会亮起来——他们想要她的美貌，并且愿意用钱去买。

但她不愿意将自身美貌按时数、按夜，甚至按工作出卖。蕾贝卡·盖瑞特会为夫妻共有财产出卖自己，她的丈夫在这段婚姻中所累积的财富资产，她要拿走一半。如同每一位得州女孩在高中毕业后就知道，得州的妻子们并不需要乞求赡养费；在得州，妻子们被赋予享有分得丈夫一半财产的权利——这可是法律规定的。

所以她需要一个丈夫。她有自知之明，自己的美貌给了她三项婚姻选择：已经赚大钱的老男人（但不是那种带了一堆拖油瓶的男人，多半还有几位前妻和一堆等着领救济金的孩子）、有钱老男人的儿子（但继承的财产并不属于夫妻共有财产），或是一个有抱负想赚大钱的男人，而这男人在婚姻阶段赚到的大钱,属于夫妻共有财产。史考特·芬尼,一个高地园区和南美以美大学的橄榄球传奇人物,便是这种男人。没有比得州达拉斯这地方更适合当橄榄球传奇人物的地方,那就像摔不破的铁饭碗,保证能让你在人生中无往不利。

于是,蕾贝卡·盖瑞特将自己的美貌赌在史考特·芬尼身上。

在那个时候,她的确是爱他的,但如果他要的只是在高中当橄榄球教练,并且住在郊区的小屋子,那她不会嫁给他。她无法将自己的爱与他的抱负野心分开。她爱他,是因为他所要的,也正是她想要的,因为他所渴望的一切,都等于她自己所渴望的。两人意气相投,他们结了婚,然后住在高地园区里价值五十万美金的一栋小屋子里;史考特成了汤姆·戴柏瑞的律师,而她成了高地园区最美丽的女人。

和史考特·芬尼共同走过的早期婚姻旅程,完全正是她所向往的:他们花钱购买、努力获得、走出贫困,并且不断往上爬。史考特在福特·史蒂芬斯事务所为这个家努力赚取财富,她则参加各种社交聚会付出一堆会员费用。两人的成功接连而来,他们迅速爬到高地园区的顶端,成为前途无量的一对夫妻。他们年轻貌美,聪明又有成就,一个是南美以美大学传奇,一个是南美以美大学小姐,他们是所有人欣羡的对象:男人想要她,女人想要史考特。但他们只对彼此分享旺盛的性欲能力——成功使她兴奋,而她能让他兴奋,丈夫对她的激烈渴望如火般炽热滚烫;他将她视为比自己的生命还重要,热情永远不会消逝亦不会移情别恋。成功与性爱让蕾贝卡·芬尼的人生完美无比,而且一天比一天完美。

直到她怀孕的那一天。

那对她来说简直如同晴天霹雳——她从未计划当母亲——她彷徨无助地看着自己的腹部日益隆起,她的身体像吹气似的膨胀,直到像只漂白过的鲸鱼,惊吓从没有断绝过。每当经过镜子前,她总爱看着自己的身影;现在她只能移开眼光。蕾贝卡·芬尼才不会是开着厢型小车来回

THE COLOR OF LAW

载着孩子去踢足球的肿胖老妈！她是在奔驰双门小轿车里、身形窈窕的白人女子！她试着不止一次将车子开上哈瑞海因大道，想鼓起勇气走进其中一间诊所去堕胎。当然，她会以流产来解释为何失去孩子，毕竟在立场保守的高地园区，没有人会去堕胎。

但史考特想要这个孩子。

他告诉了全世界芬尼家即将有孩子诞生，从此男人们个个期盼十五年后小史考特将在高地园区高中橄榄球比赛中初次登场，女人们则不断送来各式婴儿礼物用品给蕾贝卡，减轻她降格为母亲的焦虑。在这么多人对她怀孕的注目下，"流产"会被认为是蕾贝卡・芬尼的个人失败，在高地园区的社交圈子里是不会被接受的一种失败。于是她只好顺应时势，变成完美的待产母亲，只吃有机食物、不摄取咖啡因和酒精，并且每天在泳池里运动，假装这肥胖臃肿的身材让她如此快乐。

但小史考特却变成了一个叫做小布的女孩，高地园区的人们皆失望叹息，只有史考特例外，他一点都不在乎生的是个女孩。他在医院育婴室里凝视着自己的新生女儿时，他对这小婴儿便一见钟情，接着蕾贝卡便发现自己在他心中的地位被篡夺了。

从此性爱再也不一样了。

蕾贝卡想要的是一个视她比自己生命还重要的男人，而史考特・芬尼再也不是这样的男人。但她也需要一个能提供她生活所需的男人，而那个男人仍然是史考特・芬尼。他给了她这栋高地园区的豪宅，从她还是小女孩起便一直梦想拥有的家，一栋告诉全世界蕾贝卡・芬尼是属于高地园区的屋子。住在价值五十万美金屋子的女人可以参加社交俱乐部；住在价值三百五十万美金豪宅的女人则可以主办社交晚会。这栋豪宅成就了蕾贝卡・芬尼的人生。她的人生完美无比，已经到达了巅峰。

所以，从此只能开始走下坡路了。

这也是过去几周以来她不断担忧的事情：她的人生是否要开始转向

厄运？她和史考特的这趟旅程是否慢了下来……抑或将要结束了？她曾想过、希望过，也祈祷过和史考特的旅程能持续一辈子，但你永远都不了解男人。男人总是有办法把一件好好的事情搞砸。

史考特·芬尼也会如此吗？

其他高地园区的男人的确曾离开原配——就蕾贝卡所知，都是老女人——而迎娶更年轻的女子。但这些被抛弃的妻子都已经五六十岁了，家里已经赚了大钱，也笃定能分到丈夫一半财产。蕾贝卡现在才三十三岁，家里还没那么有钱，仍然欠银行一大笔贷款来支撑他们的家以及她的人生。如果史考特现在离开她，她将会一无所有，就像她母亲一样。当年父亲离开她们的时候，母亲也是一无所有。她至少要和史考特·芬尼维持婚姻到银行贷款还清为止。

她将自己的美貌赌在史考特·芬尼身上，但万一她输了怎么办？

她才刚当上A·史考特·芬尼太太的时候，去过那些年迈律师妻子的家，她对她们的财产感到赞叹，也想要她们所拥有的一切，能用钱买得到的任何东西。直到最近她才明白，当她垂涎着那些女人所拥有的东西时，那些女人同时也在垂涎她所拥有的：她的年轻与美貌——她们正需要用这些来夺回律师丈夫的心。但她们的钱无法买到青春与美貌，尽管她们试图用抽脂、腹部除皱拉皮、隆乳和脸部微整形来挽回青春；技术好的医生的确能帮她们的忙，但却无法让五十岁的女人再次看起来像二十五岁。所以她们才会输给年轻女人，失去律师丈夫。

而蕾贝卡今年三十三岁，以高地园区的标准而言已经算老了，她在观察那名在泳池旁的金发女郎时，了解那些老女人的恐惧——她算什么东西？二十二还是二十三岁？那女人正对她的丈夫猛抛媚眼，想要抢她的律师丈夫，非常乐意用自身的美貌来取得蕾贝卡现在所拥有的一切。总是会有更年轻、更美丽、更窈窕的女人随时取代你在这栋豪宅的地位。蕾贝卡·芬尼仍然美艳无双，仍然是高地园区最美丽的女人，也仍然不输给二十二岁

THE COLOR OF LAW

想要和她争夺律师丈夫的女人。但她知道，那天总会到来；而随着每一天过去，蕾贝卡·芬尼又老了一天，她的美貌也衰退了一天。

在这个家还没有赚到大钱，她也还没笃定能拿到那一半财产之前，如果她输给了池边那名女孩，失去了史考特——每年七月四日，总会有个这样的女孩站在池边——那么她只剩下一个选择新丈夫的选项：找上五十、五十五，或甚至六十岁的老头子。光想到一个六十岁的老头爬到她身上，就让她起一阵哆嗦。只要有足够的钱，男人总是能娶到比自己年轻二十岁，甚至是三十岁的新妻子。但女人呢？和她同年纪的男人不会想要她。三十或四十多岁的男人，找的正是像那名金发女郎般的二十多岁的年轻女人。

没错，在每一个女人的生命里，总是会出现另外一个女人。但蕾贝卡·芬尼的情形却不一样：那个在她生命里的另外一个女人，和她争夺律师丈夫的女人，威胁要夺得她人生中一切的女人，包括她的房子、地位以及财产，不是有大胸脯和紧翘臀部的二十二岁金发女郎，而是一个被控谋杀参议员儿子的黑人妓女。

★★★

"我长大要当妓女！"

在厨房的康苏拉发出一声尖叫，史考特差点被满嘴派对剩下的烤胸肉呛到，蕾贝卡则从餐桌对面怒瞪他一眼。他转头看着小布，这小女孩在餐桌上才刚刚对她的家人宣布了职业规划。

"你说什么？"

"没错，"她一面说一面嚼着一根烤肋排，"男人一小时会付帕修美的妈妈两百美金，只为了和她在一起耶！如果嫖客要包下她整夜，那就是一千美金！"

史考特看着帕修美，她正理所当然地点着头。

"史考特，你看看，"蕾贝卡说，"你这小小的社交经历已经让我们的女儿变得更世故了。"

"蕾贝卡,她不知道自己在说什么。"然后史考特对小布说,"帕修美的妈妈和那些嫖客又在做些什么?"

小布挖起一口马铃薯色拉塞进嘴里,说:"这个嘛,大部分的时间他们都在看电视和吃爆米花,但有时候嫖客会要求通奸。"

蕾贝卡的银制餐具掉了下来。她说:"老天!这可真是太妙了!"

史考特冷静地问:"那又该怎么做?"

小布说:"这个嘛,只要他穿上小雨衣就没问题,不过里头又没下雨,他穿小雨衣到底要做什么?"

她转头看向帕修美,想知道答案,但帕修美只是耸耸肩,摇了摇头,然后一口咬在一根肋排上。

"是这样啊。帕修美,这就是你妈妈告诉你的,是吗?"

帕修美忙着吃东西,但仍说:"是啊,她就是这么说的。"她的目光从餐盘上抬起,说,"妈妈生病吃药的时候会讲很多话……直到她睡着为止。"

★★★

莎汪达把骨髓都吸干,然后舔舔嘴唇。她抬起棕色的大眼望向巴比,微笑着说:"这玩意儿做得真好吃哪。"

巴比递给她另外一根在史考特派对里剩下的肋排。他离开的时候带走了一打肋排、一公斤半卷心菜、半公斤烤豆子以及两罐冰啤酒。他知道没办法把啤酒带进联邦拘留所,所以在路上就把啤酒喝光了。当然,在莎汪达开动之前,他得告诉她所有关于泳池派对以及帕修美的事情,包括她女儿看起来有多可爱。

她说:"亨林先生,过去一个月以来,你带食物给我已经五次,还是六次了?"

"是七次,但没有人去数,还有不要告诉小史这件事好吗?"

"你为什么要来?想对老娘示好吗?"

巴比耸耸肩,说:"你是我的当事人……应该算是。"

她像个灵媒似的看着他,仿佛想在他的脸上读出他的未来,然后露出了然的表情点了点头,说:"没人陪你吃饭是吧?"

巴比盯着纸盘,说:"是没有。"

"你真是善良,还带好吃的食物给我……除了上次那种上头有小鱼的披萨——"

"是鳀鱼。"

"对,就是鳀鱼。"她吞下一些凉拌卷心菜,然后又说,"亨林先生,我真的很抱歉。"

"为什么?"

"因为我以前认为你不过是个一事无成的……没用的律师。"

巴比笑出声来,说:"没关系,大部分的时候我自己也这么觉得。"

"你会这么贫困,是因为你关心别人,你对像我这样的人都很好,忙了半天什么也没得到,所以你才不是有钱律师。你都不收费,哪来的钱?连我都不会这么做啊!亨林先生,这样实在划不来哪!芬尼先生就很有钱,因为他知道只帮有钱人工作。"

"他以前也很关心别人的。"

"所以你没生气?我告诉法官要芬尼先生当我律师的时候?"

"我没生气,莎汪达,你需要他。比起我来,他好太多了。"

"也许你可以让他又关心别人……也许开始关心我。"

两人互相对望,巴比在她眼中看见希望。

"也许。"

★★★

高地园区乡村俱乐部的会所,以房价来看,并不是达拉斯,甚至是高地园区里最贵的房子,却是最难踏进去的地方。说它是非会员无法进入的俱乐部，无异于是说迈克·乔丹篮球打得很好。光是有钱还无法进入这间俱乐部，你要不一出生就享有入会资格，要不就是靠婚姻让你享有资格，不然就得拼命舔那些城里人的屁股，直到美国医疗协会理事会颁给你直肠病理学家的证书。史考特·芬尼得到入会资格的途径则是另外一种，只因为他是当地橄榄球传奇人物以及汤姆·戴柏瑞的律师，所以他才享有入会特权。

史考特将休旅车停在停车门廊下，引擎还没熄火，泊车服务员便已经将车门打开。史考特给了服务员二十美金小费，然后带着家人走进俱乐部。小布和帕修美在前头蹦蹦跳跳，一如小女生那般咯咯笑个不停。史考特看着两人微笑，蕾贝卡则板着脸，一点笑容也没有。

即使像现在心情不是处于最好的时候，蕾贝卡·芬尼依旧是高地园区里最美丽的女人。对于能伴着自己的配偶进入乡村俱乐部的会所，史考特非常骄傲。高大英俊的前橄榄球明星球员兼成功律师护送着美艳无双的前南美以美大学拉拉队队员，她穿着浅绿色背心裙，将婀娜完美的身形完全表现出来，他看到每个男人纷纷对蕾贝卡投来眼光，莫不希望今夜是她能跟着他们回家，而不是满脸皱纹的恐龙老婆。蕾贝卡在史考特·芬尼的完美人生中占据了很大的一部分，尽管今夜是令人非常火大的一部分。

"这绝对是该死的大错误！"她从牙缝里挤出这句话。

"你想太多了。我们只是来看烟火，没有人会注意一个黑人小女孩。"

"最好是这样。这里的女人连你胸部大了一厘米或臀部小了一厘米都会注意到。我要怎么对她们解释这小女生会在这里？该死，她绝对不可能是会员的孩子！"

这家乡村俱乐部一年两次让会员的孩子们进入，一次是每年举办的圣诞节派对，以圣诞老人为主角，另外一次则是七月四日的烟火晚会。不然其他时候小孩一般是禁止进入的。不过孩子们也不会觉得这地方有

THE COLOR OF LAW

多吸引人,这儿会员的平均年纪是七十四岁,史考特和蕾贝卡算是年轻的会员,这里的"年轻"指的是六十岁以下。会所内的装潢很现代——以一九五二年的眼光来看的话。会员们并不觉得有需要更新会所内部的装潢,过去五十年来对于现代化的让步,只有在男士餐室里的一台大屏幕电视。实在没有必要去说服一位高龄七十四岁的会员,变化一下总是好的;对于这个年纪的男人,变化永远都是坏的。任何改变都无法使他再度恢复青春。

因此除了这一年两次的活动之外,这家乡村俱乐部里一个小孩都没有。连黑人也不会有,除了帮忙捡球的高尔夫球童;也没有拉丁美洲裔人,或任何积极倡导防止种族歧视的人;更没有犹太人——即使这些只会挥着《圣经》空谈的浸礼会成员,在耶拉·利普希医院[1]接受医疗照护,而他们的妻子在内曼·马克思百货购物,他们也不让犹太人加入俱乐部。想象一下为什么吧,不是因为俱乐部有明文规定才造成这个现象——你不会把这种东西用白纸黑字写下来。你只知道那就是现实,就像你知道不要在警察面前比出中指:法律并不禁止这样的行为,但这么做却会让你即使好好开车也会因为鲁莽驾驶的罪名而吃到一张罚单。

芬尼一家人继续走进俱乐部会所,来到主廊,被几位满身皱纹的恐龙拦下,她们纷纷恭喜蕾贝卡,说下届牛仔大亨晚会主办人选举,主办人一职绝对会是她的囊中物。当她们一注意到帕修美,蕾贝卡便脱口说出:"她是青少年联盟救助对象!"——然后从会所后门走出去,来到第十八洞果岭后的高草区。俱乐部已经在草地上摆妥了草坪专用的躺椅,好让会员们能够欣赏烟火秀。

他们一行人找到四张空椅子,旁边是一群老人,径自吹嘘着价值超

---

[1] Zale Lipshy Hospital,一九八九年开幕,为纪念达拉斯两大犹太家族:耶拉(Zale)以及利普希(Lipshy)所成立的非营利医院,现为得州大学西南区医学中心病患转诊及后送医院。

过几十亿美元的合并净值。对于帕修美的出现,他们视若无睹;但说不定是因为在黑暗中他们见不到她。两个小女孩坐在前头,史考特与蕾贝卡则坐在后面。

史考特靠向蕾贝卡,说:"瞧,根本没人在乎。"

他们安静地坐着,享受着夏日的傍晚以及灯火辉煌的壮观达拉斯市中心景色。两个小女生挤在一团,说着悄悄话,突然第一声烟火在空中爆开,是一根巨大的火焰炮——砰!——帕修美从椅子上往下扑倒在草地上,像一名受到连续炮火攻击的军人。

史考特跳到她身边问:"帕修美,发生什么事情了?"

"芬尼先生,快趴下!趴下!有人开车扫射了!"

几个在附近的孩子笑出声来,挖掘出史考特·芬尼一些童年的不堪回忆:街上穷小孩的回忆——"小史!你妈妈在哪里帮你买的衣服?家乐福吗?"——史考特的血压一下子升高到球赛战斗前状态。高地园区的孩子特别喜欢嘲笑辱骂其他穷困的同年龄孩子,最近一次就发生在去年,在得州体育场的最后决赛,对手是来自郊区的工人阶级,那些高地园区的孩子便反复唱着:"白花花现金对上白花花垃圾",然后从他们有钱老爸的包厢里对敌手扔钞票。史考特恶狠狠地瞪着那些乳臭未干的自大小混蛋们,拼命压抑想上前赏他们好几巴掌的冲动,一路把他们打到九号球道去。但痛揍达拉斯最有钱人的继承人,对他的律师生意而言可不是件好事,所以他只是帮忙把帕修美扶起来。

"亲爱的,没事,在高地园区不会有人开车经过扫射。那只是烟火。"

帕修美站了起来,看了看四周,说了声:"哦。"

史考特帮她坐回椅子上,然后坐在她后面,那群老人现在正虎视眈眈地盯着帕修美。

蕾贝卡叹了口气,说:"这下可好,上定了俱乐部的通讯会报。"

13

卡洛斯·赫南达兹,这位最受巴比欢迎的市中心俱乐部餐厅侍者,在七月四日这天被逮捕了。他到东达拉斯去参加派对,顺便想放点烟火。在达拉斯市区连持有烟火都是违法的,但既然卡洛斯也同时持有可卡因以及大麻,所以当他喝得烂醉后站在格兰德大道中央对着来往车辆点燃瓶装冲天炮时,完全没去想达拉斯市区内有禁止烟火法令这回事。达拉斯警方巡逻车刚好经过时,卡洛斯还把一枚冲天炮对准了警察的大腿。卡洛斯因持有两打瓶装冲天炮、五把鞭炮、五十支火焰炮、十克海洛因以及两包大麻而被逮捕。由于他在联邦体系已有过前科,因此被移送给联邦探员。这些人以持有并意图散布罪名而逮捕他——持有毒品,而不是烟火。卡洛斯已经有过五次相同前科,因此最少会在联邦监狱里蹲上十年。

这也是为什么四天之后,巴比又回到市中心的原因。卡洛斯的母亲以五百美金雇用他,为她儿子打官司——先付一百美金,其余每个月付一百美金,直到付清为止。巴比将车停在离联邦大楼六个街口的地方,好省掉停车费,顺便再抽根烟。他到达位于三楼的助理检察官办公室时,身上散发出浓烈汗味及烟味。他向柜台报出名字以及此行目的后,巴比在等候室里坐了下来。他之前就曾来过这里,与处理卡洛斯起诉官司的助理检察官针对认罪协商一事讨价还价。当雷伊·伯恩斯从大门走进来时,他试着让自己不要看起来那么惊讶。

"巴比!"伯恩斯脸上绽开大大的一朵微笑,仿佛这个世界上没有比遇见巴比·亨林更令人快乐的事情,"好伙伴,真高兴见到你。"

"雷伊,你好。"

雷伊嗅了嗅,然后对巴比做了个鬼脸。

"你开车辗过臭鼬吗?"

"你是处理卡洛斯官司的助理检察官?"

"没错,可真巧啊,不是吗?"他在最新的好朋友肩上拍了一下,又说,"巴比,到我办公室来谈谈你好朋友卡洛斯的官司。"

雷伊亲切友好的模样让巴比的心情剧烈起伏。他想,雷伊·伯恩斯也是负责这件官司的助理检察官,未免也太他妈的巧合了吧?!巴比跟着雷伊穿过一条走廊来到他的办公室。那是一间由政府发配的标准办公室,但和巴比的办公室比起来却豪华无比:里头有一张皮椅、一张木桌、两张访客用椅子以及够厚的石膏墙,让人听不见隔壁店家弄脏一批韩国炸面饼时的连串咒骂声。挂在墙上的是雷伊的证书、执照以及与重要政治人物合照的照片。雷伊比了比手势先要巴比坐在椅子上,自己才走回桌子后坐下,然后身子微微前倾,说:"判卡洛斯两年,你觉得怎么样?"

"两年?你只起诉他持有毒品?没有意图散布?"

他友好地耸了耸肩,说:"当然,为什么不?"

"为什么?"

两名律师隔着宽大的木桌对望,然后雷伊脸上出现一丝笑容。巴比马上就知道自己的直觉果然准确。

"雷伊,你想要什么?"

雷伊不再假装下去了,他说:"我要那婊子认罪。你让莎汪达认罪,变成二级谋杀,我们就判她四十年。"

"四十年?她出狱的时候刚好赶得上联邦医疗保险[1]!"

"三十年,最低限度只能妥协到这里。"

巴比仔细端详着雷伊·伯恩斯,然后问:"雷伊,为什么让你改变

---

[1] Medicare 是美国为六十五岁以上人士,或未满六十五岁但患有某种残疾或永久性肾脏疾病的人士所提供的健康保险。

心意了？你一向支持死刑的。"

"我依然支持——她被判死刑会让我的履历很漂亮。但我们的职位是靠执政者来任命，至少检察官是这样，我老板可不想一辈子都耗在这个鬼地方，永无出头之日。他想也许能派任到加州去，这件官司可能是他往西部前进的通行证。"

巴比·亨林的客户从来都不是政治权力的受惠者，所以他花了点时间才明白雷伊对他如此慷慨的背后动机。

"你知道克拉克的过去？"他说。

"没错。"

"所以麦肯尔参议员不愿意让人家知道？"

"还是没错。"

"所以他打电话给司法部长，请他帮个小忙。然后司法部长打电话给达拉斯的检察官，请他帮个小忙。检察官当然会答应帮这个小忙，他只要一个小小的回报。最后，这样一搞，一个人的人生突然就改变了。"

雷伊微笑起来，摊了摊手。

"怎么？你在抱怨吗？你的两名当事人因为麦肯尔的权力而得到了很不错的待遇。"

"雷伊，我要十年。莎汪达的刑期判十年，不然你可以去告诉那位好心的参议员，别做白宫的大梦，你的老板也别想去加州了。还有，我要你撤销对卡洛斯的提告。"

雷伊笑了。这家伙真是个混蛋，对这种游戏完全乐在其中——两名律师用其他人的人生来谈判交易。喜欢这种游戏的律师令人厌恶，而喜欢权力的律师则是危险人物。

"判她二十年，这交易已经很划算，巴比，你也知道的。但如果她拒绝了，我可不会放弃主张原来的死刑判决，听懂了没有？如果克拉克过去的荒唐事迹被公诸于世，这笔交易就取消了。所以想办法让那婊子同意，越快越好。"

巴比站起身走到门边,但又转过头来,说:"雷伊,还有件事:如果你再叫我的当事人一声婊子,我对天发誓,绝对会一拳狠狠揍在你脸上。"

★★★

史考特,我需要有个答案给麦肯尔,尽快。

"史考特,你叫我?"

凯伦·道格拉斯正站在他的办公桌前。

"什么?哦,对。凯伦,坐下吧。"

史考特将丹的声音从脑海中驱逐。凯伦坐在他办公桌对面的一张椅子上,双脚规规矩矩地并拢。她二十六岁,长得很漂亮,走在街上绝对引人注目,也是在史考特手下工作的四名受雇律师中,年纪最轻的一位。她以第一名成绩毕业于莱斯大学,取得文学学士学位,之后又以第一名成绩毕业于得州大学法学院。念书很在行,但真正就业成为律师,却一直适应不良。身为她的监督上司,史考特觉得有责任要教教自己的新任受雇律师,指点她一些在法学院里学不到的必要执业技巧。要是丹·福特当年没有教导史考特同样的执业技巧,史考特不会有今日成就。

"凯伦,我知道你来上班不过几个月时间,但你似乎有些适应不良。我说得对吗?"

她点了点头,史考特担心她可能会哭出来。

"好吧,让我们来看看是不是能让你进入状况。第一件事:你的收费时数。你从没有达到每个月规定的时数。凯伦,我底下的受雇律师每个月收费时数是超过事务所规定的。"

"但,史考特,一个月两百个小时?一天要收费十小时?恕我直言,那是不可能的。"

"凯伦,这是一家法律事务所,不是学院。"

他微笑,但她没有。

THE COLOR OF LAW

"听着，收费时数是这样来的。首先，你每次都要四舍五入。二十分钟变成半小时，四十分钟变成一小时，一小时半变成两小时。其次，你打的每一通电话、读的每一封信，就要算成至少花了十五分钟。你读了十封信，每封花了你十五分钟，加起来就是两小时半的收费时数。拜托，通常每天早上光是读信我就收费四到五小时。还有出差——你上个月不是和西德到洛杉矶吗？"

她点点头。

"飞行时间有没有算在收费时数内？"

"我算了两个小时，因为我在忙别的事情。"

"飞行时间多久？"

"四个小时。"

"这样你就该收费八个小时，四小时是为了那位你特地飞去洛杉矶的客户，另外四小时是你在飞行途中为另外一位客户工作。懂了没有？你上个月就这样少报了六个小时。如果每个在这里工作的律师每个月都漏掉六个小时，凯伦，那就是一千两百个小时没有收费，也就是我们少赚了三十万美金！每个月！一年十二个月，那就是三百六十万美金。你看，加起来就是这么多。所以你懂不懂为什么每个小时都这么重要？凯伦，收费时数是一家法律事务所的存货总值，所以如果你没有达到要求的时数，就像在麦当劳工作却白白把汉堡免费送出去。"

凯伦看着史考特的眼神，如同女大学新生在兄弟会的派对上，生平第一次观赏色情影片那样惊愕。

"史考特，你是要我虚报收费时数，这不是作弊吗？"

"只有在法律事务所里不算。"

★★★

巴比进入福特·史蒂芬斯事务所大厅，柜台的接待员对他微笑并示意他请进。每次他走入福特·史蒂芬斯事务所的办公室，总在空气中闻到

黑色辩护人

某种气味；就像殡仪馆，一家位于市中心的法律事务所办公室也拥有独特气味，只是这地方没有甲醛的味道，而是有一股钱味。

巴比走在铺着地毯的走道上，通往小史位于角落的办公室。小史正坐在办公桌后，对着一位年轻女子说话。他注意到了巴比，于是挥手示意要他进来。

巴比踏进办公室里。那名年轻女子站了起来，当她转过身与巴比面对面时，她的外表给巴比留下深刻的印象：她非常美丽，而从她利落的套装看来，她居然是个律师。

"巴比，这是凯伦·道格拉斯。凯伦，这位是巴比·亨林。"

她睁大了双眼，问："是你和史考特一起处理莎汪达·琼斯的官司，那一定很刺激。我在念书的时候，总是想着将来要成为一名公设辩护律师。"

"但是我们付的薪水比较高。"史考特说。他指指沙发，说："巴比，坐吧，我马上就好了。"他拿起一叠厚厚文件，转身对着凯伦说："凯伦，现在你知道要怎么处理收费时数的问题了吗？"

凯伦重重叹了口气，点点头说："我知道了。"

"好，那么我要和你谈的另外一件事，就是你的备忘录。我已经看过了，写得非常好。你把法条研究得非常透彻，应用在实际情况上，一切都做得很正确……只除了——"

"史考特，除了什么？"

"除了你并没有回答我的问题。"

"但你问的是戴柏瑞是否能控告那个小镇，只因为小镇拒绝他的再分区计划要求，答案是不能。"

小史一面听一面摇头，说："凯伦，我不是问你戴柏瑞能不能控告那个小镇，我问的是戴柏瑞要如何才能控告小镇。我们会提起诉讼的，这是已经决定好了的。这是我们的策略，让小镇能答应我们的再分区计划。而且，相信我，等到律师告诉他们，即使他们赢了还是要花上一大笔律师

152

费用，到时小镇也完蛋了。我要你做的是找出一个合法的立场，让这起官司能正当化。你回答的是能不能做到，我问你的是如何做到。"

凯伦脸上表现出来的沮丧气馁，只有在学习如何成为律师的新手律师脸上才见得到。

"我……我之前没弄清楚。史考特，我会再试试的。"

"很好。"

凯伦离开后，史考特说："人是很好，但要做个律师，她永远都成不了大器。好了，你来找我有什么事？"

★★★

十分钟后，两人已经在前往联邦大楼的车上。

"小史，"巴比说，"二十年已经是很好的待遇了。我曾接过一个小毒贩的案子，结果他被判终身监禁。"

但史考特现在脑袋里想的，不是什么才是对他的当事人而言是最好的；他想的是，什么才是对自己最有利的。那就是莎汪达的认罪，不管是二十年、三十年或是四十年，他根本不在乎。因为只要她认罪，他就不用做出重大决定。史考特，我需要有个答案给麦肯尔，尽快。

★★★

"二十年？！芬尼先生，帕修美那时候都已经二十九岁了，我甚至不认得她了耶！她是我的一切啊！"

莎汪达在小房间里踱着步，绕着坐在椅子上的史考特和巴比走了一圈又一圈。

"莎汪达，我都了解，但如果你被以一级谋杀定罪，可能会判死刑。"

"待在监狱里头二十年，反正我也等于死了。芬尼先生，你为什么不相信我呢？那不是我干的！我没有杀人啊！"

在民事诉讼中，按照惯例，法官会命令两方在审判前，针对双方争议调停。调停允许律师强迫当事人接受他们不喜欢的和解，逼迫他们付出不想付的金额，以及让他们撤销不想撤销的诉讼案件。但在刑事案件上，并没有法院规定的调停过程。所以对于试图说服自己的当事人接受认罪协商，史考特唯一能做的就是站起身大喊："莎汪达，拜托你考虑一下！"

她突然停了下来。

"芬尼先生，我不会再考虑的。我之前就说过了，我不会认他妈什么罪的！"

★★★

史考特和巴比告诉雷伊·伯恩斯，他们的当事人决定拒绝认罪协商提供的交换条件，这让他相当不高兴。

"那婊——"雷伊望了一眼巴比，改说，"那女人可犯下了大错。而她的律师们如果想公开克拉克的过去，那就是犯下更大的错。"

"十年怎么样？"史考特问。

"想都别想。拿着枪指着别人的头又轰掉那人他妈的脑袋，这种犯人不会有十年刑期这么便宜的交易！"

★★★

史考特回到了办公室，坐在办公桌后，手肘撑在桌面上，头埋在双手里。他双眼紧闭，脑海里一堆混乱思绪以及影像：史考特·芬尼，背号二十二号，冲刺跑过球场，触地得到关键的一分，成为校园英雄……两个小女生，一个白人，一个黑人，肩并肩睡在一张大床上，两人的睡容平静祥和，头发都编成了黑人辫子……美艳愤怒、裸着身子的蕾贝卡……莎汪达，一人孤单在牢房里，哭喊着要女儿与海洛因……还有丹·福特，他取代了史考特还是少年时便去世的父亲。有哪个儿子会违背父亲的要求？史考特，我需要有个答案给麦肯尔，尽快。但这少年也有母亲，正当一位母亲说故事给儿子听的影像闪过脑海，史考特睁开眼便看见丹·福特就站在面前俯视着他。而他知道这位资深合伙人来这里的目的是什么。

"她拒绝了认罪协商？"

史考特往后靠在椅子上,说:"消息传得真快。"

"检察官打电话给麦克,麦克又打电话给我。"

"然后你现在来找我兴师问罪?那句话是怎么说的?上头搞不定的就找下面的解决?"

"差不多就是这样。"

丹缓缓沿着办公室踱步,然后在那幅巨大的史考特·芬尼加框照片前停下——背号二十二号的南美以美野马队球员,在对抗得州大学那场比赛中抱着球冲刺震撼全场——"你跑出了一百九十三码……实在令人难以置信。"丹说。

过了一会儿之后,他移开视线,坐在沙发上。最后,他转身面对史考特。

"史考特,我需要有个答案给麦肯尔,现在就要。"

"丹,我不知道。"

"有什么好知道的?我们知道麦克要的是什么。"

"而我知道我的客户要的是什么。"

丹"呵呵"笑了出来,说:"你的客户?史考特,客户是会付我们钱的,琼斯小姐一毛都没付给我们,还让我们花钱。她对这家事务所而言是一项支出,而她是可以被牺牲的。"

"丹,我可是她的律师!"

丹站了起来,说:"史考特,你真相信她是无辜的?你真相信她没有杀克拉克?"

史考特摇摇头,说:"我不相信。"

"那问题在哪里?"

"丹,问题在于,如果我不把克拉克的过去抖出来,她就会死!"

丹的脸上显出完全不解的疑惑神情,然后说:"那对你的生活又会有什么影响?"

黑色辩护人

★★★

而那正是 A·史考特·芬尼自成为福特·史蒂芬斯事务所一员的第一天起便一直奉行不悖的指导原则：那会如何影响他的生活？或是，说得更明白点，会如何影响他的收入？任何事件——开除律师、放弃客户、官司输赢、法令的颁布或废除、自然灾害、股市崩盘、战争、总统选举——只要会影响他的生活和收入，对他而言就是重要事件。不会影响他人生或收入的任何事件便无足轻重、毫不相干，对他而言就像另外一起在南达拉斯发生的帮派枪战，一点都不重要。此刻，开着价值二十万美金的汽车，朝着他价值三百五十万美金豪宅的路上，史考特发现自己正在思考着：莎汪达·琼斯被判死刑的话，会如何影响他的人生和收入？

答案很明显：一点影响都不会有。她被定罪的第二天，他就能回到办公桌后，继续努力工作，让有钱的客户更有钱，自己还能每年带回家七十五万美金收入。就算她被处以死刑之后的第二天，他也会是如此。她很快就会成为他的过往云烟。一年过后，他甚至记不起她的名字。

史考特总是听取丹·福特的劝告，他也知道现在应该听丹的话。他应该将莎汪达那对海洛因上瘾的可悲人生列为无足轻重、毫不相干，对他的生活来说一点都不重要。他应该要打输她的官司，然后继续前进，如同他之前打输过其他官司那样。即使是史考特·芬尼也无法打赢每一件官司。他少数打输官司的那几次，曾闷闷不乐，好几天不停咒骂法官和陪审团，但等到客户付清最后账单，支票入账之后，他便会恢复过来，继续往前。

但现在却有一点不同。

史考特·芬尼从未放弃过任何一件案子。或是任何一场竞赛。或是任何一场球赛。他总是全力以赴，争取胜利。不管是哪一种游戏——橄榄球、高尔夫球、律师执业——都在挑战测试他的男子气概，所以他不论玩什么游戏都追求胜利。竭尽全力，炮火全开，哪怕不计代价都要获胜——这就是为什么他成为赢家的原因。他身体内的每一个细胞都注满了追逐胜

利的欲望,就是那股欲望让他从街头的穷小子摇身一变,能够坐拥高地园区中心位于比佛利大道上的豪宅。但丹·福特现在却要他故意放水。史考特·芬尼能在故意输了之后,仍旧是个赢家吗?

这个念头一路上困扰着他,直到回到家为止。但他将车子停在豪宅后的停车场时,冒出一个更令他困扰的念头:莎汪达的死,会如何影响帕修美的生活?

★★★

史考特已经带着小女生们念完了床前祷告,并将两人舒服地塞进被窝里,站起身正准备离去,但他得问帕修美一个问题。

"帕修美,你觉得你妈妈会伤害任何人吗?"

"不会的,芬尼先生,妈妈心地很好。她很关心别人,她的问题是,她对自己不够关心。她总是告诉我要爱自己,但她却不爱她自己。是爹地让她变成那样的,打她、让她生病。芬尼先生,所以不要怪她,那不是她的错。"

然后她抬起那双棕色的大眼,望着史考特,问了他一个问题:

"芬尼先生,警察也会杀了我妈妈吗?"

14

根据美国宪法第八条修正案,处决被告将违反她的民权……

被告,她的母亲,处决,该死的!

帕修美正在泳池里和小布玩耍,两人各站在泳池较浅的两端,隔着池水较深的泳池中央互扔飞盘。史考特坐在阳台上,读着巴比写好的诉书,上头主张帕修美的母亲即使因谋杀克拉克·麦肯尔而被判有罪,也不应被处以死刑。

这天又是另一个烈日高照的高地园区周日下午。小女生们在泳池里很凉爽,史考特在阳台遮篷下的阴影里不断冒汗。楼下的健身房里,蕾贝卡在空调的吹拂下,在原地拼命踩着健身车。康苏拉在小墨西哥区,和艾斯塔班·嘉西亚处于热恋中。那天早上,史考特开车载她到位于达拉斯市中心北方边境的天主教会圣母圣殿大教堂,那儿同时也是小墨西哥区的南方边境。艾斯塔班等在路边,穿着黑色靴子、黑色长裤以及浆烫得笔直的白色长袖衬衫;他的胡子刮得干干净净,头发也抹上发油往后梳得整整齐齐,看起来就像墨西哥斗牛士。他像迎接公主那样接过康苏拉·罗莎的手,从低底盘的法拉利跑车中扶她下车。她转过身对史考特挥手道别,然后像个恋爱中的少女走进了教堂。

棕色皮肤的小女人一脸眉开眼笑。

史考特这位白人心中却愁肠百结。

史考特,我需要有个答案给麦肯尔,现在就要。

如果他拒绝了麦肯尔呢?那麦克·麦肯尔会如何对付史考特·芬尼这位戴柏瑞的律师?麦克·麦肯尔也许是得州资深参议员,也是丹·福特之前的兄弟会好伙伴,但他不曾付过一毛钱给福特·史蒂芬斯事务所。所以拒绝麦肯尔,对事务所并不会造成伤害;当然,对事务所也没有帮助。但既然没伤害也就不会有问题。的确,麦肯尔能阻挡A·史考特·芬尼未来提名联邦法官,但史考特并不会太担心;他一点都不想要年收入被砍到只有十六万两千美金的职位。拒绝麦肯尔,顶多只会惹毛一位美国参议员,史考特还是能过日子。

但如果惹毛了一位资深合伙人,他还能过日子吗?

如果他说了"不",丹·福特会有什么反应?拒绝丹的要求,对史考特而言可以说是史无前例的,他甚至从未考虑过对丹说"不"。现在丹想成为总统的律师,前提是麦克·麦肯尔要先选上总统,而这需要史

考特·芬尼去隐藏克拉克·麦肯尔的过去,也就是要史考特接受这项要求。

如果史考特拒绝了,丹会很不高兴。

但史考特每一年都为事务所带来超过三百万美金的生意,光是这点就能让丹的心情愉悦起来。而且,如果史考特承诺将他今年对戴柏瑞的收费增加到四百万美金——这还真得需要一些记账的技巧——丹当然会原谅史考特这次的反叛行为(对丹而言,史考特就像是他的儿子),一定会的。

但,史考特·芬尼从未顶撞过教练,或是拒绝过客户和他的资深合伙人。如果教练喊了二十三次迂回进攻,他就会全力去跑。如果客户要他用曝光女主角过去的性史来威胁她强迫和解这起性骚扰官司,他就会去威胁那个女人。如果资深合伙人要他别想太多就附和开除另一位事务所合伙人的决定,他就这么做。但现在美国参议员和他的资深合伙人都要他隐瞒关键证据,眼睁睁看着他的当事人被处决,他能照做吗?

如果他真的照做了呢?如果史考特·芬尼答应了麦克·麦肯尔与丹·福特的要求呢?那两个人都会很满意。麦肯尔会选上总统,而丹·福特会成为总统的律师,然后在华盛顿再开一家事务所,到时新的企业客户会付上数百万美金法律咨询费用给这间事务所,而事务所合伙人的收入也会加倍。史考特·芬尼到时就会在钱堆里打滚了。所有一切听起来都如此美好,直到他听见帕修美小声说:"小布,接住!"

芬尼先生,警察也会杀了我妈妈吗?

史考特听见身后的落地双面玻璃门被推了开来,他感觉到一阵凉意吹上他温热的颈子。蕾贝卡站在他身旁,他能闻到她身上的汗味。她穿着一件小可爱、紧身短跑裤,衣料紧贴着她纤细窈窕的身躯。史考特感到一股冲动,想把妻子拉到自己腿上紧紧抱住她;但就像每次一跑去追骨头就会挨揍的狗,史考特并没有朝妻子的方向做出任何动作,两人只是看着小女生们玩耍。

"她现在有了朋友,挺好的。"他说。

"她是有朋友，"蕾贝卡说，"但应该是那些高地园区里家境最好的女孩。她就是不愿意和那些女生玩在一起。"

"蕾贝卡，她们不是小布的朋友。"

两人看着小女生，再度陷入沉默。过了一会儿之后，蕾贝卡说："她最好的朋友是一个黑人女生，这对她初次进入社交圈子的审核可真是有帮助！"

她猛地转身走进了屋内，史考特摇了摇头。她初次进入社交圈的审核，芭芭拉·小布·芬尼永远都进不了高地园区的社交圈子，她不是这个圈子要的。帕修美·琼斯也不可能，因为她的肤色不对。她出生在人生错误的那一端，就像过去的史考特，但她没办法像史考特一样，靠着打橄榄球进阶到人生正确的这一端。也许这就是为什么史考特觉得自己和这个黑人小女生间有某种联系，因为他们都来自人生轨道上贫困的那一端；或者，也许是因为史考特总是对弱小的孩子特别关心，就像巴比。从前在高中的时候，要不是有史考特的保护，巴比早每天都被痛揍。

帕修美·琼斯此刻就在史考特·芬尼的羽翼保护下。

她丢出飞盘，飞盘飞过了小布的头顶。小布跑到院子遥远的一头，捡起飞盘用力扔回来。结果飞盘落在了泳池的中央，最深的那一区。帕修美从较浅的那一端爬起来，绕路走到另外一端，来到浮在水面上的飞盘旁。她跪下来伸手想去捞飞盘，却拿不到。她的身子更向前倾，但在她掉进去沉到那蓝色的水面下之前，史考特已经扔下了诉书跑向泳池。

小布尖叫着："她不会游泳！"

"小布！不要乱跑！"

史考特跳进泳池，甚至没去想自己还穿着短裤与球鞋。他直潜入底部，一把托住帕修美的腰部。他的脚用力踩着水，直到两人破水而出。帕修美正不断咳出水来，史考特抬着她离开泳池，放在泳池旁的平台上。他爬上岸跪在她身旁，帕修美转过身，吐出了更多的水，然后慢慢坐起身子。

THE COLOR OF LAW

"宝贝，你没事吧？"

帕修美抬头看着史考特，说："芬尼先生，我刚以为我要死了。"

"有我看着就不会。"

她擦了擦鼻子，然后靠在史考特身上，将小脸埋在他湿透的上衣里，双手搂着他。

史考特拍拍她的背，说："小女生，你得上点游泳课。"

15

史考特·芬尼是个双面人：在法律事务所，他是个成功的执业律师，如同他打橄榄球一样——不计代价都要赢得胜利、竭尽全力、玩弄制度、曲解法条、擅长不择手段的创新执业手法，并且赚了很多钱。在家里他则是个好人，对蕾贝卡而言是忠诚的丈夫，对小布而言是亲爱的父亲，每天晚上在小布的床边，他试着慢慢教导他的女儿如何过善良生活的美德。蕾贝卡不想知道他每天在办公室里忙些什么，而小布是不需要知道。他律师生涯中唯一每天晚上带回家的部分，就是钱。

所有的律师都过着这种善恶双重人格的生活，在双面的生活中尽心竭力地维持着严格分际，对妻女说谎，隐瞒自己的律师生活，就像药物上瘾者隐瞒自己的违法行为。史考特总是告诉大家他是个律师，但他从不告诉任何人他当律师在做什么。律师会知道这种事情留在法律事务所就好。你每天早上走进办公室，摇身一变成为成功的律师；每天晚上离去时再度变回好人。但随着每天晚上过去，要转变回来——从坏人变回好人——开始显得越来越困难。在你体内的律师性格不想就这样轻易离开，但是你把它击退，因为你不能允许双面生活的分际被侵害。史考特·芬尼从未将自己的律师生活带回家里——从来不会!

直到他把一个九岁黑人小女孩带回家的那一天。

帕修美·琼斯现在已经是他生活的一部分——在生活里的两面都是。她是他家庭生活的一部分,她的母亲则是他律师生活的一部分。她爱她的母亲,而他是她母亲的律师。身为她母亲的律师,他所做的决定,将会决定她能拥有母亲多久:如果他照着丹·福特的吩咐去做,就等于将帕修美的母亲送入死刑大牢。他双面生活的分际已经被侵害,而现在,就像漫长球季结束后只剩下最后两支队伍要争夺冠军,他的两面生活——丹·福特与帕修美·琼斯——纠结在一起,让史考特的灵魂陷入生死攸关的天人交战。

我需要有个答案给麦肯尔,现在就要。

警察也会杀了我妈妈吗?

他会成为丹·福特想要的律师,还是成为帕修美所需要的人?他再也无法两者都是,他必须在两种生活中做出选择。他得迎头面对这个两难,就像每次在球场上,他的队员阻挡敌人攻击的阵式被瓦解时,二十二号球员发现自己孤军奋战,必须独自面对五位敌方防守员。然后,就像现在,他必须做出选择:在被击倒或被攻击前跨出界外,或是接下对方攻击后,再往前一个码区继续进攻。橄榄球教练称这种时刻为"胆识考验",因为就是在这种时刻你才能发现自己有多大能耐与勇气。

史考特·芬尼现在就面临着胆识考验。

距离审判日期又过了一周,而史考特现在正坐在联邦拘留所的小房间里,莎汪达隔着一张小桌子坐在他对面,巴比则坐在他旁边。她看起来很快乐、生气勃勃并且充满活力。巴比正把卡尔在背景调查中拍摄的照片拿给她看。

"这是克拉克情况比较好的时候。那天晚上之前,他有没有挑上过你?"

她摇摇头,说:"先生,没有。当然啦,周六晚上喝醉的白人男生

看起来都一个模样。"

巴比拿起另外一张照片，说："这就是那位可敬的参议员。"

莎汪达盯着那张麦克·麦肯尔的照片，说："他可真让我浑身起鸡皮疙瘩耶！"

"是啊。"巴比指指同一张照片里的后方，有一个秃头的大块头男人站在那里，他又问："你有没有见过这家伙？"

"没有耶……见过的话，绝对忘不了这张脸的。"

史考特说："他是谁？"

"德洛伊·劳德，麦肯尔的保镖。他手段非常凶狠，据卡尔找到的数据，他是前缉毒组探员。卡尔说这家伙能在三十厘米外就闻到毒品的味道。"

"那么他和这件案子有什么关联？"

巴比摇摇头，说："没有关联。"

"所以卡尔一无所获？"

"是没错，但他还是会继续留意。"

知道调查毫无进展，史考特决定再试最后一次，去说服他的当事人接受认罪协商。"莎汪达，我们有的，就只有这位叫做汉娜·史堤勒的女人。克拉克一年前曾强暴过她。"史考特转向巴比，说，"卡尔有汉娜的照片吗？"

"没有，她很怕生，不让卡尔拍照。卡尔说她就像瓷器一样，是个很脆弱的女孩。还说要是压力太大，她绝对会承受不了。而雷伊·伯恩斯一定会他妈的耍狠招，他会让她看起来像是个……"巴比和莎汪达两人眼神相交后，才说，"他会挖出她过去所有的交往对象。"

"没错。"史考特转头对着他的委托人说，"莎汪达，如果你认罪，至少不用面对死刑。"

"芬尼先生，"她说，"如果我不能和帕修美在一起，我和死了差

163

不多。"

史考特叹了口气，对巴比点了点头。

"好吧，莎汪达，"巴比说，"那我们就到法庭受审吧。但你必须要了解，针对你的不利证据太多了，足够让你被判死刑。我们唯一的希望就是汉娜。我们会先让你出庭，接着再让她出庭。她会确证……会支持你的证词，给陪审团更多理由相信你。"

"为什么我不能用测谎机，证明我没说谎？我在电视上看过——那个男生想要娶他的女儿，被捉去做测谎，看看他有没有劈腿。"她笑出声来，"那些白人男生每次都说谎。"

巴比摇了摇头，说："莎汪达，这不是好主意。"他转向史考特，说："小史，我在想，可以利用那些打电话给你的记者，要求电视台对莎汪达做一场电视专访。也许我们应该这么做的，让她告诉全世界到底发生了什么事情，那样可以决定陪审团的候选成员。而且她说完整件事情经过之后，你可以要求其他曾被克拉克·麦肯尔施暴或强奸过的女人站出来，这样莎汪达就不会因为一桩她根本没犯下的罪而去坐牢。"

"芬尼先生，我听起来觉得很不错耶！"莎汪达说。

史考特垂下眼，说："莎汪达，我不知道，这可能不是最好的策略。"

史考特的眼神仍旧往下望着，这时巴比说："莎汪达，我和小史要去外面谈一下。"

巴比站起身，敲了敲门。警卫将门打开后，史考特双手推着桌子从椅子上站起，然后跟着巴比来到走廊。他们沿着走廊走了十步，巴比便停了下来，靠在墙上。

"她看起来好太多了。"史考特说。

"她很兴奋。"

"什么？"

"药效让她很兴奋。"

"你是说海洛因？"

巴比点点头。

"你怎么知道的？"

"小史，我最好的客户都是吸毒者，光看他们的眼睛，你就能知道他们在吸毒，那就像他们主宰了世界。"

"她在这里怎么拿到的？"

巴比耸耸肩，说："警卫、清洁工，谁晓得？"

"上次她看起来就好很多了，我还以为她戒掉了。"

巴比摇了摇头，说："有毒瘾的人永远都戒不了海洛因，瘾头不会消失的。我帮他们弄到缓刑，条件是要接受治疗，他们会服用美沙酮，重新做人几周，然后又回到海洛因的怀抱，仿佛那是他们的旧情人。"

"她命在旦夕却还是停不了注射毒品？我妻子很气我，丹也很气我，我得承受所有这些不幸，好让她能打毒品让自己兴奋？所有这一切只是为了一个该死的毒虫？！"

"小史，如果你过的是她那种生活，你大概也会染上毒瘾。你过的是最好的生活，她过的却是最坏的。但药效发作的时候，至少她还能感觉到快乐。现在这玩意儿在街上卖得这么便宜，她可以在醒着的每一分钟都这么快乐——直到她死为止。"巴比叹了口气，"总有一天她会因为那玩意儿而丧命。"

"我们正试着把她从死刑中救出来，好让她用海洛因自杀？"

"没错，那正是我们在做的。小史，我从她的眼睛里看得出来，她一辈子都会是毒虫，而她的一辈子也不会太长。"他盯着自己的鞋子瞧了好长一段时间，才站直身子，说，"但至少不会像雷伊·伯恩斯要的那么短。所以，你懂我在说什么吗？"

史考特点点头，说："当然，为什么不用测谎机？"

"我那些毒虫客户总认为自己能打败那台机器。当然，药效发作的

时候，他们认为自己还真他妈的是爱因斯坦，但没有一个能过关的。她如果去测谎然后失败，就没戏唱了。"

"测谎结果在法律上并不被采纳，伯恩斯无法用这招来对付她。"

"在法庭上是不会被采纳的，但雷伊会把消息透露给媒体，这绝对会是头条新闻，每一个陪审员都会知道她没有通过测谎。"

"如果她没通过，说不定就会认罪。"

"小史，听着，我知道这个决定对你而言很困难，而我也知道你不想做这个决定，但是，老兄，这也是你赚大钱的原因。你要怎么做？"

"麦肯尔对丹·福特施压，要我放弃这名被告，不要让他死去的儿子身败名裂。"

"小史，克拉克早就身败名裂了，他不是个好东西。"巴比再次看了看自己的鞋子，又说，"所以丹要你放弃这件案子？"

"他建议我这么做，因为他想成为总统的律师，这对事务所的生意大有好处。"

"但对莎汪达却不是如此。你的工作岌岌可危吗？"

"我的工作？！不可能！丹不会开除我的，我就像他儿子。"

巴比点点头，然后说："三四年前，我代表一位在橄榄球赛上杀了自己儿子的父亲出庭过。"他轻轻笑出声来，说："听着，小史，我不像你，是个成功的大律师，我没代表重要人物出庭过，也没有赚很多钱……但我从不随便搞砸任何一件案子。我总是尽力为每一位客户服务，即使我的尽力算不上什么。克拉克痛打莎汪达，强暴汉娜·史堤勒，说不定还有更多女人受害——小史，那项证据对她而言，可以说是攸关生死。"

巴比的手爬过头顶稀疏的头发。

"我所有的客户就像她一样，穷困、黑人或是拉丁美洲裔人，住在和我们不一样的世界。在那个世界里，爸爸在贩毒，妈妈在卖淫。不同的地方在于，我所有的客户都有罪，毫无疑问。但她也许真的是无辜的——

或至少是自卫才杀人。我们要是不提克拉克的过去,就是用致命毒液[1]置她于死地——小史,是你和我造成的,不是陪审团。我们两个都要为此负责,那就像是我们把针头推进她的手臂里。"他摇了摇头,说,"小史,你付我钱替你处理这件案子,我的确很需要那些钱,但我忍不下去了。"

"什么意思?"

"我是说,你要是不掀开克拉克的过去,我就退出。"

"巴比——"

"小史,我总是跟着你的脚步——从高中到大学,再到法学院。要是在那时候,不管你做什么我都会跟着做。我很软弱,而你很强壮,你一直在保护我。但你不再是蝙蝠侠,我也不是罗宾,我无法跟着你这么做,这样就是不对。她也许不是出身良好的白人女孩,但她的生命也是有价值的。也许不是对你而言,也许甚至不是对她自己而言……但对我而言是如此,还有对她的小女儿也是。她需要一个强壮的人来保护她……一个像你从前那样的人。"他停了停,又说,"那天你的秘书打电话给我,说你要和我一起用午餐,老兄,我真差点要哭了。这么多年来,我真的很想你。"他的眼睛泛着水光,"现在又能在你身边,感觉很棒……因为能再次呼吸到你吐出来的空气。"他吸了口气,然后吐出,"但是,小史,要是你对莎汪达这样,我再也不想见到你。"

"巴比,别这样。"

"小史,是法院指派你的,你是她权利所赋予的辩护律师。你认为什么是对的,就去做。"

史考特转身离去,希望这次的胆识考验,只要冲进那五个口吐白沫、空有蛮力的后卫球员阵群里,就能轻易解决。

★★★

史考特上了法拉利,但却没办法回到办公室,他突然对市中心那种

---

[1] 美国死刑多以注射毒液方式执行。

167

封闭的空间感到恐惧。所以他开上往北达拉斯的收费公路，用力踩下油门。换上高速挡之后，他感觉到自己身下这部跑车咆哮的冲力。这台法拉利红马 360 Modena 时速可达到近三百公里，但在时速八十的时候，史考特就放松了油门，这是达拉斯一般高速公路的速限。在得州，没有人会超速，甚至连女人都不会在车上化妆。上午这时候往北方的交通很顺畅，所以他畅行无阻地开在内线。当他需要好好思考的时候，通常会开着车在达拉斯市内六千多公里的道路线上，毫无目的地乱逛。

想都没想，史考特的车子便突然转向并跨过三个线道，往仿声鸟巷[1]的出口开去，车子切到山顶路，再往北开。车子往左转后，在右侧第三户人家的门口停下，他盯着那栋两层楼的巨大新屋，那房子有着拱形门、天窗与拱形屋顶。但他在那个地方看见的是曾占据这块空地的一座小平房，那位好心医生租给他和母亲的家。那小屋只有客厅、厨房、两间卧室和两间浴室，连门廊加在一起，不过二十八平方米大小，他们以前常会在晚餐后坐在门廊那儿，对着傍晚散步经过的邻居挥手。他记得自己爬上床躺在枕头上，等着母亲进房，她会坐下打开书，念一个章节给他听。念完后她会合上书本，说："小史，要像亚惕。做一个律师，做好事。"

★★★

如果你的客户是个坏蛋，你很难做好事。

律师从不相信自己的客户，因为客户会说谎。他们对税务局说谎，对证券交易委员会说谎，对联邦调查局说谎。他们谎报自己的税金，谎报自己的财务状况，以及对自己的谎言继续圆谎。大部分的时候他们不会被捉到。一旦被捉到了，通常是因为对联邦调查局继续说谎，好圆之前的谎——这是叫做妨碍司法的重罪。然后他们的律师就会站在法院大楼外，宣称客户是无辜的，一直到客户承认犯罪，以换取减刑或愿意付出罚金，

---

[1] Mockingbird Lane，此处 Mockingbird 与《杀死一只知更鸟》之英文原名：To Kill a Mockingbird 相呼应。

THE COLOR OF LAW

然后再度过着说谎的日子。

律师总是假设他的客户在说谎。

所以史考特自然假设他这位海洛因上瘾的妓女当事人在说谎,但也许他会相信一个出身好人家的姐妹会女孩。他已经从巴比那儿拿到汉娜·史堤勒在加尔维斯顿未登记的电话号码。现在他坐在法拉利里,听着电话铃声响起。一道轻柔的声音接起了电话。

"喂?"

"请问是汉娜·史堤勒吗?"

"请问您是哪位?"

"我是史考特·芬尼,是莎汪达·琼斯的律师。和我一起处理这件案子的巴比·亨林律师,曾和你谈过。"

"是的,芬尼先生。"

"汉娜,我需要听听你的遭遇。我需要你告诉我,克拉克·麦肯尔到底对你做了什么?"

电话那头传来一声长叹。

"我已经告诉过卡尔和巴比了,我不想——"

"汉娜,我知道这对你来说不好受,但是麦肯尔参议员一直在对我施压,要我在审判时不能提起克拉克的过去,而且也不能传唤你作证。为了要做出决定,我必须亲耳听你告诉我,到底发生了什么事情。"

"好吧。"

汉娜·史堤勒告诉史考特她和克拉克·麦肯尔的邂逅。她是在一场橄榄球比赛后,在南美以美大学校园里遇见他的。第二天晚上,他便开口邀她吃晚餐。他到姐妹会的宿舍里去接她,两人在达拉斯市中心外的墨西哥餐馆共进晚餐,那儿在市中心与高地园区中间,是夜生活区。他们喝了几杯酒后,便前往麦肯尔豪宅,在那里克拉克袭击她,对她施暴,强奸了她。之后他仿佛没事人一样,还开车送她回姐妹会宿舍,甚至在她下车时对她微笑。她上了自己的车子，直接开到警察局报案。接着她被带到园区医院验伤，然后回到姐妹会宿舍。第二天上午，一个男人来找她，说她是麦肯尔参议员的律师，递给她一份文件还有一支笔，说那是一份保密及弃权合约，并给她一张五十万美金的银行本票来解决所有对克拉克的指控，以及支付搬迁的费用。

"搬迁的费用？"

"他说我得离开城里，说这样对我的人生比较好。他说我其实也没什么选择，如果我还是坚持要对克拉克提告，他父亲会毁了我，他们会在审判庭上挖出我过去的情史，让我看起来像个娼妓。"

"这个律师叫什么名字？"

"他没有告诉我。"

"长得什么样子？"

"就像个律师。又老又秃，让人不寒而栗，尤其是他看着我，和我说话的样子——老天，我已经被强暴了！他却表现得这一切不过是交易而已。"

史考特挂了电话，心里已经有底了。他所认识的许多老律师的确已经顶上无毛，而且大多数都让人心里发毛。但他知道有这么一位律师，将买通强暴受害者视为不过是件金钱交易而已。

★★★

"你认识汉娜·史堤勒？"

"当然。"

史考特已经把车直接开回办公室，停在地下停车场，坐上直达六十三楼的电梯，匆忙越过走廊，来到丹·福特的办公室。他现在不敢相信地看着自己的资深合伙人，对方也正一脸困惑地回望着史考特。

"小史，你以为这是第一次有这样的事情发生？女大学生宣称有钱男生强暴了她？也许他真的强暴了她，也许他没有，但她要的就是钱。她拿到了钱，大家都快乐。"

"我和她谈的时候,她似乎没有那么快乐。"

丹耸耸肩,说:"嫌拿得不够多吧?"

"你就这样贿赂她,要她撤销提告?还威胁要在审判庭上挖出她过去的情史来摧毁她?"

"贿赂她?威胁?"丹笑出声来,说,"你为汤姆·戴柏瑞买通过多少个女孩?如果她们不同意,你又威胁过多少次要她们在审判时挖出她们过去的情史?你还在用我那句'每一个上过床的对象'的台词吗?"

丹第一次教他这一招时,看起来是如此绝妙,真他妈的只有律师想得出这种妙招。史考特便将这招用在法兰克林·透纳这位著名的提告律师身上,讨论汤姆上一个搞出问题的女郎需要多少和解金额——她叫什么名字?是娜婷吗?现在,和汉娜·史堤勒谈过之后,这一招看起来似乎没那么巧妙了。

史考特坐在沙发上,虚弱地说:"汤姆的女人没有说他强暴了她。他们用的是性骚扰罪名。"

丹挥了下手,不想再听史考特的评论。

"玩弄文字游戏而已。性骚扰,强奸——结果就是有人被搞了。小史,我的好孩子,你做的完全是一名律师该做的事情,完全就是我教你去做的:你为客户解决了一桩法律争议。就像我做的一样。"

史考特的声音更加微弱,说:"这样不公平。"

丹再度笑出声来,说:"公平?公平和法律一点关系都没有。市集[1]是你去看农场动物,然后骑着它们走一圈的地方。"

"你为什么不告诉我汉娜的事情?"

"小史,你不需要知道。为什么你没告诉我,你雇用了一位私家侦探去挖出克拉克的过去?"

---

[1] 此处呼应丹之前的"文字游戏",英文中 Fair 同时有"公平的"以及"市集"之意。

"丹,我真的相信克拉克对汉娜施暴,并且强暴了她。"

"好吧,如果这让你好过些的话,那我也相信。当然,我也相信所有其他女人的说辞。"

"其他女人?还有更多受害者?"

"七个,把汉娜算进去的话。"丹摇了摇头,说,"那浑小子花了他老爸将近三百万美金,只为了买通那些女人。当然,还要加上我的费用,一次两万五千美金。"

"你为了两万五千美金去买通一名强暴受害者?"

他的资深合伙人再度用困惑的眼神望着他,说:"我记得没错的话,你买通戴柏瑞上一个女人时,向他收费五万美金。"

史考特觉得自己的脸一下子热了起来,他说:"我认为那不过是场交易。"

"小史,的确是这样,这就只是交易。克拉克的那些女人也不过是互相交易而已,戴柏瑞的那些女人也是,这一切就只是交易。"

"但对莎汪达而言不是,那是她的生命。"史考特看见丹正在凝视自己,他说,"丹,我没办法放弃这件案子。"

"你当然可以的……小史,因为我要你放弃。你要拒绝麦克·麦肯尔——还有拒绝我吗?只为了一个该死的海洛因毒虫?为了一个妓女?"

"不……是为了她的女儿。"

"她的女儿?"

"没错。她需要她的母亲,而她母亲需要我。而我也许可以救她一命。"

"史考特,别开始相信你自己的胡言乱语。"

"你在说什么?"

"你的竞选演讲。你不是亚惕·芬奇,没有人是。拜托,谁想当他?他住在中产阶级的屋子里,开着中产阶级的汽车——那是辆什么车?别克吗?"

THE COLOR OF LAW

"是雪佛兰。"

"你开的是法拉利。"丹觉得好笑,说,"小史,那部电影对律师业的杀伤力,比水门案还厉害。我那一代的律师,念法学院是为了躲避征召入伍,但我们接下来的这一代不需要担心战争,所以他们念法学院是为了想成为某种了不起的英雄。但当律师却不全然是这么一回事。事实是,他们比我或比你更不想成为另外一个亚惕·芬奇。他一无所有,但是那些律师——还有我——还有你——我们全部都要——金钱、豪宅和名车,所有今日成功律师能拥有的一切。律师要怎么样才能成功?好好工作,也就是让有钱人更有钱。我们靠着工作就有丰厚收入,而不是像亚惕只得到鸡肉和坚果。我们的客户用现金付账,小史,这是好事,因为你没办法用鸡肉和坚果买到法拉利。"

丹走到窗前,凝望着窗外。

"小史,我从法学院毕业时,有位睿智的老律师给了我一些受用的建议。他说:'丹,每一个新律师都必须要做一个最基本的选择,自此在他的执业生活中,他都将照着这个选择走。那个选择很简单:你要做好人还是赚大钱?你要赚钱还是让这个世界变得更美好?你要开凯迪拉克还是雪佛兰?你要送孩子去私校还是公立学校?你要当有钱律师还是穷光蛋律师?'他说:'丹,如果你要做好人,去做法律援助工作,去帮助那些不起眼的小人物,帮他们和房东、水电公司还有警察打官司,然后自命清高。但二十年后,你的同学住在豪宅、开着新车、到欧洲度假的时候,你可别后悔。你还得告诉你的小孩,他们上不起常春藤联盟大学,只因为你是好人。'"

丹从窗前转过身来。

"我儿子念的是普林斯顿大学,我女儿念的是史密斯学院[1]。"

丹坐在办公桌桌角,双臂横在胸前。

---

[1] 美国五所著名常春藤女校之一。

"小史，那是每个律师都要做的选择，而你十一年前让我们雇用时，就已经做了选择。你选择要赚大钱。你当时就站在这里，说你厌倦了当街头上的穷小子，说你要成为有钱的律师。现在你却说你想当好人？我可不这么认为。

"小史，这间法律事务所存在的理由只有一个，也就只有这一个：用各种手段为合伙人赚取越多钞票越好。这间法律事务所是怎么做到的？我们只代表一小时付得起三百、四百或五百美金费用的客户出庭，我们只做客户想要做的事情，在他们希望的时间内完成，我们从不拒绝客户，因为我们知道他们随时都能把这笔法律咨询费用拿去给对街或是另一个州或是另一个国家的法律事务所。因为总是会有其他的法律事务所随时准备好取代我们的位置，抢食我们的大饼。"

"丹，她有个小女儿，我得为她做出对的事情。"

"你也有一个小女儿，你要为她做出对的事情吗？"

他站起身走向史考特，坐在他身边，把手放在史考特的肩膀上，声音如同慈父地说："小史，你总是听我的建议，每次照我的建议，你做得都不错，不是吗？"

史考特点点头，说："当然是没错，丹，但是——"

"那现在就照我的建议做。拜托，孩子，别这样。不要这样对你自己，也不要这样对这间事务所……更不要对我如此。我需要有个答案给麦肯尔。史考特，现在就要。"

史考特将热烫的脸埋在手掌里，心中的挣扎越来越剧烈，丹·福特与帕修美·琼斯让史考特的灵魂陷入天人交战。

我需要有个答案给麦肯尔，现在就要。

警察也会杀了我妈妈吗？

然后他听见巴比的声音：她需要一个强壮的人来保护她……一个像你从前那样的人。史考特·芬尼做胆识考验的时候到了。

"不,宝贝,他们不会杀了你妈妈,我不会让他们这么做的。"

"什么?"

史考特将手从脸上移开,转向丹,对方正用奇怪眼神看着他。史考特知道当自己的勇气响应了帕修美那句呼唤时,它是如此大声地说了出来。他说:"告诉麦肯尔,我拒绝。"

丹移开了手,说:"史考特,这不是正确答案。再来一次。"

"我拒绝。"

丹站起身,走过办公室,坐回办公桌后,在桃花心木桌面上交握双手。

"小史,麦克·麦肯尔现在是美国参议员,在周日上午那些政治秀里,他穿着体面,说话也很得体⋯⋯但在那身政治家的行为底下,他仍然是个得州流氓。他出身贫困,在西得州油田长大,十五岁时就在油井工作。那是很艰苦的生活,能让人坚强——也让一些人变得凶狠。麦克就是那种人。"

丹拿起一支笔端详了一会儿,然后说:"我们念大学的时候,有天在马莎的姐妹会宿舍参加派对。那时候她是麦克的未婚妻,是个很漂亮的女生,也很有钱。她是让麦克出人头地的通行证,所以他不会让任何人有机会抢走。结果,有个喝醉的橄榄球队员,犯下大错和马莎调情。麦克要他离开,但他拒绝。于是麦克要他到外头去。听好,那个男生比麦克重上二十几公斤,但却一点机会都没有。麦克戴上铜指套揍他,要不是我把他拉开,说不定已经把那人打死了。我说:'麦克,你干吗这样做?'他只说:'没人能抢走属于我的东西。'"

丹摇了摇头,对于这段回忆,他脸上显得相当不可置信。

"史考特,那天晚上我从麦克·麦肯尔身上学到三件事:他不接受别人拒绝;他不和人公平对战;还有他是我遇见过的最凶狠的混蛋家伙。"

史考特紧张地笑了几声,说:"所以他会怎么做?痛打我一顿?"

丹叹了口气,说:"小史,我不知道他会怎么做。四十二年来,我从没拒绝过他的要求。"他停顿了一下，又说："史考特，但我的确知道一件事：麦克·麦肯尔认为白宫是属于他的。"

16

"你答应过我的，芬尼先生！你答应过的！"

康苏拉的棕色脸庞上满是泪水，她哭喊个不停，五官因为恐惧而扭曲——你答应过的，芬尼先生！你答应过的！她眼露乞求，圆滚滚的身躯不停颤抖，双手被手铐反扣在那身五彩鲜丽的墨西哥农夫连身洋装后。抓走她的官员说，这是移民局的规矩。

周一早上，两名来自移民局的官员清晨准六点半就来到芬尼家。他们迅速拿出移民局徽章闪过时，康苏拉崩溃地倒在史考特怀里，她一直害怕的事情终于发生了，她所有试图保护自己的方法都失败了——那些十字架、祷告、蜡烛、高地园区这个地方……还有芬尼先生。

十分钟后，康苏拉·罗莎被联邦探员拘提带回移民局。史考特无助地站在那儿，眼睁睁看着他们押着她走到一直在等着的车子里。他大喊："移民局不会来高地园区的，这是说好的！你会丢掉工作的！"

一名官员微笑着说："先生，我不这么认为。"

"高地园区一半的住宅里都雇用墨西哥女佣！为什么是我家？"

"先生，有人匿报。"同样一位官员回过头说。

穿着四角内裤的史考特用力狠瞪着他。

"匿报个头！"

小布推开史考特，穿着睡衣，光着脚跑下走道喊着："康苏拉！康苏拉！"

THE COLOR OF LAW

康苏拉转过身,正好迎上小布张开双臂紧抱住她丰腴的腰身不放。康苏拉弯下身说:"哦,乖小孩。"小布伸手擦掉康苏拉脸上的泪水。过了一会儿,一名官员扯了扯康苏拉的手臂,于是她吻了吻小布,示意她快回家。

小布直接奔进史考特的怀里,气急败坏地直嚷:"你答应过他们不会来我们家的!你答应过的!他们要把她带去哪里?她会怎么样?"

帕修美就站在他们身边,说:"他们就是这样做的,过来把你就这样带走。"

最后蕾贝卡终于出现了,她双手叉腰,叹了口气,说:"真是太棒了,现在谁要来煮饭?我吗?"

一名官员将康苏拉押入黑色轿车后座,两名晨跑者刚好停了下来,瞠目结舌地看着。街道的那一头,比这一天温暖的夏日清晨微风更不引人注目的,是一大群棕色皮肤的男人——年轻人、中年人和老人,他们来到这里准备工作,就像高地园区内其他几百个同样的男人。他们在位于安静街道上的豪宅里工作,负责打扫环境清洁。刚从马塔莫罗斯、新罗利多或胡阿雷斯来到美国的墨西哥男人,愿意在酷热阳光下辛苦工作,只为了希望能谋得更好的生活。

第二名官员站在敞开的车门旁,史考特出声喊他的时候,他回过了头。

"你要逮捕非法移民?"史考特指指街道另一端的那群清洁工,说,"去逮捕他们啊!光是今天早上你开车去绕一圈高地园区,就能逮捕一百个以上的墨西哥人!但他们替达拉斯最有钱的人修剪草坪,所以你不会去那些有钱人家里,对吧?我知道你为什么会来我家!我知道是哪个混蛋命令你的!"

★★★

"是麦肯尔干的!"

一个小时后,史考特站在丹·福特的办公桌前,肾上腺素分泌旺盛。

丹叹了口气，说："也许是。也许你该重新考虑你的决定。"

"怎么，这是麦肯尔给我的警告？表示他能伤害我？他没有伤害到我，他伤害的是一个可怜的墨西哥女孩！那女孩什么都没有做！"

史考特走向门口，但又停了下来，转身说："对了，丹，你打电话给参议员的时候，告诉他，我叫他去死！"

史考特一阵风似的走过苏面前，直接进到办公室，发现巴比正舒服地坐在沙发上休息。

"芬尼先生？"苏站在门口，手里拿着粉红色便条纸，说，"是记者，他们电话打个不停。"

"别让记者来烦我。"

苏消失在门后。

史考特抹去额头上的汗，低头看着巴比，说："他们带走了康苏拉。"

巴比站了起来，问："谁？"

"移民局的人。他们今天早上来的，说是有人密报。"

"一定是麦肯尔。"

史考特一下子泄了气，说："老天，巴比，我忘不了她的脸，她简直吓坏了。"

他再度火冒三丈，巴不得能狠狠揍些什么出气，所以一脚把垃圾桶踢到房间对面。

"那浑球不知道他对付的是谁！"他指着墙上自己那幅放大照片，说，"对抗得州那场比赛，我可是跑出了一百九十三码！"

"小史，橄榄球有规则，但麦肯尔玩的游戏没有规则。"

"我们走着瞧。"

巴比从沙发上爬起来，说："如果你要找我的话，我会在图书馆整理莎汪达的诉书。一起吃午餐吗？"

史考特点了点头。巴比转身要离开，但见到凯伦·道格拉斯出现在门

口时，停在了原地。两人像是十来岁出头的青少年那样对瞧着，直到凯伦移开视线，走进了办公室。巴比离开后，凯伦对史考特说："他蛮可爱的。"

"是啊，我也总是这样告诉他。"

史考特在椅子上重重坐下，试着调匀呼吸。

"你没事吧？"凯伦问。

"没事。"几下深呼吸后，才说，"什么事？"

"我们已经准备好提起戴柏瑞那宗再分区计划的官司了。"凯伦继续说着时，西德走了进来。她说："但楼下诉讼部门的理察说，达拉斯郡的州法庭对这种官司并不是那么有利。他说法官都是共和党员，而且倾向不干预城市的分区决定。"

西德对史考特眨眨眼，说："凯伦，律师在进法庭前最需要知道的一件事是什么？会决定输或赢的一件事？"

凯伦看起来有些困惑。最后，她耸耸肩，说："哪一方是对的，哪一方是错的？"

西德呵呵笑了出来，说："不完全是。凯伦，这不是律师资格考试，但你唯一要知道的那件事，就是对方的律师有没有比我们捐献更多钱给那位法官，供他在上次法官连任竞选时使用。史考特，是不是？"

史考特对西德点点头，但他的念头仍系在康苏拉身上，还有她脸上的表情，仿佛是芬尼先生背叛了她。

西德说："史考特，唯一的问题是，案子是随机分发的，我们怎么能确定案子会分发到对我们有利的法官手上？"

尽管满脑子仍是康苏拉，但史考特的脑袋还是立刻浮出了不择手段的创新招数。

"凯伦，叫理察连续提起这件诉讼六次，这六次诉讼会分别派给六位不同的法官，我们挑一个之前给过最多竞选献金的法官，进行那件诉讼就好，其他的驳回。"

西德完全目瞪口呆。凯伦依旧露出同样的大学女生第一次看色情片的表情。史考特想着自己的女佣——他背叛了她的信任。

他大声把秘书叫过来,说:"苏,帮我打电话给鲁迪·古堤瑞兹!他是移民律师!"

凯伦问:"史考特,这样不会违反职业道德吗?同一件诉讼提起六次?"

"凯伦,我们讲的是法律的道德标准,又不是《圣经》。"

★★★

"该死的咖啡在哪里?"

在高地园区比佛利大道 4000 号那广告里才会出现的考究厨房中,蕾贝卡·芬尼正不断打开并甩上橱柜的门,想要找到咖啡豆和研磨机,好让她煮上这三年来自己动手的第一杯咖啡。她又气愤又不安,因为她的焦虑与恐惧不断呈指数成长。她的丈夫搞砸了一件好事吗?失去康苏拉是不是只是个开始——要开始迈向结束了?芬尼家的女佣被逮捕,会是高地园区的名媛们在这个周一午餐会上的主题。她们现在会怎么想蕾贝卡·芬尼?这又会如何影响她赢得牛仔大亨晚会主办人的机会?

"母亲,康苏拉会怎么样呢?"

两个小女生坐在桌前。

"小布,我不知道。吃点早餐吧!"

帕修美跳了起来,说:"芬尼太太,我会煮饭。我一直在替妈妈煮饭,像是蛋、培根、面包和粗玉米粉——"

"玉米粉就免了,"蕾贝卡又试着打开另外一个橱柜,说,"咖啡到底在哪里?"

帕修美现在正拿出煎锅和餐具,还拉了一把椅子到炉灶前,爬了上去。

"鉴——于,这炉子好酷哦!"

蕾贝卡放弃了咖啡。

THE COLOR OF LAW

"我去楼下踩健身车,你们两个女生别搞出火灾来。我们得再找个女佣,越快越好!"

★★★

"移民局的人到你高地园区的家里逮人?老天,史考特,你惹上谁了?"

史考特打了电话给移民律师鲁迪·古堤瑞兹。

"她的名字叫做康苏拉·罗莎,今天就让她出来。"

"史考特,不可能。移民局不会放她走的。"

"为什么不能?她不过是个女佣。"

"史考特,自从'九一一'后,移民局认为每个非法进入美国的墨西哥人都是国际恐怖分子。他们姿态很强硬,这些人之前就够混蛋,现在是混蛋加三级。"

"鲁迪,不管要花多少钱我都付,把她弄出来就对了。"

"史考特,不去阻止她被驱逐出境的话,费用会少很多。让移民局的人用巴士把她载到边界,她可以再越过边境,自己想办法回来。"

"康苏拉做不到。"

"好吧,但这不便宜。"

"多少?"

"两万……五千美金。"

"我今天把支票给你。鲁迪,你今天就找到她,告诉她一切都会没事,我们是她的家人,她会回到我们身边的……还有,鲁迪,告诉她,我很抱歉。"

★★★

快接近中午时,巴比便已经从图书馆赶了回来。两人现在正搭着电梯到楼上的市中心俱乐部。史考特仍巴不得想要揍些什么或是痛扁某人出气。他在镜墙前整整自己的领带,说:"巴比,我们要告诉全世界,克

拉克·麦肯尔这家伙到底是什么货色！"

"是为了莎汪达，还是因为麦肯尔害你的女佣被抓走？"

史考特瞪着镜子中的自己好一会儿。

"我不知道。"

"知道的时候告诉我一声。"

电梯门打开了，史考特领头走过短廊，往另一头的餐厅领班柜台走去。

"罗伯多，两位。"

罗伯多突然全身僵直，棕色眼睛瞪得大大的，仿佛圣母玛利亚本人亲自站在他面前。史考特还等着他在胸前画个十字。

"罗伯多？"

"这个，芬尼先生，我……这个……我……"

"罗伯多，怎么了？我们要用午餐。"

"芬尼先生，我没法子。"

突然之间罗伯多不再是亲切和蔼的市中心俱乐部领班，而是才刚从边境偷渡进来却又不谙英语的非法移民。

"你没法子做什么？"

"给您带位。"

"为什么？"

罗伯多的额头开始冒出汗水。

"您不是会员。"

"你他妈的说清楚，我不是会员是什么意思？"

"芬尼先生，不再是了。"

"你是说我不是会员了？"

罗伯多点点头，说："是。"

"叫史都华过来！"

罗伯多连忙闪人，去找俱乐部经理。史考特转过身，对他身后等着

THE COLOR OF LAW

带位的三个人微微颔首。不到一分钟,史都华就出现了,后面跟着罗伯多——以及俱乐部的警卫。

"史都华,这到底是怎么回事?"

史都华看着史考特时,那眼神里的鄙夷如同看着在高级市中心俱乐部前乞讨的流浪汉。

"芬尼先生,您的会员资格已经由董事会执行撤销,立即生效。我必须请您离开此场所。"他对那几位排在史考特身后的会员摆了摆手,说:"罗伯多,替这几位绅士带位。"

那三个人跟着罗伯多走入餐厅之前,都好奇地看了史考特一眼,而且彼此悄悄低语,说:"那是史考特·芬尼,汤姆·戴柏瑞的律师。"

"你在开玩笑吗?"

"没有,芬尼先生。"

史都华拿出一个信封,史考特一把抢过来打开,取出那封来自市中心俱乐部董事会的通知信,告知A·史考特·芬尼律师之会员资格已被终止。史考特的血压猛地飙高,直到他觉得额头上的血管随时要爆开为止。

"芬尼先生,请离开,不然戴瑞尔会陪着您离开。"

警卫戴瑞尔朝史考特的方向踏了一步。戴瑞尔很年轻,不过二十出头,也许有九十几公斤,打着夹上去的领带,穿着合成衣料的棕色运动外套,粗厚的手臂几乎要撑破袖子。他蓄着平头,有着方正的下巴和高耸的眉骨,看起来就像个靠类固醇才练出一身肌肉的举重者。史考特是靠与生俱来的条件来打橄榄球,不是在该死的药店买来的,但他和不少这样的怪物比赛过。不过靠药店买来的肌肉有个问题,就是不够真实,那些肌肉并不强壮,也没有力量,只是好看而已。至少他是这么想的。史考特·芬尼仍有八十几公斤货真价实的肌肉,仍然可以痛宰戴瑞尔一顿,一脚把他从这栋摩天大楼的七十楼踢下。他朝戴瑞尔跨了一步,距离近到足以闻到对方的口臭。史考特咬牙切齿地说:"有种就试试看。"

黑色辩护人

史考特把通知信揉成一团往史都华脸上扔去,然后转身走开。他们才往短廊走了十步,他就听见巴比的声音喊:"小史。"

史考特停下来转回头。巴比正指着墙上的一幅肖像画,那是俱乐部的创始人之一:麦克·麦肯尔。

★★★

如果麦克·麦肯尔当下出现在史考特·芬尼面前,史考特大有可能和莎汪达·琼斯那晚一样,发现自己已经睡在牢房里。他从未对一个人类感到如此气愤难平,即使是在橄榄球场上也不曾如此。他知道在这种状态下没办法回到办公室,所以他和巴比走过天桥来到健身俱乐部。

"那里有间果汁吧。"史考特说。

他们在柜台处遇见的,不是史考特通常卜班后会见到的那位苗条娇小的金发女郎,而是粗壮的健身教练韩恩,和他比起来,之前的戴瑞尔看起来就像个矮冬瓜。韩恩欢迎史考特的方式,仿佛把史考特完全当成陌生人。

"请在这儿等着,芬尼先生。"

"哦,不会吧。"巴比说,"一切又都似曾相识。"

韩恩随即拿着一个俱乐部给客人的廉价健身中心提袋回来,递给史考特。

"这是什么?"

"您置物柜里的物品。"

"为什么?"

"您的会员资格被终止了。"

"什么时候的事?"

"今天上午。"

"为什么?"

"上头的命令。"

THE COLOR OF LAW

"谁给的？"

"俱乐部经理。"

"那又是谁给他命令的？"

"我不知道。"

韩恩双手横在胸前，挤出一大团肌肉：鼓胀的二头肌、三头肌、前臂以及胸肌。史考特不是很确定，自己要不要在韩恩身上试试那套类固醇肌肉理论。大学时代的史考特已经在酒吧里打过不少架，但可从没清醒着在果汁吧里打过架，也从没和像韩恩这么大块头的人打过架。而且以前他身旁总会有一到两个进攻前锋帮着他，这些家伙疯狂到敢直接与北美棕熊肉搏！

所以当巴比捉住他的手臂，说："我们离开这里吧！"史考特没有拒绝。

★★★

自从他成为福特·史蒂芬斯事务所合伙人以来，A·史考特·芬尼律师第一次吃热狗当午餐，从街上小贩手上买来的，就在一家员工集体资本净值还比不上他身上这套西装的公司前面。

囫囵吞下两根热狗之后，史考特已经开始心生后悔。现在他与巴比走在缅因街上，这也是史考特已经好几年没做过的事，或是一直都没做过，而且理由充分。

在七月盛夏阳光下走了五分钟，史考特就已经从头到脚汗水淋漓。他的头发和脸是湿的，浆烫得笔直的衬衫现在像湿透的面纸黏在他身上。他前胸与后背的汗水不断滚落聚积在内裤里；他脚上的汗水则积在袜子里，他将外套脱下，披在肩膀上，希望至少能让这套两千美金的西装外套能幸免于难。巴比正在说着什么，但对史考特而言不过是背景噪音。史考特的心思都在麦克·麦肯尔身上。

巴比说："你相信这些城市志工的鬼话？认为夏季奥运可能会来达拉斯举行？在这种毒辣太阳下，会有一半的运动员撑不下去。"

黑色辩护人

走过另一个街头，巴比继续说："缅因街以前整条街都是妓女户和酒馆，牙医枪手[1]就是在这里当牙医时杀死了第一个人。"

之后又说："你知道邦妮和克莱德[2]是在这里长大的吗？他们都埋在这里。克莱德的坟墓在达拉斯西边，但我不知道邦妮的在哪里。"

他们一面走，巴比一面对史考特简短介绍达拉斯的历史，史考特只用点头、嘟囔几声作回应，一如在听蕾贝卡对他絮叨她如何度过一天。他们到达了位于市中心西边角落的迪利广场，一丛三角形的小绿地挤在休斯敦街、商业街以及榆树街中间，附近的三向地下道通往达拉斯西边、学校银行仓库以及一处往北延伸而去的绿茵小丘。自一九六三年十一月二十二日[3]那天之后，这个地方一点改变都没有。

巴比说："你有没有去过传说中的六楼，亲眼往窗外望去？"

史考特摇摇头。

"奥斯华绝对不可能是单独一人犯下这案子的。"巴比说，"在那绿色小丘上一定还有射手，你要过去看看吗？"

史考特再次摇摇头。

巴比指着一条街，说："就在那里，路比就是在那儿射中奥斯华的，就在旧监狱的地下室里。"

史考特嘟囔了一声。奥斯华一枪杀了肯尼迪，路比一枪杀了奥斯华，莎汪达一枪杀了克拉克，史考特一枪杀了麦克。不过是想想而已。

巴比说："就是在这里，这就是一百六十年前达拉斯起家的地方，

---

[1] Doc Holliday，原名为John Henry Doc Holliday，原为牙医，因得了肺结核而接受医生建议搬到气候较干燥之达拉斯居住。由于肺结核传染性高，他不得不停业，停业之后很快沉迷于赌博，并为了自卫而学会使枪弄刀的技术而迅速成名；一八八七年死于肺结核。

[2] Bonnie与Clyde是美国20世纪30年代恶名昭彰的银行鸳鸯大盗，生平曾被改编为电影《我俩没有明天》。

[3] 肯尼迪总统于这天被刺杀身亡。

THE COLOR OF LAW

正好就是肯尼迪被枪杀的同一个地点。有点毛骨悚然对吧？总之，当时有个叫做约翰·尼利·布莱恩的家伙，在三一河的右河岸设置了一处交易站——你知道那条河以前流经这里吗？每年春天，这条河都会淹上市中心，所以八十年前的市长把他妈的整条河往西移了三十厘米，又盖了堤岸好让河水不会淹到市中心。当然，从此之后这条河就往南达拉斯的黑人区那儿淹过去，他们没有在那里建堤岸。"

两人往戴柏瑞塔的方向走去。

巴比说："兴建达拉斯的那群人，一开始是为了逃债才从美国东部来到这里。他们说：'老子到得州去了。'[1] 就等于我们今天说的：'第七章破产'[2]。那些人知道债主可能有胆子一路追着他们直到印第安人的地盘上，却绝对不会傻到追来这种鬼地方。"

他们来到位于缅因街与厄维街交会处的六层楼内曼·马克思百货旗舰店，史考特这时停了下来，看着一位年迈的女游民推着满是垃圾的推车，欣赏着百货公司橱窗里头那些穿在瘦巴巴假人模特儿身上的设计师服装，而那些在百货公司里的高地园区的名媛淑女，正在参加雅诗兰黛贵宾周的活动，至少橱窗上的标示是这么写的。老女人抬起头看见史考特，张开无牙的嘴，对他绽开一朵大大的微笑。

两人继续走下去，史考特开始注意到居住在市中心的其他陌生人，那些在日照中走过街道的人、噪音以及公交车与车辆排放出的废气，那令人厌恶的废气浓到他几乎能尝出味道；他见到流浪汉和乞丐、没有牙

---

[1] 原文为：Gone to Texas，当时欠债无法偿还的人多半在自家门上写上这句话后，便带着所有家当连夜落跑到达拉斯逃债；现得州政府有意改善形象，将这句话延伸为："欢迎到得州做生意。"

[2] 美国破产法一般分为第七章破产，又称"破产清算"（liquidation bankruptcy），以及第十一章破产，又称"破产重组"（rehabilitation bankruptcy）；前者宣告破产后变卖家产，能还多少是多少；后者须与债主协商还款条件，由日后收入所得慢慢还债，多为大公司采用。

黑色辩护人

齿的老女人和没有胡须的老男人、身边拖着幼小孩子的拉丁美洲裔女人和满脸横肉的黑人少年,以及在街上巡逻的警察。位于平地上的街道是另一个完全不同的世界。以往史考特开着法拉利经过时,对这些人毫不在意,仿佛他们不过是市中心内无生命的物体,如同路灯、停车定时器和垃圾桶。他过的生活是在一百八十六米之上,有着舒适的空调。在底下这些街道上,史考特感到处处格格不入。

巴比正在发送名片。

"巴比,你到底在做什么?"

"老兄,我在拉客户。小史,我是个街头律师,而这里就是街上。在你眼中的他们不过是无家可归的流浪汉、毒虫、在底层讨生活的人——但在我眼里,他们却都是客户!这里就是我的市中心俱乐部。"

巴比很快就发现自己说错了话。

"该死,过去这一小时我一直尽量不去提醒你这件事,现在我自己又说出来了,对不起。"

但史考特的心思已经转到了高达六十二层楼上的完美生活。他现在知道麦克·麦肯尔不会用铜指套把史考特·芬尼揍得不省人事。他使的手段更恶劣:他要夺走史考特拥有的完美生活。

那种大难临头的预感,终于完全笼罩了史考特·芬尼。

***

如果她这杆能推球入洞,蕾贝卡·芬尼这一局会以七十四杆结束,她打过的最低杆。她站在小白球后头,挥了两次练习杆,这才走过去摆好击球动作,小心翼翼将球杆放在小白球后头,再调整自己的重心,直到觉得身体达到舒适的平衡状态。她知道崔伊正在仔细瞧着自己,但不是在看她的挥杆姿势,而是在看着她的臀部。她今天花了五百美金让崔伊这位年轻的职业教练来为她上课。每次她要挥杆,他总要勉强调整自己的姿势,才能继续站得挺直。

THE COLOR OF LAW

  崔伊已经以六十二杆的成绩结束这一局。他今年二十六岁，高大英俊，曾是前全美高尔夫球运动员。他刚接到美国职业高尔大球协会通知，告知他今年有资格继续参加锦标赛。这是他在俱乐部的最后一周。

  她平顺地推杆出去，将位于球洞十五厘米左右的小白球稳稳推出，看着球往左边滚，然后落进洞里。

  "进球了！"

  崔伊走向她，两人在乡村俱乐部的第十八洞果岭上击掌庆祝。他就像以往那样凝视着她，而她在这男人的眼里见到一种需求：他将她看得比自己的生命还重要。他们已经在过去七个月中一直维持着性爱关系。

  他们转身走上草坡来到小车前，上车后开往俱乐部会所，路程很短。他们停好车，黑人球童便出现了。

  "芬尼小姐，您的车是黑色奔驰轿车吗？"

  "什么？"

  "您的车，是黑色的轿车吗？"

  "是的，怎么了？"

  "确定我把您的球杆放上正确的车子。"

  "不要把我的球杆拿到车上，拿到会所放好，以前一直是这样。"

  "波特先生告诉我要把球杆拿到您的车上。"

  "为什么？"

  他耸耸肩，说："女士，我不知道。"

  蕾贝卡转头看着崔伊，他也耸耸肩。她走入会所，走进高尔夫球用具店，直接走到首席教练办公室里，厄尼·波特正坐在里头。厄尼打不进职业巡回赛，所以过去二十年来都在教高尔夫球、举办锦标赛，并在卖出每根球杆、每颗高尔夫球和每双球鞋时抽取利润。

  "厄尼？"

  他抬起头，说："芬尼太太，有什么事？"

"你要那个球童把球具拿到我的车上？"

"是的，女士。"

"为什么？"

"芬尼太太，如果那样不方便的话，我会直接把球具送回您家里。"

"我不要把球具送回家。我每天都会来这里打球。"

厄尼突然脸色苍白，他说："芬尼太太，您还不知道吗？"

"知道什么？"

厄尼笨拙地挪动一些文件，在座位上不安地扭动了一会儿之后，才说："您的丈夫，芬尼先生他……这个……他不再是此处的会员了。"

"你说什么？！我们已经当了四年会员！"

"这个，基本上来说，芬尼太太，是您的丈夫才是会员，您身为他的配偶，因而享有在此打球的特权。既然他不再是会员，您也不再享有此特权，这是俱乐部章程规定的。"

"史考特从什么时候开始不再是会员的？"

"从今天开始。"

★★★

她发现丈夫坐在厨房餐桌前，他们的女儿窝在他的大腿上，头埋在他的肩膀里啜泣，而他则用手摸着女儿的辫子头。帕修美坐在餐桌对面，一脸闷闷不乐，撑在桌面的双手抬着自己的下巴。

"母亲，康苏拉走了，再也不会回来了！"

蕾贝卡双手叉腰，试着不要尖叫。

"苏这个月没有付俱乐部会费吗？"

史考特抬起眼看着她，茫然点了点头。

"厄尼说你不再是会员了。"

他的手缓缓抬起，然后落在餐桌上的一纸文件上。她认出了俱乐部的信头。他把信推向她，她拿起来往下读：

THE COLOR OF LAW

敬爱的芬尼先生：

会员资格委员会相信，如继续延续您在俱乐部的会员资格，将有碍社团会员间社交气氛。因此您的会员资格已在即日起被取消，请勿回到本会所。您的私人物品以及最后一笔账单将送至您的居处。

"是麦肯尔干的。"他说，"他把我踢出市中心俱乐部，还有健身俱乐部。他在施压，要我放弃辩护。"

"老天！史考特！我早告诉过你了！"她垂下了双手，信纸飘落地板上，和史考特·芬尼的旅程即将要结束了。现在唯一的问题是如何结束，是平稳停下还是玉石俱焚？

★★★

两个小女生坐在小布的床上，史考特拿起书，坐在床边的椅子上。他身上所有的力气都被抽光了，在短短一天内，他失去了女佣，还有市中心俱乐部、健身俱乐部以及乡村俱乐部的会员资格。光是想到麦肯尔拥有这种权势，即使人坐在华盛顿，依然能操控达拉斯的一切，只要打几通电话，就能影响史考特的完美人生，这让史考特明白自己在这世界上的地位，相较之下，也许那一百九十三码并没有让史考特·芬尼那么与众不同。

"你没有遵守承诺。"小布的声音很严厉，"现在康苏拉走了。"

史考特曾经领受过各种肉体上的疼痛，但都比不上他现在让女儿失望的心痛。

史考特拿下眼镜，说："小布，我很抱歉。"

"想办法把她要回来。"

"我正在努力。"史考特戴回眼镜，打开书本，说，"上次讲到哪里了？第十三条修正案？"

小布说："我们想谈谈别的。"

史考特合上书，说："没问题。要谈什么？"

"什么是遗嘱？"

"遗嘱是一份法律上的宣告，证明根据遗嘱中写明之意图，在一个人死后处置其财产。"

小布一脸茫然，她说："说简单点。"

帕修美也在一旁点头。

"遗嘱上会说你死了之后，谁能得到你的东西。"

两个小女生互望一眼，然后点点头。

小布说："你死了之后谁得到你东西？"

"你妈妈。"

"她死了后谁得到她的东西？"

"我。"

"如果你们两个都死了，谁得到你们的东西？"

"你。"

"谁会得到我？"

"哦，你是问这个。"

"我的祖父母都死了，我也没有叔叔或阿姨，或是哥哥姐姐……现在我连康苏拉都没了。"

"这个嘛，小布，首先我和你母亲还没计划那么快就死掉，所以这一切都只是假定。"

"都只是什么？"

"假定。你知道，就是如果的意思。但不用担心，我和你妈妈会在这里照顾你的。"

帕修美说："妈妈说我所有的亲戚不是死了，就是在监狱里。"

"所以如果？"小布说。

"如果什么？"

THE COLOR OF LAW

"如果你的母亲死了？"

"小布，我不知道，我还没想过那么多。"

小布拿出一把一元美金钞票和面额不同的零钱，说："我们要雇用你当我们的律师，但我们两个只有十三美金，所以你得动作快点。"

"你们要我做什么？"

"帮我们写一份遗嘱，说如果帕修美的母亲死了，我们可以得到帕修美，她就要和我们一起生活；如果你和母亲死了，她母亲得到我，我就要和她们一起生活。"

"住在国民住宅区里？"史考特想都没想就脱口而出。

"不是。我会得到这间屋子，我们会住在这里。"

两个小女生同时点了点头。史考特想象着那幅画面：莎汪达·琼斯成为比佛利大道4000号，这栋位于高地园区中心的豪宅女主人。

他露出了那天的第一个微笑。

17

"麦肯尔是个混蛋！"

"这还用说。"

隔天上午九点，史考特颓然坐在丹·福特办公室里的沙发上。他的资深合伙人坐在办公桌后，双手交握，仿佛听取告解的牧师。

"史考特，但他有钱有势，所以他是个很危险的混蛋。"

"他是你的朋友。"

"我没说过他是我朋友。事实上，我只是照他的吩咐办事而已。但他会是下一届总统，所以我们的事务所需要他这个朋友。"

"丹，你去告诉他，没有了市中心俱乐部、健身俱乐部和乡村俱乐部，我还是活得下去！那家伙居然夺走我的会员资格……他想来硬的，没关系，但带走康苏拉，伤害一个从未伤害过任何人的可怜墨西哥女孩就……那可不是什么正人君子作风，丹，那根本就是他妈的卑鄙！你去告诉他，他这样做太卑鄙了！"史考特那天早上醒来就手痒得很，想好好揍个人出气，"这样好了，你干脆把麦肯尔的电话给我，我自己去告诉他。"

丹微笑着说："小史，我可不这么想。"

"丹，你知道，我从不轻易服输，任何敌方队伍针对我的攻击，我都能承受，而且总是能再爬起来。"

丹点点头，说："你是很不屈不挠。"

"我现在还是。"史考特的食指敲敲自己一边的头，说，"就在这里。这才是真正的不屈不挠，在你的脑袋里。每个人身体上难免会受伤，但真正心灵上不屈不挠的人才能从地上爬起来，继续玩下去。麦肯尔给了我最猛烈的攻击，但我还是爬了起来。你去这样告诉他。我还在赛场上——而且现在我会更让他招架不住。你也去这样告诉他。"

史考特站起身，走向门口，但丹突然喊了他一声，于是他停了下来。

"小史？"

"什么事？"

"你怎么知道这是他最猛烈的攻击？"

★★★

五分钟后，麦克·麦肯尔对丹这么说："这小子不轻易放弃。"

"他的确不会。"丹说。

"好吧，他会的……不然达拉斯的每一个人都会知道他太太和俱乐部里的助理教练乱搞。"

"崔伊？！老天，那小子在那群太太里的猎艳事迹几乎无人不晓，

他该付钱给我们才对。你怎么发现的?"

"德洛伊一直在监视。"

"该死的,麦克,这件事先等等,先看看史考特愿不愿意配合。他老婆偷人……这对他太难堪了。"

"你听起来很关心芬尼。"

"他是我遇过最杰出的年轻律师……就像我儿子。"

"丹,儿子可以是很危险的。"

★★★

史考特回到办公室时,上午的邮件已经在等着他了。但这次他读的信没让他进账一千美金,反而让他破费好几倍的价钱:那是一封来自税务局的信,在康苏拉的事件中追缴保姆税金、罚金以及利息。史考特知道丹刚刚那番话是对他的警告:麦克·麦肯尔还没有放过史考特·芬尼。

史考特坐在办公桌后,开始评估自己的财务状况。他大概有十万美金现金,事实上少了两万五千美金,因为他昨天签了张支票给鲁迪·古堤瑞兹,那是从他的储蓄存款账户里支出的,那个账户几乎没有利息收入。而另外还有二十万美金在他的退休金账户,全投资在科技股上,现在股票惨跌,只剩下他当初买下的一半价值。

他的房贷还有两百八十万美金,法拉利还欠十七万五千美金,另外还有奔驰以及休旅车的车贷十五万美金,卡债则有两万五千美金。他总共欠债三百一十五万美金。车子应该没有折旧问题,价钱和刚买进时能打平,那栋房子也许现价要比银行房贷多出一百万美金,尽管最近达拉斯的房价市场涨幅已经减缓。

他唯一的收入就是每个月的合伙人分红,总计六万两千五百美金,但税后只剩下四万两千美金,消失的速度比七月落在人行道上的雨滴还要快——四千美金用来付法拉利的车贷,三千美金用在蕾贝卡的奔驰与休旅车上,一万六千美金用在每月的房贷利息,一万美金用在每个月的房产税

黑色辩护人

以及预收保险费用，还有四千块用在每月水电费以及维修。于是每个月只剩下五千美金能用在购买杂货、衣物、外出用餐、从事娱乐活动以及支付俱乐部会费——至少他现在不用再付俱乐部会费了。他从不担心存钱的问题，因为这栋房子就是他的储蓄账户、退休金账户以及紧急备用金账户。当然，要能用到这笔钱，他得卖了这地方或是重新贷款，但后者情况不可能发生，因为丹·福特打电话给银行总裁讨了个人情，让史考特一开始就成功贷到两百八十万美金的房贷。

所以史考特从储蓄账户开了张支票，写上"七万五千美金／百元钞"，收款人则写上："死要钱国税局"。然后他往后靠在椅子上，想着不知道麦肯尔下一步要怎么整他。

★★★

巴比坐在史考特办公室的沙发上，说："七万五千美金？拜托，我卖掉所有家当，还清债务后也还差七万四千美金。而且你直接就开了支票？"

巴比稍早过来时，史考特就已经把事情经过都告诉了他。

"是没错，但那是我全部的现金了。"

"小史，你知道，我没想到麦肯尔会做到这种地步。我是说，被惹毛了是一回事，但想要摧毁你的人生？老兄，他现在做的和史蒂芬·金那家伙没两样了。"

"巴比，他毁不了我的人生。他可以夺走我的女佣、我的会员资格，还有我的现金，但他无法毁掉我。我手上仍然有一年付我三百万美金的客户。"

"芬尼先生？"

苏正站在门口。

"什么事？"

"戴柏瑞先生打电话过来说要见你，越快越好。"

★★★

戴柏瑞不动产公司接待台那位美丽的金发女郎，今天没有询问史考

THE COLOR OF LAW

特的婚姻状况,玛莲琳也没有对史考特微笑,反而是在史考特走过她的工作区时转过眼光。史考特走入办公室间的内室,从汤姆脸上痛苦的表情看来,史考特想这次得一次处理两位女接待员的性骚扰和解案子了。他纳闷着自己有没有这个能耐。

"汤姆,怎么了?"

汤姆指指沙发,说:"史考特,坐下来。"

史考特绕过玻璃桌面的长咖啡桌,底座是焊接在一起的平放马蹄铁拼贴而成。他一屁股坐在柔软皮垫上,双臂展开放在沙发背上,律师与客户两人隔着约六米昂贵精致的装潢打量着彼此。

"史考特,我们在一起共事很久了。"

"汤姆,十一年了,从我当律师就开始了。"

"你是我最好的律师,史考特。我雇用过的律师也不算少了。"

"多谢夸奖。"他呵呵笑了起来,脸带微笑,说,"汤姆,你也知道,我念大学时,每次要和女朋友分手,总是会先夸奖她有多美。"

汤姆点点头,然后吸了口气。但他脸上没有微笑。

"史考特,我们要分手了。"

"什么?"

"你不再是我的律师了。"

恐惧让史考特从沙发上跳起,跨过偌大的空间来到汤姆的办公桌前。他现在低头看着自己有钱的客户——这位一年付他三百万法律咨询费用的客户——史考特的心跳随着每秒钟过去而不断加速,失去汤姆·戴柏瑞这个客户的诸般后果,在他脑海里如失了控的火车头四处狂奔。

"汤姆,为什么?"

"史考特,你最好别问,就是这样。"

"但是……"

"史考特,别问。"

史考特觉得全身摇晃，满脑困惑，仿佛被人在脑袋上打了一拳。他转过身背对汤姆，往门口走了几步，然后看见了之前从没见过，或是从没花时间注意过的某样东西。他用力眨眨眼，眼神和理智同时聚焦在那样东西上。挂在墙上的是一张加框的照片，那是汤姆·戴柏瑞与麦克·麦肯尔参议员在一场高尔夫球锦标赛的合照。他转过身面对汤姆，手却指着那张照片。

"是他对不对？是麦肯尔！他要你这么做的！"

两人互相凝望着对方许久之后，汤姆的脸才垮了下来，然后受伤似的点了点头。

"史考特，你想知道那个秘密是什么吗？"

"什么秘密？"

"奥斯华是不是单独行动的？……不然你以为我在讲什么秘密？汤姆·戴柏瑞是如何在房地产崩盘后存活下来，还能继续建造房子，同时期的其他人却个个失败，失去了所有？"

史考特点了点头。

"是麦肯尔，是他救了我。这栋建筑物是向纽约退休基金那些混账家伙抵押借款的，那时候他们想收回借款，把这栋建筑物拍卖掉，那些人需要相关法条在议会通过，那是某种特别的投资所得税宽减额度法案。麦克告诉他们，如果他们要法拍我的资产，他会把他们想要通过的法案直接扔进垃圾桶里。那些人于是放弃了收回法拍的念头。之后麦克替我拿到了新邮局以及司法调解中心的建设合约，让我手上能有周转的现金。史考特，他救了我一命，只因为我们是邻居，还有我让园丁去他家割草。他也从没要求我回报他任何事情……直到现在。史考特，他就像教父——他终于要求你帮他一个忙的时候，你无法拒绝。这是我欠他的。"

"那我呢？其他律师对你弃如敝履时，我就开始为你工作了。我那么忠诚地为你服务了十一年，你就不欠我吗？"

汤姆瑟缩了一下，脸上的表情从痛苦变为茫然。

THE COLOR OF LAW

"史考特，我欠你的，我用钱还清。按月还清，每次都付足全额。事实上，比全额还要多。这些年来，你一直在超收我的法律咨询费用，你以为我不知道吗？用法学院学生来赚我的钱，拿我的账款去训练新律师，拷贝文件、传真和打电话也算在收费时数里，和我用午餐也照小时收费，还有虚报收费时数——不然你以为我为什么要雇用那些哈佛毕业的企管硕士？为了我的健康着想吗？我知道这家公司他妈的每一分钱都去了哪里！我知道这些年你大概靠着超收时数，从我身上挖了两百万或三百万美金！但那正是你想从我身上得到的——你要的是我的钱，不是我的友谊。史考特，所以这是我回报你的方式，我用的是现金，而不是以忠诚回报你。我对朋友一向忠诚，简直是死忠。但你从不是我的朋友，你只是我的律师。"

"没错，汤姆，而身为你的律师，我为你扭曲法条，还曾为了你游走法律与道德边缘，好让你那些交易能成功！"

汤姆举起双手做投降状，说："喂喂喂，史考特，我可是什么都不知道。我只是个又老又笨的奸商，我把那些复杂的法律东西留给我真正聪明的律师处理。"

他微笑了。

"汤姆，还不到一个月之前，我就站在这里，你需要我救你一把，替你再次解决难题……那女孩叫什么名字？娜婷？我帮了你，而你也说你永远不会忘记。"

"我是不会忘记，史考特，我永远不会忘记那件事。但这是公事公办。"

★★★

他是罗斯·裴洛[1]的律师。

---

[1] Ross Perot，得州著名商人与亿万富翁，曾于一九九二年以及一九九六年参选美国总统，二〇〇九年身价估计约有三十五亿美金，为福布斯排行榜上全美第八十五名最有钱人。

黑色辩护人

他是杰瑞·琼斯的律师。

他是马克·库班[1]的律师。

他曾经是汤姆·戴柏瑞的律师。

律师会宁愿自己老婆和另外一个男人跑了,也不愿自己的客户和另一个律师跑了。妻子的不忠让他质疑这个女人,但客户的不忠却会让他质疑自己:事实上是,只有客户的不忠能让律师质疑自己——质疑自己的工作,还有他自己。因为没了老婆的律师还是律师,但没了客户的律师只是个平凡人。

律师的身份地位来自于他所代表的客户。律师的权势、声望、影响力、财富、信誉以及在社群中的地位——他的工作与他这个人——是由他所代表的客户来决定的。客户要够有钱,你才是好律师。

史考特曾一路往上迅速攀升,成为达拉斯首屈一指的重要律师——一个拥有有钱客户的律师——他是史考特·芬尼,汤姆·戴柏瑞的律师。现在他只能往下走,成为……谁?他认不得在电梯墙镜里的那个人影。

他第一个身份是布奇的儿子。在他的橄榄球球技被发掘后,他是一个橄榄球球员。过去十一年来,他则一直都是汤姆·戴柏瑞的律师。他一直有一个身份,但现在史考特·芬尼是谁?只是另外一个只有穷客户的律师,比巴比好不了多少。那家伙最好的客户只是个拉丁美洲裔侍者。

这是他人生中第一次不知道自己是谁。

★★★

史考特回到办公室时,还没有从刚刚的震惊中恢复过来,他看见巴比坐在沙发上,一封保证邮件[2]放在办公桌上,是达拉斯第一银行寄来的,但他心思并没怎么放在这封信上。他没想太多就用拆信刀割开信封顶端,

---

[1] Mark Cuban,美国企业家,同时也是亿万富翁,拥有NBA职业篮球队"达拉斯小牛队";出生于匹兹堡,一九八二年搬到达拉斯后开始发迹。
[2] 仅次于挂号邮件之一级邮件,保证送到但不保价。

仿佛这不过是封垃圾邮件。他拿出四页整齐钉在一起的信纸，打开在办公桌上摊平。然后他开始读信，一面读着，一面慢慢了解到一件事：他正在读着自己的讣闻。

银行要收回房子和车子的贷款。他十天内要付清三十二万五千美金的车贷，三十天内要付清两百八十万美金的房贷。若未及时付清，将会导致汽车被立即收回以及房屋被法拍。史考特·芬尼将会失去他的豪宅以及法拉利。

他完美的人生将会消失。

一种被完全击败的感觉企图控制他的心灵，但史考特·芬尼从未被打败过，即使是在输的时候。因为他不会接受自己输掉的事实，反而会狂怒，就像他现在这样。他的呼吸加速，双唇紧闭，他整个人从里到外都充满愤怒的张力。他拿起电话按下快速键，直接打给银行总裁泰德·西德威尔。电话才响起一声，泰德就接了起来。

"泰德，我是史考特·芬尼。这到底是怎么回事？"

"史考特，这是随时可收回的贷款，我们现在只是收回而已。"

"为什么？"

"史考特，贷款给你只是因为欠一个人情。要想得到人情，你必须先送出人情，游戏就是这么玩的。"

"我懂了，是麦肯尔。没关系，我会和另外一家银行重新贷款。"

泰德笑了，说："在今天这种房市？没有汤姆·戴柏瑞当你的客户？我可不认为有银行会贷款给你。"

"消息传得真快。"

"我比你早知道。"

"我会把那该死的地方卖掉，它的价值比贷款总额还多一百万美金！"

"三十天内火速卖出？你能还清贷款就算幸运了。"

"那我就宣告破产，这样至少能拖上半年，说不定一年。"

"同样不可能。我们银行也即期贷款给谢耐德法官，支付他位于高地园区的豪宅。他是负责处理破产的法官，而他懂得什么是人情。"

史考特已经用光了律师的反驳招数，所以只好回到一般人都通用的橄榄球比赛口角反击："泰德，去你妈的。"

他摔上电话。

巴比已经坐直了身子，问："怎么回事？"

史考特发现自己的脸上满是汗水，他说："银行要收回我的房贷和车贷。"

"他们怎么能就这样收回你的贷款？"

"因为这不是你所想的那种贷款。巴比，一栋两百八十万美金的房子拿不到百分之三十五的房地美[1]贷款。你只能贷到三十天内随时可收回的贷款。"

"老天！你能重新贷款吗？"

"不可能。我能得到这贷款，是因为丹运用了他和银行总裁那混蛋的交情。"

"猜猜现在是谁在和银行总裁套交情？"

史考特点点头。

"你可以卖掉那个地方。"

"蕾贝卡会死的，那房子对她来说等于一切。"

"拜托，小史，你一年进账三百万美金耶！总能想想办法吧？"

史考特以连自己都听不见的声音说："戴柏瑞刚开除了我。"

★★★

蕾贝卡说："如果你不再是汤姆·戴柏瑞的律师，那我又算什么？"

---

[1] Fannie Mae（房利美）与 Freddie Mac（房地美）是造成美国次贷风暴的两家美国政府赞助企业，简称"二房"；主要业务为在房屋抵押贷款二级市场中收购贷款，并透过发行抵押债券，以较低成本集资，赚取利差。

回家的路上，史考特一直努力打起精神，为的就是这一刻。他希望自己的表现对妻子更有说服力。

"我不需要他。"

"是不需要，但你需要他那三百万美金的法律咨询费用。听着，史考特，大多数的律师妻子完全不知道自己的丈夫在办公室里做什么，但我知道。拜托，过去十一年来你一直都在教育我，我知道法律事务所是怎么操作的，而且我也知道刚失去每年进账三百万美金客户的合伙人，可是没办法再保住这位置多久的。史考特，到时候我们该怎么办？到时候你要怎么付这房子的房贷？"

史考特走到主卧室的窗前，他无法承受说出另外一件更残酷的事实后，见到妻子脸上的神情。

"蕾贝卡，这个，是我要说的另外一件事。这栋房子，银行要回收贷款了。我得在三十天内付清两百八十万美金的贷款，不然就会失去房子。除非我们先把房子卖了。"

他转过身，见到蕾贝卡脸上的血色一下子全部消失，她的腿也软了下来；她重重跌坐在床上，眼神空洞地注视着眼前那道墙。过了一会儿她才开口，仿佛在说给自己听："没了这栋房子，我永远都当不了牛仔大亨晚会的主办人了。"她茫然不知所措的眼神望向史考特，问道："我在这地方怎么还能抬得起头来？"

妻子的失望像针刺那般让史考特·芬尼痛苦。他让她失望了，辜负她的期待也背叛了她。他曾答应过要给她这样的生活，住在这样的豪宅，提供这些奢美的物品并开着昂贵的名车。现在他摧毁了那个承诺。他人生中第一次尝到了失败的痛苦，而在那痛苦背后，他还感觉到其他东西，那是一种在内心深处不断累积的愤怒，不是客户不付钱或是法官做出对他不利裁决的那种属于律师的愤怒，而是他从前只有在橄榄球场上才感受到的那种愤怒。那是自亚当以来便存在于人类身体内最原始的愤怒本能，会让你的心智受到蒙蔽并增强你的体能，然后让你说出不该说的话，做出不该做的事情，这种愤怒往往会让史考特·芬尼因为不符合运动员精神的行为而被举旗犯规出场。这种愤怒也代表着，某个天杀的王八蛋注定要尝到史考特·芬尼的反击。

18

在四个球季循环的分区大专院校橄榄球球赛中，像得州队、得州农工大学队或来自内布拉斯加州与俄克拉荷马州的球员们，个个都比南美以美大学队重上近二十公斤，和这些队伍比赛，背号二十二号球员史考特·芬尼也尝过失败滋味。当时他体重八十三公斤，身体强壮，速度够快够狠；但一个重达一百一十多公斤的后卫将他擒抱摔倒、把他重重压进草地里的时候，他还是会受伤。他动过两次膝盖手术、肩膀脱臼一次、肋骨断过五根、手指断过四次（同一根断了两次）、鼻子摔断过两次、一次脑震荡、数不清的擦伤和挫伤，全身总共累积缝了一百一十七针。但他从未错过一场比赛。

每次被击倒之后，史考特·芬尼总是能重新爬起。一旦他重新站起来，他总是对那些家伙重重施以反击——截下长距离传球、重新开球、触地得分，而他的反击能让伤痛消失。

麦克·麦肯尔参议员已经让史考特见到所谓伤害的真义。从未有任何一个敌方后卫像他这样重重伤害过史考特。现在是反击的时候了。

史考特看了一下手表，然后站起身，望了望窗外的华灯夜景。现在已经是隔天晚上接近九点钟，而史考特正在他的办公室里。

"小史，"巴比从沙发那头说，"我知道这是我出的主意，但也许

这主意没那么好。"

"你来不来?"

巴比站起身,说:"哦,当然要去。只不过我觉得好像要登上铁达尼号。"

***

麦克·麦肯尔的眼光在琴·麦肯尔的裸体上来回游移,他想起了他们第一次亲热的情形,那是在十五年前,那时她刚从法学院毕业不到一个月就成为他的议院职员。她不但年轻,而且身材窈窕性感,不像他的妻子,马莎已经不再性感或身材窈窕或年轻了;他的妻子已经老了,那年马莎四十五岁,和他那时的年纪相同,但他却不觉得自己有她看起来那么老。马莎看起来就像是琴的母亲——不是一个他会特别想发生性关系的女人。

四十五岁的时候,麦克·麦肯尔仍觉得自己年轻、充满性欲,而他需要一个同样年轻也充满性欲的女人,就像琴。他们几乎天天亲热,任何时间地点都可以——他的私人浴室、大型豪华轿车后座和议院休息室。她的身材简直无懈可击,那身躯让他觉得自己再次回到二十五岁,男性荷尔蒙简直要从身体里溢满出来。

她同时也是电视镜头追逐的焦点,她貌美、口才好、姿态迷人又富有智慧。麦克开始梦想前往白宫时,得做出抉择:他的第一夫人要像个祖母还是时尚名模?他不到一分钟就做好了决定,于是他休掉了马莎。

马莎雇了一个混蛋来当律师,还威胁要证实小报上暗示过的那些消息:麦克·麦肯尔和他的一名员工有染。不过在国会山庄,议员背着太太到处乱搞可不是什么大新闻。但如果某位议员想要继续维持保守家庭价值的党纲,并且有意进军白宫的话,这可就是敏感议题了。当然,有需要时,麦克·麦肯尔可以做一笔交易。为了一亿美金,马莎闭上了嘴巴,回得州的老家去了。

琴绝对值这个价钱。

黑色辩护人

但岁月不饶人，即使是麦克·麦肯尔也一样。现在他已经六十岁，不再觉得自己像二十五岁；他也不觉得自己像四十五岁，甚至像五十五岁；他不再觉得自己年轻强壮、充满性欲。所以身为有自尊心的六十岁有钱男人，并且有一个小他二十岁的年轻妻子，他做了在这种情况下的人都会做的事：去看医生。现在每天早上，麦克·麦肯尔参议员淋完浴、刮完胡子、拍上刮胡水后，会贴上男性荷尔蒙贴片。

那天晚上，她正赤裸着身子放松地躺在床上，她的身躯仍完美无瑕且诱人，她的黑色长发垂过肩膀，落在饱满坚实的胸脯上；她的腹部平坦，没有因为怀孕而产生的妊娠纹；她的双腿修长，没有像公路路线图般曲张的静脉。她正戴着深色粗框眼镜，在笔记本电脑上工作着；电视是开着的，但音量被关掉了。麦肯尔今晚可是做足了准备。一小时前他吞下了伟哥，也更换了今早的男性荷尔蒙贴片。那小小的贴片正悄悄将万能的青春之力注入他的血管。麦克感觉到自己十分骄傲、年轻与充满性冲动（尽管是靠药物暂时增强出来的）。他走到琴面前，站在床边，直到她的双眼离开笔记本电脑，发现了他。她扬起眉毛，然后微笑了。

"我想这表示今晚我们不用看新闻在线了。"

麦克无法知道他妻子在想什么，也许至少看不到新闻在线的前五分钟。他的妻子拿下眼镜，将笔记本电脑放在床头桌，身子滑倒在床上。麦克·麦肯尔一直以来所谓的前戏不过就是看看石油期货价格。他正想着不知道今天石油期货收盘是什么价格的时候——

"麦克！麦克，停下来！"

琴伸手去拿眼镜和电视遥控器。她用左手戴上眼镜，右手拿遥控器对着电视。

"搞什么？"

琴指着电视，说："快看！"

麦克转过头看着电视，见到他死去儿子的面孔。

THE COLOR OF LAW

★★★

"今夜,在达拉斯市中心的联邦大楼里,我们有一场独家专访,对象是莎汪达·琼斯,她被控谋杀克拉克·麦肯尔,也正是麦克·麦肯尔参议员的儿子。麦肯尔参议员是下任美国总统的热门候选人。"

麦克在电视屏幕上见到莎汪达·琼斯那张黑人面孔——那个妓女、毒虫和杀人犯。坐在她身边的是A·史考特·芬尼律师。

"他长得可真俊。"琴这么说,这让麦克已经在焖烧的怒火更加旺盛。

在电视上:"今晚和琼斯小姐一起接受访问的,是法庭指派给她的律师,史考特·芬尼。芬尼先生,自从她被逮捕后,全国各家新闻节目都一直想要访问您或您的当事人——为何您选择今晚?"

"因为我们得知了某些消息,使得我们需要向大众呼吁求助,同时也因为麦肯尔参议员的某些举动,造成了妨碍司法的行为。"

"芬尼先生,那可是很严重的指控。但让我们先回到那个周六晚上,也就是六月五日当晚,发生了什么事情?"

麦克听着那黑人婊子诉说事情经过的同时,血压开始不断上升——她说着克拉克是如何选中她,给她一千美金买她一晚做性交易,又带她回到高地园区的麦肯尔豪宅,与她从事性行为,然后打她又叫她黑鬼;之后她回击,用膝盖踢中他的鼠蹊部,再拿着他该付给她的钱,还有他的车钥匙离去。那是她最后一次见到克拉克,当时他还活着,痛苦地倒在地板上,嘴上还不停咒骂她。杀人武器的确是她的枪,但她没有拿枪指着克拉克的脑袋,然后扣下扳机把子弹射入他的脑袋里。她终于停下来后,节目便进了广告。

在播放广告期间,麦肯尔全身赤裸地在卧室里不断踱步,气得不得了。麦克·麦肯尔一生气,就有人会倒大霉。现在那个人将会是A·史考特·芬尼。唯一的问题是,这次麦肯尔要用什么手段来伤害他?他正要决定时,节目又回到现场直播,记者这时转而访问芬尼。

黑色辩护人

"芬尼先生,您的当事人宣称克拉克·麦肯尔是个种族歧视者,而且还是残暴的强奸犯。但他已经死了,无法为自己辩护。您要如何期盼陪审团去相信一个毒虫娼妓的话?"

"因为她不是克拉克·麦肯尔第一个施暴并强奸的女人。"

麦克·麦肯尔过去六十年来所经历过的愤怒——对生意竞争对手、政治敌人与前妻的愤怒——即使这些新仇旧恨全部涌上加在一起,仍完全不及现在笼罩他整个人的攻心愤怒。他迫不及待想要宰掉史考特·芬尼。

"克拉克·麦肯尔在一年前对另外一个女人施暴并强奸了她,那个女人以刑事罪起诉他,但因为麦肯尔参议员的施压与一笔五十万美金的金额而放弃诉讼。她已经同意要在莎汪达的审判庭中出庭作证。"

"来确证克拉克·麦肯尔的确是个强奸犯?"

"是的,而且还有其他女人受害,共有六个人,同样被克拉克·麦肯尔施暴并强奸。我现在要求这些女人能站出来作证,好让一位被克拉克·麦肯尔施暴的受害者不会因为她并没有犯下的罪而被处以死刑。"

下一段广告时间时,麦克指着琴的笔记本电脑,问她上头有没有丹·福特家里的电话,她的确有。

节目再度回到现场时,记者问:"那么,芬尼先生,让我们回到您之前宣称麦肯尔参议员妨碍司法的部分。"

芬尼说:"事实很明显,被控谋杀克拉克·麦肯尔的这个人,她的官司审判会吸引众多媒体焦点,联邦法院不相信在这样的情况下,公设律师能为莎汪达提供适当的辩护,于是法院指派了我作为她的律师。"

"那对您而言一定如同晴天霹雳。"

"当然,一开始的确是如此。我是达拉斯一家大型法律事务所的合伙人,也一直忙于服务我们的付费客户,但我一直相信律师都有一份专业义务,就是要去代表无法付费的客户出声。所以当法官打电话给我时,我早已经准备好接受任命。"

THE COLOR OF LAW

"但如同谚语说的,好心可能没有好报。"

"我也学到了教训。我预期过这会对我的名声有影响,也许有些客户不会喜欢我现在正在做的事情,但我没预期到麦肯尔参议员会想要毁掉我。"

"那么麦肯尔参议员做了什么?"

"首先,他打电话给我的资深合伙人,透过他,要我在这次审判上隐瞒克拉克过去的丑行,说他不要儿子声名受损,但克拉克·麦肯尔根本是声名狼藉。"

"您拒绝放弃证据?"

"当然。这样做对律师而言是不道德的,而且对莎汪达也不公平。她有权得到我全力以赴的最佳辩护,那正是她会得到的。"

"参议员接下来做了什么?"

"他要达拉斯的检察官和我们协商认罪,如果莎汪达不提起克拉克的过去,可以只判刑二十年。我们拒绝了,因为我的当事人是无辜的。"

"之后发生了什么事情?"

"移民局的人出现在我家门口,逮捕我的女佣,一位墨西哥人。康苏拉——这是她的名字——和我们在一起三年了,已经是我们家的一分子。"

芬尼的眼睛有些湿润。

"她没有绿卡?"

"没有。"

"她非法滞留美国?"

"是的。"

"您也知道?"

"听着,我们是可以针对移民法规的是非展开辩论,但现在重点是麦肯尔参议员利用他在华盛顿的政治力量,让我的女佣在达拉斯被逮捕。"

"好对您施压?"

"是的。"

"他成功了吗？"

"没有。我绝不会因为旁人施压而做出对我当事人有损害的行为。麦肯尔参议员伤害的只是一个可怜的墨西哥女孩。"

"这对美国境内西班牙语系的选票而言，不是一个明智的政治举动。之后又发生了什么事情？"

"麦肯尔参议员接着把我踢出了我的用餐俱乐部、健身俱乐部和乡村俱乐部。"

记者脸上露出震惊表情。

"想要成为总统的人用这种低劣手法？"

"是的，没有错。"

"所以这就是全部了？"

"不，不幸的是，这还不是全部。既然我仍旧拒绝他的要求，麦肯尔参议员利用他的权力要银行回收我的房贷和车贷。我现在只剩十天要付清车贷、三十天内要付清房贷，不然我就会失去一切。"

"老天，你不是在开玩笑吧？"

"这恐怕并不是玩笑。"

"我实在不愿意再问，但还有更多整您的手段吗？"

"有的。既然之前那些手段都没有成功，麦肯尔于是要我的一名客户还他人情，就是汤姆·戴柏瑞，达拉斯的一名房地产建筑商，而且——"

"怎么样的人情？"

"是这样的，汤姆告诉我，在十年或十二年之前，麦肯尔威胁握有他市中心办公室建筑借贷的债主，要求除非他们延后收回建物法拍，不然就会拦截这些人想通过的法案。之后麦肯尔还运用自己的影响力，将几件联邦的案件交给汤姆。"

"所以现在他要求戴柏瑞先生还他这个人情？"

"是的。"

"要怎么还?"

"把我开除,不再当戴柏瑞的律师。"

"他照做了吗?"

"是的。"

"这对您造成什么伤害?"

"汤姆是我最大的客户,一年付三百万美金费用给我的律师事务所。"

"那的确是不少钱。那么,戴柏瑞先生开除了您之后,您的职业生涯等于受到非常大的伤害。"

"是的,的确是如此。但我要在这里告诉麦肯尔参议员,就在全国性的电视频道上,尽管他试图想要摧毁我,我还是会尽全力为琼斯小姐辩护。而他儿子是个种族歧视者以及强暴犯的证据,我也会在审判上提出。莎汪达·琼斯将会得到充分的辩护,我一定会全力以赴。"

节目刚进广告,电话就响了起来,麦克接起电话,是德洛伊从达拉斯打来的。

德洛伊问:"你有在看这节目吗?"

"有啊。"

"你还是想要他听话?"

"现在我要伤害他!把他太太和高尔夫球教练的事情泄露出去。"

"没问题,但我们可以让他伤得更重……再让他乖乖听话。"

"你是说……"麦克决定琴在场的时候,话不用讲太清楚,但德洛伊知道他在想什么。

"是啊,我是这个意思。这招曾对一个墨西哥毒枭很有用,对一个律师也他妈的会很有用。"

"我不知道,德洛伊,这种事情实在是……"

麦克的脸转回电视上,记者正在直接对着镜头发问:"什么样的人

黑色辩护人

会想要毁掉一个尽职的律师？只因为他为被控谋杀白人的黑人女性辩护？很明显地，麦克·麦肯尔参议员就是这种人。"

麦克的血压和怒气又再度猛地蹿高，他拿着话筒对德洛伊说："去做吧！"

他挂上电话时，几乎能瞧见德洛伊那不怀好意的笑容。

在电视上，记者转过来问芬尼："芬尼先生，谢谢您今晚来到这里接受采访，好让美国人民能在票选麦肯尔参议员当总统前，知道他的为人。您是个很勇敢的人，但麦肯尔参议员有钱有势，您不怕他会再度伤害您吗？"

芬尼说："麦肯尔没办法再伤害我了。"

麦克·麦肯尔走进衣橱里，从架了上拿出一支史密斯威森口径点357半自动手枪[1]回到电视前，对着上头史考特·芬尼的影像扣下扳机。

"谁说我没办法！"

★★★

离开联邦大楼后，史考特开着法拉利经过幽暗无人迹的市中心，安静得有些诡异。这让他想起大四那年的球季，在最后一场比赛后，他从体育场底下走到幽暗无人迹的球场，站在中线，就这样看着四周，知道一切都已经结束了。

他走进屋里的时候，蕾贝卡正在厨房里盯着电视瞧。晚间新闻正播放着：一名记者正说："在莎汪达·琼斯的专访结束后，我们立即做了网络民调，显示麦肯尔参议员的支持率猛降，在可能选民中的支持率只剩下个位数，从第一名落到最后一名，也许这显示了他前进白宫之路梦想的结束。"

史考特说："我给那混蛋好看了。"

蕾贝卡从电视前转过身，脸上是彻底崩溃的表情。

"你居然为了一个妓女，毁了我们的生活。"

---

[1] Smith & Wesson. 357。

19

隔天早上对史考特·芬尼而言，就像在对抗得州队那场比赛中跑完一百九十三码后的隔天早上。他的伤口不再那么疼痛，因为他的敌人伤得更重。当然，他失去了有钱的客户与所有的现金，以及用餐、健身中心与乡村俱乐部的会员资格，还有他的墨西哥女佣，而且他很快就会失去那台法拉利与豪宅。但麦克·麦肯尔失去的可是白宫，史考特·芬尼在这场比赛中已经狠狠修理了这得州流氓。

麦肯尔，你有铜指套又怎么样？

要来硬的是吧？你这王八蛋！

九点才过后没多久，他将法拉利停进戴柏瑞塔底下的停车场，脸上还挂着微笑。为什么不笑呢？他身为福特·史蒂芬斯有限责任合伙制法律事务所的合伙人身份不变，这可是全达拉斯最赚钱的法律事务所。他依旧年薪七十五万美金（虽然他得招揽新客户以取代汤姆·戴柏瑞所支付的那些法律咨询费用）。他依旧是当地橄榄球界的传奇，依旧能让每一个南美以美校友脸上出现微笑，依旧能散发他那著名的魅力，亮出如电影明星般的微笑。

史考特·芬尼依旧是赢家。

他将钥匙卡插入停车场入口处的卡片插孔，等着车库大门升起。他等了又等，然后把钥匙卡再插入一次，继续等着，大门仍然没有升起。他用力按下叫人铃，通知在六米外停车场收费亭的奥斯华多。奥斯华多转过头看见他时，史考特便挥手要他过来。奥斯华多离开小亭子走了过来。

史考特拿起钥匙卡，说："卡片没用，把车库大门升起来。"

黑色辩护人

奥斯华多退后一步,说:"没卡。"

"不,我有卡,只是没用。把车库门打开。"

奥斯华多在摇头,说:"没门。"

"把这该死的车库门打开!"

奥斯华多摊了摊手,说:"没卡。没门。"

"老天!"

史考特把法拉利倒出去停在街上,往停车计时收费器丢了几个硬币,一肚子气,直到他想起来这台法拉利再过九天就不是他的了。他妈的,价值二十万美金的车子有了刮痕,是银行的损失。等到他走到两条街口外的戴柏瑞塔前门时,他已经开始吹起口哨。

★★★

蕾贝卡·芬尼在哭个不停。她仍躲在床上,不敢面对高地园区的一切。她将自己的美貌赌在史考特·芬尼身上,却赌输了。她的屋子,她的车子,她的地位,以及她的人生,过去十一年来她所获得的一切很快就会消失。而她并不是输给一个有着大胸脯以及紧翘臀部的二十二岁金发女郎——那个站在泳池边的女郎——而是输给一个海洛因毒虫妓女,一个……蕾贝卡从没用过那个词,因为即使是在高地园区,这种词汇也最好只在俱乐部那道砖墙内说出口,但她现在就想着那个词:黑鬼。她的丈夫为了一个黑鬼,牺牲掉了她的人生。

好了,她说出口了,或至少她是这么想的。就像高地园区每一个人此刻正在想的——这个地方很小,像个与世隔绝的孤岛,没有什么能逃得过众人的耳目。尤其这件事也不可能逃得过全美国人的耳目,她的丈夫可是上了全国性新闻,老天!而且在今天的午餐会上,她的(前)社交名媛好友们会点上地中海色拉、玉米饼浓汤、气泡矿泉水,最后的点心则是蕾贝卡·芬尼。她会是今天的丑闻舒芙蕾。

天哪!想想她们会如何嚼舌根!会怎么嘲笑她!

THE COLOR OF LAW

这些淑女们最爱的就是紧咬着美味多汁的丑闻不放：女同志外遇、出身良好的高地园区女孩被南美以美大学的黑人运动员搞大了肚子、失败的整形手术、高中里的酗酒吸毒与性病、住在高地园区多年，子孙却犯下刑事欺诈罪。她们就像家里养的狗大口舔着剩菜，津津有味地舔食着这些八卦。

蕾贝卡·芬尼谈论过太多次其他女人的八卦，而现在每一个在高地园区的人都将谈论她——在园区的购物中心、俱乐部、健身房、每一间餐厅与每一间更衣室里。她们都会八卦个不停，然后纵声嘲笑——对象就是她。

她怎么有脸再出现在这个地方？

电话铃声响起时，她正要钻回被子底下。

★★★

小布轻手轻脚推开父母卧室的房门，把头探进来。她看见母亲远远坐在床的另外一头，听见她在讲电话，她的声音听起来很奇怪。

"什么？……和崔伊上床？……你从哪听来的？……全高地园区都在传？每个人都知道了？……老天啊！"

她挂上电话，将脸埋在双手里。

"母亲？"

"哦，天啊。"

"母亲？"

"哦，天啊。"

最后她终于转头看向小布。

她的母亲看起来就像一只被吓坏的小猫。

"小布，什么事？"

"你还好吗？"

"不好。"

"我能帮得上忙吗？"

"不能。你找我做什么？"

"我可以和帕修美去购物中心吗？我们过马路时会很小心。"

母亲挥了挥手，说："随便你。"

"好吧，那待会儿见。"

小布才要关上门，她的母亲说了："小布，等一下。你进来，我要和你谈谈。"

* * *

史考特一走进戴柏瑞塔的大厅便马上停下了口哨。一大群记者与摄影师如同潮水般往他涌来，每个人都在扯着嗓门发问，声音企图压过其他人。

"芬尼先生，克拉克强暴过的女人叫什么名字？"

"他强暴过的其他女人叫什么名字？"

"你整倒了麦肯尔参议员，你高兴吗？"

"你认为麦肯尔参议员会被起诉吗？"

"那汤姆·戴柏瑞呢？他会被起诉吗？"

史考特对着那些摄影机灯光眯起眼，他低下身子，身子摇晃着设法走到电梯前。但大批想知道答案的记者挡在面前，以这样的前进速度来看，中午之前他绝对到不了电梯里。他正要后退，此时两个显眼的庞大蓝色身影站到了他的面前。那是两位黑人，他们是戴柏瑞塔的警卫，现在正为史考特·芬尼掩护阻挡。记者们只有一个选择：让开或是被辗过。

他们让开了。

两个警卫推开一条路，直到三人抵达电梯前，第三位警卫已经等在那儿，站在一台空电梯前，用身体挡着电梯门。他让开身子，让史考特进入电梯，然后再度挡在电梯前。其他两位警卫也加入他们，三个巨大的蓝色显眼身形正保护着史考特免于记者与摄影机的侵扰，史考特甚至从未对这些黑人警卫打过招呼；他们只是大厅里的无生命体，就像那座巨大的雷明顿黄铜雕像。史考特伸手按下六十二楼的按键，然后退到电梯后方。就

THE COLOR OF LAW

在电梯门要关上前，站在中间的那名警卫转过头对他说："谢谢你，芬尼先生。"

"谢我什么？"

"为了那女人挺身而出。"

★★★

帕修美跟着小布出了前门，走在通往人行道的走道上。

小布说："真是的，我母亲今早真的很奇怪，尤其是她说的那些话。"

"她病了吗？"

"我不这么认为，为什么这样问？"

"因为妈妈吃药时也会说奇怪的话。"

她们左转走到人行道上，小布一直在讲话，但帕修美却在左右张望。妈妈说过，在她们那个小区要出门时，一定要随时眼观四方，注意奇怪的人。当然，在她以前住的那个地方，成年人会在每一个街角的卖酒杂货店外头闲逛，从棕色纸袋里拿出威士忌狂饮，尿急时就直接在街上小便，所以所谓"奇怪"的定义，在小布住的小区里是全然不同的事。但帕修美仍然不时注意着有没有不对劲的地方。

有一辆车，车里有个人。

他坐在对街的车子里，与小布的家正对面隔着一户人家。她们往下走到人行道时，那人一直盯着她们不放。他是一个魁梧的男人，秃头，坐在一辆黑色轿车里。她和妈妈外出时，如果有个像他一样的白人开车来到国民住宅区里，所有人都会停下手边事然后大喊："那家伙来了！"

那是警察，黑色轿车里的那个秃头男人看起来像一个警察。

帕修美注意到车门打开了一部分，秃头男人的黑鞋伸了出来。她正要捉住小布然后快速溜回屋内时，一个老人从她们两人正经过的屋内走了出来。老人朝她迎面而来，却停了下来，在草坪上捡起报纸。

小布说："贝里先生，早安。"

黑色辩护人

老人微笑着说:"哎呀,早安哪,小布·芬尼小姐。"

帕修美往后看向那台黑色轿车,秃头男人的脚已经收回车内,车门也关上了,但他仍盯着她们不放。两人继续在人行道上走着,来到一条叫做普莱斯顿的交通繁忙道路前,然后右转。帕修美匆匆往回望了一眼,见到那辆黑色轿车不见了。她对自己摇了摇头,想着自己真是傻:小女生,你又不是在国民住宅区里!

两人继续往下走,帕修美很快就发现自己相当喜欢在小布家附近散步。小布叫这个地方"安全之地"。如果路易斯不在身边,当她和妈妈必须独自走过她们居住的小区,来到附近卖酒的杂货店买些面包和蛋时,她总是很紧张、很害怕,即使是在大白天也一样。妈妈总是告诉她:"如果我说'跑'!你就要赶快跑。"但在这个地方,她却一点都不紧张,也不害怕。人行道是这样干净,没有啤酒罐或是酒瓶,也没有针筒或是妈妈要她永远不要碰的奇怪长形气球。而且也没有人在卖酒的杂货店外头闲逛——事实上,这里根本就没有卖酒的杂货店。没有皮条客想拉她去卖春,没有人想卖毒品给她,没有少年开车经过并喊着脏话,没有从车子音箱中传出那震耳欲聋的饶舌音乐,也没有人会因为才刚被驱逐离开住处而互相咒骂。这个地方好安静哪!

小布的"安全之地"是个好地方。

她们停在一处交叉路口,等着红绿灯。绿灯亮了,两人小心翼翼地先检查左右来车,这才匆忙越过四线道的交通要道以及一个小停车场,沿着人行道继续走到——

"这里就是高地园区购物中心。"小布说。

她们站在一家叫做拉尔夫·劳伦[1]的店前,这整个地方就像一座童话乐园,帕修美从未想象过会有这样的地方,华美的轿车整齐停靠在人行道旁,路旁的小树提供了遮荫,衣着鲜亮的白人女子从这些车子里走下来,

---

[1] Ralph Lauren,美国著名时装品牌。

THE COLOR OF LAW

身后跟着的白人小女孩就像公主,她们一再望向小布和帕修美这两个人,仿佛这辈子都没见过黑人,然后留下一阵甜美香气,帕修美忍不住吸了好几口,然后想起每周日早上坐在教堂里的那些肥胖老女士——只是这些女士并不胖,也没有一拥而上抢着捏她的脸颊。这些白人女子与白人小女生只是匆忙经过她们,走入店里。凉爽的冷气从店里冒出,让帕修美觉得就像把自己的脸放入冰箱里冷却那样凉爽,在国民住宅区的那个家里头,她常常这样做。

小布说:"你们也有这样的购物地方吗?"

"我们那里没有像这样的地方。"

她和妈妈要买东西时,通常都是去庭院二手拍卖市场或是慈善二手商店,而不是去某个她不知道如何发音的地方。有时候他们的邻居会出售很不错的球鞋、音响或电视机,而且是直接从自己的后车箱里拿出来卖,价钱很划算,妈妈会说因为这些东西才刚得手不久,尽管帕修美并不是很了解她的意思。而每年学校开学前,妈妈都会额外努力工作,路易斯则会带她们到 J.C.Penney[1] 去买上学穿的衣服,但那些都比不上这个地方。

"真是鉴——于。"帕修美说。

两人沿着人行道往前走,两旁有凉篷遮挡阳光,帕修美觉得这儿仿佛在过圣诞节,忍不住仔细观赏每一个展示橱窗,那些华美的衣服穿在骨瘦如柴的人形模特儿身上,它们脸上还化着妆,然后经过一间童装店——

"这是加卡迪[2],"小布说,"我衣柜塞满了这家店的衣服。"

"这些衣服要花很多钱吗?"

"是我母亲买的,所以一定很贵。"

两人来到一家叫做凯文克莱的店时,小布说:"小甜甜几个月前来过这儿。"

---

[1] J. C. Penney,美国平价连锁百货。
[2] Jacadi Paris,法国著名童装品牌。

"谁是小甜甜?"

"小甜甜布兰妮啊,就是那个歌手。每个人都迷死她了。"

"白人女生?"

"是啊。"

"哦,我们在国民住宅区是不听白人女生唱歌的。"

小布耸耸肩,说:"我在这里也没有听她的歌。"

两人继续往下走,经过叫做鲁卡·鲁卡、艾斯卡达[1]以及莉莉·道德森[2]的店,小布又说:"老布什总统第一次当选时,布什太太的红色宴会礼服就是在这里买的。"她们走到香蕉共和国这家店前,但这里只卖衣服,没有卖香蕉。两人又继续越过停车场,在连锁汉堡店里买了冰淇淋甜筒。

她们走到外头,帕修美突然停住脚步。一股不祥预感笼罩住她小小的身体:那个在黑车里的秃头男人正缓缓开车经过,并用令人毛骨悚然的眼神直盯着她不放。她真的被吓到了,而帕修美·琼斯并不是那么容易被吓到的。

"小布,那个人在跟踪我们。"

"哪个人?"

"刚才开车经过的男人,就在那辆黑色轿车里。看见他没有?那个秃头的家伙?"

小布笑了,说:"这里是高地园区,没有坏事会发生的。"

小布扯着她的手臂,帕修美只好不情愿地跟着她走。她们走过几间店,然后走入一家叫做哈洛的店——店名和住在她们家三栋公寓外那位牙齿都掉光的老酒鬼一样。

"这是我母亲最喜爱的店。"小布说。

两人进门还走不到五步,一位销售小姐便走了过来,帕修美一开始

---

[1] Escada,德国著名时尚品牌。
[2] Lilly Dodson,达拉斯著名女性时装店。

THE COLOR OF LAW

还以为她是要来把她们赶出去的。但这位女士微笑着对两人打了声招呼，仿佛非常高兴见到她们。以一个白人女生来说，她算长得非常漂亮，卷发充满弹性，皮肤光滑，嘴唇涂成红色。她看着帕修美，然后弯下身子，膝盖并拢在一起，双手放在膝盖上，说："老天，你长得可真是惹人爱呢！"

帕修美穿着小布的丹宁连身裤、白色上衣、白色袜子以及白色球鞋；她的头发编成黑人辫子，正舔着冰淇淋甜筒。

她说："女士，谢谢你。"

"你喜欢在高地园区的生活吗？"

帕修美望了一眼小布，小布只是耸耸肩。这个女人怎么会知道她现在与芬尼一家住在一起？

"很不错，谢谢你。"

"你告诉你母亲，她来可以找我，我叫西西，我保证会让她打扮得漂漂亮亮，就像高地园区其他女人一样。"

"我妈妈在牢里。"

这位女士猛地站直身子，脸上露出困惑的表情，她说："牢里？你不是新来的黑人家庭的小女生？"

"我没有家庭，我只有妈妈。我还有路易斯，他就像我的叔叔，但他其实不是。"

小布说："什么是新来的黑人家庭？"

"就是刚搬进这里的黑人一家，他们是高地园区有史以来首次拥有此地房产的黑人。"销售小姐直盯着小布瞧，直到她妆容精致的脸上露出了认出小布的神情。她说："你是芬尼家的女儿，对吧？"

"是的，女士。"

"你绑着这个头，我几乎认不出你了。你母亲最近到哪里去了？"——她纤细的眉毛扬了起来——"还有你那英俊的父亲呢？"

"我母亲最近举止很奇怪，至于 A·史考特最近一直很忙。"

黑色辩护人

"在忙着救我妈妈。"帕修美补充。这位女士的头转向她，于是帕修美又说，"大家都说她杀死了麦肯尔那小子，但是她没有。"

销售小姐猛地用手捂住自己的嘴巴，说："她就是你母亲？"

帕修美舔舔自己的冰淇淋甜筒，说："是啊。芬尼先生就是她的律师，所以大家都很气他。"

销售小姐的脸色突然变了，让帕修美想起有次在国民住宅区里，有个男生想要从妈妈手上要一个飞盘，她拒绝后那男生叫她"给白人玩的婊子"，他转身要跑开时却撞到了路易斯——那黑人男生的脸马上变得苍白。就像眼前这位女士的脸又刷白了两个色度。她一定是不知道该说些什么，所以说了："也许你们两个小女生现在该离开这里了。"

★★★

"福特先生要见你。"苏说。

史考特一把抓过那堆留言条，走向楼梯。一路上他向其他合伙人打招呼问好，但他得到的全是盯着他瞧的古怪眼神、避开的目光以及摇头。他们昨晚一定看过了他在电视上的受访，然后一点也不在意。去死吧！他看见丹正站在办公室里的窗户旁。

"丹，有什么事吗？"

丹转过身，他的脸色看起来像是昨夜一整夜没睡。

"小史，进来，把门关上。"

史考特照做了，然后说："丹，你可以打个电话给银行的泰德吗？最近那家伙真是个混蛋，居然取消我那台法拉利和房子的贷款。"

"我恐怕做不到。"

"为什么做不到？"

"因为，小史，现在你不再是事务所的合伙人了。"

"你要把我降职？"

"我要开除你。"

THE COLOR OF LAW

丹说出的话让史考特一下子吸不进空气，就像被橄榄球头盔猛地撞进心窝处。史考特跌跌撞撞地往后退，坐倒在沙发上。丹转过身面对窗户，眼神瞧着外头，双手在身后紧紧交握。史考特挣扎着想要说些什么。

"你说过，我就像你的儿子。"

丹没有从窗前转过身，直接回答："你的确曾经是。但我儿子愚蠢地用同性恋出柜让我难堪时，我便和他断绝了关系。现在我要和你断绝关系。"

"为什么？"

丹转过身面对史考特，表现得就像一名愤怒的父亲。

他说："就是你昨晚搞出的那场小小闹剧！老天！史考特，你到底在想些什么？"

"麦肯尔想毁掉我，我是这么想的！"

"所以你就跑去全国性电视台，指控得州参议员妨碍司法？勒索敲诈？还有贿赂？"

"我只是想做正确的事！"

"你他妈的最好真的是！我太了解你了，你只是用你那史考特·芬尼的小伎俩在报复麦肯尔罢了。你不是为了那个妓女才这么做，你是为了你自己。即便你是在做对的事情，也不见得就比较好。小史，我告诉过你，这家事务所存在的目的不是在做正确的事情，没有一家法律事务所是这样的。我们不做正确的事情，我们只做对客户而言是正确的事情。而毁掉麦克·麦肯尔取得总统宝座的野心，对客户而言就是不正确的事情。但你已经自认把这一切解决好了，不是吗？"

"不然我要怎么做？让他夺走我的一切？俱乐部的会员资格、车子、房子和我最好的客户？这一切都是麦肯尔做的。"

丹·福特现在瞪着史考特的表情，史考特以前只见过一次，那是在五年前，史考特就站在丹的身边，他们在州地区法院里，法官正读着判决，一份对他们的客户、对福特·史蒂芬斯事务所、对丹·福特皆不利的判决，

黑色辩护人

而丹才在这位法官上次竞选时捐献了大笔现金。丹那时与此刻的表情,就是一个人被背叛时的表情,但他是一个有能力针对背叛做出反击的人。

"不,小史,不是他做的,是我做的。"

"是你?!"

"是的,是我。当时你拒绝照我的要求去做,所以我要你看看如果你没了这些靠成功买来的东西,你的生活——史考特·芬尼所演出的美好人生——会变成怎么样。但小史,你实在太固执,而且只是为了你自己的好处而固执。麦肯尔向我要一个小人情,要你别管他儿子的过去,好让他有机会成为总统。而我向你要一个小人情,好让我有机会成为总统的律师。结果在我为你做了这一切之后,你是怎么回报我的?你背叛了我。"

"一个小人情?丹,要是没了那份证据,莎汪达会被判死刑的!"

"所以呢?"

"怎么,只因为她是个黑鬼?"

丹笑了,他说:"是啊,没错,我有种族歧视。我儿子长大想当迈克·乔丹,我女儿爱死了老虎伍兹……不,刚好相反,我女儿想当迈克·乔丹,我儿子爱死了老虎伍兹。总而言之,我会很乐意有他们两位作为客户,因为他们有银子,因为他们付给律师很多钱。小史,法律的颜色不是只有黑或白,而是绿色的[1]!法律的规则就是钱——钱才是老大!金钱创造了法律,然后法律保护金钱!而律师的职责就是去保护有这些钱的人!"

丹涨红了一张脸,脖子上也出现了青筋。他停了停,让自己冷静一下。

"小史,这家事务所是我的生命,我让它从无到有,成为城里最赚钱的事务所。没人能做得比我好,没有人!也没有人能伤害这家事务所,不管是你那个妓女,或是你,没有人可以!挡我路者只有死路一条。"

"丹,那我呢?你连我也不留一条生路?"

丹在椅子上坐下,身子往前倾,按下叫人键要秘书过来,然后他抬

---

[1] 美金钞票颜色为绿色。

THE COLOR OF LAW

起头看着史考特,说:"我想我已经断了你所有后路。"

史考特站在办公室中央,被丹的猎物标本包围着,那些猎物悲伤的眼睛仿佛正往下看着他,像是在说:我们在这里替你保留了一个位置。现在史考特知道约翰·沃克以及其他人站在这儿,毫无预警地被丹开除时是什么感觉了。有个律师拿出约翰在电视指南上刊登的广告给他看时,他还曾经笑出声来——前一天还是大型法律事务所里的成功律师,隔天成了只想混口饭吃的二流小律师。现在他脑袋里捏造了一则他自己的广告,就放在灵媒与伴游服务广告中间,写着:"车祸?离婚?破产?请致电A·史考特·芬尼律师。我们在乎您的感受,没有艰涩的法律术语,可说西班牙文。"

这绝不可能发生!不会发生在我身上!

史考特身后的门打了开来,之前在戴柏瑞塔楼下出现的三位黑人警卫,其中两位正站在门口,一头雾水。

这真的发生在他身上了。

"史考特,你的个人物品会送回你家,"丹说,"这是公司政策。"

比赛结束了,史考特·芬尼输了。他再也无法挽救劣势,只能离开球场。警卫让开了身子,于是A·史考特·芬尼律师,汤姆·戴柏瑞的律师,总是和成功脱不了关系的他,如今在警卫的陪伴下,走过几天前自己还趾高气扬巡视过的走廊。昨天其他律师把他当成明星般热情招呼;但今天他们都避开眼光,仿佛走过他们面前的是位垂死的艾滋病患。被判死刑的律师来了,史考特·芬尼的律师生涯就要终结了。

他与警卫走下通往六十二楼的楼梯,撞见了正要上来的蜜思,她穿着贴身针织小洋装,看起来十分性感。但今天她没有对史考特·芬尼眨眼,也没有表现得仿佛他们正濒临越轨,而是仿佛他身上带着传染病。他们继续往下走到六十二楼,苏就站在那儿,手里拿着他的公文包与九号球杆。他还没走到苏面前,手里拿着一叠文件的西德·格林堡走了过来要上楼,

黑色辩护人

但在苏面前停了下来。

"苏,我把这些文件放在你桌上,复印一份后尽快送上去给戴柏瑞。把原始文件放在史考特的……我是说,我的办公室。"

"好的,格林堡先生。"

"西德?"

西德看见了史考特,说:"哦,嗨,史考特。很抱歉听到这消息,祝你好运了。"

"你夺走我的客户、我的秘书,还有我的办公室?是我教会了你一切!"

"没错,史考特,都是你教的。是你教我律师职业不过是门交易,无关个人。"

"我那时候又不是在说我!"

西德无所谓地耸耸肩,走开了。史考特转向苏,她的双手仍拿着那两样东西,史考特从她手里接过自己的公文包和九号球杆。

"芬尼先生,再见。"

"就这样?再见!你当了我的秘书十一年,你就不在乎吗?"

苏脸上出现了他从未见过的神情,她一下子像是长高了十五厘米。

"这十一年来我一直帮你领干洗衣物和泡咖啡,替你跑腿处理私人事务,替你付私人账单,替你太太和小孩和客户逛街买礼物,还帮着你对客户说谎……你又在乎过我了吗?你在乎过我的生活吗?你从来没有,一次都没有过问我的生活。你知道我有一个肢体残障的小孩,而那是我这些年来忍受你的唯一理由吗?因为我需要钱,你根本不知道,而且你也不在乎。沃克先生被开除时你又在乎过吗?你没有。你就像这里的其他律师,只在乎你自己。"

史考特转过头不再面对站在大厅大理石地板上的这位陌生人,居然在大庭广众下对他如此训话。两名警卫跟在史考特身旁一起来到电梯前,

THE COLOR OF LAW

他走进去按了下楼键。电梯门打开了,他们一起走了进去。其中一名警卫问:"芬尼先生,发生了什么事?"

"我被开除了。"

"因为你替那个女人挺身而出吗?"

"是啊。"

"我知道福特先生的奔驰车就停在楼下车库,你要我去放掉他轮胎的气吗?"

"好啊。"然后史考特摇摇头,说,"不用了。"

电梯门要关上了,但在关上前的最后一秒,一只手推了进来,于是电梯门又退了开来。苏站在那儿,说:"约翰·沃克的太太上周过世了。"

★★★

两个小女生走出店门,帕修美僵住了身子。

"小布,他又来了。"

"谁?"

"在黑色轿车里的秃头男。"

"在哪里?"

帕修美的头往停车场的方向动了动,小布转过去想看看,但帕修美说:"别看!"

两人转过身,面对服装店的橱窗玻璃。在这座购物城里,车子可以直接停在人行道与道路衔接的倾斜处。然后有一条单向小路专门让车子能绕着这座购物城行驶,而在开放的大停车场里中央还有两排停车格。坐在黑色轿车里的秃头男就停在那儿,距离大概有两米远。小布表面上装作没事,随意看向四周不同的景物,最后才将眼光扫过黑车里的秃头男子:他正直盯着两人瞧,小布连忙转过脸。

帕修美吓坏了,说:"小布,我们快跑!"

小布紧紧捏住帕修美的手臂,说:"不,不要慌张。他没办法一次带走我们两个,至少在这里不行,他只是想吓吓我们而已。"

"亲爱的,他的确吓到我们了。"

小布开始拍着身上的口袋。

"你在做什么?"帕修美问。

"我在假装找东西。"她抬起手,指指店里头,说:"现在我在假装有东西掉在店里头了。快,我们进到店里,然后我要打电话给A·史考特,他会来救我们的。"

"他最好快点到。"

"他开的可是法拉利。"

两人走进店里,小布直接走向同一位销售小姐,说:"女士,我可以借用一下电话吗?这是紧急事件,我得打电话给我那位英俊的父亲。"

★★★

每天下班后,史考特总是很享受开车回家的这段路程,跳进价值二十万美金的汽车里,驶出停车场,对奥斯华多点头致意,就像总统对空军一号随员致意,然后开着法拉利直奔北方,往高地园区前进……他会惬意地将车子驶过位于市中心北方的住宅区,市中心里的单身男女形形色色,年轻的男人与美艳的女孩,当他的车子驶过时都会转过头望向他的方向,脸上写满嫉妒,想象着这位开着法拉利的英俊男人过的是多完美的人生……最后车子会开进高地园区,这里有着头脑聪明的孩子,事业成功的父母,每个人都过着不愁吃穿的无忧无虑的日子。

但今天却和往常不同。

他一点都不享受开车回家的这段路。因为驶到终点时,他得告诉妻子和女儿自己被开除了,他不再是福特·史蒂芬斯事务所的合伙人,也无法再每天晚上带着钱回到家里,更别提他将保不住房子。他得告诉她们,史考特·芬尼现在是个输家。

他如何能以输家的身份去面对自己的太太,还有他的女儿?还有那些高地园区的邻居们？史考特打下右转信号灯，踩了个刹车然后转入比佛利大道……但在最后一刻他改变心意，车子加速直接穿过十字路口，继续往北驶过高地园区。他没办法回家，至少现在还不行。车子驶过几个街口之后向左转，在高地园区高中橄榄球场前停了下来。他所知的人生，就是在大一那年秋季橄榄球练习赛的第一天开始的。

这座球场设备将不少大学球场比了下去，今年的校队正在球场的人工草皮上练习。史考特关掉引擎，下了车，走到篱笆前，看着那些男孩在场地上做着训练，拉拉队员则在球场界线旁做着例行练习。白人男孩个个都梦想成为另一个高地园区的橄榄球传奇，成为多克·沃克尔[1]或巴比·连恩[2]或史考特·芬尼；白人女孩则梦想成为另一个出身高地园区的好莱坞新星，像是珍·曼丝菲[3]或安吉·哈蒙[4]，但他们都知道，如果梦想无法实现，他们还是能依靠老爸的钱财过好日子，那些财富确保他们的未来一片光明，如同头顶上的蓝天一般灿烂。史考特忍不住怀疑这些年来他是不是一直在欺骗自己，以为他属于这个地方，以为他缔造出来的橄榄球英雄事迹足以让他成为其中一分子。也许建筑工的儿子永远都只会是建筑工的儿子。也许街头上的穷小子永远都只会是街头上的穷小子，即使他住在豪宅里。也许你永远都不会改变。

他的梦想就是在这个地方诞生的，就在那片球场上，在二十一年前，

---

[1] Doak Walker，美国著名橄榄球球员，曾是南美以美大学橄榄球校队队员，一九九〇年以他命名的 Doak Walker Award（多克·沃克尔奖）成立，每年颁奖给美国大专院校年度最佳跑锋。

[2] Bobby Layne，美国著名橄榄球四分卫球员，曾为得州大学校队队员，于一九六七年入选职业橄榄球赛名人堂，并于一九六八年入选大专院校橄榄球赛名人堂。

[3] Jayne Mansfield，美国女星，曾被称为好莱坞的新梦露，面貌姣好，身材惹火，但不幸因车祸丧生。

[4] Angie Harmon，原名 Angela Michelle Harmon，为美国时尚界知名模特儿，并在电影、电视演出，出身于得州高地园区，曾就读高地园区高中。

也就是他十五岁那年，而那个梦想今天破灭了。

他发觉自己正在想着要怎么样过剩下的日子，这是从久远以前梦想诞生的那一刻后，他第一次有这个念头。

他走回法拉利车上。现在他可以开车回家，告诉妻女他已经失去了一切，唯一能让他感到慰藉的，是他已经再也没有任何东西能让麦克·麦肯尔或是丹·福特给夺走了，史考特·芬尼已经一无所有，不会再失去任何东西了。

他打开车门，这时手机响了起来。

★★★

A·史考特说他不到一分钟就会到，他没有说谎。两个小女孩再次站在那家店门前的人行道上时，小布听见了法拉利引擎熟悉的吼声。她转过头，就见到那辆亮红色的车子猛地转进购物城，加速开过停车场。她跳上跳下，举起双手用力挥动，然后直接指着在黑色轿车里的秃头男。秃头男见到小布在指着自己的时候坐了起来，接着便看见那台法拉利正朝着自己驶来。他启动车子，开出停车处左转，但另外一辆车也正从人行道旁一处倾斜停车区倒车出来。

他的车子被堵住了。

红色法拉利发出尖锐的刹车声，停在秃头男的黑车后面。A·史考特跳下车，甚至连车门都还没关上就拿着高尔夫球杆冲向那辆黑色车子。

A·史考特·芬尼为什么会在法拉利里放着球杆？

小布的律师父亲，身穿浆烫得笔挺的白色衬衫，丝质领带飘到肩膀后，他身子往后仰，挥起球杆直接打在驾驶座前的挡风玻璃上。

砰！

玻璃裂开的声音听起来像是爆炸声，听到这声音的每个人都停止不动，几位老人甚至迅速低下身子。店里头的女士们也匆忙来到店外。现在轮到秃头男吓坏了。A·史考特猛扯那辆车的车门，但车门锁住了。所

以他走到车前,再次举起高尔夫球杆,嘴里呵斥着小布从没听过他说过的脏话。

"你在跟踪我女儿!你这狗娘养的!"

砰!

"是麦肯尔要你来的对不对?"

砰!

"你敢再来跟踪我的女孩们,我发誓绝对会他妈的宰了你!"

砰!在前头的车子开走了。秃头男连忙踩下黑车的油门,加速逃逸,很快就消失在转角处。A·史考特站在购物城停车场中央,满脸通红,呼吸急促,浑身大汗,手里还握着那根横放在肩膀上的球杆,活像扛着一把斧头。他看起来就像个动作片英雄。逛街的人潮都盯着他瞧,为高地园区出现如此骚动感到惊愕万分。小布却在笑:她父亲太厉害了!

那位销售小姐此刻正站在她身边,说:"老天,他可真帅。"

小布·芬尼从未像此刻以她的父亲为荣。她跑向他,双手张开抱住他的腰,紧紧抱住他不放。帕修美也跟着跑了过来抱住他。

"你们两个没事吧?"

"现在没事。那个人是谁?"

"德洛伊·劳德。"

帕修美说:"芬尼先生,你真是个男人!"

小布说:"A·史考特,你刚刚说了脏话。"

"是啊。"他的呼吸渐渐平静下来,"对不起。"

★★★

史考特将法拉利转进比佛利大道 4000 号的车道上,将车驶进屋后的停车处时,刚刚发作的肾上腺素已经消退了。两个小女生一起坐在乘客座上。

帕修美说:"这就是为什么路易斯要陪着我和妈妈出门,没人敢惹他,就算在国民住宅区里也一样。"

史考特关掉车子引擎，拿起手机，打了一通最近才加进快速键的电话。熟悉的声音出现在手机里时，他说："路易斯，我是史考特·芬尼，我需要你的协助。"

他挂上电话，然后三人下了车。他还得面对妻子，他仍必须把这坏消息告诉蕾贝卡。他们从后门走进屋里，里头静悄悄的。

"蕾贝卡？"

小布说："哦，我忘了。她走了。"

"走了？走去哪？"

"去旅行。"

"到哪里旅行？"

"我不知道。她只说她得走。"

史考特三步并作两步爬上楼梯，跑过通往主卧室的走廊。他发现蕾贝卡留在床上的信，一封手写的道别信。他让她失去了家、车子，以及牛仔大亨晚会的主办人资格。总而言之，史考特毁了她的生活——信上是这么说的——所以他们之间已经走到底了，就像她之前曾暗示过的。而既然她无法再在高地园区抬起头来，那么她要和乡村俱乐部的高尔夫球助理教练私奔。他要去参加职业高尔夫球协会举办的巡回赛，所以她要追随这位高尔夫球家而去。

"她什么时候会回家？"

史考特抬起头，望向站在门口的小布。

"她不会回来了。"

★★★

小布把脸埋在床上哭泣着。每一个她认识的女生都有母亲——即使是帕修美也有！她感觉到帕修美的手臂围拢过来，紧紧抱住她。

"小布，我没有爹地，现在你没有了妈妈，也许你的爹地和我的妈妈可以结婚，那我们就是姐妹了。"

THE COLOR OF LAW

"帕修美，A·史考特不能娶你母亲的，她是……"

帕修美的拥抱突然松了开来，小布感觉到她的身子离开了。

小布擦了擦脸，坐起身子。帕修美脸上的表情很奇怪，她的小拳头放在臀部后，就像小布母亲生气时的模样。

"因为她怎么样？"

小布耸耸肩，说："她才二十四岁，对史考特来说太年轻了，他年纪很大了。"

★★★

史考特打完电话一小时之后，路易斯到了。他把老旧的车子停在屋后，史考特在停车处与他见面，两人这次握了握手。

"路易斯，谢谢你赶过来。"

"芬尼先生，我很乐意。我一直在照顾帕修美，差不多从她一出生就一直照顾到现在，我一直很想她。"他看了看四周，又说，"当然，你们这里大概不会有那么多枪战发生。"

"路易斯，快进来吧！我替你准备了一间卧房。"

"哦，不用了，芬尼先生，我觉得这样不好。"

史考特看得出来这提议让路易斯很不自在，所以也就没勉强他。

"你可以待在泳池旁的小屋里，我们的女佣康苏拉就住在那儿，不过她不在好一阵子了。移民局干的好事。"

"不了，先生，那是她的地方，我睡车上就好，待在车库，在屋子后面也比较能看到更多动静。"

"这里有空调，还有整套卫浴，我可以替你装一张床……我弄台电视过来，再摆张躺椅。"

"电视和椅子就很好了，不用床，我睡在车子后座也很好。"路易斯微笑着说，"还有，芬尼先生，不用再担心了，现在可没人能再伤害这两个女孩了。"

黑色辩护人

★★★

这天还没结束,但史考特不会回到他那位于六十二楼装潢华丽的办公室继续工作,处理律师该做的事情,在奢华的市中心俱乐部吃午餐,然后到健身俱乐部,在一堆辣妹之间健身。他觉得今天一点都不特别,他坐在家里的起居室,瞧着窗外的泳池与专业设计过的庭院。他丢了职业、没了老婆,而他的房子和车子也很快就会没了。麦克·麦肯尔已经赢了,他赢得的奖品就是史考特·芬尼完美的人生。

在史考特的一生中,这是他第一次觉得自己被打败,而他不知道这次是否能重振雄风。

小布来到楼下两次,爬上他的大腿,两人一起哭泣。第三次帕修美跟着她一块儿下来。两个女孩就坐在巨大皮椅两侧的宽椅把上,将脸埋在他宽阔的肩膀上哭泣,直到他的上衣湿透。三人都没有说一句话。

史考特坐在那儿,看着太阳光束缓缓从起居室的一边移动到另外一边。他听见女孩们在厨房的声响,然后帕修美端给他一份炒蛋三明治,但他一点食欲都没有。天色变暗之后,他将自己从椅子上推起身,走上楼,为那两个小女生装出勇敢坚决的一张脸。他发现她们在床上挤成一团,他的椅子就放在床边。他坐了下来,然后她们开始祷告。

小布说:"我今晚不想听你念故事,我想谈一谈。"

帕修美说:"我们要谈一谈。"

史考特拿下眼镜,说:"没问题,要谈什么?"

"我们昨晚看见你上了电视,"小布说,"和帕修美的妈妈在一起。我知道我晚上不该看电视,但我下楼就看见母亲正在看电视上的你,所以我不得不跟着一起看,你知道我的意思。"

史考特点点头,问:"所以呢?"

"你得好好解释一些东西,A·史考特。"

"请发问。"

史考特很清楚知道要如何与小布开始讲述一件事情,他总是让小布先发问。他想,如果她会问,那表示她已经知道了这件事。

"什么是性爱?"

他之前想的可不是这个问题。这个问题应该由女孩去问母亲,但既然她的母亲和高尔夫球助理教练跑了,这责任就落到了父亲头上。而现在他有两个小女生正面对着他,她们盘腿坐着,手放在大腿上,脸上带着了然的神情,问他什么是性爱。

"芬尼先生,那是男生的东西,对吧?"

"男生的东西?"

"你知道的,就是男生的私处。"

"哦。这个,性爱是男生和女生……我是说,男人和女人……他们在……这个……"

"做下流的事?"帕修美脱口而出,"大一点的女生都这么说的。我把她们说的告诉妈妈,她说我以后再也不能和那些女生玩。"

"听着,你们两个真的知道什么是性爱吗?"

小女生都摇了摇头。

"你们为什么想知道?"

"因为妈妈说,那个死掉的男人为了性爱才付钱给她。"

"哦。"

"然后那个男人揍她,老天,那可是他犯的第一个错误,我妈妈才不会让任何男人揍她的,除了我爹地之外。所以她也狠狠踢了他几脚。"她微笑起来,说,"芬尼先生,就像你砸烂那个男人的车子一样。"

小布说:"那简直帅呆了!你真的好厉害!你的高尔夫球杆毁了吗?"

她们的注意力因此被转移开来,史考特终于不必对两个九岁小女生解释什么是性爱了。小女生们重新回味发生在购物城的场景后,小布说:"克拉克人不是很好,对不对?"

"是的,他不是好人。"

"结果现在他的父亲,也就是那位议员,对你很生气,因为你想帮助帕修美的母亲?"

"没错。"

"好让警察不会杀掉妈妈?"

"没错。"

"今天那个男人,是替参议员工作?"

"没错。"

"他还会再来捉我们吗?"

"不会,宝贝,他不会再来了。"

帕修美微笑地说:"他得先通过路易斯那一关才行。"

小布说:"我们得卖掉房子吗?"

"没错,小布,我们得卖房子。"

"为什么?"

"因为我今天被开除了。"

"你不再是律师了?"

"小布,我还是律师,只是不在事务所里工作。"

"这代表什么意思?"

"这表示从现在开始我没有了收入。"

"没有钱?"

"我们还有些钱,但不够留住这栋房子。"

小布点了点头,说:"辛迪的爸爸被开除时,他们也卖掉了房子。你说过这种事永远不会发生在我们身上。"

"我错了。"

"你也得把车子卖掉?"

"银行会把车子拿走。"

"我们现在很穷吗?"

"不是的,小布,我们没有很穷。穷人是像——"

"我和妈妈这种人。"帕修美说。

"所有这一切不好的事,康苏拉、车子、房子、你的工作,还有母亲的离去,都是因为麦肯尔很气你?"

"是啊……不过,也许你母亲那件事不算。"

"妈妈总是说她运气不好。"

"帕修美,这不能怪你母亲,是我自己做的决定。而决定就会带来后果,有时候是坏的后果。"

他们安静了好一阵子,然后小布才轻轻地说:"母亲那时候在哭,她说没有她,我会过得更好。"

20

七月过完了,紧接着是八月,最酷热的日子紧跟而来,唤做墨西哥云流[1]的热空气团进驻,如同蘑菇云笼罩在达拉斯上空,挡住来自北方的凉爽空气以及来自南方的雨水,让其中的居民困在四十三摄氏度以上的惨无人道的高温,以及百分之八十的湿气中,日复一日过着汗流浃背的难受湿热日子。风不再吹拂,空气不再流动,即使是最轻柔的微风,感觉起来也像一道蓝色北风[2]。污染指标达到紫色程度,表示光吸空气就能要了你

---

[1] Mexican Plumes,为富含温暖湿气的云流,产生于墨西哥湾后向北移动,会形成倒扣状态笼罩住美国中部地区,其下湿热难当。

[2] Blue norther,为得州当地特别用语。秋季出现的快速移动冷锋,能让温度快速下降,并随之带来一段时间的湛蓝天空与凉爽气候。

的命。

　　人行道上见不到行人，狗儿终日躺在阴影里，热得奄奄一息，甚至懒得抬起尾巴，拍走在身后嗡嗡叫个不停的苍蝇。电视台记者也照例在人行道上煎蛋，作为晚间新闻引人注目的噱头。时间似乎过得很慢，简直度日如年。女人的发型与得过奖的花园一起枯萎，车子的散热器与驾驶员的脾气都躁热得要爆炸，因为不满车辆抢道而引起的交通意外事故剧烈上升，打给911通知家暴的案件数量也同样迅速攀高。供应达拉斯饮用水的水库含量低到危险边缘，于是城里限制花园用水，翠绿的青色草皮被烤得酥脆焦黄。除虫公司的生意也蒸蒸日上，因为老鼠全部出动，从老鼠窝里窜出来寻找水源，通常目的地都是家庭游泳池，买不起空调的穷人则活活热死。

　　整座达拉斯城在八月里值得庆幸的一件事，就是人们知道休斯敦的情况更糟糕。休斯敦简直就是一座热死人的沼泽，即使炎热潮湿的天气没让你死在休斯敦，你也会死在有小鸟那么大的蚊子嘴里。

　　"好热。"史考特说。

　　达拉斯在八月里的日子，是在室内以及游泳池里度过的。史考特·芬尼现在正是如此，他坐在后院泳池的台阶上，身子浸在冰凉的池水里，脸上戴着墨镜，头上戴着墨西哥草帽，还擦上防晒系数五十的防晒油，让他的好皮肤免于致命紫外线的伤害。他从吸管吸了口在大塑料杯里的冰红茶，仿佛在用吸管吸出汽油。巴比在吸着烟，小布和帕修美在泳池较浅的那端玩着飞盘，路易斯则坐在阳台遮篷的阴影下。

　　屋前那枚"屋主自售"的招牌，让经过比佛利大道的车子都慢了下来。

　　史考特决定不通过房屋中介而自行出售这栋屋子，这在高地园区可是前所未闻。自己卖房子，简直就和自己割草或自己洗车这种工作没什么两样，在高地园区里，任何一个有自尊、有钱以及受过宗教洗礼长大的屋主，绝对不敢这么做，因为这么做会对"神赐予一切"这一绝无谬误的铁

THE COLOR OF LAW

律产生质疑："如果善良的上帝要我们自己割草与洗车,那么他为何要制造出墨西哥人?"或诸如此类的优越感思想。总而言之,如果你小气到没钱付房屋买卖中介费,那你便没资格住在高地园区。但史考特眼见自己的收入不断蒸发,他最近变得非常斤斤计较。

他的卖价是三百五十万美金,合乎市场价格,但当卖家急欲脱手,而市场上想要入住高地园区的买家也都知道这一点时,市场价格只是个屁。到目前为止,最高的出价只有三百万美金,只比他目前欠银行的房贷多出二十万美金。而房屋中介会抽走百分之六的佣金,也就是十八万美金,如此一来史考特卖了房子只会赚到两万美金。再扣除过户费,他能打平账面就算幸运了。做完这些数学题目之后,史考特开车到最近的五金行,买了一块标有"出售中"的红白招牌,然后把那该死的东西敲进前院草坪里。

"小布还好吗?"巴比问。

史考特拍走一只在水面上的金甲虫[1],想着为什么在八月里会看到这种甲虫到处闲逛。到今天为止,蕾贝卡已经离家十五天了。

"还好吧,我猜。妈的,我想小布还比较想念康苏拉——她对小布而言,还比蕾贝卡像个母亲。"

"鲁迪会把她弄回来吗?"

尽管鲁迪·古堤瑞兹尽了最大的努力,移民局还是将康苏拉·罗莎遣返回墨西哥。她现在住在新罗利多[2]的四星级卡米诺皇家旅馆,用史考特·芬尼的美国运通信用卡付账,等着鲁迪替她弄到绿卡,好让她能回到达拉斯的芬尼家。一周前,史考特让艾斯塔班·嘉西亚上了一辆往南的巴士去见她,让她有人陪伴。

"她的背景调查没问题,我也愿意做保证人让她取得公民资格,也

---

[1]　原文为 June bug,亦即六月虫。
[2]　Nuevo Laredo,位于墨西哥东北部的城市。

保障她的工作没有问题……但移民局就是慢吞吞地不给她绿卡。"他摇摇头，又说，"但我会把她弄回来的，我答应过她。而且小布现在也更需要她，因为她母亲和那该死的高尔夫球教练跑了。"

"我可以了解蕾贝卡为何离开你——"巴比对史考特微微一笑，说，"但她怎么舍得离开小布？"

史考特耸耸肩，说："我猜是因为太丢脸了吧？如果你的人生不够完美，要在这地方生存很难。高地园区是不容许失败的。"史考特停了停，望向女孩们玩耍的方向，说："感谢老天，她没带走小布。"

"也许她只是变了。"

"也许，也许我从未真正了解过她。以前我们想要的完全如出一辙，这也是我会娶她的原因。我们年轻又充满抱负，都是在街头长大的穷孩子，想在达拉斯发迹赚大钱。我们站在教堂里，说着'不论境遇好坏都要厮守'时，并没有想到坏的一面。一开始事情就很顺利，而且越来越顺利，我从没想过这一切会开始走下坡。"

他摇了摇头。

"就像橄榄球，直到开始输球，你才会真正了解自己的队友。"

"小史，有个问题。"

"什么问题？"

"她在你还是赢家的时候，就和那家伙搞在一起了。"

史考特点点头，说："所以这个家、这些车子、这些衣服，没一样让她觉得快乐。"他收回眼光，望向巴比，问："女人到底想要什么？"

巴比笑出声来，说："我怎么会知道？拜托，小史，我可是被两个女人抛弃过。"

"最后这七个月，她都不愿意和我亲热。"

巴比接住小布扔歪的飞盘，说："我那两个太太，在结婚当夜就不愿和我亲热。"

THE COLOR OF LAW

"我大概这辈子再也没机会做爱了。"史考特说。

巴比将飞盘扔回给小布,说:"你?拜托,小史,高地园区一半已婚男人都在担心他们的老婆想投入你怀抱。是我才永远没机会做爱了,我已经几乎三年都没碰过女人了。"巴比用力吸了口烟。

"巴比,别和我比惨,我才是一无所有的人。"

巴比吸了口烟,然后说:"是没错,但至少你曾暂时拥有过一切。至少你知道那是什么滋味。"

史考特吸了口茶,说:"那时候你就很爱她,对不对?"

"是啊,但我最爱的是你的人生。"

"我也是。直到两个月前我也热爱我的人生。如果布佛找的是别人,不是我,我的人生仍会很完美。"

"那并不完美,小史。你只是不知道。"

史考特觉得胸腔里又一阵发热,泪水也开始在眼眶成形,就在他以为自己又要像每晚那样躲在淋浴间里放声大哭时,巴比说:"你觉得他办得到吗?"

那语调就像在问,病人是否能撑过一场生死攸关的手术。

"谁能办得到什么?"

"她的高尔夫球教练——你认为他能成功打进巡回赛吗?毕竟外头环境不好生存。"

巴比一直维持着面无表情,直到史考特扑了过来把他扯进水里,巴比高举着一只手臂,好让烟不要被水弄湿。史考特听到小布大喊时才放过巴比。

"喂!大男生们!有人来啰!"

在通往车库的入口处,站着一个戴着镜面墨镜的魁梧男子,他反戴着鸭舌帽,油腻腻的头发与黑色上衣满是汗水,垂下的大肚皮盖住了腰,就像火山熔岩流过悬崖。他正在芬尼家的豪宅院子里东张西望,仿佛来到

了迪斯尼乐园的孩子。

那是来收回车子的人。

他来这儿是要拿走史考特价值二十万美金的心爱法拉利跑车。知道这一刻将会来临,史考特两天前动用了他的退休金账户,买了一辆替代的车子:一辆两万美金的福斯柴油车。

史考特走向停车处。

另外还有两台拖吊车在路边等着,是准备拖走他的休旅车和蕾贝卡的奔驰车。回收人拿出一份写字夹板,说:"帽子挺不错的。"史考特签好了告知今日收回车辆的文件,然后看着那头配有康纳利[1]高级牛皮椅套,以及瞬间时速可达近三百公里的法拉利红马360 Modena双座跑车,被绞盘吊起放到拖车平台上,被固定好位置。即使他知道自己失去的是从未真正拥有过的东西,但见到自己的完美人生被一块块拆掉运走,还是让他心痛欲绝。

★★★

一小时后,仍觉得心痛不已的史考特四肢大开地躺在泳池旁的躺椅上。

"芬尼先生。"路易斯说。

史考特抬起眼看着路易斯,对方朝停车处的方向点了点头。史考特扭过身子,见到一对年轻夫妇站在那儿。男人身形纤瘦,三十出头左右,穿着浆烫过的蓝色长袖纽扣衬衫、卡其色宽长裤与黑色帆船鞋。男人的头发乌黑卷曲,肌肤呈现不健康的苍白,戴着金边眼镜。这男人看起来似曾相识。

那男人说:"我们约好了三点来看房子,按了门铃,但没人应门。"

史考特看了看手表,然后从椅子上爬起来。

---

[1] Connolly为英国著名车椅皮套制作公司,多为高级汽车(如劳斯莱斯)厂牌制造车椅皮套,原料皆采用上等牛皮。

THE COLOR OF LAW

"抱歉,我没注意到时间。"

史考特穿着泳裤走过去,裸着身子,光着双脚,然后伸出手。

"我是史考特·芬尼。"

"我是杰佛瑞·伯恩邦。这是我太太,潘妮。"

站在男人身旁的是他的妻子,相当漂亮,出身于高地园区青少年联盟,妆容精致完美,穿着红色背心裙与红色凉鞋。她的头发黑得发亮,露出的双腿肌肤颜色晒得均匀健康,身材喷火,红艳双唇正好搭配那一身衣装。就外貌上而言,这桩婚事可是杰佛瑞高攀了,而且高攀太多。

潘妮说:"你很有名。"

"恶名昭彰还差不多。"

她笑了,那充满挑逗意味的笑容对史考特·芬尼而言太过熟悉,于是他马上就知道潘妮是个怎么样的人,因为他在高中以及大学时和许多像潘妮这样的女孩约会过:出身良好的高地园区女孩,年轻时疯狂过后,现在准备和同样出身高地园区,并且能买得起高地园区豪宅的男孩安顿下来。

史考特比了比停车处、车库与后院,说:"车库能停四辆车,有冷热空调,泳池和水疗池,一卧一卫的泳池小屋,全都在高地园区正中心一亩的精华地带。来吧,我带你们逛逛。"

史考特领着伯恩邦夫妇走过屋子,先介绍电视广告级的厨房设备,里头铺着意大利瓷砖地板,在一面墙上绘制的法国糕点壁画,数百片十五平方厘米左右的手绘瓷砖,以及能容纳一人进入的超大冰箱,足够冰进半条牛。他继续领着他们参观食品储藏室,布置得井然有序的客厅与餐厅、起居室,接着来到地下室参观酒窖、家庭剧院、游戏间与运动室;运动室里有一张他自己的放大加框照片,那是他在对抗得州队那场比赛冲刺的模样,那幅照片已经挂在办公室十一年,现在则靠着远处那面墙随意摆放着。

"你是个传奇人物。"潘妮说,"你在对抗得州队那场比赛时,就像报纸上说的那样,真的跑出了一百九十三码?"

"当然。你很迷橄榄球?"

"我爱死橄榄球了。"潘妮说。

杰佛瑞漠不关心地瞄了一下运动器材后,便走出运动室。潘妮则继续流连了一会儿。她挤过站在门边的史考特身边时,看了他一眼,轻声说:"但我更爱橄榄球球员。"

他们发现杰佛瑞在游戏间里,在台球桌上滚着台球,然后一行人又继续上楼,参观了所有六间卧室以及附带的六套卫浴。参观行程最后在主卧室结束,那儿有一座石砌的壁炉,将卧房以及卫浴分隔开来,蒸气淋浴间足够容纳三个成人,还有一座豪华按摩浴缸以及能俯瞰整座泳池的休息区。杰佛瑞一直在证明他是个讨人厌的混蛋,不断在屋里的每一间房里抱怨小细节,还表现得这房子不过马马虎虎,他不是很喜欢,但还可以接受。但他骗不倒史考特;史考特在他眼中见到了真相,这就是杰佛瑞梦想了一辈子的房子。史考特会知道,是因为三年前他在自己的眼里见过同样的神情,就在这间同样主卧室的镜子里。

杰佛瑞说:"史考特,你是不是不记得我了?"

史考特:"不记得了。我该记得吗?"

"几年前我们一起处理过一件房地产交易。你代表戴柏瑞来协商,是北达拉斯的花园办公室计划。"

"哦,对。你是和贾仁法律事务所[1]的人一起来的。"

"是贾文法律事务所。"

"哦,对。"

---

[1] 原事务所名称为Dewey Cheatam and Howe,取自"Do we cheat'em? And how?"(我们有骗人吗?哪有?)的谐音,常用在滑稽喜剧中,为刻意虚构的法律事务所或会计事务所名称。后杰佛瑞纠正为Dewey Chatham and Howe。

"那时你搞得我们很难堪,不过我从你的表演上学到不少谈判技巧。"

"那我要向你收费。"

杰佛瑞笑了。

史考特又说:"那只是生意上的谈判,无关个人好恶。"

"那你也别把我的出价认为和你个人有关。"

"你出价多少?"

"三百一十万美金。"

"不,杰佛瑞,我不会认为这和我个人有关,因为这价码我不接受。"

杰佛瑞不屑地笑了笑,说:"别闹了,史考特,大家从报纸上都知道你发生了什么事,也知道你非卖房子不可。你没办法卖到最好价钱的。"

史考特到门厅的桌上拿起一份棕色信封,里头装着的是乡村俱乐部送来的最后一个月账单,蕾贝卡在这个月里总共赊账四千美金。

史考特将信封递给杰佛瑞。

"已经有人出价三百三十万美金了。"

杰佛瑞脸上不屑的笑容消失了。

"你在开玩笑吧?"

史考特装出最诚挚认真的表情,说:"我可没有开玩笑。"

杰佛瑞望了一眼潘妮。她赏给他高地园区女孩们在中学时便已经精通的嘟嘴撒娇神情,那表情微妙地处于惹人心烦的不满牢骚与性感得要命之间。潘妮非常厉害。而史考特知道杰佛瑞会另外凑足钱让潘妮成为快乐的高地园区妻子。

"我出三百三十一万美金。"

史考特笑了,说:"杰佛瑞,你买不起这地方,并不是什么丢脸的大事。"

多年以前,史考特还是街头上的穷小子时,就学会了你大可以侮辱高地园区男孩的母亲、姐妹、女朋友、运动天赋,他们都不会被激怒,但

黑色辩护人

只要质疑他在这个社群的财力，那就准备开打了。当下杰佛瑞的脸就越变越红，不只是因为史考特的刺激，潘妮也正捏着他的前臂，仿佛在测量他的血压。

"买不起？我买得起这地方！三百四十万美金！"

杰佛瑞早该在之前和史考特过招谈判时多用点心，因为显然他并没有学到多少。谈判的第一要件，就是绝对不要将自尊心带到谈判桌上。第二要件，别把太太带来。杰佛瑞违反了这两个要件，现在可要付出惨痛代价。

史考特将手伸了出去。

"这房子是你的了。"

杰佛瑞说："我还要里头的家电、窗饰和那个黑人。"

"什么？"

"我要家电用品和——"

"杰佛瑞，家电用品尽管拿去。你说你要那个黑人，是什么意思？"

"他不是这房子附带的吗？他是你的佣人，不是吗？"

"不，他是我朋友。他也不随房子附送。黑奴制度几年前就终结了，也许你在书上读过。"

杰佛瑞皱起眉头，但潘妮微笑着对史考特说："我得量一下家具尺寸，周一上午怎么样？史考特，那时候你有空吗？我很想再过来。"

★★★

"我真不敢相信，被克拉克强暴的其他受害者居然都不出面。"史考特说。

他们已经用完晚餐，小女生们现在人在楼上，史考特和巴比则坐在厨房地板上喝啤酒，离审判日期只剩下两周了。

"她们都吓坏了，"巴比说，"她们都见识到麦肯尔是怎么对你的。"

"那我们只能完全靠汉娜了。"

THE COLOR OF LAW

"还有我的诉书。"巴比说,"你看过了吗?"

"看过了,巴比,你写得真好。"

"那是我唯一真正喜欢的法律工作。"

"你为什么还是留在这行?"

巴比耸耸肩,说:"反正要转业也太晚了,还有我欠的那些债务,我没办法就这样不干了。而且,我知道这听起来很蠢,但我关心客户,大概是因为其他人都不关心吧!"

"你总是喜欢收容流浪狗。"

"我就擅长这种事。"

"我记得那只棕白相间的混种狗,你还叫它狗屎脸……之后怎么了?"

"被辆货车辗过去了。"

"老天。"

"我很喜欢那只狗。"他们安静地坐了一会儿,巴比又说,"这件事情结束后,也许你该离开达拉斯。"

"麦肯尔不可能把我撵出这里的,我要留下来。"

"很好。"巴比喝了口啤酒,说,"我们传唤丹·福特吧!他付钱替麦肯尔摆平那六个女孩,要他吐出她们的名字。"

史考特摇摇头,说:"他不可能吐出那些名字的。而且法官也不能破坏律师或当事人特权那套规矩。我自己都靠这项特权,替客户藏匿了足够多的该死的证据,不让人知道。"

"那除了莎汪达外,汉娜就是我们唯一的证人了。"

"你安排卡尔去调查德洛伊·劳德的底细了吗?"

"哦,有啊,正全力调查德洛伊那家伙。"

"那检方证人有谁?"

"我拿到了雷伊的证人名单,上头说明了审判会如何进行。"

"如何进行?"

黑色辩护人

"这是一件靠间接证据起诉的案子,大部分的案子都是如此。首先雷伊会传唤发现克拉克车子并打电话报案的达拉斯警方。之后他会传唤赶去麦肯尔家发现克拉克的高地园区警察。紧接着是处理犯罪现场,以及拍照的联邦调查局探员会被传唤,那些照片则会放上大屏幕。之后是达拉斯郡的验尸官,他会作证死亡原因以及死亡时间,最后是犯罪实验室的家伙,他们从枪上、车子上采集到莎汪达的指纹,并且测试发射过那把枪,弹道吻合。也会有一位法医出庭提供意见,模拟案件发生过程。小史,等到雷伊传唤完这些证人,陪审团都会相信是她杀了克拉克。"

"然后我们再传唤莎汪达,一个海洛因上瘾的妓女。"

"史考特,她必须要作证。第五修正案[1]内容听起来是不错,但陪审团员会期待一个无罪的人在他们眼前宣誓,看着他们的眼睛,发誓她是无辜的。"

"她看起来糟透了。"

"小史,如果你一天打三次黑海洛因[2]的话,你看起来也会一样糟。"

★★★

六百多公里外的南方,莎汪达·琼斯从右手臂上抽回针筒,躺回牢房里的帆布床上,等待海洛因进入她的血管,来到大脑,越过血液与大脑的阻碍,进入脑神经的吗啡类受体。当海洛因被这些类受体接收后,会涌动一股愉悦的感觉扫遍她纤瘦的身子,就像高潮,甚至比那更美妙。之后那股愉悦感觉消失了,她离开那个世界,接着进入平静的小小梦乡。

她想着她短暂的一生。她十二岁时第一次卖淫。她十四岁开始定期施打可卡因,十五岁怀孕,十六岁染上海洛因毒瘾。当了十二年妓女,八

---

[1] 美国宪法第五修正案中提及,非经大陪审团提起公诉,不得强迫人民在任何刑事案件中自证其罪,亦即不得利用被告证词对其进行诉讼。

[2] Mexican Black Tar Heroin,主要产自墨西哥的高纯度海洛因毒品,外观为黑色或褐色。

THE COLOR OF LAW

年的海洛因毒虫。

她唯一对自己感觉良好的时刻,就像此刻。当她打了这东西,她觉得自己又像是个小女孩,好快乐、好轻盈,干干净净。她不再穷困,也不再是白人的妓女。她再度恢复青春,不知道什么是毒品、什么是哈瑞海因大道上的卖淫,或是白人只想上黑人女子这种事情。她只是个快乐的小女生,就像帕修美一样。

而一想到她的宝贝女儿,她便忍不住哭了。她哭,是因为想到她的帕修美把海洛因也打进手臂里,为了钱而躺下,而且从来没有被好好爱过。她要她的宝贝女儿过得比她好,她要女儿有幸福的人生、嫁给一个好丈夫,并且住在美满的家庭里。她想要有人能像自己这样深爱着帕修美。

莎汪达·琼斯在这一生中唯一看得比海洛因还重要的,就是她的女儿。

21

隔天是周六,史考特、路易斯以及两个小女生,在中午时分来到了联邦大楼。路易斯待在大楼外的车子上,因为他和联邦调查局还有些不小的问题没解决。史考特拿着大野餐篮走进大楼,周末值班的警卫拿着金属探测器就位,照例将他从头到尾检查一次。既然史考特现在已不再在市中心俱乐部用午餐,他们养成了与莎汪达在联邦拘留所里一起吃午餐的习惯。

"芬尼先生,又来野餐吗?"

"是啊!杰瑞,要不要来点炸鸡?"

杰瑞是名白人,体重超重,将近五十岁。他笑了笑,拿起一只鸡腿。

249

他们走进电梯,来到五楼,接着遇见那名黑人警卫。

"荣恩,野餐时间到了,兄弟。"史考特说。

荣恩领着他们经过走廊,来到同一间小会议室,但他今天似乎不太对劲,不多话,而且神色严肃。他已经将桌椅都移到了角落。小布和帕修美将毯子张开,摊在水泥地上,然后在自己的位置上一屁股坐下。荣恩离开后没多久便带着莎汪达回来,她先拥抱了帕修美,接着是小布。

她转向史考特,问:"芬尼先生,你的女人跑了?"

"是啊。"

"因为我啊?"

"不是,莎汪达,是因为我。"

帕修美说:"妈妈,我们今天吃炸鸡!从白胡子的上校爷爷[1]那里买来的!还有马铃薯色拉、豆子和卷饼,是你喜欢吃的口味。"

荣恩搔了搔头,说:"芬尼先生,那个……我……"

"荣恩,要我告诉你多少次?叫我史考特就好。你要是叫我芬尼先生,要怎么和我一起吃炸鸡?"

"史考特……我得……那个,我得替每个人搜身一下。"

"什么?为什么?"

"我们搜过莎汪达的牢房,找到一些……"他看了一眼帕修美,才说,"一些管制物品。"

"你认为是我带给她的?"

荣恩摇了摇头,说:"不,先生,不是你。"

当史考特终于懂了荣恩话中含意后,两人同时慢慢转向帕修美。

史考特说:"帕修美,我们停在你家公寓时,你是不是带了东西给你妈妈?"

有了路易斯当保镖,史考特不再害怕回到国民住宅区,但那辆福斯

---

[1] 即肯德基。

柴油车并没有吸引到多少人的注目。少数注意到他们的居民，其实相当友善。一个少年问："路易斯说你在对抗得州队那场比赛，跑出一百九十三码，真的假的？你可是白人耶？"史考特对他保证绝无虚假后，少年说："你够厉害。"他们开车离去时，少年还向他们挥手道别。

帕修美耸耸肩，说："我只是拿了妈妈的药。"

"药原本放在哪里？"

"在厨房水槽底下墙壁里面的药柜。"

"请把药给我。"

她伸手到口袋里拿出一个小塑料袋，里头装满某种黑色物质。史考特将那东西交给荣恩。

"这是黑海洛因。"荣恩说完后看着莎汪达，又说，"这东西纯度可是百分之八十，你会因此死掉的！"

莎汪达扑向荣恩，想夺回小塑料袋。

"还给我！"

史考特捉住莎汪达，紧紧抱住她，直到她终于放弃，瘫软在他怀里。

荣恩说："芬尼先生，实在很抱歉，我现在就离开。"他打开门，但又停住，说，"莎汪达，你为什么不让法官送你到沃斯堡[1]的监狱医院？他们会让你服用美沙酮。"

莎汪达不发一语，荣恩只好一面摇头一面离去。史考特放开了莎汪达，她跌坐在地板上。他坐在角落一张椅子上，低头看着这名年轻的黑人女子。

"你为什么要这样做？"

莎汪达的眼抬了起来，说："因为那让我觉得自己很特别。"

"你不需要这样。你的确很特别。"

她笑出声来，说："你听起来就像路易斯。他总是说：'莎汪达，你是最受上帝宠爱的特别女孩。'"

---

[1] Fort Worth，位于得州北部，是得州第五大城市。

"他说得没错。"

"不，芬尼先生，他说错了。根本没人在乎过老娘，我爸爸不在乎，我妈妈不在乎，没有人在乎。"

"帕修美在乎。"他转过身子看向小女孩，问，"你爱妈妈，对不对？"

"是的，芬尼先生，我很爱她。"

"所以，我、路易斯、帕修美、小布、巴比……还有荣恩，一共有六个人觉得你是特别的。"

"芬尼先生，这听起来真令人开心，但如果我出狱了，我不认为我俩会常见面。"

"我们当然会常见面。我们的女儿已经是最好的朋友了，就像一对姐妹。"

莎汪达望向帕修美，问："是这样吗？小布就像你的姐妹啊？"

"是的，妈妈。"

她望向小布，问："帕修美像你的姐妹啊？"

"是的，女士。"

然后史考特见到她脸上第一次出现那么甜美的微笑。

"那样很好啊。"她抬眼望着史考特，说，"芬尼先生，如果我出不去了，或是被……你也知道……你能答应我一件事吗？"

"当然。什么事？"

"替我照顾帕修美。"

几周以前，史考特将一个黑人小女生带回高地园区的家里时，他的妻子曾问过他，万一她的母亲被判有罪，他要拿这小女生怎么办？收养她？当作自己的女儿抚养？让她去念高地园区的学校？那一天他没有回答妻子的问题，因为那天他想的不是帕修美的事；他只想到他自己，他只是害怕再回到国民住宅区而已。但今天他回答了这个问题。

"好的，莎汪达，我答应你。"

THE COLOR OF LAW

★★★

"简直太棒了！"小布说。

史考特和两个小女生已经看过六间房子，一间比一间便宜，直到他们走进这间约四十二平方米、位于南美以美大学旁的一栋小屋，屋子里有两间卧房、两套卫浴，还有后院，里头有绳子做的秋千，还有一座和比佛利大道4000号豪宅主卧室浴缸差不多大的泳池。房价只要四十五万美金，在史考特缩水的财力范围内能负担得起，而且房子位在高地园区学区内，所以小布不用到另外一间小学重新就读。

小布说："一间卧房给我们，另外一间给你。你可以睡大的那间。"

帕修美跑进了后院，于是史考特对小布说："宝贝，你知道，如果帕修美的妈妈出狱，她要回去和妈妈一起住的。"

小布那双绿色的眼眸抬起望着他，说："关于这个问题嘛，我们一直在设法解决。"

"我猜也是。"

"帕修美没有爸爸，现在我没有妈妈，所以我们想，也许你和她妈妈可以结个婚或什么的。"

"结婚？但她——"

"她只有二十四岁，我知道。但帕修美说老夫少妻是没问题的，她还说好莱坞一直都是这样。"

"但是，小布——我和你妈妈还没离婚。"

★★★

史考特以时速十二公里多的速度，在仰起十度角的商业跑步机上跑着。但他并不是身处达拉斯市中心的健身俱乐部里；他的头脑并不是很清楚，心情也没特别愉悦，眼神也没盯着在他面前跑步的年轻美女背后；也没有女孩在他后头的跑步机一面练跑一面瞄着他的臀部；他不觉得自己年轻、成功与充满男性魅力——或觉得自己特别。他只是在高地园区豪宅运动房里的跑步机上跑着,而再过两周,这房子就不是他的了。

那天上午去看过莎汪达之后,他脑袋里浮现了同样的问题:他到底做对了没有?他做出了正确的选择吗?拯救莎汪达的生命,值得牺牲掉他完美的人生吗?一个海洛因毒虫的生命,比得上他的律师生涯?只要雷伊·伯恩斯手上握有那些对她不利的证据,他是没办法救她一命的。她会被判有罪,然后处以死刑或在监狱服很久的刑。但他已经做出了牺牲,他的人生已经毁了。

在这场交易中,并没有所谓等值互惠。他已经放弃了自己的完美人生,而且将得不到任何回报。只要一想到这一点,那一片黑暗便又开始笼罩他的脑袋。于是他做了每当心情低落时他只会做的一件事——运动,而且是剧烈运动,一天运动两次,每天都如此。他一直不断健身,仿佛是为了要参加另外一场橄榄球季而训练体魄,他跑步与举重,靠着折磨身体让脑袋平静下来。

但健身让他想起橄榄球的一切,而想起橄榄球又让他想起拉拉队队员,想起拉拉队队员则让他想起蕾贝卡。他回想两人共度过的日子,那美妙无比的性爱,在夏威夷、洛杉矶以及伦敦的度假,当然,还有小布。他们已经在一起共度了十一年,而现在她走了。他们的婚姻是否一开始就是个错误?她曾真的爱过他吗?当然,史考特从未想过她有可能没爱过他,因为每一个人——球迷、教练、拉拉队队员——总是爱死了史考特·芬尼。

他有好多疑问,却没有人能让他问出口,得到答案。如果是他的母亲,会这么说:"那是上帝的计划,而上帝这么做是有理由的,即使我们并不明白那理由。"布奇则会说:"她是个自私的婊子,居然就那样跑了。"真相就在这两者之间。但他知道有一件事是真的:如果他没有娶蕾贝卡,就不会有小布。而没有了小布,对史考特·芬尼而言,也就没有了人生的意义。

THE COLOR OF LAW

★★★

"我他妈的该怎么办？杀了他吗？"

"老天，德洛伊，在高地园区里？"

德洛伊·劳德正站在麦肯尔位于乔治镇的宅邸起居室里。参议员人站在窗前，听完德洛伊报告与芬尼在购物中心发生的事件后，相当不快。

"我只是想警告他一下，但芬尼那家伙简直像疯了……哦，对了，你买了辆租用车。"

参议员挥手表示不想再听下去。替身价达八亿美金的家伙做事，德洛伊特别欣赏的一面，就是这位参议员不会为预料之外的三万五千美金花费多眨一下眼。他只要结果，根本不在乎花费，而德洛伊只须负责成果。

"现在他找了个大块头黑人当保镖。但如果你想要的话，我会再试一次。"

"不，别管了。你和那黑人家伙撞在一起，总有一个会送命。我还真需要这么做吗？又一桩与我有关联的谋杀案？所以芬尼的老婆跑了？"

"对，她和那个高尔夫球教练跑了。"

参议员脸上露出这天以来的第一个笑容，说："很好。"

"参议员，芬尼在电视上说了大话，但他找不到证据支持的。其他的那些女孩都不会出来作证，他们只有汉娜·史堤勒。"

"该死的！光她就够了！"

参议员从窗前转过身，在房里一面踱着步，一面大声讲着脑海中正盘算的事情："离选举还有十五个月。如果那妓女被判有罪，那大家都会认为芬尼在电视上所讲的不过是律师的谎言。从现在开始，几个月后就会被全部遗忘……民众的注意力周期不过就像两岁小孩。德洛伊，如果她被判有罪，我还是能入主白宫。但如果汉娜·史堤勒走进法院里，作证克拉克曾经对她施暴并强奸她……"

参议员开始摇头。

黑色辩护人

"但是,参议员,如果她不跑来作证,就只有那妓女说的话能当证词。"

参议员盯着德洛伊瞧了好长一段时间。

"德洛伊,去加尔维斯顿那儿看看那女人的情况。"

★★★

自从母亲去世后,史考特就没再掉泪过。而在这之前,他唯一哭过的一次,是他父亲去世的时候。那些人把他重重压倒在球场上时,他没哭;他们折断他的手指或肋骨时,他没哭;他们扯断他的膝盖韧带时,他也没哭,因为没有人会在橄榄球场上哭泣。

但史考特·芬尼现在不是在球场上;他躺在床上,而且在哭。

他的妻子为了一个高尔夫球教练而离开他;在一长串的羞辱事件中,这是骆驼背上的最后一根稻草,所有的细节都已经在地方报纸上按照发生顺序被报道了出来。全达拉斯都知道史考特·芬尼不再是天之骄子。才不过几周前,他还拥有美满的高地园区家庭:人人欣羡的妻子和聪明的女儿,还有非法墨西哥女佣以及跑得飞快的法拉利。今天他的家庭成员是一个绑着辫子头的白人小女孩、懂得在街头求生的黑人小女孩、被关起来的妓女、在电视指南里登广告的律师与住在车库里那位将近两米高、一百三十七公斤重的黑人保镖。

"A·史考特,你没事吧?"

小布的声音出现在黑暗里,史考特用床单抹抹脸,说:"没事。"

她爬上床,说:"没关系,我也在哭。"

史考特坐起来,将女儿拉进怀里,他感觉到她小小的身子在他臂弯里微微软瘫了下来。他以为她已经睡着了,但她轻轻地说:"我一直都很不一样,现在我可真的和别人都不同了。"

"为什么这么说?"

"据我所知,我是唯一没有手机或没有母亲的小孩。帕修美说她认

THE COLOR OF LAW

识的小孩都没有爸爸,但是都有妈妈。瑞秋和凯雷也没有爸爸……好吧,他们是有,但不住在一起,他们的父母离婚了,但他们周末的时候可以见到爸爸。"她又安静了下来。过了一会儿她说,"我想,我们在周末也不会见到母亲。"

史考特紧紧抱住了她。

"宝贝,现在只有我们了。"

然后他们一块儿哭了。

22

周一上午,巴比在九点之前就来了。他朝史考特全身上下粗略打量了一眼,说:"你要穿着马球衫和牛仔裤去和法官开审前预备会?"

"布佛能拿我怎么样?开除我吗?"

"你可真是用心良苦。"

他们从后门离开,正巧遇见要走进屋里的路易斯。在车库里住了快三周了,再加上史考特不断请求,路易斯终于大发慈悲,同意进屋来用餐。

帕修美正在煮早餐。

★★★

史考特将福斯柴油车转往南边,开上龟溪大道时,巴比问了:"你觉得这辆车如何?"

"这个嘛,法拉利从零加速到一百公里,只需要四点零五秒,这辆车则要半天,但是呢,这辆小宝贝省下的油钱可多了。"巴比笑出声来,但听到史考特问出"你为什么不气我"时,脸色转为严肃。

"为了什么?"

黑色辩护人

"为了那时候我把你扔下。"

"哦,是这回事。"他耸耸肩,说,"你留下又有什么好处?总之你就是走了,我茫然无助,于是娶了第一个说'我愿意'的女孩。婚姻维持不到一年,她花了这么久的时间才发现自己嫁了个窝囊废。离婚之后第四年,我遇见了第二任老婆。她哥哥就是我办公室隔壁酒吧的老板,她是个墨西哥女孩,脱下衣服之后是我见过最美的裸体女人。问题是,我不是唯一见过她裸体的家伙。她和酒吧里几乎每个男人都有染,其中有些人还是我的客户,他们现在还是。"

巴比做了个鬼脸,说:"这算是利益冲突吗?"

★★★

"他们连你的西装也回收了?"

雷伊·伯恩斯脸上依旧是那副讨人厌的嘴脸。史考特和巴比在布佛法官的会议室外头已经和雷伊打过照面,等会儿他们就会在里头开审前预备会。

"要命,史考特,你为何不干脆拿把枪抵着自己的头把脑袋轰掉,就像你的当事人对克拉克做的那样?这样你会少受很多痛苦。"

"雷伊,你在说什么?"

"你为了她,居然把你的事业置之不顾。老天,你真的一年赚上七十五万美金?而且还开法拉利?怎么,你是活得太腻了想做点好事,还是脑袋有问题?"

史考特经过雷伊·伯恩斯身边要进入布佛法官的会议室时,狠狠瞪了他一眼,然后他听见巴比说:"雷伊,你只会打嘴炮而已。"

"十九日挑选陪审团成员,二十三日周一对陪审员提前举证,解释案情。男士们,还有什么问题吗?"布佛法官说。

"有的,法官大人。"史考特说,"伯恩斯先生坚称此桩刑事案件于法须处以死刑,但此案明显不须判处死刑。"

THE COLOR OF LAW

雷伊·伯恩斯耸耸肩,说:"我们的立场是:受害者是联邦官员,而被告以抢劫行凶罪杀害了他。"

"雷伊,你也帮帮忙好吗?克拉克·麦肯尔当时是和妓女在一起,法令规定的是,官员必须是在执行公务的情况下才适用。而且她也没有行抢,只拿走了克拉克该付给她的一千美金。他身上还有六百美金,她并没有拿走那些钱,或屋子里的其他东西。"

"她抢走他的车。"

"只是为了要回家。"

"她的指甲里有他的皮肤组织。"

"克拉克攻击她的时候,她抓了他。她并没有否认当天她人不在那儿。"

"但她否认扣下扳机开枪,即使是为了自卫。史考特,你看,要是她愿意承认自己开了枪,也许我们会很乐意讨论不判死刑的可能性。"

"利用死刑迫使人认罪,那可是不当公诉,雷伊。"

雷伊耸耸肩,说:"我们管这叫公诉裁量权,史考特。"

"雷伊,听你在满嘴胡扯。"史考特说。

"你可是丢了工作。"

"男士们。"史考特正努力压抑住上前一拳揍死眼前这位助理检察官的冲动,这时布佛法官开口了,"关于死刑,代表政府的伯恩斯律师,以及我想应该是代表被告的亨林律师——"布佛法官的眼神从老花眼镜上方望向史考特,"这两位律师已经做过提报了。若情况需要,我们再提出讨论。还有别的问题吗?"

"没有了,法官大人。"伯恩斯说。

"没有,法官大人。"史考特说。

"很好,我们十九日再开一次会。"

三位律师站起身要离去时,法官说:"史考特,我可以和你单独谈谈吗?"布佛转向雷伊,说:"伯恩斯先生,如果你不反对的话?"

"不,法官大人,我不反对。"

雷伊和巴比离开会议室,将门关上。

"史考特,坐下。"

史考特坐了下来。布佛法官盯着他,就像心理医生对病患那样说道:"你还好吧?"

"是的,我还好。"史考特说了谎。

"我看了报纸上的报道,我想全达拉斯也都知道了。他们真的把你的女佣驱逐出境?"

"是的,法官大人。她现在人在新罗利多,等着绿卡。我已经尽了一切努力,但移民局说他们积压了太多案件。"

"史考特,如果我知道会发生这些事,害你失去工作,我绝对不会指定你。我料想得到麦肯亨会使这种手段,但丹·福特……"他的肩膀垮了下来,然后摇摇头,又说:"我不知道法律这行业到底怎么了。我还是执业律师时,处理这样的案子可是大有意义。但现在却极力避开,因为它很可能会伤害到事务所的生意。"

他看着史考特,脸上表情满是困惑。

"现在的律师除了钱,还在乎其他东西吗?"

史考特说出真相:"没有,法官大人,至少在我经验中是没有。"

法官哼了一声,说:"史考特,我可以问你一个私人问题吗?"

"当然可以,法官大人。"

"你那天在律师公会午餐会的演讲……你是真心的吗?你说的那些捍卫无辜者、保护穷人以及为正义奋斗?"

要说谎言还是实话?史考特在法官的眼里见到希望自己当时是认真的迫切渴望,所以他原本倾向要做出每个有经验的律师经常会这么做,而且也做得极为上手的事:说谎。但法官今天需要听到的是实话。于是A·史

THE COLOR OF LAW

考特·芬尼律师违抗了十四年的法律专业训练，说出了实话，真正的实话，他心里真正的想法。

"不是，法官大人。那全是违心之论。我只是说了那些律师想要听的话而已。"

法官严肃地点了点头，说："史考特，我很感激你的诚实。我准许你不用再处理此案。"法官的眼神落到法院日程表上。他一面开始写着东西，一面说："我会让亨林先生取代你，他似乎能力还可以，他的诉书的确写得不错。"

若是在两个月之前，史考特会因为法官的这番话而高兴得跳起来。但现在他呆坐在那儿，突然害怕失去最后一位客户，即使是位不付钱的客户，因为没有了客户的律师，不过是个普通人罢了。

"法官大人，我知道我不是个像您这样的律师，或是家母希望中的律师……该死，我甚至不是我自己想成为的律师。但我绝不轻言放弃。我比赛时从不放弃，我这一辈子从没放弃过任何事，我要把整场比赛打完！"

法官的眼神重新抬起，现在却是瞪着史考特。

"史考特，这可不是他妈的橄榄球比赛！"

法官粗哑的声音让史考特跳了一下。

"这件案子不是关于你、你的人生、你去对自己或是丹·福特或麦克·麦肯尔证明什么！这件案子是关于莎汪达·琼斯这个人的一生！她是被告！她有权得到辩护人的帮助！该死的！"

法官霍地站了起来，走到窗前，盯着外头瞧。过了一会儿，他才轻轻地说："我这法官已经老了，需要退休去照顾花园了。但像这样的案子到了我手上，我便知道我依然能对正义做出贡献，一次一个人——这就是正义运作的方式。一次救一个人。今天我们在这里保护莎汪达·琼斯，只要那个女人在联邦政府的拘禁下，她就是我的责任。政府逮捕了她、将她带离家庭和孩子，审判她的生死。听着，也许她真的杀了人，

黑色辩护人

也许她没有，我不知道。但直到陪审团做出结论，在法律的眼中她就是无辜的——在我的眼中也是如此。我会保护她，那是我的职责。而身为她的律师，职责是为她辩护，然后要非常确认政府律师证明她的确杀了人，排除所有合理性怀疑。这是宪法里所要求的，律师代表美国公民挺身而出对抗政府，这才是身为律师的意义。"

法官回到办公桌后坐下。

"我还是律师时，接过六件这种案子，被告是否有罪还是未知数，但在每一件案子里，我都确保政府必须证明被告的确有罪，而之后政府都没有办法证明。他们都是无辜的，也被无罪开释。六个人，史考特，我救过六个人的性命。我关心这些人，我也关心琼斯小姐。史考特，我死后不会留下多少钱财，但这些人是我对法律正义的贡献，他们让我不枉此生。琼斯小姐需要一个能关心她的律师，一个能为她挺身而出的人，这个人能了解为一名面对死刑的美国公民辩护是一件荣耀的事情。她需要英雄。你曾是如此杰出的橄榄球球员，我曾以为你应该也是位杰出的律师。但我错了。"法官拿起笔，又说，"这件案子你被解职了，我会指定亨林律师接手，并且延后审判。"

史考特跳了起来，倾身朝向法官的办公桌。

"法官大人，您不能延后审判！她会受不了的！她现在只是勉强撑着而已，我一直告诉她，很快就会过去的。如果您延后审判，她会死在监牢里的！"

法官往后坐了坐，脸上出现好奇的神情。

"这是怎么回事？你关心你的当事人？"

"法官大人，你说得没错，我之前的确没在意过她。但我绝对是个好律师，而且她需要我。"

布佛法官拿下老花眼镜，用白手帕擦了擦镜片，重新戴上后，他凝视着史考特，说："她是个海洛因毒虫，你知道这一点？"

"是的,法官大人。"

"你之前为何不向法院提出请求,将她转送监狱医院,接受毒瘾治疗?"

"我……我从未想过这一点。"

"好吧,我想过,但她拒绝了,因为她想待在离女儿近一点的地方。你见过海洛因上瘾者停止吸毒后的症状吗?"

"我不知道,法官大人。"

"到楼下去看看,她正一个人在牢房里经历地狱般的痛苦,她这么做只因为能见到自己的女儿。这一点告诉你什么?这让我知道,这女人心中还是有某些善良的部分,也许我们的确需要回头看看她卖淫以及吸毒的历史,而不仅仅只是假设她有罪,也许我们应该让她在犯罪疑虑这点上充分得到辩护保障,排除所有合理性怀疑。"他叹了口气,又说,"所以我找了伯恩斯,以他那顽固愚蠢的法律身份,要将她送入死囚房,上诉法院也多半会赞成,然后我找到了你。伯恩斯是没希望了——他是最糟的那种律师,满脑子政治,利用法律夺得权力、操控人民。而你呢,A·史考特·芬尼……这个 A 到底代表什么意思?"

"没什么。"

法官冷哼一声,说:"你不想要权力,你只想要钱。所以我要回答自己的问题是:你还有希望吗?我知道你带着她的女儿来看她,警卫说你们一周来三四次。那样很好。而且你还接纳了她女儿,让她住在你位于高地园区的豪宅里。那样非常好。"

法官停顿了一下,然后轻笑出声。

"你大概不会被考虑是今年高地园区的好居民了,对吧?但这件事让我知道,在你心中也有某些善良的部分。也许你还是有希望的,也许你不会变成另外一个丹·福特,也许有一天你能够让令堂感到骄傲。"

法官沉默了下来,他盯着史考特的眼神,如同所有那些曾想招募他

黑色辩护人

入校队的大学教练们,他们来到芬尼家租赁的屋子,观察他的身形体格,试着估量他的身价,理解他这个人,然后决定他这个人是否值得延揽。

布佛突然挥手要史考特退下,说:"走吧!"

"啊……什么?"

"去想清楚。我到中午之前还有其他听证会。你中午再回来——但除非你已经准备好要当她的律师。如果到时候你没现身,我便会要亨林先生取代你,并且延后审判。"

★★★

巴比和雷伊在外头等着。

"怎么了?"巴比说。

史考特摇摇头,说:"是私事。"然后他对雷伊·伯恩斯说:"雷伊,你一直都是个混蛋。"

"是啊,史考特,我可是个有工作的混蛋,判个死刑就能让我在华盛顿特区有间专属办公室。"

"你晚上怎么睡得着?"

雷伊笑了出来,说:"哦天啊,一位洗心革面的律师。十一年来你无时无刻不在向别人收费,赚上大把大把的钞票,住在豪宅里,开着法拉利——你的客户要为这些付出多少钱?接下来你被解雇了,于是像垂死的人突然见到一道光,想:上帝,我要做善事!都是屁话,史考特。你根本一点都不在意她,她不过是个黑鬼,对吧?两个月前,你还迫不及待想摆脱掉她,现在你却要当她的英雄?把这事告诉欧普拉吧!哦,史考特,我不是一个人睡的,我和会计部一位美艳的红发女郎一起睡。你和谁睡呢?不是你太太,她和她的高尔夫球教练睡在一起。"

史考特扑向雷伊,但巴比跳进两人之间。

"拜托,史考特。"雷伊不屑地笑了笑,"别担心,那婊子大概活不过毒品禁断期。"

在那么一瞬间，巴比放开了史考特，一拳揍向雷伊的嘴，雷伊往后倒在墙上。

巴比说："雷伊，我警告过你了。"

★★★

"芬尼先生，我真的很担心她。"警卫荣恩说，"我在想也许我错了，不该拿走她的药。"

他们站在莎汪达的牢房外。

在牢房里，她正躺在面向远程墙壁的床上，全身蜷缩，整个身体不由自主地颤抖着。她不断呻吟，仿佛濒临死亡，皮肤上闪着汗光，双腿不由自主地乱踢着。

"这就是为什么他们管戒毒叫踢掉这玩意儿[1]。"巴比说，"现在她会献出生命中拥有的一切，只为了换一次毒品注射。"

★★★

巴比揉着右拳，说："打人真痛。"

"巴比，我真以你为荣。"史考特将福斯柴油车开往高地园区的方向，并说，"你知道最让我恼火的是哪件事吗？"

"法拉利？"

"不是，是和伯恩斯有关。"

"什么事？"

"那混蛋没说错，我就是那种人。"

巴比一面活动右手，一面说："布佛想做什么？"

"他要让我离开这案子，指定你来接手。"

"你还是要放弃这案子？"

"不，我告诉布佛我不想，但他要我再想一想，然后中午回来这里，再让他知道我是否准备好要当她的律师。"

---

[1] 原文为：kicking the habit，戒除某种嗜好或事物之意。

两人沉默着，直到车子离开了市中心。

巴比轻声说："小史，我没办法接下这案子，我不够好，她需要的是你。"

★★★

一小时后，史考特由后门离开屋子，跑上比佛利大道后往西走。现在是上午十一点整，他有六十分钟来考虑是否要做出人生中最大的决定。

史考特转向南边，跑上湖边路，经过那些几乎与高地园区同时存在的宏伟老豪宅。这些豪宅坐落得比街道高，往下便能看见一处小公园与龟溪，史考特常带着小布到这儿跳过岩石、渡过小溪。

史考特往西在阿姆斯特朗园区大道上跑了一会儿，转往北方的普瑞斯顿路，跑上人行道，他左右两旁都是厚重墙壁，保护着崔梅尔·克洛、杰瑞·琼斯、麦克·麦肯尔的华丽豪宅，以及——

汤姆·戴柏瑞的豪宅。

汤姆将那台银色加长型奔驰由宅邸后门开出后，停下来挡在人行道上检查两方来车，史考特就差那么一点要撞了上去。他们只隔着不到一米的距离对望，汤姆穿西装打领带，但坐在装有奢华冷气空调的德国轿车里，史考特则只穿着短裤和跑步鞋，在将近二十八摄氏度的高温下全身汗流浃背。十一年来他们每天都会交谈；他们一起走遍全国，协商谈判各种交易，然后提出交易与成交；他们一起庆祝过胜利，一起为失败哀悼；他们曾一起吃饭，一起喝醉过；但他们永远都不会是朋友。史考特现在知道，成功的律师有多金的客户，但不会有忠实的朋友。

现在看着眼前这位曾给予他身份地位又将之夺走的人，史考特只见到一个悲伤的男人。这个男人有过四任妻子，但没有一个让他快乐过。其中三任妻子给了他六个孩子，他们选择不和父亲住在豪宅里，因为他们的父亲喜爱他的摩天大楼更胜于喜爱孩子。他有律师，但没有朋友。他有钱以及拥有一切钱能买到的事物，但却很少觉得快乐。要是在三周前，汤姆

刚开除史考特的那个时候，如果两人像这样在路上偶然碰见，史考特·芬尼大概会对他比出中指。

但今天史考特只是点了点头，然后对着奔驰里的悲伤男人微笑。

汤姆张开嘴仿佛想说什么，却又扭开眼光，用力踩下油门，银色轿车呼啸着开上了普瑞斯顿路。史考特看着汤姆在一团汽车废气中将车开走，便又开始继续跑步。他往北跑过购物中心区，以及仿声鸟巷。又跑了快一公里左右，他往东转向情人巷。他现在知道自己会在哪里结束这趟慢跑。

他沿着高地园区乡村俱乐部的边界跑着，俱乐部高耸的砖墙让人无法一窥里头究竟，但上端高架着一米左右花纹铁栏杆的墙面，有处将近一米长的破洞，于是史考特停下往里头瞧了瞧。四个年老的白人男子组成一队，正在第七洞前比画着，想在烈日晒得他们体力不支前打完一局。

史考特从小在高地园区长大，以前便常常透过这处破口，看着那些打高尔夫球的年老白人。这就像当年母亲根本无力在高地园区购物中心消费，却还是会与他去那儿逛橱窗过过瘾。他总说有一天他要变得很有钱，能够在高地园区买一栋豪宅，在乡村俱乐部打高尔夫球，在购物中心买下所有他母亲渴望的东西。不过在他有能力在购物中心替母亲买下任何东西之前，她便过世了。但四年前，史考特·芬尼被允许加入乡村俱乐部会员时，他曾想过母亲会多么为自己的儿子感到骄傲。过去四年来，他满怀骄傲地在这道墙内打高尔夫球，往外看着那些往里头瞧的人。

今天景观却不同了。

在墙里，这些老白人看来曾那么与众不同，因为他们如此富有；但从墙外看，他们充其量不过就是老头子。而史考特也明白了，正当他往里头瞧着那些人时，他们也在往外瞧着他。而且他在那些人眼里见到了嫉妒：他们绝对乐意放弃拥有的每一块钱以换取再次的青春，得到满头发丝、视线清晰的双眼以及清楚的头脑，一天不会老是忘东忘西好几次。他们再次活在强壮充满肌肉的身躯中，而不是现在剩下的这副衰败躯壳

黑色辩护人

里；能够一路跑完整条街，而不是几乎走不回高尔夫球小车上；能再次拥有健康的前列腺，而不需穿着尿布，因为手术让他们永久失能与失禁；能再次享受到性爱的愉悦。他们正往外看着一个眼前还有大好人生的年轻人；而他正往内看着没有前程、只剩下人生终点的老头子。

照料着老人的球童，是名中年黑人男子，穿着白色帆布工作服。这些黑人每天天亮前便在南达拉斯搭上公交车，一路往北来到高地园区，在一家他们永远都无法成为会员的俱乐部工作，只因为他们天生就是黑人。他们都是好人，就像路易斯那样，但对这家俱乐部而言却不够好，这些黑人整理白人的草皮、替白人找回丢失的小白球、扛着他们的球杆，然后装得像乱世佳人里的演员，说："哎呀史密斯先生，这一挥简直让您就像阿诺·帕玛[1]本尊耶！"只要让这些白种老男人觉得像南方大地主，就能得到更多小费。史考特一直对黑人当球童这种事感到不自在，但他以前每一局都还是雇用一位球童，因为这是俱乐部的规矩。

每打完一局，他会到男士餐室休息，和这些白种老男人喝上几杯、打几局牌，对于自己能被这些人接受、成为他们的一员、分享他们特别的空间、吸着他们呼吸过的空气，他曾那么引以为傲。他会一直听着他们说的每一个字——通常都是关于"黑鬼"、"非法墨西哥劳工"以及"犹太猪"的笑话与评论，完全不介意黑人侍者就在周围穿梭。但史考特与服侍他的侍者总会眼神相接，这时他便能感觉到侍者心中隐隐燃烧的怒气。

但即使曾与黑人一起打过橄榄球、和黑人一起淋过浴、与黑人同寝室过，也与黑人一起开过派对，史考特·芬尼却从来没有挺身而出，告诉这些白种老男人，他再也不会和一堆穿着宽松短裤的种族歧视主义者兼反犹太人的王八蛋一起打高尔夫球。不，A·史考特·芬尼律师只是对他们的笑话报以微笑，并点头附和他们的评论，以免冒犯了他们。因为冒犯了

---

[1] Arnold Palmer，美国高尔夫球家，被誉为男子职业高尔夫球历史上最优秀选手之一，为美国20世纪50年代第一位运动界明星。

THE COLOR OF LAW

这些白种老男人，会影响生意。

一年前的某一天，史考特曾问过丹·福特，这些白种老男人是不是真那么讨厌黑人、墨西哥人、犹太人。丹笑了出来，说："哦，才不是，他们讨厌很多人，不只是黑人、墨西哥人、犹太人。他们也讨厌民主党员、北方人、加州人、亚洲人、女性主义者以及穆斯林——所有和他们不同的人都讨厌。小史，你瞧，这些老混蛋的好日子是在五〇年代，那时候他们年轻气盛，而且达拉斯是白人的天下，这个世界里唯一黑色的东西是他们的石油，况且是得州铁路委员会控制他妈的整个世界的油价。现在全世界打得最好的高尔夫球家是黑人，达拉斯的市长是女人，油价则被一堆阿拉伯酋长控制。在他们的世界里，唯一还由白人经营运作的部分，就剩这间俱乐部。把车子开进那些大门里，就又回到了五〇年代。他们一心想要维持这样的方式，直到死去的那一天为止。不管你喜不喜欢，这些老混蛋拥有大部分的达拉斯，所以如果你想在这地方做个有钱律师，就得加入他们的俱乐部。小史，我的好孩子，这不过就是生意。"

丹·福特错了：这不是生意，这只是盲从。而A·史考特·芬尼也错了：他的母亲并不会因此对儿子感到骄傲。

史考特看了那些俱乐部会员以及球童最后一眼，注意到其中一名球童正瞧着他。球童脸上的表情变了；他认出了史考特。他对史考特微笑，并没来由地对他竖起了大拇指。史考特想自己认得这球童，却记不起他的名字——他从未问过他的球童叫什么名字——但他回复了同样的手势，然后继续跑步。

跑过几个街口后，他的心思仍放在俱乐部、球童以及他那善良的母亲上，这时他听到有人尖声叫着："史考特！史考特！"他慢下脚步，转过头，见到一台红色BMW轿车，有只手臂从车窗里正伸出来挥舞：要命！是潘妮·伯恩邦！

"史考特，等一下！"

黑色辩护人

潘妮的车子正要往相反的情人巷方向开去,于是史考特改抄快捷方式,他跑过克堤斯公园、两处后院,穿过一条小巷,再跑过几个街口,便从山冠大道跑了出来。他转向南边,一路沿着南美以美大学校区西侧边界跑过,然后跑进布勒法尔大学校区,就在南美以美大学法学院正对面。

他停了下来。

他在那栋建筑物里待了三年,花了三年时间研读法律——侵权法、税法、契约法、解决法律冲突、法律程序、资产法以及法律伦理,最后一项他在学校读过,实际当了律师后却很快就遗忘了。律师执业与伦理无关,而是与钱有关。

史考特再次开始慢跑,他跑过排成一整列的姐妹会宿舍区,他当年曾想,这样倒挺方便的,他约完了这个女孩再去找下一个时,不用跑太远。他回想起曾和住在这些宿舍里的女孩们度过的荒唐时光,然后发现自己不禁开始想知道——但他以前从未这么想过——那些女孩后来的生活是否过得顺遂?

他沿着布勒法尔大学继续一路跑入草坪修剪整齐的校区,接着往南跑上山顶巷,再往下,这条路便成了欧白路,让他得以直接跑入新盖好的杰拉德·福特体育馆,这座体育馆是以达拉斯身价上亿的银行家命名,而不是前任总统。他找到一处未锁的闸门,进入体育馆,找到最近的斜坡后便从体育馆下方的水泥建筑走出去,来到青绿的草地上。

比赛场地上只有他一个人。

他人生中最美好的比赛时光,就是在这长约一百一十米、宽约五十米的小小比赛场地里度过的。他以前一直以为,最糟的时刻也是在这儿度过的。辉煌的胜利与彻底的失败,无法丈量的欢乐时光与无法言喻的悲伤时刻。他仍然能闭上眼就见到观众,仍然可以听见他们欢呼,并闻到新割草地的气味。他仍然能尝到自己的血是什么味道,他仍然能感觉到橄榄球的重量。

THE COLOR OF LAW

史考特爬上通往看台的阶梯,突然做了当年他经常做的一件事:他要跳过那些看台一路往上冲。他的手臂前后迅速挥动,双腿痛得如同火烧,他就这样一路跑上了顶端。他转过身,看着远方市中心的建筑物群,那些在蓝天下呈现出暗色轮廓的摩天大楼。戴柏瑞塔是其中最高的一座,而在那座塔里的六十二楼,西德·格林堡就站在史考特的办公室里。西德看不见六公里外的史考特,但史考特还是对他比了根中指,这是原则问题。

在大学时代,他经常在晚上跑过这些看台,这样他才能坐在体育馆顶端,凝望着市中心的灯火,这是一座从看不见尽头的得州平原上凭空而起的翡翠之城[1]:蓝色荧光灯描绘出戴柏瑞塔的形状,体育场上头的灯泡让它看起来像圣诞树上的装饰,还有那只在木兰大楼[2]上的红色霓虹灯飞马。就像许多白种年轻人,史考特·芬尼曾被这些灯光,以及在这座大城市里致富的梦想所诱惑。这就是为什么他们要叫达拉斯为"伟大之城[3]",因为那是怀有伟大梦想的人所向往的目的地。这些人涌向达拉斯,就像罪人涌向耶稣:你想被拯救,去找耶稣;你想要致富,来达拉斯。史考特·芬尼便曾坐在同样的位置上,怀抱过伟大的梦想。

★★★

"对个老家伙来说,算挺厉害的!"

一副大嗓门将史考特唤回来,他的视线在体育馆里搜寻了一会儿,才见到一名大块头的黑人男子站在底下的场地边界。那男人看起来很眼熟,史考特走下看台向那人走去,离那男人越来越近时,他也认出了对方。

---

[1] the Emerald City 为《绿野仙踪》(The Wizard of Oz)系列中虚构之一城市。

[2] Magnolia Building,达拉斯第一座摩天大楼,由木兰石油公司(Magnolia Petroleum Company)所建造。

[3] 原文为:"Big D",D 即为 Dallas。

"大块头查理,是你吗?"

"小史·芬尼,老兄,你最近怎么样?"

史考特走到底下的场地后伸出手,但大块头查理用壮硕粗大的双臂紧紧熊抱住史考特,仿佛小史·芬尼才刚刚靠触地得分赢了比赛。

查理·杰克森有一米九,一百三十公斤——他十八岁念大一时就已经是这副宏伟身材。到了大四的时候,他已经重达将近一百五十公斤。他在球队的位置是右内锋,所以他必须在场地两端冲锋杀出血路,移开任何挡住小史·芬尼所经之处的障碍物。触地得分的是史考特,但领路的却是大块头查理。

大块头查理来自得州东边的泰勒镇,以鲜艳红玫瑰与黑人橄榄球员闻名。最知名的是厄尔·坎贝尔[1],但大块头查理的个子却是最大的。他选择南美以美大学就读,而没有去得州大学,是因为他不想离妈妈和姐妹们太远。他每周日早上开上两小时的车去上教堂,并在每周日晚上关门前回来。

史考特最后来自大块头查理的消息,是听到他被职业球队公羊队征召的消息。查理现在告诉他,他打了两个球季后,便因为膝盖伤害而无法完成梦想。于是他回到南美以美大学,当了十年教练指导进攻路数。史考特几乎每场比赛都来观赛,却从未注意到大块头查理。毕竟从场地界线到福特·史蒂芬斯事务所的私人包厢,距离太远。

"我们总用得上专门教授带球进攻的教练。"大块头查理说。他已经从报纸上知道了史考特的困境。

"谢了,但我还是想从事律师相关工作。"

"你会打赢官司吗?"

"我不知道。"

"你认为她是无辜的吗?"

---

[1] Earl Campbell,三度当选国家足球联盟明星球员。

THE COLOR OF LAW

"她不是蓄意杀人,但的确杀了克拉克。"

"这表示?"

"最糟的情况,就是她被判死刑。最好的情况,是她被判二级谋杀罪名,在监狱待上二十年。但要是没有海洛因或她女儿的话,她撑不了那么久的。"

"报纸上说你把她女儿带回去了。"

史考特微笑了,然后说:"是啊,她叫做帕修美,是个很棒的孩子。你有孩子吗?"

大块头查理点点头,说:"两个女生,七岁和十岁。"

"你一定是个好爸爸。"

"我爱这两个孩子更胜于橄榄球。"

"那她们很幸运。总之,那时候帕修美一个人待在国民住宅区里,所以我过去把她带出……"

"你去了国民住宅区?你一个人?"

"是啊,还开着法拉利。"

大块头查理仰天大笑,说:"开着法拉利的白人家伙跑去那么远的国民住宅区——场面一定很壮观!你居然还能活着出来!"

"我有个朋友,叫做路易斯。他就像你以前那样,替我掩护阻挡敌人。他现在也和我们住在一起。反正,第一天晚上,帕修美就把我女儿的头发编成了辫子头,蕾贝卡差点没昏倒。"

大块头查理微笑起来,说:"她离开之后,你还好吧?"

史考特摇摇头,说:"我只在晚上哭。"

"小史,那是因为你有副好心地。我们赢球时你会哭,输球的时候你也哭。你哭是因为你关心,关心输赢、关心你的队员,还有关心我。小史,你知道吗?我从没告诉过你,但你是我心目中的英雄。"

史考特脸上一定是一副惊吓的表情,因为查理又说:"少来,老兄,

我是说真的。你在对抗得州队那场比赛跑出一百九十三码——这可是前所未有的!那时你就是坚持不放弃,你也不准我放弃。那天比赛跑了二十三次线端外侧迂回进攻,我这大块头一下冲向右边,然后是左边,再冲到右边去,我想我就要直接在球场上挂了。但我会看着你,尽管每场比赛都被撞得惨不忍睹,但你总是会爬起来,永远都不放弃……老兄,你实在是不屈不挠。"

史考特叹了口气,说:"真实的人生可把我比下去了。"

"不,不是这样。你忘了你有副善良心地。问问你自己,它仍在那儿。小史,那时候上帝给了你一项才能,就是你的运动能力。当年我们在这儿做的,不过就是场比赛,但那个女孩的生命却不是。"他把手放在史考特的肩膀上,又说,"小史,你还看不出来吗?上帝给了你比当橄榄球明星更好的一项才能,你拥有能拯救那个女孩的能力。"

史考特看着大块头查理,这个男人曾在橄榄球场上对史考特·芬尼奉献出所有;而现在,同样又是在橄榄球场上,他甚至给了史考特更多。在那一刻,史考特意识到他需要莎汪达·琼斯,就像对方需要他一样。他需要成为她的英雄,那才是原来的他,是他想要再度成为的人,是过去曾在他人生中一直迷失的那一部分。校区里的联合卫理公会爱邻堂响起了钟声,将沉浸在思绪中的史考特唤回神。

"该死,现在几点了?"史考特问。

"正好中午十二点。"大块头查理说。

"可恶,我迟到了!"史考特伸出手,但大块头查理再次给他一个结实的熊抱。

史考特说:"谢了,我的朋友。"

然后他便往那座翡翠之城跑去。

★★★

美国地区法院法官山姆尔·布佛正坐在办公室里的桌后,他检查手

表上的时间：十二点三十分。还是不见史考特·芬尼，他不会出现了。

山姆尔·布佛叹了口气。他之前还对年轻的史考特·芬尼律师怀抱希望，但他错了。芬尼有成为英雄的智慧，这是毋庸置疑的；而布佛曾希望他仍有善良心地。但现在他看出他并没有。史考特·芬尼已经没救了，莎汪达·琼斯也是，还有司法体系。

就在这一刻，山姆尔·布佛决定要退休。

他离开的时候到了，他会退休去照顾花园，清理杂草、翻翻泥土，种些红萝卜、南瓜、高丽菜和西红柿，说不定可以用有机种植，把花园照顾得好好的，这是他一直没有时间去做的，自从……好吧，他从来就没有时间这么做。是啊，是该放下小木槌，拿起锄头的时候了。

他按下对讲机，将秘书唤来，说他需要口述几道指示。第一项指示，延后美利坚合众国政府起诉莎汪达·琼斯谋杀联邦官员一案的开庭审判日期。第二项指示，另寻替代史考特·芬尼的辩护律师。但要找谁呢？亨林吗？那孩子写得一手好文章，这点毋庸置疑，但被告需要的是英雄，不是作家。他真希望自己还是当年的执业律师山姆尔·布佛，那么他就会接下她的案子，并成为她的英雄。可是他现在是山姆尔·布佛法官。而且很快就是个退休的法官。第三项指示，口述他的辞职信。一如往常，秘书海伦动作很迅速，不到几秒钟门就被推了开来——

史考特·芬尼站在门口，只穿着运动短裤，而且汗流浃背。

"法官大人，我已经准备好成为她的英雄。"

山姆尔·布佛差点要从椅子上跳起来，走过去拥抱这名年轻律师，但说不定这会违反某条司法伦理规定，所以他极力压抑住激动的情绪。

"很好，孩子，她的生命就交付在你手中了。我希望你够勇敢，能担负起这责任。"

"我够勇敢。而且，法官大人，我会让家母以我为荣。"

史考特·芬尼转过身，从门口走了出去。海伦路进他刚站过的地方，手里已经拿着听写簿。

"准备好了,法官大人?"

布佛挥手要她离开,说:"回到你的办公桌去。我还有一堆案子要审理。"海伦转身要走,布佛又唤住她:"哦,海伦,等一下。"她转回来,"替我打电话给鲍伯·哈瑞斯。"

"鲍伯·哈瑞斯?"

"他是移民局地方分处主任。"布佛往后靠在椅子上,微笑着说,"我妈妈总是说,做好事会有好报。"

23

周六,吸引众人目光的马戏团来到了镇上。

不分男女老少,高地园区的有钱居民们一拨拨涌来。他们将车子停在路旁,没有人伺候他们泊车。在一整天都是四十三摄氏度如同压力焖烧锅的热度下,他们冒着酷热,走上一个或两三个街口,来到比佛利大道4000号的人行道前。他们是来见识只会在达拉斯郡其他地方出现的景观,他们可从不敢冒险走入那些小区里。

庭院大甩卖。

但这里卖的可不是二手烤面包机、坏掉的沙发、穿过的旧衣服、各式各样的玩具、婴儿学步车、汽车座椅和高尔夫球杆。不,此处的庭院大甩卖包含了弗朗西斯科·莫伦[1]的胡桃木餐具柜,贝芬·方耐尔[2]的桃花心木书柜、盖伊·查达克[3]的山核桃木电视柜、劳夫罗伦的皮椅、奔驰

---

[1] Francesco Molon,著名时尚家具品牌。
[2] Bevan Funnell,专门生产高级英国风手工制作顶级家具。
[3] Guy Chaddock,美国名牌家具。

THE COLOR OF LAW

域[1]的台球桌。这里还保证有各式沙发、桌子、灯以及整套卧室家具和东方风味织毯，这些家具摆设风格兼容并蓄，只有两点相同：这栋屋子之前的女主人曾非常钟爱这些东西，而且价钱都贵得要死。这里还有设计师品牌的衣装、鞋款与各式女用配件——丽琪·佛里曼[2]和鲁卡·鲁卡的洋装；路易威登（LV）和宝堤嘉（BV）的女用手提包；迪奥、唐娜卡伦[3]、马克雅各布[4]。当然还有周仰杰[5]的鞋子，安芳婷的上衣以及爱马仕的披巾，还有法国名牌加卡迪的少女服装，总共超过五十万美金的昂贵私人精品摆在这儿拍卖。尽管高地园区人会对穷苦白人与少数民族在路边拍卖挑东拣西，或钻进垃圾车里翻找东西的行为嗤之以鼻，但买东西讨价还价是人性本能，超越了种族、肤色、信条、国籍、政治立场或是社会经济地位。

所以他们来了。

他们走上铺砖车道，来到屋子后方的停车处、后院、可容纳四辆车子的车库，芬尼一家的物品就摆在这儿拍卖，以现金交易，因为帕修美说没有人在庭院拍卖上收支票或信用卡的。

一周之前的某次晚餐，小布问史考特要怎么处理他们的家当。他们有的东西已经足够塞满五栋在南美以美大学旁的那座小屋。史考特说不知道，但帕修美说她晓得该怎么处理："芬尼先生，办个庭院大甩卖吧！"由于曾在南达拉斯逛过数不清次数的庭院拍卖会，帕修美自愿筹办一切。于是拍卖的这一天，史考特只须坐在后院停车处出口的临时结账柜台，帕修美与小布卖东西时，他便负责从买家手上收取现金。

---

[1] Brunswick，美国品牌，专门生产职业比赛用的撞球台。
[2] Rickie Freeman for Teri Jon，美国知名女装品牌。Rickie Freeman 为 Teri Jon 创办人兼首席设计师。
[3] Donna Karan，纽约设计师同名品牌。
[4] Marc Jacobs，美国知名设计师同名品牌。
[5] Jimmy Choo，马来西亚知名设计师同名品牌，其所设计的鞋款为好莱坞女星最爱。

黑色辩护人

★★★

"我出两百。"戴着遮阳帽,自称是雅各布布斯太太的老女士说。

"听好,雅各布布斯小姐,"帕修美说,"芬尼太太可是花了两千美金买下那座长沙发,你只想出两百?我们定的可是七百,不过呢……"她四处张望了一下,然后压低声音,说,"只要你别告诉芬尼先生,我让你六百就买下。"

"我买了。"

帕修美用油性笔在标签上写上"卖出"与"雅各布布斯",并且把价钱改成六百。

她指着芬尼先生,说:"付钱给那位老兄。"

雅各布布斯太太走向芬尼先生。

"唷呼,那个有色人种的小女生!"

一名多话的老妇人从车库的方向对着帕修美挥手,帕修美走了过去,那女人正指着一张皮椅。

"那是劳夫罗伦的吗?"

"女士,我不是有色人种,我是黑人。好吧,我最多只有四分之一黑人血统。我爷爷是白人,我爸爸也是。所以我有四分之一黑人血统,四分之三白人血统。"她对那女人微笑,又说,"呵,要是我们有亲戚关系,我可一点都不会惊讶!还有,不对,女士,那不是劳夫罗伦,那是把椅子。"

"那是一把劳夫罗伦的椅子。"

帕修美耸耸肩,说:"随便吧!"

"价格是六百五十美金,但我只有一百元钞,"那位女士说,"你有零钱吗?"

"没有,女士,当然没有。"

"但我想要这张椅子!"

"那边那个男人也是。"

那女人转过头，问："哪个男人？"

"穿着蓝色短裤，大肚子的秃头佬，他正在和穿着条纹上衣的胖女人说话。他说要带太太过来看这把椅子。"

事实上，帕修美还没和那个男人说上话。

"你不准让他带走这张椅子！"

"女士，庭院拍卖的第一条规定，谁有现金谁就是老大。"

那个女人再次仔细打量研究这张椅子，然后又打量一下那个秃头家伙，接着又回头看看椅子。最后她终于说了帕修美知道她会说的话："那我付七百。"

帕修美从耳后拿出油性笔，一面写一面说："卖给哪位？"

"史密思，是'思念'的'思'。"

"付钱给那位老兄。"

"我就住在这条街，可以帮我运送过去吗？"

"不行，女士，但路易斯可以帮你扛回去。"

帕修美对路易斯招了招手，他避开拍卖场站在一旁，试着不引人注意，仿佛一个将近两米高，一百五十公斤重的黑人在高地园区一点都不突兀。路易斯过来后，她说："路易斯，这位好心的女士需要将这张椅子扛回家。"

路易斯弯下身子，张开双臂，抓住这张大椅子的两边，毫不费力便举了起来。他走向芬尼先生，仿佛拿的只是一袋杂货。

那位小姐说："我要付他小费吗？"

"不用，女士。"帕修美说，"只要别让他抓狂就行。"

史密思太太看着路易斯扛着椅子离去的宽大背影，皱了皱眉，说："我会付他小费。给二十块。不，给五十块。"她跟着路易斯走向芬尼先生。

帕修美摇了摇头：白人要是在国民住宅区那地方里，绝对撑不了一天。

小布走过来的时候,帕修美说:"妈妈会爱死这个的。"

"什么?"

"在庭院拍卖会上的有钱白人。"

"你们常去逛庭院拍卖会吗?"

"庭院拍卖会就是我们的购物中心。"

"你们买到过好东西吗?"

"没有像这里有这么好的东西。当然,我们不会去找名牌标签,我们只要确定衣服上没有血迹,没有人在家具上吐过就好。"

就在这个时候,一个戴着宽大太阳眼镜的女人,手里拿着一个手提包走了过来,问:"这是仿冒品吗?"

小布看了她一眼,说:"女士,我母亲宁愿死也不愿被人看见拿着仿冒品。那是路易威登原厂制品,零售价格是七百五十美金,我们只卖两百五十块,我母亲甚至从没把它带出门过。"

"我买了。"

"付钱给那位老兄。"

那名女人离开后,帕修美说:"你妈妈真有不少好东西。"

小布点点头,说:"母亲总是说,要是有哪个女孩说钱买不到幸福,她只是不知道能去哪里逛街,但我想她错了。"

小布从挂衣杆上拉过一件黑色晚礼服,说:"这件一千美金,她只穿过一次,是去参加俱乐部的派对时穿的。"她把礼服放回原处,又拾起一只红色细跟高跟鞋,说:"这要三百美金。"

"买鞋子?"

"迪奥的。"

"迪什么?"

"克里斯汀·迪奥,女人会为这些鞋子杀得眼红。"

帕修美拿起这只鞋,仔细检查,然后说:"我妈妈可以穿这些鞋子

去工作。"

★★★

史考特把蕾贝卡的衣柜整个儿搬到了后院,里头有上百件洋装、鞋子、裤子、上衣与各种样式与颜色的衣装。她那大得能走进去的衣柜,他从没进去探险过,所以从来都不知道她到底有多少衣服。他纳闷这些衣服到底花了多少钱。另外一位客人买了他太太的衣服,史考特接过了钱,脸上露出微笑。

★★★

帕修美举起一件粉蓝色穗边的迷你裙。

小布说:"那是母亲去牛仔大亨晚会时穿的服装。"

"穿上这个,它超适合妈妈与琪琪在哈瑞海因大道上工作。"

帕修美把裙子放回去,又拿起一件红色睡衣。

"内曼·马克思百货买的,"小布说,"一百三十美金。"

"你想芬尼先生会把这件卖给我吗?我能付七美金。"

"你想要红色丝睡衣?"

"买给妈妈的,这样她就不用穿着囚犯衣服睡觉。"

"原来如此。"小布想了一会儿,说,"A·史考特让我们负责定价,因为他根本不清楚母亲买这些东西花了多少钱——他要是知道了,铁定会中风——所以我要把这件折价成七美金。去付钱给那位老兄吧!"

★★★

"那个黑人小女生说把钱付给你。"

"没错。"

史考特抬起头,见到潘妮·伯恩邦。

"哦,呃……嗨,潘妮,找到你喜欢的东西了吗?"

"我找到了我第一次来就喜欢上的东西。"她露出意有所指的微笑,将艳红双唇舔得湿润,说,"你要不要去里头,看看我能不能再找到一次?"

"这个嘛，呃……潘妮，我得……呃……我得照顾收账柜台，不好意思。"

"你不需要现金，我全程免费。"

她弯下身，上衣敞开，露出她晒得匀称漂亮的双峰顶端。史考特吸进她的香水味道，于是意志变得软弱。他想象着潘妮身体贴在自己身上的感觉，他的手放在潘妮身上，她的手则放在他身体上……但他想到了小布。如果他就这么屈服于欲望之下，她大概会对自己的父亲嗤之以鼻。

潘妮说："我每天都过来，但你都不在家。你不想瞧瞧我还能做什么吗？"

事实上，史考特在家，但他一见到谁站在家门口前廊，便躲了起来，直到潘妮离开为止。

"哦，那个……我知道你很有天分，而且——"

"绑着丸子头的小女生说付钱给你。"

感谢老天！一位年迈的女士带着满手的衣服已经走了过来。潘妮在柜台上扔下三百块美金现钞，拿了两个蕾贝卡的手提包便随意走上车道离去，她结实的臀部在紧身短裤里扭来扭去，十分诱人。

★★★

巴比买不起小史拿出来拍卖的任何一件东西——这可不是因为这些家具和他那小屋里东达拉斯跳蚤市场的装潢风格不合——他也没有帮小布和帕修美卖东西，因为他说不定会一拳直接打飞想和他杀价的第一个贱女人。所以他现在人在车库里打台球，希望那活像从潇洒时尚杂志[1]上走出来，正在检查这张台球桌的家伙不会买下，因为他正希望小史可以把这张台球桌送给他，以折抵一些他的收费。他可以把台球桌放在客厅兼餐厅里。

"你太太在外头逛？"他问潇洒先生。

---

[1] 英文名为：GQ, Gentlemen's Quarterly，男性时尚杂志。

"对啊。"潇洒先生拿起台球杆,说,"来打一局?"

巴比耸耸肩,说:"有何不可?"

巴比一天会在二流购物中心办公室旁的墨西哥酒吧,打上两三个小时的台球,有时候更久。好吧,通常都比两三个小时还久。事实上,他的老客人如果有急事找他,也就是说,如果他们意外被刑警队逮捕的话,都知道要打电话去酒吧找他。

巴比把球放在球架里,拿出一张二十元美金钞票,说:"一局二十?还是这样太多了?"

潇洒先生缩了一下,说:"太多?"他一巴掌将另外一张二十元美金钞票叠在巴比那张上,然后开了球,没有一颗球进球袋。

巴比擦了擦他的台球杆。在第八杆的时候,他让八球进袋,赢了这场。他伸手要去拿那两张钞票时,潇洒先生说:"双倍或全赔?"

巴比露出了微笑,潇洒这家伙没有在墨西哥酒吧靠打台球赚过钱。两局之后,他太太过来找他时,巴比已经净赚一百四十美金,比他大部分当律师上班的时间赚得还要多。

★★★

小布看见一张眼熟的脸,说:"看见那边那个女人没有?金发的那个?"

小布指了过去,帕修美跟着她手指方向看过去。

"穿着短裙和高跟鞋的那个?很瘦的那个女生?"

"她是根棒棒糖。"

"棒棒糖?你是说让人舔的那种糖?"

"不是啦。你看,她的头配她的身体,显得太大了。"

帕修美仔细看着那个女人,说:"她看起来真的像棒棒糖。那个白人女生得多加些肉在她的骨头上。"

"母亲说她吃了之后就吐出来。"

"因为她生病了?"

"不是,是故意的!这样她才不会变胖。"

"小布,你在开我玩笑?"

"才没有!她是母亲在大学时的好姐妹。她嫁给了钱。"

帕修美皱起眉,问:"人要怎么嫁给钱?"

"只要你长得像她,就能找到有钱的老头子。"

"哦,这就有点像妈妈在做的,只是那样维持得久一点。"

"母亲说她只有二十三岁,但她做过丰胸、腹部整形、提臀和抽脂。母亲说她身上唯一真实的部分就是她的脑袋,而那只是因为没有人在做脑袋移植。"小布耸耸肩,说,"反正母亲是这样说的。"

"她的老男人在这里吗?"

棒棒糖转过身,走向一位坐在情人座椅上的白发男人,那张椅子是从客厅搬出来的,售价一千美金。她坐了下来,然后他拍了拍她骨瘦如柴的大腿。

"那就是他。母亲说他是个亿万富翁。"

"他看起来就像她爷爷。像他这么老的男人,妈妈会收双倍费用取悦他。他一定为了他的棒棒糖付出很多钱。"

★★★

那些史考特从未看过蕾贝卡穿过的衣服、他从未坐过的家具与他从没踏上过的地毯一件件卖出,他收钱收到来不及数。蕾贝卡把这栋两百平方米房屋里的每一寸空间都塞满了她的东西。现在史考特正卖出占据了一百六十平方米的东西,而且乐在其中。

"你女儿说付钱给你。"

一名中年黑人妇女已经走到史考特面前。

"嗨,我是史考特·芬尼。"

"我是朵乐斯·哈德森。我们才刚搬进这条街,"她微笑了一下,说,

THE COLOR OF LAW

"是高地园区历史上第一户黑人屋主吧?"

"哦,没错,我在报上读过你的报道。欢迎搬到这里,虽然我不会在这里再住太久。"

她同情地看了他一眼,说:"我也在报上知道了你的事。"

"是啊,你应该相信上头所写的一切。"

"我不这么想。你什么时候要搬走?"

"这房子周四交屋,要搬入的新屋则是周五交屋,审判结束后我们就立刻搬家。"

"好吧,如果时间兜不上,你又需要地方住的话,你和孩子们可以住在我们家。而且我想这些小女生这阵子一定都没尝到什么家庭料理,因为你太太——"

她显得很尴尬。但史考特微笑着说:"我太太不煮饭的。"

"是吗?但我会下厨。我会带点食物过来。"

"谢谢你,朵乐斯。"

"不,谢谢你,史考特。谢谢你做的一切。你知道,之前我们不是很确定,在这里买房子是不是正确的决定。我不知道我是否想要成为高地园区的罗莎·帕克斯[1],我们会不会被这儿接受。"

"朵乐斯,你们做了正确的事。这里大部分的居民,尤其是年轻孩子,他们不会找麻烦的。有些老家伙不会接受你们,但听我的建议,反正你也不会想与他们为友。"

朵乐斯付了钱,再次道了声"谢谢"。

★★★

小布拿着一件碎花背心裙给一名年轻女人看。

---

[1] Rosa Parks,出生于美国南方的黑人女性,为美国黑人人权运动之母。曾在公交车上拒绝让座给白人而被赶下车,当地黑人居民愤而发起拒搭公交车运动。

"鲁卡·鲁卡[1]，你听过他吧？意大利的设计师？"

"当然，谁没听过！"

她从小布手上拿过洋装，贴在身上比了比，完全合身。

"简直就和我母亲穿在身上一样漂亮。"

"你知道，我和你母亲立誓加入同一个姐妹会，她比我早进入六年，但她仍是所有女孩的典范——南美以美大学小姐嫁给了变成有钱律师的橄榄球明星，就像灰姑娘一样。"

小布点点头，说："那我一定没读到灰姑娘为了高尔夫球教练离家出走的那一段。"

★★★

巴比正准备开打一颗直线球，某人从台球桌对面走了进来，正好挡住了他的视线。他立起身想告诉那白痴快滚别挡路——

"嗨，巴比。"

——他差点没被台球杆打到。

"凯伦，你怎么会在这里？"

"我辞职了。"

"什么？"

"福特·史蒂芬斯事务所的工作。"

"你在胡……你在开玩笑吗？为什么？"

"我不喜欢他们想灌输我的念头。"

"让你像个律师？"

"是啊。"

"聪明的女孩。那接下来你怎么办？"

"留在你和史考特身边，一起处理你们的案子。"

---

[1] Luca Luca，品牌由米兰设计师 Luca Orlandi 所创立。

THE COLOR OF LAW

★★★

　　夏日夕阳余晖落在位于高地园区中心、比佛利大道 4000 号的庭院拍卖会上，所有的东西已经一件不留——连只鞋子、洋装或台灯，甚至连台球桌都不剩。不到九个小时，史考特就几乎卖光了十一年婚姻里累积的有形财产，所有能证明他的存在、他的抱负、他的事业以及他妻子的东西。

　　两个小女生在厨房另一边，正把所有收入加在一起。路易斯在数着他的小费，说："光扛东西就赚了六百。"他和史考特、巴比、凯伦·道格拉斯一起坐在地板上，吃着朵乐斯·哈德森带过来的炸鸡。桌椅已经以一千五百美金卖掉了。

　　"凯伦，"史考特说，"忘掉我曾告诉过你要如何当一名律师。我那时候错了。"

　　"你是个很棒的律师，史考特，事务所里的人都这么说，即使在你离开之后也是一样。"

　　"我没有离开，我是被开除的。"

　　"好吧，即使是被开除后也一样。"

　　"不，凯伦，我是个贪污的律师，我欺骗客户、法律，还有我自己。我为了胜利可以不择手段。我把律师这行业当成在比橄榄球赛，但它不是。"

　　"凯伦想要帮我们。"巴比说。

　　"为什么？"

　　凯伦说："因为你们需要帮助，而且我喜欢巴比。"

　　巴比的鸡腿掉了下来。

　　小布从那一头喊过来："赚了六万七千四百五十美金！"

24

拉丁文"Voir Dire"是一个法律词汇，意指"说出实话"。在美国司法体系里，这个词汇指的则是挑选陪审团的过程，也许是因为在一场刑事犯罪审判里，所有参与者当中，只有陪审员才真正想知道真相，其他人只想打赢官司。

在联邦法庭里，陪审员必须是美国公民、至少年满十八岁、英语听说读写流利、不能体弱、不能优柔寡断、未被处以重罪过，目前也未被控以重罪并等待判定中。要找到十二个符合以上条件的人很简单，但要找到十二个你想要的人，坐在那场决定你一生的审判里，却不是这么简单。

这时就需要采用陪审团成员预先审查制度。法官与双方律师对陪审员候选人提问，揭露会让这些人无法做出公正无私裁定的偏见、歧视与预设立场。至少理论上是这样的。但事实是，每一个来到法庭的陪审员，都有着自己的个人偏见、歧视与预设立场，让他们无法做出公正无私的裁定——这也正是两方都想要的陪审员。挑选陪审员的真正目的，是要找出十二位陪审员，且他们所持有的偏见、歧视与预设立场对你有利。

法庭里的审判无关真相、正义以及所谓美国民主自由精神，而在于是谁能赢。公诉律师想要的是定罪，这样他们才能建立让罪犯入狱的业绩记录，对于选举或是得到政府机关升迁的指派而言是必要条件；被告律师想要的是无罪开释，因为在引人注目的刑事案件中，无罪开释为他带来的是名利双收。因此公诉律师以及被告律师双方都不在意真相或正义：真相就是他们要陪审团去相信的那一切，正义则是他们打赢官司的那一刻。

THE COLOR OF LAW

在八月一个炎热的日子里，史考特·芬尼坐在达拉斯市中心里的一处联邦法庭里，他相信自己的当事人曾用那支口径点22的手枪指着克拉克·麦肯尔的头，并扣下了扳机。他也相信她这么做是为了自卫。现在他得询问坐在他眼前的这些男女，希望找出十二位会同意他的陪审员，而且，如果不能让他的当事人无罪开释的话，至少不要送她上死刑台。

布佛法官已经询问过这些陪审员候选人的法定资格，并只遣走了其中一位。那个人在被问到是否曾被控以重罪并等待判定时，他回答："他们根本什么都还无法证明！"

雷伊·伯恩斯接着询问这些陪审员候选人，是否在知道被告极有可能被处以死刑后，仍有意愿认定她有罪。七位候选人说他们在道德上反对死刑，于是被允许离去。

现在有二十九位陪审团候选人正盯着史考特·芬尼与罗伯特·亨林，等着被告的律师对他们提问。在之前每一场的陪审员审查中，坐在史考特·芬尼身边的一直都是位收费昂贵的心理学家，其专长便是挑选陪审团成员，而不是在二流购物中心里的墨西哥酒吧旁边执业的街头律师。那些挑选陪审员的专家，为了可高达一百万美金的收费，会事先模拟开庭状况、举办焦点团体访谈、做审判前的民意调查，以建构出理想陪审团详细的心理分析。

他们会调查陪审团候选人的职业、收入、宗教、习惯、政治倾向。他们会研究这些人的衣装、肢体语言以及在审查中所回复的答案。他们会指导律师要开什么车去法院大楼（把奔驰留在家里，因为陪审员可能会在停车场看见你）、穿什么衣服去开庭（不要戴劳力士或穿双排扣的亚曼尼西装）、在陪审员面前要如何表现（让你自己"人性化"些，也就是说，在这些陪审员面前假装你是正常人，对大多数律师来说，这项要求的难度只低于穿着低调）。询问完每一位陪审员候选人后，他们的拇指会对着律师往上竖起或往下指。

律师在第一次的陪审团庭审中便学会了一件事：在选择陪审团成员时，便已定下了官司的输赢。今天只要你钱够多，就能合法安排一个陪审团。但既然史考特与他的客户都没有足够的钱去雇用挑选陪审员的专家，也没有付费顾问坐在史考特身旁，只有巴比。于是史考特对着眼前的男女说："我现在很紧张，不知道从何开始。我从未代表过被控谋杀的人出庭。你们也很紧张吗？"

有人开始点头。

"好吧，与其我问你们一大堆问题，我们不如先随便聊聊。忘掉我们在这里的目的，忘掉你们可能会成为陪审员，忘掉我是律师——你们大概已经在报上读过了，雇用我的前法律事务所一直想要忘掉我是名律师。"

陪审员席里传来几声轻笑，史考特突然有了个主意。

"死在高速公路中间的响尾蛇，和死在高速公路中间的律师，有什么不同？"

一名女性陪审员说："那条蛇的前面会有刹车痕。"

陪审员都笑了。

"为什么纽泽西拿到的都是有毒废弃物，加州却得到一堆律师？"

一名男性陪审员说："因为纽泽西有优先选择权。"

陪审席上传来的笑声更大了。

"律师和精子有什么共同点？"

一名男性陪审员说："两者都只有百万分之一的机会变成人类。"

哄堂大笑。

同样那位陪审员说："你怎么知道律师在撒谎？"

一名老女士说："看他嘴巴在动就知道了。"

另外一人说："律师是个有说谎执照的骗子。"

又是另外一人说:"如果国税局官员和律师都要溺死了,你只能救一个,你会看报纸还是去吃午餐?"

史考特终于打断了众人乐在其中的滔滔不绝。

"拜托,我念的可是法学院,是我要说这些笑话才对。"

陪审员的笑声慢慢停了,但脸上依旧保持着微笑。

"我看得出来,你们都不关心律师?"

全部二十九个人断然摇头。

"为什么?"

一位老人说:"因为律师分不清真相与赢得辩论有何不同。"

一位老妇说:"因为律师认为耍小聪明就等于精明。"

一名年轻女人说:"因为只要对律师的案子有帮助,他会告诉你天空是绿的。"

一名年轻人说:"因为律师贪得无厌。"

巴比说:"是啊,而且他们还——"

"巴比!"

史考特转回陪审员面前,说:"亏他还是个律师!"

陪审员又开始轻笑起来。

雷伊·伯恩斯站了起来,说:"法官大人,如果芬尼先生已经表演完了单口相声,也许我们可以——"

"坐下,伯恩斯先生。"法官说。

雷伊·伯恩斯坐了下来。

史考特对陪审团候选人说:"好吧,我想我们已经证实了各位都痛恨律师。但那没关系,这是我们活该。但我的当事人却不然,你可以因为我是律师而痛恨我,但请不要因为痛恨她的律师而痛恨她。她的生命掌握在你们手中,给她一个公平的机会。你们都能同意这点吗?"

这些人脸上的微笑消失了,取而代之的是严肃的神情。

每一位陪审员都点了点头。

"好,现在我需要问你们几个问题。第一,你们有人接受过陪审员审查吗?"

一位戴着鼻环的年轻人举起了手,问:"就像有四个那样吗?"

"四个什么?"

"四个人。你知道,就像三角家庭[1]多加一个人。"

布佛法官无力的声音从后头传来:"你可以走了。"

年轻人站起来,耸了耸肩,拖着脚步离开了法庭。

史考特说:"有谁没有听过这件案子?"

无人举手。

"好吧。我的客户是个妓女,还是海洛因毒虫。你们也都知道,对吧?"

他们点了点头。

"那么我只再要求你们一次:不要对她做出任何预先的判断。不要做假设。你不会知道另外一个人过着什么样的人生,除非你曾短暂体验过她的生活。琼斯小姐今天不在场,是因为她病了,她正承受着戒毒的痛苦。你们有多少人抽烟?"

八位陪审员举起手。

"想象一下,如果要你立刻直接戒烟的感觉。"

他们点了点头。

"你们有人招过妓女吗?"

没有人举手,但有个人的眼神左右飘移了一下。

"这位先生?"

---

[1] Ménage á trios,法文,意指三个人之间的暧昧关系,通常是一对夫妇与一方情人共同组成的家庭。此位年轻人可能误将 voir dire 中的 "voir" 听成 "four" 而做出此回应。

"我没有招过妓女,但和一个妓女上过床。"

法官说:"你可以走了。"

史考特用拇指翻阅着陪审员们做过的问卷调查,见到一张高中橄榄球教练完成的问卷时停了下来。大部分的橄榄球教练都认为自己比一般人聪明,因为他们了解妨碍接球的定义。但让史考特停下的,是橄榄球教练的另外一种预设立场。于是他转头面对第二十八号陪审员,说:"教练,得州出身的最佳后卫是谁?"

教练想都没想就问:"黑鬼还是白人?"

法官说:"你可以走了。"

教练离开后,史考特转向另外一位陪审员,这是一位脸上有着晒伤的老人,让史考特知道他在户外工作。

"先生,问卷上第十一个问题问您就学程度到哪里,您的回答是约二十公里。"

"是的,先生,我们住在乡村,所以得走那么远去上学。"

"呃,这个问题问的是,您最高的教育程度。"

这人很老实地一脸尴尬,说:"哦,真糟糕,对不起。我英文拿过一次乙等。"

法官说:"你可以走了。"

史考特现在转向一位手里紧拿着放在腿上的大皮包,露出一副担心神情的老妇人。

"女士?"她抬起头,"女士,有什么事情会阻碍您参与这次的陪审团?"

"我能准时回家看欧普拉秀吗?"

法官说:"你可以走了。"

★★★

开车回家的路上,巴比说:"我能准时回家看欧普拉秀吗?这答案妙。"

史考特让七位陪审团候选人出局,雷伊·伯恩斯则是九位,将会决定莎汪达·琼斯生死的十二位陪审员已经选出,并且会在周一开庭的审判中列座出席。一共有七位男士、五位女士;六位白人,四位黑人,还有两位拉丁美洲裔人;职业有老师、护士、木匠、牙医助理、汽车销售员、两位家庭主妇、技师、专科学校教授、承包商、酒吧、杂货店职员。

史考特问巴比:"你相信凯伦吗?"

"相信啊,怎么了?"

"我担心她是丹·福特安排的人。"

"你是说间谍?"

"是啊,来窥探我们的策略。"

"什么策略?祷告吗?"巴比微笑着说,"小史,别担心,她不是间谍。"

"你怎么能确定?"

"记不记得几周前,我在泳池旁说我大概不会再有机会恋爱了?"

"记得啊。"

"我错了。"

"你是说……"

"没错。而且没有女孩会只为了钱就和我交往。相信我,我知道她不是间谍。"

★★★

再多的钱也无法让被强暴的阴影消失。身体上的痛苦消失了,但汉娜·史堤勒心灵上的痛苦永远不会消失。

THE COLOR OF LAW

　　这是个美丽的加尔维斯顿市午后，阳光很温暖，但吹拂在她肌肤上的海风却很凉爽。汉娜沿着比海面高出约五米的海堤散步。在她的左方，越过大道，是餐厅、酒吧、礼品店、海滩前公寓、旅馆；在她右方则是沙滩，沙滩再过去便是墨西哥湾，来自那儿的棕色海水一拨拨涌上岸，裂成细碎海浪后，消失在沙滩上逐浪的孩童脚边。在汉娜目光所及之处，五颜六色的遮阳伞沿着海滩两边延伸点缀，孩子的父母们就坐在那些伞下。其他小孩则在盖沙堡或找贝壳，有几名冲浪者想要找到够强的浪头上去冲一回，但运气不怎么好。

　　汉娜喜欢沿着海堤散步。

　　她的治疗师说，散散步对她而言是件好事，因为一旦了解她身边的世界依旧在运转，那么她的世界一定也是如此。但汉娜的焦点总是放在孩子身上；她的治疗师说总有一天她会有孩子，但汉娜并不认为自己还能够与人发生亲密关系。克拉克·麦肯尔已经毁了她的人生。

　　现在他的人生也已经完了。

　　得知克拉克死讯的时候，她曾试着让自己不要幸灾乐祸。但在她内心深处，她希望他死得很痛苦。现在她是那名女被告的唯一希望，芬尼先生是这么说的。被告的唯一希望。所以汉娜会在周日坐飞机前往达拉斯，自从离开那儿之后，这是她第一次回去。

　　她办得到吗？

　　她能走进法庭，坐在那儿，看着麦肯尔参议员，然后告诉全世界克拉克对她做了什么吗？

　　她是拿舞蹈奖学金进入南美以美大学的，她喜爱跳舞，但自从那一夜之后，她再也没跳过舞。那场强暴改变了她的人生，她一直没有办法恢复，或是继续过日子。她的治疗师说服她，去那场审判里作证，也许能终结她的创伤，好让人生能继续。她走着走着，几乎要撞到一个人。

295

"抱歉。"她说。

"嗨,汉娜。"那人说。

汉娜抬起头看着眼前高大的秃头男子,然后哭了出来。

★★★

唯一有空位的椅子是在潘妮·伯恩邦旁边。

史考特与巴比已经回到家,和路易斯与两个小女生一起用了午餐。之后史考特开着那辆福斯柴油车到这间不动产权调查公司,去处理比佛利大道4000号的买卖过户手续。接待员领着他来到一间小会议室,他将在这儿把自己的豪宅签约过户给杰佛瑞·伯恩邦夫妇。

潘妮脸上挂着微笑,拍了拍那张空椅子。

处理过户的产权中介乔伊坐在杰佛瑞的身旁,史考特向乔伊自我介绍了一下。乔伊正专心阅读那一大叠文件,就像珠宝商在专心检查一批还未切割过的原钻。史考特绕过桌子,坐在潘妮身边,并在桌子底下将椅子往前移动,但他还没坐稳,潘妮的右手已经放在了他的左膝上。

"史考特,我还是得量量家具。"她说。

她今天穿着强调浑圆双胸与细腰的背心裙,她的手往上移到史考特的大腿根部。他朝底下伸出手,抓住她的手腕,把她的手坚定地放回她的大腿上。她微微噘起了双唇。但他一放开她的手腕,她的手便又回到他大腿上,仿佛会自动弹回原位的纱门。她微笑了起来。

乔伊将一叠文件推给桌子另一边的史考特,并开始当众列举过户声明上的数字。

"卖方以三百四十万美金卖出,扣除所支付的房贷后仍有余额,借贷本金为两百八十万美金,外加两万四千八百九十美金的滋生利息,产权公司执行契约费用是一万九千美金,产权公司交付托管费用是——"

"两百五十美金?"杰佛瑞说。

"标准收费。"乔伊说。

"但没有需要交付托管的必要。"

"我们仍然要收费。"

"但是——"

"杰佛瑞,我来付这两百五十美金。"史考特说。

他没有心情在三百四十万美金的交易里,为了两百五十美金的收费争论。即使扣除那项费用,史考特从这笔买卖中依然可净赚五十万美金以上。缴完税、南美以美大学旁那栋他们重新开始过户的小屋完成过户后,加上退休账户里的余额,以及庭院拍卖赚来的六万七千美金,已足以让他开始新生活。

他再次移开潘妮的手,小声说:"住手!"

杰佛瑞与乔伊在桌子对面交头接耳讨论买方的过户文件,文件数量多了许多,因为包含了杰佛瑞与银行的贷款文件。史考特的思绪回到三年前,当年他也是签署了类似的贷款文件以便买下同一栋房子。

史考特在那些过户文件上草草签名:过户声明、留置权宣誓、非外国居民证书、缓税协议,最后是将他梦寐以求的豪宅转让给杰佛瑞·伯恩邦以及其妻子潘妮·伯恩邦的契据。签下 A·史考特·芬尼时,史考特的手在发抖。他将契据推给桌子对面的杰佛瑞,就这样,他梦寐以求的家没了。他感觉仿佛将自己的男性象征交了出去。

史考特脸上发热,但说不上来是因为将屋子签约卖给别人的激动,还是因为潘妮手上的动作。他只知道他得尽快从这场过户中脱身,所以他在最后一份文件上草草写上名字,那是一份暂时租约,让他能从伯恩邦夫妇手上暂时将房子租回十天,好让他有时间将房屋内的物品搬清。史考特将文件推给桌子对面的杰佛瑞,他从那叠文件中抬起眼看着那份租约,然后又看看史考特,再看看潘妮,又再看看史考特,他的眼神怀疑地眯了起来。

"这他妈的是怎么回事？"他说。

史考特的身子僵住了，潘妮的手也是。

"呃，杰佛瑞，你这是什么意思？"

杰佛瑞拿过租约，说："十天？应该是七天。"

史考特放心地松了口气。

"杰佛瑞，是你要把过户提前到今天的。"

"反正你不能快点搬出去吗？我们已经准备好要搬进去了。"

"不行，杰佛瑞，我没办法。我周一还有件谋杀案子要开庭，你大概已经从报纸上知道了，这比你早几天搬进我家还重要一点。"

"史考特，那已经不再是你的家了。"

杰佛瑞的说话态度充满了自负，毫不知晓他的妻子此刻正在爱抚另外一个男人。

★★★

那天晚上，念完睡前祷告后，帕修美问史考特："所以那十二个人将决定妈妈会怎么样吗？"

"是的，宝贝，他们会。"

"芬尼先生，你信任他们吗？"

"这个嘛……我对他们还不够熟，不知道我能不能信任他们。我希望他们能设法做到公平。"

帕修美说："那我要为他们祈祷。"

"为陪审员？"

她点点头，说："妈妈总是说要去为其他人祈祷，这样他们才会做对的事。就像她说过，我应该为你祈祷。"

25

史考特在周日早上醒来时，心里立刻充满恐惧。法院的审判将在二十四小时内开庭了，而他这个辩护律师到底有没有足够的能力去挽救莎汪达的性命？过去十一年来，每当他需要帮助时，史考特总是会去找丹·福特。现在他需要帮助，而却想到了布奇·芬尼说过的话：儿子，需要帮助的时候，就把膝盖跪下。

史考特滚下床，穿上短裤，匆忙走过走廊，爬上楼梯来到三楼。他在床上找到那两个小女生，帕修美正在整理小布的辫子。

"小女生，快穿好衣服，我们要去教堂。"

小布的嘴张得好大。

★★★

路易斯领着大家走上人行道，来到东达拉斯一处小教堂的门口，帕修美说："我很好奇为什么你从来都不去教堂。妈妈和我每周日都上教堂。我还以为也许白人都不去教堂的。"

"为什么之前你都不说你想去教堂？"史考特问。

"芬尼先生，那样会不礼貌。"

史考特·芬尼曾和父母定期上教堂，但布奇死后，他便失去了对宗教的热忱。为什么上帝要带走像布奇·芬尼这样的好人？但他仍旧与母亲一同上教堂，直到她去世为止。他最后一次走入这座教堂，是为了参加母亲的葬礼。

黑色辩护人

★★★

牧师的说道还比不上大块头查理。

在两周前的那天晚上,他们分道扬镳前,大块头查理曾说:"上帝给了你天分,并不表示你很特别,那是表示你受到了祝福。"

史考特终于明白,母亲当年说他是有天分,但那并不是指橄榄球时,到底是什么意思。他知道是他过去的一生将他引领至这一刻、这场审判,以及莎汪达·琼斯。法官说得没错:她需要一名英雄。她需要他,而他也需要她。但史考特已经许久不曾是某个人的英雄,而他也实在不知道自己是否还有当英雄的本事。

他的眼神往下望着两个坐在他身边的小女生。小布和帕修美的眼神抬了起来,与他相对而视,就像从前在这同一座教堂里,他常常抬起眼望着布奇的模样。他再度忆起了父亲说过的话,于是他身子往前跪了下来。

然后祈祷能得到帮助。

★★★

一点五公里外,巴比·亨林正坐在他简陋的办公室里,打着一份审判诉书的草稿。前门被顶开了,因为房东周日不开空调。他吸了口气,闻到一丝廉价古龙水气味。他抬起头,站在门口的是一名白人,秃头、身材魁梧,而且脖子粗厚。是德洛伊·劳德。

卡尔对德洛伊·劳德做过更完整的背景调查,发现这家伙在身为缉毒探员时,不断因为滥用暴力而被谴责。卡尔说他正在更深入调查,但到目前为止还没有回报。

巴比试图维持镇定,但德洛伊手伸进西装外套时,他还是缩了一下。

"德洛伊,别轻举妄动!我一叫周灿就会过来,而且他会空手道!"

德洛伊轻声笑了出来,说:"那个黄种人只会做炸面饼,而且周日

还不开店。亨林，你只有一个人。"

但德洛伊拿出来的不是枪，而是一个信封。巴比松了口气。德洛伊将信封扔在办公桌上，巴比打了开来，里头是一张抬头写罗伯特·亨林律师的支票，金额是十万美金。巴比突然对自己的法律专业地位感觉欣慰多了——他终于重要到可以被收买了。他仔细检查着这张支票。

"开曼群岛银行[1]开出的银行支票。德洛伊，这招真聪明，这样就无法追查到麦肯尔了。"

"我们可不笨。"

"这有待商榷。"

"亨林，这是笔交易。那浑小子克拉克不管死活都不能阻挡他老子踏向白宫之路的美梦。所以你只能二选一：拿钱走人或是被逮捕。"

"为什么？"

"因为你贩毒。"

"我又没有毒品。"

"我施点小手段，你就有了。我会打电话给我在缉毒组的好兄弟，他们就会来抓你。"

"以你在缉毒组的记录？我可不这么认为。我会告诉他们，是你栽赃把毒品放在我这里，然后让测谎器测个谎，他们就会逮捕你。所以，怎么，麦肯尔以为小史没了我，就无法替她辩护吗？小史不需要我的。"

"他之前就证明过这一点了，不是吗？"德洛伊露出牙齿，笑了出来，说，"据伯恩斯所讲的，你是他唯一的良知。"

巴比将支票放回去，把信封扔回给德洛伊。

"滚出去。"

"你可犯了大错。"

---

[1] 在此银行开立的账户，享有高度隐秘性。

"又不是第一次。德洛伊,我们审判庭见。"

"抱歉,我没办法去。"

"你当然可以。"巴比拿起一张传票,在证人那格空白栏写上德洛伊·劳德,然后扔给德洛伊,说:"浑球,你被传唤出庭作证了。"

话才刚说完,巴比就知道他惹毛了德洛伊,而他不应该这么做的。德洛伊弯下腰从地上捡起那张传票,他看了一眼,马上变了脸色。他走向巴比,抓住巴比的上衣将他从椅子上扯起,德洛伊的嘴离巴比的脸只有十五厘米左右,正当他开口说:"你这狗娘养——"

"喂!你这家伙!"

站在门口的是卡洛斯·赫南达兹。卡洛斯有一米八高,体重说不定有八十五公斤,一身准备上教堂的穿着打扮:黑色皮裤、黑色尖头马靴、黑色上衣紧裹住他满是刺青的手臂,两边手腕上各戴着约五厘米宽的银手链,抹油的墨黑发丝往后梳得整整齐齐。

"死美国佬,把你的脏手拿开!别碰我的律师!"

两个男人互相瞪着对方。最后德洛伊轻声笑了笑,放开巴比,退开几步后转过身子。

"对了,你的主要证人倒是拿了她的支票。她认为去度个假,比在加尔维斯顿海湾被人当成诱饵利用要来得好。"

德洛伊一面大笑一面经过表情凶恶的卡洛斯,从大门离开。他的身影消失后,卡洛斯才绽开大大的笑容,说:"亨林先生,你把我保释出来可是好事,对吧?"

"是啊,谢谢你,卡洛斯。"

卡洛斯拿出一张二十元美金钞票,说:"我妈要我拿来的。"

★★★

"我们可以去看妈妈吗?"帕修美问。

史考特为两个小女生打开车门,说:"当然可以。"

在周日上午空旷的街道上,从东达拉斯的教堂开车到市中心的联邦大楼,只需要几分钟。路易斯留在车里,史考特和两个小女生进了大楼,走入电梯里,来到五楼。他们由警卫护送到一个空无一物的小房间,等着莎汪达到来。她一进房便拥抱帕修美与小布,然后史考特抱了抱她。

史考特放开她之后,双手握住她的肩膀,说:"莎汪达,别害怕可能会在审判庭上发生的事情。有汉娜·史堤勒来作证,我们就还有反驳的机会。如果我们输了,我们会一路上诉到最高法院。"

莎汪达温柔地微笑了,说:"我可一点都不怕哪,芬尼先生。像我这样的人啊,一直都在人生错误的那一端,久到都知道在法庭上大概会发生什么事。但最重要的是,我一点都不怕哪,因为你是我的律师。"

★★★

一个小时后,他们回到家,见到巴比的车子停在车道上,而巴比正坐在后院台阶上抽烟。巴比说:"汉娜·史堤勒不见了。麦肯尔买通了她,或是德洛伊把她吓跑了,总之她不会来作证了,我们完蛋了。"

26

史考特将福斯柴油车停在距离联邦大楼两条街外的一处公共停车场,附近没有能够遮阳的地方,所以他将车窗打开两厘米左右,希望车里的温度不会高到让仪表板融化,然后才从车里爬出来。两个小女生跟在他身后,她们都穿着蕾贝卡之前在内曼·马克思百货替小布买的最高级外出服装。帕修美穿着有黑色圆点花样的白色背心裙,戴着一顶白色宽边帽;小布穿

黑色辩护人

着粉蓝色背心裙,搭配同样色系的帽子。两人看起来就像来自南方的小美人——除了那一头辫子。

史考特从长裤后的口袋掏出手帕,摘掉眼镜,擦去已经开始在额头上渗出的汗水。他戴回眼镜,穿上西装外套,锁上车门,拿起公文包。他付给停车场管理员十美金的全天停车费用,然后三人一起走到街上。史考特觉得此刻的心情如同出赛前的那一刻,他的身体如上紧的发条,满载活力,尤其是他即将面对的敌手比他更高大、更强壮也更凶猛时,更是如此。

他低头看着走在前面的两个小女生,小布是他一生所爱,帕修美则已经变成了他的第二个女儿。她们都很兴奋,仿佛要去的是动物园而不是谋杀案审判开庭,她们聊着并不断轻声笑着,直到转过街角,来到商业街上。

三个人都僵在当场,动也不动。数百人聚集在联邦大楼的前门入口处——地方电台、全国电视网、有线电视的现场采访车排满了街道,车上的卫星接收器与摄影师已经准备好捕捉并传送新闻快报,数十名警察正在维持秩序。这就是布佛法官保证过的媒体马戏团。

"A·史考特,这些人都在等谁?"小布问。

"等我。"

他把两个小女生拉近身边,突然加速往前。人群一发现他们,所有的摄影机与记者全涌了上来,就像在球赛中,开球之后防守队伍全员冲向前场,要阻截接到球准备回攻的二十二号球员。史考特宁愿去面对那些嘴角冒着白沫的橄榄球球员,也不愿面对这些想要挖出晚间头条新闻的疯狂记者。记者把麦克风塞到他面前,从三十厘米外嚷着:

"莎汪达是否宣称她是自卫?"

"会有其他女人出来作证克拉克强暴了她们吗?"

THE COLOR OF LAW

"你会传唤参议员作证吗？"

对于所有的问题，史考特一概回答："不予置评。"然后便推开人群往前迈步。但接着记者们转向帕修美，将麦克风递到她面前对着她喊：

"你认为你母亲杀了克拉克吗？"

"如果她被定罪，你要住在哪里？"

"你仍然爱你母亲吗？"

史考特气疯了，他一把挥开那些麦克风和摄影机，说："不要去烦她！"

但帕修美却站在原地动也不动。她斜抬起头看着最后一位发问的记者，脸上表情很奇怪，然后用最轻柔的声音说："我当然爱我妈妈。"

她的话让所有的记者陷入一片沉默。一个黑人小女孩让媒体马戏团感到尴尬万分，不再咄咄逼人。群众分了开来，清空出一条路，让史考特和两个小女生通过，进入法院大楼。

★★★

他们在第十五楼走出电梯，经过走廊，弯过一个转角，来到布佛法官的法庭，德洛伊·劳德已经坐在庭外的一张长凳上，读着运动新闻。自从那天在购物中心相遇后，他们便再也没有见过面，但德洛伊仅是抬头望了一眼史考特，便又继续读报，没说什么，脸上也毫无表情。按照德洛伊收到的那张传票，他有合法义务在审判期间坐在法庭外，随时等候传唤作证。

史考特推开双扇大门，护送两个小女生进入法庭，直走过中央走道，来到最前方，他一面指出她们的位置，一面回头看了看第二排的位置，然后发现自己正瞧着美国参议员麦克·麦肯尔夫妇，那两人也回望着他。史考特注意到参议员的右臂稍微抬起了一些，仿佛想伸过来握住史考特的手，这是身为政治家的习惯，但参议员压抑住了这股冲动。史考特的眼神接着落在琴·麦肯尔身上；她直直望入他的眼里，眉毛微微往上扬

305

黑色辩护人

了一下,仿佛沉默地问了一个问题,接着她重新跷腿,这次左腿放在右腿上。这个举动吸引住史考特的眼神往下落在她的短裙上,她转开了目光,却将手放在光滑的修长大腿上。史考特正要转头看往两个小女生的方向时,他注意到丹·福特。他前任的资深合伙人、心灵导师、敬之如父的楷模,就坐在琴·麦肯尔身旁,表情严厉。丹移开与史考特对望的眼神,转而往下望,缓缓摇了摇头。

史考特让两个小女生坐在旁听席靠陪审团的这端,他想让陪审员看见被告的女儿,然后想:一个人怎么可能同时是慈爱的母亲与冷血的杀人凶手?

"哇哦,不错的小伎俩。"

雷伊·伯恩斯那讨人厌的声音传来。史考特转向他的对手,但雷伊只是摇摇头,然后走到检方起诉席。巴比与凯伦已经坐在了被告辩护席上。

★★★

"克拉克·麦肯尔就躺在自己卧房的地板上,因为被踢中胯下而痛得打滚,这时被告,也就是莎汪达·琼斯,走到他面前,抓住他的头发让他整个人往后仰,将这把口径点22手枪指着他的额头,扣下扳机,当场杀死了他。然后她偷走他的钱与车。莎汪达·琼斯在一桩抢劫犯罪行为中谋杀了克拉克·麦肯尔,一位联邦官员。这就是接下来的证据将会显示的事实,也是为什么我将会要求你们做出宣告有罪的裁决,并且判她死刑。"

助理检察官雷伊·伯恩斯转身离开陪审团,从发言台走回起诉席,然后对史考特眨眨眼,因为他知道自己刚刚才做出一段非常具有效果的开场白,精确告诉陪审团他将证明什么,并且知道他提出的事实皆有充分证据。

"芬尼先生。"布佛法官说。

THE COLOR OF LAW

史考特站起身，望了一眼人山人海的旁听席，这些人全伸长了脖子，争相目睹这场达拉斯前所未有的审判开庭。在法庭后方的则是习惯看热闹的人群，这些老人每天都来法院大楼，就像每天都去高尔夫球场的其他老人家。人群前的几排座位是大众媒体，早在天没亮前就在庭外排队，想要抢得一席之地。再往前数五排，则是拿着笔记的记者与法庭人物素描画家。接下来是来自各界的律师与州法官，他们视这场审判为另外一种法律教育。

最前头则是麦肯尔参议员夫妇，麦肯尔的眼神像是要把史考特的脑袋射出一个洞来，而琴就只是看着他，此外还有正摇着头的丹·福特。正坐在他们前头的，是小布和帕修美，她们像两个乖巧的小淑女，教养良好的高地园区女孩，双膝并拢，双手放在大腿上。他看着小布，小布对他微笑，然后刻意对他竖起了大拇指，他真希望自己分到了她的信心。他走到发言台前，面对陪审团。他不会针对政府方面提出的证据做出辩论，而将只在对方做出的结论上做文章。

"莎汪达·琼斯是个妓女，同时也是海洛因毒虫。她今天上午没有出席，是因为她病了，她正承受毒瘾复发的痛苦。布佛法官准许我让各位知道她的病情，好让各位不会因她的缺席而做出对她不利的裁决。如果各位还记得，在挑选陪审团成员时，我只对各位要求过一件事，那就是给莎汪达一次公平的机会。"

曾经有一段时期，就在不久以前，在南方各州的法庭内，黑人被告无法得到公平对待的机会；那时一个完全陌生的人能从人行道上走进来，即使他对一件案子的内容完全不知情，也能马上就指出谁是被告，他就是法庭内唯一的黑人；那时与黑人被告"同等地位"的陪审团成员都是白人。但时代已经改变，法律也是。史考特现在看着那些坐在陪审席上，有着黑色皮肤、棕色皮肤与白色皮肤的男女——他们是老师、技工、护士、酒保、其他职业人士——他看着这些人的眼睛,想着他们是否能做到真正的公平。

"各位握有她的姓名。请注意听,以自己的立场思考,要公平。"

★★★

达拉斯警官艾迪·凯斯堤拉宣誓"说出实话,完完全全的实话,只有实话,让上帝见证"后,坐在证人席上。凯斯堤拉二十五六岁,拉丁美洲裔,是一名勇于表现的年轻警察,依旧认为自己有能力改变达拉斯街头的乱象。他是检方第一位目击证人。

雷伊·伯恩斯从发言台向他提问:"凯斯堤拉警官,你在达拉斯警察部门的职位是什么?"

"巡逻警官。"

"六月六日那个周日下午,你在达拉斯的哈瑞海因大道区巡逻吗?"

"是的。"

"在巡逻期间,你发现一辆被弃置的奔驰轿车?"

"是的。"

"请告诉陪审团,接下来你做了什么。"

"我看见那辆车停在一条小街上,于是把车停在它旁边。我们很少会在哈瑞海因大道区见到这样的车子,除了酒馆赌场区附近。车上没有人,所以我查了车牌,回报说这辆车还没有通报失窃,并说车子登记在麦克·麦肯尔名下。"

"是参议员麦克·麦肯尔吗?"

"是的,回报是这么说的,但我不知道那是谁。"

这句话惹得法庭内一阵轻笑,参议员自我解嘲地耸了耸肩。

"接下来你怎么做?"

"车子登记的地址是在高地园区,所以值班的小队长说他会打电话

给高地园区警察部门,要他们过去这个地址查看一下。"

"那么你便不再插手这件案子了?"

"是的,除了等那辆车被拖进拖吊场之外。"

"那时候是几点?"

"大约下午一点。"

"谢谢,凯斯堤拉警官。我没有问题了。"

布佛法官看向史考特,他说:"法官大人,我没有问题。"

★★★

"妈妈,你还好吗?"

替被告辩护的小组成员,每天中午并没有出去用餐,而是决定与被告一起吃午饭。所以他们现在正在这间空无一物的小会议室里,吃着两个小女生那天早上亲手做的火腿芝士三明治。史考特拿起挂在椅背上的西装外套,裹住莎汪达的肩膀,因为他的当事人又开始打起寒战。

"还好啊,宝贝。"

"你为什么不能吃你的药?"

"不知道。"

"妈妈,陪审团那些人一直望过来看着我。"

"那是因为你很漂亮啊,"她身子温暖了起来,然后说,"芬尼先生,审判进行得怎么样?"

"莎汪达,今天上午没什么进展。"

"妈妈,那个伯恩斯先生,是个小混蛋。他就站在那里,对那些陪审团的人说谎,他告诉那些人,是你杀了麦肯尔那小子,好像说的都是真话一样。"

"宝贝,他是在说谎。"

黑色辩护人

★★★

午餐休息时段过后,雷伊·伯恩斯这个小混蛋,传唤了高地园区警察部门小队长罗兰德·詹姆士作为检方第二位目击证人。詹姆士小队长是那些早就与现实妥协的中年警察之一,知道自己无力改变什么,所以他只想安全值勤,直到领到退休金为止。他作证在六月六日的周日下午值勤,并且接到达拉斯警方关于麦肯尔奔驰轿车的电话。他在下午一点半的时候到达麦肯尔大宅。

"詹姆士小队长,"雷伊·伯恩斯说,"你到达麦肯尔大宅时,有注意到任何不寻常的地方吗?"

"没有,只除了前院闸门大开着。"

"那你怎么做?"

"我将车子开进去,来到前门,按了好几次电铃都没人回应。我试过自己开门,但门是锁住的。我走到屋后,发现后门开着,所以我走进屋里,出声喊人,还是没人回应。"

"之后你做了什么?"

"我开始搜索屋内,先从一楼开始。东西没有被翻过的迹象,而且我没发现半个人。我走上楼梯来到二楼,先从西侧开始搜索,结果在东侧的卧房找到了尸体。"

"是怎么样的尸体?"

"白人男性,全身赤裸,头上有枪伤,躺在浸满血液的白色地毯上。"

"那就是克拉克·麦肯尔的尸体吗?"

"是的。"

"你知道他是克拉克·麦肯尔,是因为之前曾在其他场合见过他吗?"

"是的。"

"你检查过尸体的生命迹象吗?"

"没有。"

"为何不检查?"

"从尸体外观来看,受害者毫无疑问已经死亡,而且已经死亡一段时间。我不想污染证据。"

"这是根据你接受过的警察训练吗?"

"这个……不是。这是根据辛普森杀妻案的案例,他们控告洛杉矶警方污染证据,我可不想重蹈覆辙。"

"所以你做了什么?"

"我走出房间,打电话给总部,和警长谈过。他请求联邦探员的支持,从调查局来的探员。"

"谢谢,詹姆士小队长。我没有问题了。"

史考特站起来走向发言台。

"詹姆士小队长,警长为何请求联邦调查局探员的支持?"

"他认为他们有管辖权。"

"对于一场谋杀案?"

"受害者是联邦官员。"

"你站在他卧房里的时候就知道了吗?"

"这个……不是的,我当时并不知道,但我想警长知道。"

"但你认识受害者?"

"是的。"

"你是如何认识克拉克·麦肯尔的?"

"这个嘛……克拉克·麦肯尔他……过去在我们那里有案底。"

"有犯罪记录?"

"是的。"

"你在高地园区警察部门待了多久?"

"到十二月就满二十三年了。"

"你个人有没有亲自逮捕过克拉克·麦肯尔?"

"有的。"

"几次?"

"我记得有三次。"

"原因?"

"扰乱治安。"

"他当时做了什么?"

"高中时在公众场合喝酒。"

"就这样?"

"还有吸毒。"

"就这样?"

"有一次他全身光溜溜站在南美以美大学的喷泉里。"

"他有没有因为性犯罪而被逮捕过?"

"据我所知是没有。"

"是否曾有人声称因性犯罪而对克拉克·麦肯尔提出告诉?"

"据我所知是没有。"

"所以,基本上警长请求联邦探员的支持,是因为他知道受害者是麦肯尔参议员的儿子?"

"是的,而且也因为我们从未在高地园区办过杀人案件。"

★★★

检方接下来的目击证人,是第一位到达现场的联邦调查局探员,保罗·欧文探员,他五十岁,曾当过军人,仍有着军人一板一眼的举止与发型。

"欧文探员,"雷伊·伯恩斯说,"你在何时抵达麦肯尔大宅?"

"大约下午两点半。"

"你做了什么？"

"我进入屋内，高地园区警方已经先封锁了四周，然后上楼来到犯罪现场。我观察到受害者的尸体躺在地板上。接着我开始记录犯罪现场，并请求证据反映小组的协助。他们约在下午三点到达。"

"你负责整起案子的调查？"

"是的。"

"你处理过犯罪现场了吗？"

"是的，我们收集了证据。"

"收集了什么证据？"

"我们割下尸体四周染血的地毯样本，收集了尸体旁的头发、指纹、各式衣物、私人物品、落在床外的床单、酒杯、一枚卡在地板里的口径点22手枪子弹，以及尸体。"

"你怎么处理这些证据？"

"尸体送到达拉斯郡验尸官手上，其余证据则送往联邦调查局位于维吉尼亚州关恩堤科市[1]的实验室分析。"

"你进行过血液显影测试，并找出房内其他血迹吗？"

"有，我们做了。"

"有找出其他血迹吗？"

"没有。"

"所以死者被发现的地方，就是死亡现场。"

"是的，尸体并没有被移动过。"

"你有没有立刻检查指纹？"

"有，我们在达拉斯便检查了指纹。"

"有找到符合的指纹吗？"

---

[1] Quantico，联邦调查局总部所在地。

"有，酒杯上的一枚指纹与手枪上的指纹，都是被告的。"

"莎汪达·琼斯的？"

"是的。"

"之后你怎么做？"

"我们取得逮捕莎汪达·琼斯的逮捕令。"

"你逮捕她了？"

"没有，我派爱德华斯探员去。"

"接下来你做了什么？"

"我通知家属。"

"麦肯尔参议员？"

"是的，我通知参议员，他的儿子在他们家里被杀害了。"

"麦肯尔参议员怎么说？"

"他问儿子是怎么被杀害的。"

"你告诉他了吗？"

"是的。"

"好，回到犯罪现场。欧文探员，这些照片是在犯罪现场拍摄的吗？"

"是的。"

雷伊·伯恩斯向史考特走过去，递给他四张等会儿要给陪审团看的照片。犯罪现场的照片是否具有让陪审团产生偏见的效果，一直以来都是审判前争议的热门话题。伯恩斯要展示二十四张照片，但法官只允许了四张，其中一张特别写实。史考特将照片递给就坐在身旁的凯伦，她倒抽了一口气。他忘了她还没见过这些照片，这也提醒了史考特一件事：他在椅子上转过身，引起两个小女生的注意，然后做出手势要她们知道现在该低下眼神。他知道会有这些照片的出现，也在这天早上开车前往法院的途中和她们讨论过，他告诉她们要盯着自己的脚，直到照片展示结束。

THE COLOR OF LAW

"欧文探员，可以请你看着你的计算机屏幕，指认出在投影屏幕上放大给陪审团看的照片是哪一张吗？"

欧文探员从证人席上转过身看着计算机屏幕，史考特则观察着陪审席的动静。

"这是从卧室门口照下的犯罪现场，也是我首先观察的现场。床就在门的正中央，浴室在右边，尸体则在左边，照片里只能看见死者的双腿。"

"这是犯罪现场的原貌呈现吗？"

"是的，没错。"

投影屏幕上接着出现第二张照片。

"欧文探员，你能指认这张照片吗？"

"这是床的近照，证明这张床最近……呃，有人躺过。"

"这是你当时看见的现场原貌呈现？"

"是的。"

"那这一张呢？"

"浴室，也是现场原貌。"

"那么，最后是这张照片。"

法庭内所有人同声倒抽了一口冷气。陪审席里的两位家庭主妇避开了眼光，酒保皱起了脸，那名汽车销售员则是盯着照片直瞧。雷伊·伯恩斯展示出最具震撼力的照片——克拉克·尸体的特写——他双眼睁开，眼神空洞，前额有一个洞，头躺在一摊血水中。

"这是死者尸体的近照，他全身赤裸，除了头部以外没有明显伤痕。右眼四周明显肿胀，脸上有些抓痕，子弹是从左额射入。"

史考特转向两个小女生，她们都照他之前教的，乖乖看着自己的脚，但帕修美的帽子边缘稍微抬起了一点——她在偷瞄。史考特对她打了一个响指，她看了他一眼，脸上的表情显示一切都已经太迟了，她已经看到了这些照片。

雷伊让这张阴森恐怖的照片在陪审员心里沉淀之后,才说:"我没有问题了。"

接下来的三十分钟,巴比对欧文探员提出的毒物测试报告提出反诘问,这份报告显示克拉克的血液中含有酒精与可卡因,如此一来,当陪审员这天离开法庭时,心里除了那些犯罪现场照片外,还有些其他东西。他询问完证人后,布佛法官便宣布休庭。

史考特、巴比、凯伦、两个小女生一行人回到家里;麦肯尔参议员在法院大楼阶梯上举行记者会。议员满怀信心,知道自己说的话将不会被汉娜·史堤勒所反驳。他说:"克拉克是每个人梦寐以求的乖孩子。"

★★★

"听好,小史,我们不用觉得沮丧。"巴比满嘴外带着中国料理,"刑事审判法庭的第一天总是很糟糕,至少他没使出什么我们没料到的招数。"

"巴比,我没有因为检方提出的证据感到沮丧,我沮丧的是我们的辩护,我们什么都没有!"

他们坐在厨房地板上的老地方,两个小女生也坐在她们的位置上。

"卡尔仍在调查这件案子。"

"他到底在哪里?"

"德尔瑞欧市[1]。"

"他跑去边境做什么?"

巴比耸耸肩,说:"请卡尔做事,就让他全权处理,不要过问。他总是能找出东西来。"

"巴比,我希望他很快就能找出来,因为这情况看起来实在不妙。"

巴比把一块排骨塞进嘴里,啃得干干净净之后拿出骨头,说:"拜托,

---

[1] Delrio,得州西南部的一座城市。

小史，别担心今天发生的事，明天会更糟。"

★★★

史考特走进小女生的卧房里准备领着她们祷告时，小布和帕修美已经在床上躺好了。

祷告完后，帕修美说："有天晚上，有个人在我们公寓外被枪射死了。警察来的时候，妈妈和我走了出去，那个死掉的人身上罩着白布。我一直想知道他看起来会是什么样子，就是死掉的那个人，现在我知道了。"

"帕修美，你答应过不会看的。"

"芬尼先生，我很抱歉，但我非看不可。他们一直说我妈妈杀了那个人，我一定要看。芬尼先生，但她没有杀人，你是相信她的对不对？"

史考特看着她棕色的大眼睛，说了谎："我当然相信她。"

27

第二天上午，史考特与两个小女生毫无阻碍地走进了联邦大楼。记者们没有扯着嗓门提问，反而恭敬地站在远处，以摄影镜头无声地记录莎汪达·琼斯的律师以及两人的女儿们进场，两个小女生穿着利落的短裤套装，从头到脚颜色都搭配得很协调。尽管之前蕾贝卡不断威胁，小布仍一直坚拒穿上那些套装，但这几天她却特地仔细地挑选衣服穿，因为她知道穿着得体，对帕修美的母亲而言很重要。

他们一行人再次走过德洛伊·劳德身旁，他看起来好像从昨天就没动过，除了他手上拿的是今天的报纸体育版。他们再次走入法庭，面对那些转过来望着他们的人头，仿佛在引颈期盼走入教堂的新娘。他们再次走到前排，史考特把两个小女生放在座位上，等待上午的开庭。然后史考特再度与麦肯尔与丹·福特交换眼神。他的前任资深合伙人，显然想要见证这位得意门生最终如何身败名裂。

史考特很快就知道巴比说得没错，审判的第二天要比第一天更糟。检方的第一位目击证人是负责逮捕莎汪达的联邦调查局探员，安迪·爱德华斯探员，四十岁，各方面都是专家，由雷伊·伯恩斯以对他直接诘问的方式作证。他在六月六日的周日下午约六点钟，在莎汪达·琼斯位于南达拉斯的公寓逮捕了她，他告知了米兰达权利[1]。他的探员们手执搜索令搜查她的公寓，找到装有海洛因的小袋并密收保管，此外还找到衣物、十张百元美钞以及一顶金色假发。

他接着作证，是他将莎汪达带到联邦拘留所，并且她自愿写下一份书面声明，承认六月五日的周六晚上，她曾与死者在一起，她与死者在高地园区的豪宅中发生性行为，之后他们起了争执，她揍了克拉克，拿走他奔驰轿车的钥匙和他欠她的一千美金，然后把车子遗弃在哈瑞海因大道上。

雷伊·伯恩斯离开发言台，走回检方席时，他的眼神对上了帕修美；她对他做了鬼脸，还对他吐舌头。雷伊只是摇摇头，但陪审团里牙医助理与老师都微笑了，到目前为止，这两个小女生是辩方冒险一试的最好策略。

史考特站起来，开始反诘问。

"爱德华斯探员，你到达琼斯小姐公寓时，她在做什么？"

"坐在公寓前的阶梯上和女儿玩。"

史考特指指坐在第一排的帕修美。

"那就是她的女儿吗？"

爱德华斯探员看着帕修美，说："是的，我想她就是。"

---

[1] Miranda，又作 Miranda ruling，美国最高法院规定警方侦讯在押嫌犯前，须告知对方有保持缄默与聘请律师的权利。

"琼斯小姐曾试图逃跑吗？"

"没有。"

"她有以任何方式反抗吗？"

"没有。"

"她有显露出谋杀犯的举止吗？"

雷伊·伯恩斯从椅子上跳了起来，喊："抗议，辩方要求证人做出臆测。"

史考特转向法官，说："法官大人，爱德华斯探员是位经验丰富的联邦调查局探员，他总共逮捕过……"他转向证人，问："请问你逮捕过几位谋杀犯？"

"好几十位。"

史考特转回身面对法官，说："他曾逮捕过数十位谋杀犯，他知道什么是谋杀犯的举止。"

"抗议驳回。"

"爱德华斯探员，你逮捕莎汪达·琼斯的当时，她有显露出任何谋杀犯的举止吗？"

"没有。"

"你是否告诉她，她是因谋杀克拉克·麦肯尔而被逮捕？"

"有。"

"那么她说什么？"

"谁？"

"琼斯小姐。"

"不，她就是这么说的。'谁？'我报出克拉克·麦肯尔的名字后，她说：'谁？'"

"她不知道克拉克·麦肯尔是谁？"

"很显然不知道。"

"那么琼斯小姐写下书面声明时，是她本人亲手写的吗？"

"不是，我们有位速记员先记下，然后打字。琼斯小姐读过，我再读一次给她听，然后她签名。"

"我注意到在她的书面声明里，她并没有承认杀死克拉克·麦肯尔。你问过她了吗？"

"是的，我问了，但她否认。"

★★★

雷伊·伯恩斯接下来传唤联邦调查局探员温德尔·李，他是犯罪实验室的分析专家，分析从犯罪现场取得的证据，现在他要为自己的分析结果作证。李探员讲解得井然有序，就像会计师在读季报。伯恩斯让他从联邦调查局探员处理证据的程序说起，先是接收证据，登入计算机，并将证据环环相扣编列清楚以防混淆，接下来他便开始询问详情。

"李探员，从犯罪现场地毯上收集到的血液，是克拉克·麦肯尔的血吗？"

"是的，DNA检测已经确定了。"

"这一撮毛发，又是谁的？"

"是克拉克·麦肯尔的，也已经由DNA检测证实。"

"这撮毛发是来自于死者身上哪个部位？"

"他的头皮。"李探员将手放在右眼上方的头皮，说，"来自于这个区域，是被连根拔起的。"

"那衣物呢？"

"我们检验了一件蓝色马球衫、牛仔裤、运动鞋，没找到什么。"

"那床单呢？"

"床单上没有找到精子。但我们从死者身上取下了确实含有精液的

保险套。"

"在床单上是否还找到其他东西？"

"有的。经比对后发现是克拉克·麦肯尔的耻毛，以及人造金发的纤维。"

"你比对出了那些纤维的来源吗？"

"是的，我们在被告住处发现一顶金色假发，这些纤维和那顶假发经比对后吻合。"

雷伊·伯恩斯从装证物的塑料袋里取出那顶假发，像拿着死臭鼬一样高高举起，说："就是这顶假发，也就是检方证物第十五号吗？"

"是的。"

"那指纹部分呢？"

"指纹是从酒杯、浴室洗手台、手枪与车辆上取得的。所有的指纹经比对后不是属于克拉克·麦肯尔，就是莎汪达·琼斯。杀人武器上取得的指纹仅与莎汪达·琼斯的指纹符合。"

"有其他无法辨认的指纹吗？"

"没有。"

"好的，那现在我们看看杀人武器。这把口径点 22 的手枪子弹是从卧房地板上取出的，你做过了弹道测试吗？"

"是的，这枚子弹是由犯罪现场找到的口径点 22 手枪所发射的。"

"所以杀死克拉克·麦肯尔的子弹，是由莎汪达·琼斯的手枪所发射的？"

"是的。"

"我没有问题了。"

史考特走到发言台上，问："李探员，被告的衣物在搜索居处的过程中全数被扣押了，是吗？"

"是的。"

"那么在被告的任何一件衣物上,是否发现克拉克·麦肯尔的血迹?"

"没有。"

"如果她在那样近的距离开枪,你不会预期在她的衣物上找到血迹吗?"

"如果她开枪时没穿衣服的话,衣物就不会沾染血迹。"

在那彻底失败的尝试之后,史考特并没有反诘问维克·屋宾纳博士,他是达拉斯郡的验尸官,也是接下来的证人,解释死者的死因——"是头上的枪伤"——以及死亡时间——"约在六月五日周六晚上的十点半"——以及子弹射入与射出的伤口,和子弹穿过脑袋的角度与路径。史考特认为反诘问只会延长这些证据摆在陪审团眼前的时间,这对他的当事人不会有利。

★★★

今天的午间聚餐主食是帕修美·琼斯准备的蛋沙拉三明治,用铝箔纸包着,并放在冷藏箱里保持低温,此外还有她最爱的香草可乐。史考特对莎汪达总结这天上午的证词后,帕修美说:"妈妈,我对伯恩斯先生吐舌头。"

"帕修美,那样很没礼貌耶。"

"他也很没礼貌。妈妈,你应该听听他是怎么讲你的,你的耳朵一定会烧起来!"

"莎汪达,"史考特问,"你觉得好点了吗?能出庭作证吗?"

"什么时候?"

"明天。"

★★★

午餐之后,联邦调查局探员亨利·胡,一位法医专家,坐上了证人席。

在同意了屋宾纳博士对于子弹穿过克拉克·麦肯尔脑袋的角度与路径后，胡探员花了一段极为冗长的时间，并加上检方详细的诘问，提供他的专业意见。

根据法医解剖后的证据与一张人形图解，他相信谋杀发生的那一刻，死者的身体处于躺在地上与跪起身子这两个动作之间，站在死者上方的是另外一个人形，手里拿着枪指着死者的头。两个人形周围注明了各种数据，并用线条显示出各种高度与角度，其中一条深色线条显示出子弹从手枪射出后的途径，经过头骨，然后落入地板上的撞击点。

胡博士一面作证，一面拿着一根金属指示棒，指着这张展示图作说明。

"死者被枪杀时，正处于半跪地状态。我们做出如此推断是因为，就如同各位所见，子弹穿过头骨的路径一定与子弹撞击地板的那一点排列成一条直线。死者约有一米八高，如果他是站着时被枪杀，那么为了要符合子弹朝下二十八度穿越头骨的路径，行凶者必须要把枪拿在头顶，然后朝下射击，这对身体而言是很不自然的高难度动作，"——胡探员为陪审团示范这么做的困难度——"或是行凶者不寻常地高。"

"所以，如果死者是跪着的话，子弹射入点，也就是他的头部，离地板只有一米二，仍然有些高。但如果他是处于半跪状态，就像正要从地板上爬起来，那么射入点便离地板只有约一米高，符合一个正常体型的人拿着枪站在他面前的情况，就像这样，加减约十厘米左右。"——胡探员再次为陪审团示范动作——"那么子弹穿越头骨的路径，与子弹在地板上的撞击点便能精确地连成一直线。"

陪审员点头同意他的分析。

"我们也知道，死者的头发被连根扯掉，这需要很大的力道，这让我们做出结论，谋杀发生时的情况是这样的：死者躺在卧室的地板上，行凶者捉住他右上方的头皮，将他往后扯起，离地板约一米高。行凶者用手枪指着死者左眼上方的位置，然后开枪。枪支发射的力道将死者击倒在地

板上——这正符合尸体被发现时的位置——行凶者并因此从死者身上扯下了头发。"

克拉克·麦肯尔是个强暴犯,但死法却如此惨。胡博士作证之后,陪审员脸上的表情都十分严峻。他们也许一直都很同情坐在前排的那位黑人小女生,但他们得面对事实——指向她母亲谋杀了克拉克·麦肯尔的事实。雷伊·伯恩斯站起身对着法官宣告时,几乎掩不住嘴角得意的笑,他说:"法官大人,检方静候处理。"

史考特注意到雷伊转过身,与麦肯尔参议员眼光相对。参议员对雷伊点点头,显然非常满意对杀死他儿子凶手的起诉。毫无疑问,他一定曾告诉过雷伊·伯恩斯,他永远不会忘记这件事,尤其是如果雷伊的名字出现在美国众议院提报公职的升迁名单上时。

丹·福特与史考特的眼神对望,他的前任资深合伙人沉默地问出了一个问题:你为了一个谋杀犯放弃自己的事业?

布佛法官宣告当天休庭,莎汪达·琼斯的辩护将于隔天上午九点进行。

现在史考特要做的就是得想办法生出一套辩护。

★★★

在厨房地板上的晚餐仿佛一场丧礼。

"胡博士说的都是真的。"巴比说,"只除了那并不能证明莎汪达有罪。但问题是,那天晚上她就在那个房间里和克拉克在一起,两个人还打过架,她的枪又是杀人武器。如此一来,任何有理智的人都会假定是她做的。而少了汉娜·史堤勒替我们作证,加强当时有自卫的必要,我们无法要求陪审团依据这点就判她无罪,而且只要莎汪达否认开枪射杀克拉克,这一切都是空谈。"

"所以还剩下什么?"

"小史,我们得回答陪审团的一个问题,也是他们想知道的:是谁杀了克拉克·麦肯尔?如果不是莎汪达,那是谁?是谁在她离开后接着进

入屋内,在克拉克还没办法从地板上爬起来穿好衣服之前,就捡起她的枪,抵在克拉克的头上,然后扣下扳机?"

史考特摇摇头,说:"卡尔有消息了吗?"

"他找到东西后会打电话。"

"那他只剩下十二个小时能救我们了。现在我们只有莎汪达,用她说的话和证据对抗。"

帕修美问:"妈妈要出庭作证吗?"

"是的,宝贝,她一定要。"

"那她要穿什么?"

"我还没想到这一点。"

小布说:"我们留下了一些母亲的东西,没有拿去庭院拍卖会。是为帕修美的母亲留下来的,准备让她出来的时候穿。"

史考特转向凯伦,问:"你可以帮她们挑几件衣服吗?"

"没问题。"

"至少她会穿得漂漂亮亮的。"

他们继续一言不发地吃着墨西哥外带食物。史考特漫不经心地看着两个小女生进食,想着要是帕修美的母亲被判死刑后,这小女孩要怎么过日子?就在他想着莎汪达的死刑执行后,帕修美要怎么过下去时,他发现了一件事:小布是用左手拿着叉子。

"小布,过来。"

她从地板上起身,走到他面前。

史考特从主菜上拿起铝箔包装纸,捏塑成 L 的形状,变成一把铝箔纸做成的手枪,然后放在地板上。

"请把那个捡起来。"

小布皱起眉头,问:"这算什么?枪吗?"

"是的。"

她耸耸肩,弯下身子,用她的左手捡起那把铝箔纸手枪。

"现在抓着我的头发。"

她人站在他面前,用右手抓住他左眼上方的头发。

"现在用枪指着我的额头,假装你要开枪射我。"

她用那把铝箔纸手枪抵在史考特的前额,就在他的右眼上方。

巴比说:"克拉克被射杀的地方是在左眼上方。"

"他是被右撇子的杀手所射杀。"

史考特看见小布用左手拿着叉子,记起了他与莎汪达第一次会面时,她用左手接过他的笔。

"帕修美,你母亲是左撇子,对吧?"

"是的,芬尼先生,如假包换。"

28

"辩方传唤联邦调查局探员亨利·胡。"

雷伊·伯恩斯从椅子上站起来。

"法官大人,芬尼先生昨日婉拒对胡探员进行反诘问,现在却要传唤他作为辩方目击证人?"

法官看着史考特,问:"芬尼先生?"

"我正是要这么做,法官大人。"

"继续。"

史考特一直非常坚信,就是他的当事人杀死了克拉克·麦肯尔,以至于没有去问这位政府法医专家一个最基本的事实:行凶者是左撇子还是

右撇子？他一直确信自己的当事人说谎，以至于甚至根本没有考虑过她说的也许是事实。现在，自从他被指派代表被告在美利坚合众国政府起诉莎汪达·琼斯谋杀联邦官员一案中为被告出庭辩护，这是他第一次知道自己的当事人是无辜的。莎汪达·琼斯并没有杀死克拉克·麦肯尔。

但，是谁杀了他？

胡探员坐上证人席，法官提醒他"仍在宣誓效力内，必须说实话"后，史考特问："胡探员，你昨天的证词非常具有启发性，这是赞美。"

"谢谢。"

"如果你不介意，我想为陪审团重新上演一次你认为克拉克·麦肯尔被杀害时的动作。"

"当然没问题。"

"我的伙伴，亨林先生将会协助我。巴比，请你跪在地板上。"

巴比走了过去，跪在史考特面前。

"好的，胡探员，你的证词内容说到，克拉克是在半躺半跪在地板上时被射杀的，就像亨林先生现在这个姿势，对吗？"

"没错。"

"行凶者是面对克拉克，就像我现在这样，对吗？"

"没错。"

"然后行凶者抓住克拉克右边头皮的头发，像这样？"

史考特用左手抓住巴比的头发。

"是的。"

"然后他把枪抵在克拉克左眼上方的前额上，像这样？"

史考特右手摆出枪的形状，然后将食指顶在巴比的额头上。

"接下来行凶者开枪射杀了克拉克？"

"是的，我认为就是这样发生的。"

327

"很好,我同意你的说法,但这个示范没有证明别的事实吗?一件与行凶者有关的重要事实?"

胡探员皱起眉头,问:"你的意思是?"

"行凶者是右撇子。"

胡探员露出恍然大悟的神情,说:"没错,很有可能行凶者一直惯用右手。"

"凶手用左手抓住克拉克的头发,然后用右手拿枪,对吗?"

"是的,没有错。"

"胡探员,还有一件事。验尸官作证克拉克的右眼周围有挫伤,仿佛他被人用拳头打过。"

"是的。"

"那么你身为一位法医专家,打克拉克眼睛的那个人,有可能是右撇子还是左撇子?"

"是左撇子。"

"所以揍克拉克·麦肯尔的人是左撇子,但开枪射杀他的人是右撇子?"

"是的,很有可能就是这样。"

★★★

史考特再度传唤联邦调查局探员爱德华斯上前作证。

"爱德华斯探员,你之前作证,说到是你逮捕被告的?"

"是的。"

"而且你记录下她的声明?"

"是的。"

"并将她所说的打在书面上?"

"是的。"

"然后她看过后才签名的？"

"是的。"

"她是用哪只手在声明上签名的？"

爱德华斯探员想了一会儿，然后说："她用左手。"

★★★

陪审员们还没有亲眼见过被告。他们在报纸与电视上见过她被逮捕时的档案照与其他照片，但还没有见过她本人。他们需要亲自见到她并听她说话，亲耳听着、亲眼看着她否认杀害克拉克·麦肯尔。史考特知道自己得让莎汪达坐上证人席。

但他想给她成功获判无罪的最佳机会，所以他做了两件事情：他说服法官让她采用美沙酮治疗，并让她一直远离法庭，直到这一刻。

现在所有人的目光——法官、陪审员、检方、旁听观众的目光，都聚集在法庭的这一侧，焦急地等待莎汪达·琼斯的到来。小布、帕修美、凯伦之前在经过女性警卫搜身后，被获准进入牢房帮助莎汪达更衣。她们几分钟前便已回到法庭，小布对史考特又举了一次大拇指。

门打开了，一阵细语瞬间传遍法庭。莎汪达看起来已经不像史考特那天早上见过的一副海洛因毒虫样；她看来艳光四射，而且年轻有活力。史考特都忘了她不过才二十四岁，是海洛因让她快速衰老，但今天她重拾了青春。她穿着蕾贝卡的浅蓝色套装与蕾贝卡的高跟鞋，用了蕾贝卡的化妆品；她的头发有些蓬松，梳得很整齐；她的眼睛灵活有神。她看着史考特，然后微笑。莎汪达今天看起来就像度过愉悦一天的哈莉·贝瑞。

荣恩护送她来到辩方席，并为她拉开椅子的这一路上，陪审员的目光都没离开过她。她优雅地坐了下来，荣恩替她将椅子推回去。她转过身，看着每一位陪审员，一个接着一个，他们也看着她，留下了很好的第一印象。史考特往后瞄了一眼麦肯尔夫妇：参议员的脸上显示出忧虑，琴的脸上则是嫉妒。除了这两人,丹·福特的脸上则显现对新转机出现的兴趣。

史考特站起来说:"辩方传唤莎汪达·琼斯。"

莎汪达站起身,走到证人席,宣誓后坐了下来。

史考特站在发言台上,说:"琼斯小姐,你是左撇子吗?"

"是的。"

"你杀了克拉克·麦肯尔吗?"

"不,芬尼先生,我没有。"

"好的,琼斯小姐,那我们来谈谈你的一生。你在哪里出生?"

"在国民住宅区。"

"南达拉斯的国民住宅区,也就是你现在居住的地方?"

"是的。"

"令堂叫什么名字?"

"我妈妈叫做朵莲娜。"

"令尊的名字呢?"

"芬尼先生,你晓得我并不知道。"

"你的父母没有结婚?"

"没有。我爸爸是白人,我妈妈为他工作,替他清扫办公室。"

"好,所以你是非婚生子女?"

"不,我是在帕克兰一间医院出生的。"

"呃,好吧。你一直不知道父亲是谁,对吗?"

"是的。"

"你在国民住宅区长大?"

"是的。"

"令堂在你十三岁时便过世了?"

"差不多是这样。"

"死因是？"

"没有医生。"

"不，我是问她死于癌症还是？"

"不，她是找不到医生才死的。她倒了下来，我们叫救护车，但没有人过来。"

"所以你自食其力？"

"是的。"

"而你误交了坏朋友。"

"芬尼先生，国民住宅区里只有这种人。大家无所事事，就会惹麻烦。"

"结果你也惹上了麻烦。"

"我的麻烦是艾迪。"

"艾迪是你女儿的父亲？"

"是的。他是在国民住宅区里兜售毒品的白人，我十四岁那年他遇见我，他很喜欢我，所以给我一些毒品，我就让他碰了我。"

"艾迪给你海洛因？"

"是的。"

"然后你在十六岁时染上了毒瘾？"

"是的。"

"也是那个时候开始卖淫？"

"是的。"

"为什么？"

她垂下眼神，说："那些男人，认为能在老娘我的两腿之间找到他们在人生中失去的那一部分。但不是这样。"她抬起眼，说："那是男人唯一想从我身上得到的。"

"琼斯小姐，你有个女儿吗？"

"芬尼先生，你不是知道吗？她和你待在一起。"

陪审员里的老师与家庭主妇微笑了。史考特转向他身后的帕修美，摆手势要她站起来。帕修美站起身，脸上是纯真到无以复加的无辜表情。

"她是你的女儿吗？"

"是的，那是我的宝贝。"

帕修美转向陪审团，行了一个屈膝礼。现在每一个陪审员都在微笑了。真是个好孩子。

★★★

在莎汪达开始为克拉克·麦肯尔被谋杀那晚作证之前，法庭先暂时休息，让众人用午餐。莎汪达没有和女孩们坐在地板上，而是与史考特、巴比、凯伦一起坐在餐桌上，小心翼翼不让鲔鱼沾到身上的内曼·马克思百货高级套装。

"妈妈，我们为你准备了一件超美的正式服装，让你明天穿。"帕修美坐在地板上说。

"芬尼先生，我表现得如何啊？"

"很好，莎汪达。但最困难的部分是在今天下午。"

"你想他们会相信我吗？"

他脑袋里想着"不会"，嘴上却说了"会"。

★★★

"琼斯小姐，"史考特说，"让我们回到六月五日的周六。你那天嗑了海洛因吗？"

"我那时候还没死，当然要嗑。"

"你每天都使用毒品？"

"一天两三次。"

"所以那天晚上，你在工作之前注射了海洛因？"

"是的，这样比较容易。"

"让什么比较容易？"

"和人上床。"

"好吧，然后琪琪，也就是另外一个妓女，走了过来，接着你们两人开车前往哈瑞海因大道？"

"是的，那是我们工作的老地方。"

"然后便等着男人过来？"

"我们从来没有等过很久。"

"所以克拉克·麦肯尔过来了？"

"是的，但我不认识他，他只是个开着黑色奔驰车的白人帅哥。"

"然后他提供一千美金，要你陪他一整晚？"

"是的。"

"那么，在克拉克之前，你有没有，呃，为其他客人工作？"

"没有，我不替谁工作，我就是自己的老板。"

"我是说，那天晚上有没有其他人要付钱给你买春？"

"有一个警察，但他没付钱哪。"

"一个警员？"

"是的，芬尼先生，这样他才不会来烦我们。我和琪琪轮流应付那些警察，他们都免费。"

"好吧，回到克拉克·麦肯尔身上。你进了他的车子，他载你回到高地园区的豪宅？"

"是的。"

"你进去了？"

"是的。"

333

"上楼到他的卧房里？"

"是的。"

"告诉陪审团接下来发生了什么事情。"

莎汪达转身面对陪审员，丝毫没有惭愧或罪恶感地将那晚发生的事情一五一十说了出来，非常自然。她是如何与克拉克发生性关系，但她要求他得戴上保险套才行——"我不能得艾滋啊！我得照顾我的帕修美。"——接下来他变得很粗暴，开始赏她耳光，叫她黑鬼，然后她抓他、揍他的眼睛并且踢他的下体，之后他倒在地板上，然后她拿走一千美金与他的车钥匙，自己一个人开车回哈瑞海因大道后，将车子扔弃在那儿。

"所以你最后一次见到克拉克·麦肯尔的时候，他还活着？"

"是的，他的确还活着，把我当成讨厌的拖油瓶一样咒骂个不停。"

"之后你和琪琪做了什么？"

"回家，上床睡觉。"

"第二天早上，也就是周日，你做了什么？"

"起床，替帕修美弄早餐，去教堂。"

"你去教堂？"

她露出疑惑表情，说："芬尼先生，没有罪人，也就不需要教堂。"这句话让陪审员露出微笑。

"联邦调查局探员前来逮捕你的时候，你在做什么？"

"坐在门外的台阶上，看着帕修美。"

"你知道他们为何逮捕你吗？"

"他们说是因为杀了人。我说我没有杀人，他们不相信。"

"法官大人，我没有问题了。"

雷伊·伯恩斯冲上前要反诘问莎汪达，几乎要撞倒史考特。

"琼斯小姐，你是位妓女，对吗？"

"是的。"

"也是海洛因毒虫?"

"是的。"

"克拉克·麦肯尔被谋杀那天晚上,你是否与他在一起?"

"那是警察这样说的。我不知道他是什么时候被杀的。"

"他挑上你是想买春,对吗?"

"是的。"

"他给你一千美金,要你那天晚上陪他?"

"是的。"

"你进入他的车里,是一辆奔驰车,对吗?"

"是的。"

"他开车载你回家?"

"是的。"

"你们上楼去之后,他让你喝酒?"

"是的。"

"他脱下衣服,你也脱下衣服,然后你与克拉克·麦肯尔发生性关系,对吗?"

"是的。"

"然后你打他的眼睛?"

"那是因为他赏我耳光,而且叫我黑鬼。"

"然后你踢他的胯下?"

"不,我没踢他胯下,我踢的是他的鸟蛋。"

"好吧,他的鸟蛋。"

"因为他又想扑上来打我。"

"然后你抓起枪,开枪杀了他?"

黑色辩护人

"没有,我没有杀人啊。"

"你知道你的枪是杀人武器吗?"

"我不知道这种事,是你说的。"

雷伊·伯恩斯拿起那把口径点22的手枪。

"这是你的枪不是吗?"

"是的。"

"你为什么要带枪?"

"住在国民住宅区,要是有人闯进你家,等到死都不会有警察来。"

"你枪杀了克拉克·麦肯尔,对不对?"

"没有,我没开枪射人。"

"你从他身上偷了一千美金?"

"没有,那是我赚的。"

"你也偷了他的车?"

"不,我只是借,好回到我工作的地方。"

"是想逃离犯罪现场吧?"

"是想在他又打我之前快走。"

"然后你回到家,回到女儿身边,假装什么都没发生?"

"因为什么都没发生。"

"琼斯小姐,你真以为陪审团会相信你吗?"

莎汪达看着陪审员,然后轻轻地说:"不,我不期待有人会相信我的。"

★★★

这天晚上,史考特要上楼替两个小女孩盖好被子时,停在厨房流理台前的小电视前,因为上头的晚间新闻正在回放这天审判时发生的过程。一幅莎汪达的素描图出现在屏幕上。记者说被告相当美丽,并且在证人

THE COLOR OF LAW

席上举止得体。记者说,陪审员听得非常专心,态度恭敬,而在这天结束后,他们完全被凶手可能是右撇子,但被告却绝对是左撇子这件事搞混了。"如果莎汪达·琼斯没有杀克拉克·麦肯尔,"记者这么问,"那么是谁杀了他?"

★★★

在楼上,史考特在床前弯下腰,把两个小女孩塞进被窝里,这时帕修美轻轻地说:"芬尼先生,我现在知道妈妈在做什么了,和她的那些嫖客。"

"真的?"

她点点头,说:"妈妈让他们碰她的私处,他们把私处放进她的私处里面。这就是性,对不对?芬尼先生?"

"是的。"

"芬尼先生,为什么呢?妈妈总是告诉我,绝对不要让男生碰我的私处。为什么她让男人碰她的?"

"帕修美,就像你讲过的,她爱你,但她不爱她自己。"

"芬尼先生,妈妈,她过着悲伤的人生,对不对?"

"是的,她的确如此。"

"现在我知道她为什么总是这么忧伤,从来没有男人是真正全心全意爱她,他们只爱她的私处。"

"是的,是没有人那样爱惜她。"

"但她今天看起来很美,对不对?"

"非常美。"

"美到可以结婚吗?"

小布坐了起来,说:"A·史考特,我们想要住在一起,和你和她的母亲。这样不是很棒的幸福结局吗?"

史考特坐在床边,他曾很多次对小布回避真相,但在出席了三天的谋杀案审判开庭后,她和帕修美已经可以接受何谓真相。

"女孩们,幸福结局只会出现在童话故事里,不会出现在现实人生中。"

29

第二天上午,穿着蕾贝卡米色套装的莎汪达依旧艳光四射。在法庭里,史考特就站在她身后,所有人的目光都投在他身上,但他的目光却在莎汪达身上。她早就告诉了他真相,但史考特是她的律师,而他也知道,就像所有的律师都知道,在法庭里,真相极少胜出。巴比是对的。当陪审员们回到休息室里要决定莎汪达的命运时,他们会问彼此一个问题:如果莎汪达·琼斯没有杀害克拉克·麦肯尔,那么是谁做的?他们需要答案。但史考特并没有那个答案,他甚至连一点线索都没有。

所以他开始放饵钓鱼。律师在民事诉讼案件中录取证词却没有头绪时,便会放饵钓鱼。他问出每一个能想象到的问题,希望其中一些问题能让证人说溜嘴,说出他不知道的真相。这招从没成功过,但史考特还是决定撒出渔网。

"辩方传唤麦克·麦肯尔。"

雷伊·伯恩斯从椅子上跳了起来,喊:"抗议!麦肯尔参议员不在目击证人名单上。"

"的确是如此,芬尼先生。"法官说,"传唤不在名单上的证人,你有好理由吗?"

THE COLOR OF LAW

"有的。伯恩斯先生正试图要处死我的当事人,我想阻止他那么做。"

布佛法官的嘴角上弯成半个微笑,然后说:"很好,继续。"

麦肯尔参议员慢慢从旁听席第二排座位上站起,整理了一下西装外套与领带,走过史考特身边时几乎看都没看他一眼。宣誓过后,他坐在证人席上,仿佛准备让人替他画肖像。

"麦肯尔参议员,您的儿子有酗酒与滥用药物的历史,对吗?"

"克拉克的确是有使用过量的问题,但已经戒掉了。"

"他也有惯于强暴别人的问题吗?"

"抱歉,我不懂这个问题。"

"您认识一位叫做汉娜·史堤勒的女人吗?"

"不认识。"

"您曾听过这个名字吗,汉娜·史堤勒?"

"没听过。"

"您曾付钱给一位叫做汉娜·史堤勒的人吗?"

"没有。"

"您是否得知汉娜·史堤勒曾在一年前对克拉克提出控诉,宣称克拉克对她施暴并强奸她?"

"我不知道有这样的事情,你有那份控诉的复印件吗?"

"麦肯尔参议员,您是否付给汉娜·史堤勒五万美金,要她撤销对克拉克的提告,并搬离达拉斯?"

参议员直瞪着史考特,然后做了只有政客能做得比律师还好的一件事:说谎。

"当然没有。"

"您是否付钱给其他六位女性,要她们撤销对克拉克的提告?"

"芬尼先生,你有任何名字能符合以上声称的内容吗?你在全国电视台提出那些不实声明,但你却没有证据支持你那些指控,不是吗?"

史考特看了一眼丹·福特。他之前景仰的那位父亲形象以及资深合伙人就坐在那儿,对于一位美国参议员正在法庭上作伪证,表露出一副完全不知情的模样。丹·福特知道那些女人的名字,因为他曾私下付钱买通所有那七名女子。但,就如同史考特也知道得很清楚,律师或当事人特权允许律师隐藏客户的一切罪行,从让铅溶滤到河水里,在联邦法庭作伪证等等;所以丹·福特保持沉默,史考特转回身面对麦肯尔。

"参议员,回答问题。"

"不,我没有付钱给那些女性。"

"克拉克是否在华盛顿有栋公寓?"

"是的。"

"他在华盛顿处理联邦能源管理委员会事务时便住在那儿?"

"是的。"

"您是否预期克拉克会来参加您在六月七日周一那天,在华盛顿的宣告参选造势会?"

"是的,他说过他会来。"

"您是否知道克拉克在六月五日周六回来过达拉斯?"

"不知道,联邦调查局通知后我才得知。"

"您知道他在达拉斯,感到很讶异吗?"

"我很讶异他死了。"

"克拉克常常回到达拉斯?"

"是的,他不喜欢华盛顿。"

"克拉克会一时兴起就坐飞机飞回达拉斯,不告知您一声?"

"是的,克拉克很……冲动。"

"他在达拉斯时,便住在您的高地园区豪宅?"

"是的。"

"您认识德洛伊·劳德吗?"

"是的。"

"他是您雇用的员工吗?"

"是的。"

"他为您做什么?"

"他是我的保镖。"

"只有这样吗?只负责保护您的人身安全?"

"有时候他替我拿行李,我背不好。"

"他为您贿赂目击证人吗?"

"没有。"

"他为您贿赂汉娜·史堤勒吗?"

"没有。"

"您是否派他去贿赂我的同事,巴比·亨林?"

"没有。我甚至不知道亨林先生是谁,你能指出来吗?"

巴比现在人不在辩方席,他的手机收到一封简讯后,他便在第一时间跑出了法庭。

雷伊·伯恩斯站了起来,说:"法官大人?芬尼先生是要花上一整个上午羞辱得州参议员?还是要问与此件谋杀案相关的问题?"

"伯恩斯先生,你要抗议?"

"抗议,因提问与案件无关。"

"抗议通过。"法官转向史考特,说,"芬尼先生,请让参议员做出与本案有关的证词。"

史考特脑袋里正想着:我也希望我知道啊!就在此刻法庭的双面大门被推了开来,巴比走了进来。他对史考特比了一个暂停的手势,于是史考特要求法官休庭十五分钟。

★★★

史考特与巴比走出法庭,来到一处走廊,卡尔·金凯德正靠在墙上,手里拿着一个大型黄色信封。卡尔身材瘦长,穿着格子图案的运动外套与高尔夫球衫。两人走过来后,卡尔将信封递给史考特。史考特将里头的东西取出并仔细检阅,然后他抬起头看着卡尔。

"你知道这代表什么意思?"史考特问。

"我知道。"卡尔说,"那家伙满手血腥。"

"你怎么拿到这些的?"

卡尔露出微笑,说:"我不会教你如何去贿赂法官,所以你也别教我该怎么做好我的工作。"

★★★

重新开庭后,史考特知道麦肯尔参议员的确与他儿子的谋杀案息息相关:关键人物就是他的保镖。

"法官大人,辩方传唤德洛伊·劳德。"

"你没有任何问题要问麦肯尔参议员了?"

"没有。"

"很好。"

法官对法警点了点头,法警便走到法庭外头。门再度打开时,德洛伊·劳德跨着大步走了进来,举止一如他从前联邦官员的身份。他身材魁梧,身上有一种桀骜不驯的态度;他当警察时一定曾让很多人头痛不已。他走上证人席,宣誓后坐了下来,靠在椅背上,跷起腿,右脚脚踝放在左脚膝盖上,仿佛他是这整个地方的主人。史考特见到了他对陪审员们的影响力:在他还没开口说一个字之前,他们就已经很讨厌他。这让法庭里至少有十三个人讨厌德洛伊·劳德。

THE COLOR OF LAW

"劳德先生，我们又见面了。"

史考特首先从德洛伊口中套出他的背景：他今年五十一岁，在得州维多利亚城出生长大，就读得州农工大学，在休斯敦当了三年外勤警察，之后当了二十年缉毒组探员，工作范围在得州南部，与毒品奋战。离婚，没有小孩。六年前退休后，受雇于麦肯尔参议员。

"劳德先生，你曾诬陷嫌犯吗？"

"没有的事。"

"可曾在嫌犯家中或车上栽赃毒品？"

"没有的事。"

"可曾对嫌疑犯施暴？"

"没有的事。"

但他的眼神却承认了，而那些黑人与拉丁美洲裔陪审员在他眼中看见了真相。

"可曾杀过人？"

"有啊。"

"多少人？"

"确定有九个。"

"也许更多？"

"你在和墨西哥毒品集团火并时，不会停下来去数死了多少人。"

"你可曾近距离、私底下、面对面地杀害过人？"

"有啊。"

"何时何地？"

"罗利多市[1]，一九九四年。"

"是在什么样的情况下？"

---

[1] Laredo，美国得州南部城市。

"我那时是缉毒组探员,他是个药头,他不想去坐牢,拔枪指着我,我先开枪杀了他。"

现在陪审团知道德洛伊·劳德有能耐杀人。

"之后你觉得怎么样?"

"很快乐。他死了,我活着。"

"劳德先生,那不是你第一次近距离杀人,对吧?"

德洛伊的眼睛眯了起来,说:"你是说德尔瑞欧市那件事?"

"没错。"

"我被证明完全无罪。"

"劳德先生,未被大陪审团起诉并不等同无罪,这只表示没有足够证据起诉而已。"

雷伊·伯恩斯站了起身,说:"抗议,与本案无关。法官大人,劳德先生今天不是来这儿接受审判的。"

史考特说:"也许劳德先生才应该来接受审判。"

"继续。"法官说。

史考特转回身面对证人,说:"劳德先生,一九九八年三月十三日那天晚上,在得州的德尔瑞欧市,发生了什么事?"

"在一场与药头的冲突中,我开枪杀死一名嫌犯。"

"你开枪杀了一名十六岁男孩。"

"他看起来年纪没那么小。"

史考特拿起卡尔的信封,拿出里头的文件,摆在发言台上。卡尔在调查德洛伊·劳德的背景时,发现他曾因滥用暴力而遭到谴责,于是卡尔决定再更深入调查,于是挖出了更多不可告人的丑事。

"劳德先生,这份缉毒组内部所做的事件报告——"

"那应该是机密,你怎么拿到的?"

THE COLOR OF LAW

"劳德先生，很抱歉，根据律师或当事人特权，无可奉告。正如同我所说的，这份缉毒组内部所做的报告，针对那天晚上的事件提出质疑，记载那天晚上有一群墨西哥国籍人士，大约有十二名男孩与女孩，聚集在德尔瑞欧市中心的一处酒吧外，你在观察他们进行毒品交易后接近他们，至少那是你的说法。在场的目击证人却说你当时喝醉了酒，而且向其中一名墨西哥女孩求欢。"

"他们说谎。"

"总之，接下来发生了争执，争执结束后你开枪射杀了一名身上没有武装的十六岁少年。"

"他正要去拿枪。"

"报告上说现场没有找到枪支。"

"他的同伙逃跑时拿走了。"

"劳德先生，那名男孩是否曾大声对你口出恶言？这就是争执的起因？"

"嫌犯拒绝照我命令做。他惹毛了我，局面失控了。"

"局面失控了？"

"对啊，常常会这样。"

"劳德先生，这种事看来常常发生在你身上。你的记录显示有九次致命射击、多次在可疑情况下开火、十几次因滥用暴力而被谴责、私自接案而引起内部调查、未经探员同意便贸然封锁行动——劳德先生，你在缉毒组可真是丰功伟业。"

德洛伊充满傲慢鄙视地摇了摇头，说："你们老百姓懂什么？芬尼先生，与毒品的战争可不是什么乡村俱乐部的纸牌游戏。墨西哥贩毒集团成员都是残暴无情的毒品恐怖分子。他们在华瑞兹市[1]杀害百名以上女性，其中许多是年轻美国女孩。他们也在新罗利多市绑架过数十名美国

---

[1] Juarez，位于墨西哥，毒品交易向来猖獗，是墨西哥治安最差的城市。

游客，并将他们的尸体扔在格兰德河[1]里。他们杀害边境巡查探员和散播反对他们言论的天主教牧师。整个墨西哥境内的警察都是他们的眼线，那些不愿合作的全被他们杀了。你希望像这样的人在达拉斯流窜吗？芬尼先生，像我这样的人，是负责让那些人不要跑到河的这边来。"

"劳德先生，也许那是事实，但你在缉毒组的上司对你私自行动感到厌恶，也是不争的事实，对吗？"

"那堆只会坐办公桌的家伙，在边境根本混不下去。"

"在德尔瑞欧市的事件之后，你被迫从缉毒组退役？"

"是啊，被那些不在意结果只在乎升迁的官僚给踢出来。我这个人只在乎结果。"

"你也在处理汉娜·史堤勒这件事的过程中得到结果，对吗？"

"我不知道你在说什么。"

"劳德先生，你是否贿赂汉娜·史堤勒，要她不要出席这次审判作证？"

"没有的事。"

"你是否曾威胁要对她不利？"

"我没有这种嗜好。"

"回答问题。"

"不，我没有威胁任何人。"

"你认识汉娜·史堤勒吗？"

"没有的事。"

"你是否曾企图贿赂我的同事，罗伯特·亨林先生，要他退出这件案子？"

"没有的事。"

---

[1] Rio Grande，起源于美国落基山脉，往东南注入墨西哥湾，长约三千公里，其中两千公里为美国与墨西哥两国间界限。

THE COLOR OF LAW

"你有没有拿十万美金贿赂他？"

"没有的事。"

"你认识克拉克·麦肯尔吗？"

"认识。"

"你认为他怎么样？"

"说实话吗？"

"为何不？我们可是在法庭上？"

"他是个小浑……"德洛伊停下，眼神掠过史考特，看向麦肯尔参议员。

"是个小浑球？你就是这样叫克拉克的？你平常就是这样形容他的？"

德洛伊眼光回到史考特身上，说："他是个很好的孩子。"

"喜欢对女性施暴还强奸女人的好孩子？"

"我对那些一概不知情。"

"今年六月五日，周六晚上，你人在哪里？"

"特区。"

"华盛顿特区？"

"对。"

"你确定？"

"对。"

史考特从卡尔的信封里拿出另外一项文件，说："劳德先生，我手上有一份从华盛顿飞往达拉斯的头等舱机票复印件，美国航空1607班机，六月五日周六早上八点二十三分抵达，上头名字是克拉克·麦肯尔。"

"那又怎么样？"

史考特拿起下一份文件，说："所以我手上有另外一份从华盛顿飞往达拉斯的头等舱机票复印件，八点半抵达，同样一天，全美航空1815班机。

上头是你的名字。"

德洛伊眼睛眨都没眨一下,说:"一定出错了。"

"你认为还有另外一位德洛伊·劳德在外头乱跑?"

"谁知道。"

"克拉克是在六月四日下午四点三十七分订的机票,你的机票则是在二十八分钟之后订的。你派人在克拉克的办公室盯着他,对吗?"

"没有的事。"

"我可以看你的驾照吗?"

"什么?"

"你的驾照,可以请你呈上来吗?"

极不易察觉的不安神色在德洛伊的深色眼眸中闪过。他稍微向左倾,伸手到右后方的裤子口袋,拿出皮夹,取出驾照,不知为什么,递给史考特的时候不太情愿。

"法官大人,我可以接近证人吗?"

布佛法官点点头。史考特走了过去,拿过驾照,然后走回发言台,拿起下一份文件与驾照比对。

"劳德先生,你确定这不是你的机票?"

"不是。"

"你也确定六月五日你人不在达拉斯?"

"确定。"

史考特拿起那份文件,说:"好吧,那你要怎么解释这张租车协议?这家租车中心位于达拉斯机场,上头的日期是六月五日,还有你的签名与驾照?"

德洛伊跷起的双腿放了下来,眼神往下望。他的表情没变,但下巴肌肉开始快速收缩,像是正在把自己的牙齿磨成粉笔灰。他的宽额上闪

THE COLOR OF LAW

着薄薄一层汗光。他在说谎，而法庭里每一个人都知道。他也知道这些人知道，而他正面临被指控作伪证的边缘。但德洛伊·劳德曾和那些墨西哥毒枭短兵相接交战，可不是胆小之徒。他抬起脸，直视着史考特的双眼，然后说："你知道吗？现在你提醒了我，那天我是在达拉斯，我只是忘了。"

"你忘了？"

"是啊，我忘了。"

"那好，劳德先生，我们从这儿开始。你在六月五日周六早上十一点到了达拉斯，离去时是周日下午，搭的是全美航空1812班机，下午四点五十五分离开？"

"大概是这样。"

"那么，为什么你到达拉斯只待了三十个小时？"

德洛伊咧嘴笑了出来，说："去挑个便宜妓女爽一下。"他用手势比了比莎汪达，说："就像那边的金发小妞，然后上床爽一下。"

"劳德先生，你通常都带着手帕吗？"

"是啊，因为常过敏。"

"我可以看看吗？"

他身子往后，从口袋拿出一条手帕，递给史考特。

"送给你。"

史考特走到辩方席，拿起记事本和笔。他看着莎汪达，然后整个人呆住……她的头发是棕色的。不是金色的，就像……史考特看了一眼检方桌子……那顶假发。那天晚上她戴的是金色假发，而德洛伊刚刚喊莎汪达"金发小妞"——德洛伊那天晚上在场！

是德洛伊杀了克拉克·麦肯尔。

史考特的肾上腺素像是开了超速挡一样突然急速分泌，他的心思开

黑色辩护人

始飞快转动。杀人凶手就坐在三米外的证人席上,但史考特却没有证据,能证明这人犯下这起杀人罪行。德洛伊·劳德是经验丰富的执法人员,他在犯罪现场没有留下任何与他相关的证据。史考特只能希望突破德洛伊的心防,让他当场坦承并自己说溜嘴讲出事实,告诉全世界他杀了克拉克·麦肯尔。

佩瑞·梅森[1]时刻到了。

这是所有律师都梦想的一刻,一个只会在电视和电影上发生的时刻。

史考特走到证人席前,把纸笔放在德洛伊面前。

"劳德先生,可以请你签个名吗?"

德洛伊耸耸肩,用右手拿起笔,签下名字。

"劳德先生,你是右撇子。"

"是啊,那又怎样?"

"联邦调查局的法医专家作证,开枪杀死克拉克·麦肯尔的人是右撇子。你是右撇子,杀人凶手是右撇子。这起谋杀案件在六月五日发生在达拉斯,你六月五日那天也在达拉斯。"

"这法庭里九成的人都是右撇子,还有九成以上的人六月五日那天都在达拉斯。"

"是没错,但他们都没有杀害克拉克·麦肯尔的理由,不是吗?"

"你得去问问他们。"

"我要问的是你:是你杀了克拉克·麦肯尔吗?"

法官正紧盯着证人,这时雷伊·伯恩斯站起来抗议:"法官大人——"

"伯恩斯先生,坐下。"法官的眼神没有离开过德洛伊,他说,"劳

---

[1] Perry Mason,美国作家厄尔·史丹利·贾德纳(Erle Stanley Gardner)笔下人物。贾德纳本身为律师,亦是侦探小说作家,佩瑞·梅森出现在他多部作品中,总是能证明其当事人清白,找出真正凶手。佩瑞·梅森这个角色曾改编为广播剧,相当受到欢迎,之后亦多次改编为电视剧与电影。

德先生，回答问题。"

德洛伊说："没有，我没有杀害克拉克，我为什么要他死？我为他老爸工作。"

"他老爸想成为总统。"

"那又怎样？"

"所以如果他儿子吸食可卡因上瘾与嫖妓，甚至强暴几个女孩的事情闹得众所皆知，那么麦肯尔参议员要入主白宫的机会，大概就和被告的机会一样，这是不是事实？"

德洛伊轻蔑地哼了一声，说："你也他妈的太离谱了。"

法官大人说："劳德先生，注意用词。"

德洛伊说："拜托，如果有个败家儿子就构成杀人动机，华盛顿特区一半的政客早就杀了他们的小孩。克拉克强暴女人的那些事我不清楚，但你认为克拉克是那些政客们的小孩里唯一酗酒嗑药的吗？还有其他那些他们老爸不想声张的事情？这城里到处都是这种小孩，一出生就过得荣华富贵，却不知道好好珍惜。"

"劳德先生，你为什么要在六月五日到达拉斯来买春？"

德洛伊耸耸肩，说："全世界最美丽的女人就在达拉斯。"

"说的也是。但你是在华盛顿替麦肯尔参议员工作，当然你大可以在全国首府找到还不错的妓女，好让你留在华盛顿。尤其是在那两天之后，也就是六月七日，参议员要在那天宣布竞选总统。但你没有留在华盛顿，却在六月五日跑来达拉斯买春，正是克拉克来达拉斯的同一天？劳德先生，你是特地跑来杀害克拉克的吗？"

德洛伊叹了口气，说："我说过，我没有杀害克拉克。"

"那么你为何来达拉斯？你为何要在麦肯尔参议员大日子的前两天离开华盛顿？为什么你要飞往达拉斯挑妓女，而不是留在华盛顿保护参议员——"

史考特灵光一闪。

"就是这样,对不对?"

"什么?"

"就这么简单,对不对?"

"你在说什么?"

"你不是来这里杀害克拉克的,你来达拉斯是为了保护麦肯尔参议员。"

"我根本不知道你在胡说什么。"

"劳德先生,克拉克待在达拉斯时,通常会发生什么事?"

"我放弃回答,是什么?"

"他会惹麻烦。他总是回家惹麻烦。事实是,克拉克够聪明,只会在达拉斯惹上麻烦,因为在这里他的老爸能用钱摆平一切。麦肯尔的名字在达拉斯很有分量,麦肯尔的钱可以在达拉斯买通一切——甚至是七名被他强暴的受害者。"

"就像我说的,我对那些毫不知情。"

"麦肯尔参议员在宣布竞选总统当前,最不乐见的就是克拉克被逮捕的消息,不只是因为酗酒或嗑药——就像你说过的,那很常见。但若是因为强暴而被起诉,那就不寻常了,不是吗?尤其是对下任总统的儿子而言。媒体会疯了似的不断挖掘,甚至挖出其他女孩。参议员已经花了数百万美金藏住克拉克的过去,好保护自己的政治前途,而现在总统宝座眼看就要得手,他在民调的票数遥遥领先,他的梦想就要成真……唯一会让他甚至在赢得选票之后也会失掉白宫宝座的是什么?一个强暴犯儿子。那就够了,那绝对会毁掉麦肯尔参议员的梦想,是不是?"

史考特回头指着在旁听席上的参议员。

"麦肯尔参议员得知克拉克要在他盛大宣布竞选前一刻来达拉斯,

便派你来这儿跟踪他，防止他惹上麻烦。"

史考特从卡尔的信封里拿出另外一份文件。

"克拉克预订了六月六日下午三点二十一分回到华盛顿的回程机票，所以他会回去参加父亲的竞选造势会。参议员知道如果克拉克飞回达拉斯只待上一晚，只意味着一件事：他心里的恶魔又在蠢蠢欲动，而他正准备采取行动响应那些邪恶念头。他回家是要喝得烂醉、痛快吸毒，然后挑个女孩上床。而参议员知道克拉克堕落时通常会发生什么事情——正是他绝不能让其发生的。他不能在周日早上醒来，从报纸上得知他儿子因为在达拉斯对另外一个女孩施暴并强奸对方而被逮捕。所以他派你去达拉斯，好确保这种事情不会发生。你的工作就是当克拉克的奶妈，当他的守护天使，让他不要惹上麻烦、远离媒体。你来到达拉斯是为了保护麦肯尔参议员，不要被他儿子伤害。"

德洛伊的眼光再次越过史考特，望向麦肯尔参议员。史考特也转头面对麦肯尔，却讶异于自己所见到的景象——从参议员的眼神以及表情上，史考特看出来自己完全猜错了。他转过身面对德洛伊。

"参议员并没有派你去，是吗？你这次是独立作业。你未经他同意便私自行动。为什么？为什么你不告诉参议员？你是否认为参议员不知情最好？是否你只是不愿在他的大日子前打扰他？"史考特摇摇头，说，"不管怎么样，你来这儿是要确保克拉克不会替他父亲找麻烦。劳德先生，这就是你在六月五日周六来到达拉斯的原因，是吗？"

"不是。"

"你坐飞机飞到达拉斯，租了一辆车，那天晚上跟踪克拉克，对不对？"

"没有。"

"你跟踪他来到哈瑞海因大道，也就是妓女常出没的地方，是不是？"

"不是。"

黑色辩护人

"然后你在那儿看着克拉克把奔驰轿车停在两名黑人女孩身旁,一个戴着红色假发,另外一个戴着金色假发,是不是?"

"不是。"

"戴着金色假发的女人上了克拉克的车子,是不是?"

"我不知道。"

"那名女孩就是被告,是不是?"

"我不知道。"

"那么你刚刚为何用'金发小姐'来称呼被告?"

"我……"

"她不是金发,劳德先生,她的头发是棕色的。自从那天晚上她便没有再戴上那顶假发。劳德先生,她一直待在监狱里。"

史考特走到检方席,从证物袋里取出那顶金色假发,然后递给莎汪达。

"法官大人,被告是否能戴上这顶假发?"

"可以。"

莎汪达将假发戴上。史考特回到发言台,指着莎汪达,说:"劳德先生,你在那天晚上,见到被告戴着这顶假发——这是你会叫她'金发小姐'的唯一理由。你看见她上了克拉克的车子,你跟着他们来到高地园区的麦肯尔豪宅,你把车停在宅区里其他人看不见的地方。你猜想克拉克和一个黑人妓女在一起,不会惹上太多麻烦。好吧,他说不定会赏她几个耳光,但她又能怎么样?叫警察吗?她又不是南美以美大学女生,只是一个妓女。所以克拉克在享乐的时候,你就坐在一旁。"

"但接下来你看见被告开着克拉克的奔驰轿车离去。你跑进房里,上楼来到克拉克的卧房,见到他赤身裸体倒在地板上,双手捂着他的鸟蛋。而你……你嘲笑了他。这有钱的小子被黑人妓女一膝盖踢中了要害,那实在很好笑。所以你嘲笑克拉克,你嘲弄了他。你是否喊他小浑球?"

"我那时不在那里。"

"克拉克不喜欢被这样喊,被一个像你这样的人嘲弄,对不对?你不过是个雇员,而雇员不会嘲弄克拉克·麦肯尔。所以他咒骂你,你比他重……多少?大概比他重五十公斤?但酒精和可卡因让他变得英勇,而被妓女痛扁让他愤怒,于是克拉克咒骂你,就像他咒骂莎汪达一样。然后他……怎么样?他还对你说了什么?他说了什么会让你想要杀了他?"

史考特打了一个响指,然后指着德洛伊,说:"他威胁要开除你。他要告诉他老爸,然后让你滚蛋。好吧,也许他有这个本事,也许他没有,但你不想冒险。因为如果他害你被开除,你该怎么办?回到缉毒组吗?以你的记录是不可能的。劳德先生,你的工作前途并不太光明,是不是?真是的,要是你被开除了,你能找到的最好工作只会是大卖场的警卫。德洛伊·劳德,大名鼎鼎的前缉毒组探员,曾在边境追捕墨西哥毒枭,却降职在停车场追捕小扒手。没有麦肯尔参议员当靠山,你的未来就是这样,对不对?而那让你很火大对不对?一个有钱的小子,光着身体躺在地上,威胁着你的未来。那个该死的小浑球!"

"劳德先生,于是局面再度失控了,是不是?克拉克惹毛了你,就像德尔瑞欧市那个墨西哥男孩。愤怒让你失去理智,你巴不得杀死克拉克·麦肯尔。你看见地板上躺着一支手枪,于是你从口袋里拿出手帕,包住手枪后,用右手捡了起来。你走向克拉克,伸出左手往下抓住那小浑球的头发,把他的头往后扯。然后你用枪指着他的额头,就在他左眼上方。接下来你扣下扳机,你杀了克拉克·麦肯尔,就像你在德尔瑞欧市杀死那名墨西哥男孩一样,劳德先生,是不是?"

德洛伊的眼神再度望向麦肯尔参议员。史考特转过身,看着参议员与他的保镖两人对望了很长一段时间;然后麦肯尔垂下了眼神,脸也松垮下来,瞬间看起来十分苍老,不知是因为知道杀死儿子的凶手竟是自己的保镖，还是知道他入住白宫的梦想已永远都无法实现。

史考特转回身面对德洛伊，说："你认为被告会成为代罪羔羊。她的手枪和指纹都在现场，但你不知道一件重要的事实——你不知道她是左撇子。这就是那天晚上发生的事情。局面失控了，而你杀死了克拉克·麦肯尔。劳德先生，是不是这样？"

史考特停顿下来。所有十二名陪审员身子都往前倾，仿佛在逆风中撑住身子。布佛法官已经从椅子上转过身，全副精神都放在证人身上。雷伊·伯恩斯的表情显示他知道自己刚刚失去了一直所渴望的华盛顿派驻机会。巴比、凯伦、莎汪达几乎要爬上桌子了。丹·福特的手肘搁在前排长椅的靠背上，双手交握，仿佛在祷告。小布与帕修美两人握着对方的手，像是选美舞台上进入决赛的参赛者。整间法庭都在等待听到德洛伊·劳德亲口坦承杀死克拉克·麦肯尔。史考特确定德洛伊还需要一点刺激——他决定要惹毛德洛伊。

他从辩方席上抓起一张克拉克的犯罪现场照片，征求同意是否能走近证人身边。法官点头后，史考特走到证人席前，将照片扔在德洛伊大腿上，正好与他垂下的目光相接。

然后他直接挑衅德洛伊，说："少来了，德洛伊，快承认！我知道是你杀了克拉克！陪审团也知道是你杀了克拉克！连参议员都知道了！"

德洛伊涨红的脸上满是汗水，他的呼吸变得急促沉重，他的血压不断升高，导致他秃头上的静脉像蓝色绳子般突出在他白色的皮肤上。他厚实的大手握起放在大腿上的照片，揉成一颗球，狠狠用力挤压，仿佛想要将克拉克·麦肯尔的记忆彻底粉碎，毁灭证据。史考特知道他就要爆发了——德洛伊的愤怒很快就会凌驾理智，然后他会大喊：是啊！是我杀了克拉克！没错！我杀了那小浑球！

但德洛伊那颗巨大的秃头终于抬起来时，眼里却充满挑衅与不屑，说：

THE COLOR OF LAW

"有本事就证明啊！"

★★★

"法官大人，辩方休息。"

雷伊·伯恩斯再度传唤联邦调查局胡探员到证人席上，从胡探员口中诱出不是那么情愿的证词，说出左撇子的人也有可能以右手开枪，试图想要挽救他在华盛顿的工作。雷伊坐下后，史考特站起身，拿起一张离他最近的文件。

"法官大人，我能接近证人吗？"

"可以，芬尼先生。"

史考特绕过辩方席，走向证人席，在最后一刻假装被某个想象中的阻碍物绊倒，将文件扔在证人席旁的地板上。史考特直起身子时，胡探员，一如往常般有礼貌地从椅子上站起身，走了两步，弯下腰捡起文件。胡探员距离陪审席不会超过一米，他是用右手拿着文件。

史考特说："胡探员，你是右撇子吗？"

胡探员明白了刚刚那番怨言的作证，他是用右手捡起文件，因为那是很自然的事情，其他人也都会这样，即使是杀害克拉克·麦肯尔的凶手也是如此。胡探员微笑了。

"是的，我是右撇子。"

"没有任何问题了。"

★★★

凯伦与巴比在厨房里煮意大利面，两个小女孩正在洗澡，史考特坐倒在地板上，身心俱疲。巴比打开冰箱，拿出两罐啤酒，走向史考特，递出一罐给他。

"小史，不管明天怎么样，你已经对她仁至义尽了。"

"巴比，谢谢。正如你所知，我是为了莎汪达这么做的，不是为了要反击麦克·麦肯尔或丹·福特。我是为了她。"

"小史,谢谢你告诉我,我需要知道这一点。"

"我知道。巴比,我也要谢谢你。"

"为什么?"

"谢谢你参与这一切,谢谢你帮我忙,即使没人付钱给你仍这么努力,累得不成人形。"

巴比送往嘴边的啤酒停在半空,他整个人定格,说:"没人付钱给我?"

★★★

祷告后,帕修美张开眼说:"芬尼先生,我不想要那个麦肯尔当总统。"

史考特微笑着说:"我也不想。"

"芬尼先生,还有那个德洛伊,他是坏人对不对?"

小布说:"他杀了克拉克?"

"他是坏人,而且也杀了克拉克。"

"他会去坐牢吗?"

"我不知道。"史考特站起身,说,"你们两个小女生快睡吧!明天又是得好好应付的一天,得为辩论收尾,也许会有裁定。"

"妈妈可能明天就出来了?"

"有可能。也有可能出不来。"

帕修美想了想,说:"芬尼先生,谢谢你。"

"宝贝,为了什么?"

"因为你关心我妈妈。"

史考特摘下眼镜,擦了擦眼睛。

THE COLOR OF LAW

"帕修美，我的人生现在变得更美好，那都是因为你母亲，也是因为你。"

30

A·史考特·芬尼律师站在十二位陪审员面前，说："我还是个小男孩的时候，家母会在床边读她最喜爱的那本书给我听，那是《杀死一只知更鸟》，你们可能已经读过或看过电影。这是一个小女孩与她父亲的故事。她父亲是一名叫做亚惕的律师，为人正直，受人尊敬，即使是在故事发生的那个年代，也就是20世纪30年代，也不常见。"

"每天晚上，家母都会对我说：小史，要像亚惕，做一个律师，做好事。她甚至以那位律师的名字来为我命名，我叫做亚惕[1]·史考特·芬尼。家母已经过世，而我现在是个律师，但我没当成亚惕·芬奇，我没做过多少好事。我赚了很多钱，却没有让家母引以为荣。

"但那是另外一个故事了。

"或那仍然是同样一个故事。因为这个故事，也就是我们的故事，就发生在这间法庭里，也能让各位的母亲感到骄傲。

"看，在这本书里，亚惕被指派为一位名叫汤姆·罗宾森的黑人辩护。汤姆被控对一名白人女孩施暴并强奸了她。亚惕让陪审团知道这名女孩是被左撇子的男人施暴，因为她的瘀青是在右脸上，但汤姆的左手因为几年前的一场意外而瘫痪了。亚惕证明了汤姆并没有犯下罪行，他也告诉了陪审团，这名女孩的父亲是左撇子，而且还是凶恶的酒鬼。这

---

[1] Atticus Scott Fenney，主角直到此时才说出他名字中的"A"含义为何。

样一来，在法庭里的每个人都知道了汤姆没有做出这些事，而是女孩的父亲做的。但陪审团，那十二名白人，还是将汤姆·罗宾森定了罪，只因为他是个黑人。

"这个故事是发生在 20 世纪 30 年代的阿拉巴马州——那是个不一样的年代，以及不一样的世界，在那个时候，法律的颜色只有黑与白。但我们的故事发生在七十年后，地点在得州的达拉斯。现今的世界已经不一样了，事情已经改变了——不是一切都改变了，也不是每一处都改变了，改变得更不够彻底，但是在我们的法庭里，事情理所当然已经改变了。法官们改变了，陪审团改变了，法律的颜色也已经改变了，不再是只有黑与白。我前任的资深合伙人曾告诉我，法律的颜色现在是绿色。他说现今法律的规则就是金钱至上，向钱看齐就对了。他说得没错，律师利用法律来赚钱，政客将法律出卖给特殊利益来赚钱，都是和钱有关——只除了一个地方不是——就在你们坐着的这个地方，就在陪审席里。你们坐在这儿不是为了钱，而是为了知道真相。

"而这个故事的真相是什么？第一个真相是，克拉克·麦肯尔是被右撇子的凶手所杀，凶手十分强壮，能将他的头往后扯离地板，而且性情凶狠，能把枪指着他的头，而且在扣下扳机时还能看着克拉克的双眼。凶手在谋杀调查方面有足够经验，知道如何不留下任何相关证据。真相是：德洛伊·劳德预谋杀害了克拉克·麦肯尔。

"第二个真相是，德洛伊·劳德尾随克拉克来到达拉斯，跟着他来到哈瑞海因区，看着他挑上戴着金色假发的被告，然后跟着两人回到高地园区的豪宅。他看见被告开着克拉克的奔驰轿车扬长而去时，便走入屋内。他发现克拉克还活着，全身赤裸，因为被告踢了他的胯下，所以双手正捂着自己的私处。他嘲笑克拉克，于是克拉克发飙了，他咒骂德洛伊，德洛伊也火了，克拉克因此被杀害。局面失控了，所以德洛伊杀

了克拉克。

"第三个真相是，莎汪达·琼斯是无辜的。克拉克·麦肯尔是被惯用右手的人所杀害，而莎汪达·琼斯是左撇子。她没有杀人。

"这就是真相，这就是证据所显示的一切。我们已经证明被告是无辜的，也已经回答了这场审判所提出的质问：是谁杀了克拉克·麦肯尔？现在这个故事只剩下一部分，需要你们来写完：那就是结局。这个故事将如何收尾？像《杀死一只知更鸟》，无辜的被告被定罪，只因她是黑人，还是你们将写出新的结局？在这个结局里，法律的颜色不是黑与白，也不是绿色，在这个结局里真相与正义战胜一切，即使被告是名穷困的黑人。"

史考特停了下来，与法官对望了很长一段时间，再转回头面对着陪审员，说："各位先生女士，在布佛法官指派我担任被告辩护律师之前，我以为我在法律竞赛中是个赢家——那正是我之前看待法律的方式，以为它不过是场比赛。当我接下这件案子后，一心只想要赢，我要打败其他律师。这无关真相或正义，只关乎输赢……以及金钱，但我错了。法律并不是竞赛，也无关输赢或金钱，而是真相与正义……以及人的性命。今天，法律所关乎的是这位被告的性命。

"这件案子给了我机会，去做到我身为律师前一直无法办到的事：让家母感到骄傲。我希望我办到了，我希望家母最终能以我为傲。"他停顿了一下，才说，"而我也希望各位能让令堂以你们为傲。"

★★★

法官在十一点四十五分对陪审团做法律适用要点的最后说明，之后陪审团成员回到陪审团休息室用午餐与讨论判决，布佛法官回到他的会议室，莎汪达回到牢房，而史考特、巴比、凯伦以及两个小女生则回到位于比佛利大道的房子。

黑色辩护人

史考特在律师生涯中已经等过许多次的陪审团判决,但都是民事诉讼官司,令人心焦的只有赔偿金额数目。上一次他在等着陪审团判决时,把时间用在回到办公室里替客户计算两种收费:如果输了,就直接老实报价收费时数;如果赢了,则会多加时数收费。客户有赢有输,但律师总是只赢不输。

但这件案子不一样。

此刻不是关于钱的输赢,而是关于莎汪达的性命。十二个人正在决定她的生死,她是否余生将在监狱里度过,或能无罪开释?帕修美是否能有个母亲,抑或只剩下回忆?

法庭书记员在下午一点半打电话过来。

陪审团做出了正式裁决。

***

"琼斯小姐,"布佛法官说,"请起立。"

莎汪达·琼斯与她的三名律师站了起来,面向陪审团。有几名陪审员,黑人、拉丁美洲裔人与白人,眼里都有着泪水,就像莎汪达眼里也满是泪水。史考特感觉到莎汪达的手就在他的手旁发着抖,她整个人都在颤抖。他伸出手臂搂住她的肩膀,将她拥入怀里。

首席陪审员将裁决递给法警,法警再交给法官。布佛法官戴上老花眼镜,凝视着那张纸,然后抬起眼看着被告。

"美利坚合众国政府起诉莎汪达·琼斯谋杀联邦官员一案,陪审团认为被告无罪。"

莎汪达的身子软了下去,要不是史考特及时扶住,已经跌坐到地板上。她将脸埋在他胸前,张臂拥抱住他。他将她抬了起来,两人的泪水交织在一起。小布和帕修美冲向他们的同时,法庭爆起欢呼与掌声。陪审员互相拥抱,记者围住史考特与莎汪达,雷伊·伯恩斯坐在检方席摇

THE COLOR OF LAW

头,巴比与凯伦像新婚夫妇一样互相吻个不停。麦肯尔参议员推开人群走出法庭。丹·福特坐在那儿摇头,对于案情的急转直下感到不可置信。莎汪达在史考特的耳边低语:"亚惕,那是个货真价实的好名字。"

史考特转过身子面向法官席,他与布佛法官两人眼神对望。法官对史考特微微颔首,史考特也对他颔首回敬。

★★★

莎汪达·琼斯自由了。半个小时后,他们终于穿过众多记者与摄影机,来到联邦大楼前的人行道上。丹·福特已经等在那儿,史考特于是要莎汪达与两个小女生先往前走,自己朝丹走了过去。丹伸出手,史考特握住了。

"小史,我的好孩子,你真是个难得的好律师。"

"丹,我不再是你的好孩子了。"

"是没错,嗯……听着,史考特,麦克现在进不了白宫了,所以你何不回事务所呢?你可以继续用你之前的办公室,我会把戴柏瑞和银行的事情安排好,你可以再买另外一间大房子,把那辆法拉利买回来……你可以回到过去的生活,还有巨额加薪,你看一年一百万美金怎么样?对一个三十六岁的律师而言可不坏。你觉得呢?"

有机会,有地方,也有位律师。

但对他而言已不再重要。

"丹,我不适合福特·史蒂芬斯事务所。"

史考特转身离开丹·福特,却发现自己被另外一张眼熟的面孔挡住去路:哈利·韩金。

"哈利!老兄,近来可好?"

在乡村俱乐部的那四年会员期里,史考特和哈利几乎每周六早上都会一起打高尔夫球,他也几乎每个周六早上从哈利那儿赢得一百美金,因为哈利的斜击球打得很糟。两人握了握手后，史考特伸出拇指比了比法院大楼。

"你要去开庭？"

哈利·韩金是达拉斯最顶尖的离婚律师，要加入乡村俱乐部之前，还得先写一张书面声明，承诺绝对不会代表会员妻子出庭，这才拿到会员资格。

"这个嘛……不是。"哈利低头看了看自己闪闪发亮的鞋子，又再抬起头，说，"拿去。"

哈利拿出一叠厚厚的文件，表情简直像是尴尬。史考特拿了过来，他训练有素的眼睛马上找到文件上头的标题："离婚请求"。

"史考特，我想私下交给你，这样才能对你解释一下。"

"是她提出离婚的？"

哈利点点头，说："崔伊，那个高尔夫球教练雇用了我——或该说他付我费用。他已经赢得锦标赛，拿到一百万美金奖金，所以请得起我。"

史考特几乎要笑出声来，他说："哈利，我们一起打过几次高尔夫球？有没有一百次？现在你却从拐走我老婆的那家伙手上拿钱？"

"史考特，我没办法拒绝——是他治好了我的斜击球。"

史考特放声大笑了。

"好吧。当然了，哈利，纠正你的高尔夫球挥杆姿势，可是他妈的重要多了。"

"你也曾经这么想过。"哈利摊了摊手，说，"史考特，我真的很抱歉。"

"她快乐吗？"

哈利有些无力地耸耸肩，说："我娶了一个就像她那样的老婆。和她们在一起，你永远不知道她们是否真的快乐。"

THE COLOR OF LAW

"她要小布吗？"

"什么？"

史考特拿起那份请求书，说："她要小布的监护权吗？"

哈利缓缓摇头，说："她不要。她说职业高尔夫球协会的巡回赛事不适合小女生，而且她说你比她更需要小布。"

史考特转身要走，但哈利说："史考特。"于是他转回来面对这位离婚律师。"史考特，我会拿他的钱，但永远不会拿走你的女儿。"

两名律师四目相对，然后史考特记起，几年前哈利·韩金在一场痛苦的离婚官司中失去了孩子。

"哈利，谢谢。"

史考特走过一条街口，追上其他人。路易斯靠在他的旧车上，莎汪达则在转着圈圈，她张开双臂，脸孔朝向天空，那是多么美丽的一个年轻女子，棕褐色肌肤在太阳光的反射下散发出光辉。帕修美和小布在一旁看着，笑得欢快。史考特对着这幅景象微笑了。毫无疑问，这是亚惕·史考特·芬尼成为律师以来最美妙的一刻。

小布说："A·史考特，他们要帮我们搬家。"

"小布，我想莎汪达不会想把三个月以来第一天的自由，浪费在替我们搬家上。"

莎汪达说："不，芬尼先生，我很想帮忙。我和帕修美明天过来，路易斯会带我们来。"

路易斯走向史考特，两人握了握手。

"芬尼先生，你是好人。"

"谢谢，路易斯，谢谢你照顾这两个小女生，谢谢你做的一切。"史考特接着对莎汪达说，"听好，我要你去戒毒中心好吗？我会替你付钱。"

"我以为你没钱了哪?"

"我把房子卖了。而且我要你替巴比与我工作,我们要开一间事务所。我要你和帕修美搬出国民住宅区。"

"谢谢,芬尼先生,谢谢你做我的律师,也谢谢你这么关心我。"

莎汪达露出微笑,伸出手触摸他的脸颊,并用一种最难以理解的目光凝视着他,仿佛要将他的脸庞记忆下来。她抬起身子,他弯下腰,她吻了吻他的脸颊。

"芬尼先生,我永远不会忘记你。"

★★★

而他也永远不会忘记她。当史考特回到家之后,会有辣椒肉馅玉米卷饼与康苏拉在等着他——康苏拉刚刚才从边境坐巴士到达,因为移民局"突然"发给她绿卡——先生那天早上打电话给她时是这么说的。古堤瑞兹先生不知道是怎么回事,也不知道为什么,而她也不在乎;她只知道现在她可以一直和芬尼先生与小布住在一起,他们是她的家人。那天夜里,史考特将女儿塞进被窝后,给她一个晚安亲吻时,她会抬起头对着他微笑,说:"A·史考特,你看吧,现实生活里还是有幸福结局的。"

尾 声

两个小女生快乐地挤在一块儿。

四个月后,史考特穿着睡衣与睡袍,坐在南美以美大学旁这栋小房子里的沙发上,微笑地看着女孩们在圣诞节的一大清早拆开礼物。

他们的生活已经永远改变，无法再恢复。

这个圣诞节，他没有妻子，小布没有母亲。蕾贝卡已经离去，再也不会回来。每隔几周，他仍会发现小布在床上悄悄哭着，当离婚已经成为无法挽回的事实时，他也落下了眼泪。但他们两人现在都已经好多了。他确定自己不会再婚，尽管小布一直想替他撮合，说她的老师真的很喜欢他。顺道载着道森老师去学校时，她看起来的确人很不错。

但小布现在有了帕修美，而帕修美有了小布。她们一起上高地园区小学四年级，帕修美是那儿唯一的黑人女孩，而小布是那儿唯一绑着辫子头的白人女孩。她们就像一对姐妹，而当收养手续办好后，她们也将会成为姐妹。

史考特有了巴比，巴比有了凯伦，而康苏拉有了艾斯塔班，这两人很快就会生下一个具有美国公民身份的小孩。他们已经在一个月前结婚，这场传统墨西哥婚礼在达拉斯市中心的天主教会圣母圣殿大教堂礼举行，史考特带着新娘走进教堂，交给男方，而小布则是她的伴娘。

大块头查理也重新回到史考特的生活里，他常常带着女儿们过来和小布与帕修美一块玩。但他们不再谈起往日橄榄球赛的点滴，谈的是现在该如何养育孩子。史考特·芬尼与查尔斯·杰克森现在已经是人父了，而这样便已经够好了。

在州律师公会主席的竞选中，史考特败给了一家大型法律事务所。他现在和巴比、凯伦一起执业，办公室是一栋重新装修过的老式维多利亚房子，就位于高地园区的南方。芬尼·亨林·道格拉斯法律事务所代表三十户屋主打官司，这些屋主的居处被市政府征收以便腾出空间让汤姆·戴柏瑞盖旅馆；而他们也正准备要代表南达拉斯国民住宅区的居民，对市政府提出集体诉讼，控告市政府违反联邦公平房屋法。路易斯挨家挨户请每一位居民签名；史考特突然蹿升的崇高地位，使

黑色辩护人

得他能够替路易斯解决和那些联邦探员纠缠不清的一切问题。巴比依旧代表东达拉斯墨西哥酒吧来的常客出庭;由于检方的不当公诉,针对卡洛斯·赫南达兹的指控被撤销了。他目前在接受训练成为律师助手,并为他们的西语客户做翻译。史考特穿牛仔裤去办公室上班,一周一次和两个小女生在学校自助餐厅吃午餐,并且和巴比与约翰·沃克在基督教青年会打篮球。

他的办公室面向南方,拥有能望见市中心建筑群轮廓的绝佳景观。他坐在办公桌后便能在窗外见到戴柏瑞塔。凯伦在福特·史蒂芬斯事务所的前任秘书告诉她,那一年事务所结算后的盈余可说是破了纪录。丹·福特稳坐他的王国顶端,事事完美,只除了他停在车库里的奔驰轿车轮胎,老是被那些爱搞破坏的人刺破;西德·格林堡坐在史考特之前的办公室里,开着史考特之前的法拉利,并且为史考特之前的客户执行不择手段的创新执业手法。

之后法兰克林·透纳代表那位金发美女接待员对汤姆·戴柏瑞提出一千万美金赔偿的性骚扰诉讼;哈利·韩金代表汤姆的第四任妻子对戴柏瑞提出离婚请求,声称他对婚姻不忠,并要求超过五千万美金的夫妻共有财产;还有环保署在联邦法庭提起诉讼,控告戴柏瑞不动产公司以及托马斯·J·戴柏瑞,要求赔偿七千五百万美金,用来清理邻近三一河那一大片受到铅污染的五十亩土地。奇怪的是,史考特知道这些事时,并没有觉得大快人心。

但当他得知德洛伊·劳德被捕,并且被控谋杀克拉克·麦肯尔以及在莎汪达·琼斯一案中妨碍司法时,确实感到松了口气;汉娜·史堤勒同意出庭作证;麦克·麦肯尔从总统竞选中退出,但被选为参议院多数党领袖;不久他便被诊断出罹患前列腺癌。雷伊·伯恩斯现在是勒波克[1]的助

---

[1] Lubbock,位于得州西北部的乡下地方城市。

理检察官。美国地区法院法官山姆尔·布佛仍在达拉斯任职。

审判过后,史考特便马上让莎汪达与帕修美搬出国民住宅区,住到靠近高地园区的一处租屋。他付钱让莎汪达接受毒瘾治疗,她很努力,尽全力想要重新振作,但仍无法脱离海洛因的魔掌。审判过后两个月,莎汪达·琼斯将海洛因注射入右臂,陷入昏睡,从此再也没有醒来。帕修美非常思念她的妈妈,却说她现在在一个更好的地方,那里她不再需要她的药才能快乐。每周日早上,史考特带着两个小女生上教堂时,她便会为母亲祈祷。

史考特已经开始读新的床边故事给两个小女生听:《杀死一只知更鸟》。他们都很爱小布·雷德利[1]。

---

[1] Boo Radley,原名为Arthur Radley,为《杀死一只知更鸟》中的男性角色,心地善良,却因从小受到父亲家暴,成年后足不出户。小说中律师主角的两个孩子小时候很怕他,但他常为孩子们留下些老旧的小礼物,又在书末孩子们遭遇危险时挺身而出解救了他们;这也是史考特女儿"小布"名字的由来。